जिंदगी के 78 कोहिनूर

जिंदगी के 78 कोहिनूर

(प्रेरणाप्रद कहानियाँ)

मृत्युंजय कुमार सिंह

राष्ट्रपति वीरता पदक प्राप्त

प्रकाशक
प्रभात पेपरबैक्स
प्रभात प्रकाशन प्रा. लि. का उपक्रम
4/19 आसफ अली रोड, नई दिल्ली-110002
फोन : 23289777 • हेल्पलाइन नं. : 7827007777
इ-मेल : prabhatbooks@gmail.com ❖ वेब ठिकाना : www.prabhatbooks.com

संस्करण
प्रथम, 2021

मूल्य
तीन सौ पचास रुपए

मुद्रक
आर-टेक ऑफसेट प्रिंटर्स, दिल्ली

———— ★ ————

ZINDAGI KE 78 KOHINOOR
by Shri Mrityunjay Kumar Singh

Published by **PRABHAT PAPERBACKS**
An imprint of Prabhat Prakashan Pvt. Ltd.
4/19 Asaf Ali Road, New Delhi-110002

ISBN 978-93-90900-90-9

₹ 350.00

माता स्वर्गीया **विंध्यवासिनी देवी**

पिता **श्री रामाधार सिंह**

एवं

अपने परिवार के समस्त जनों को

लेखकीय

इस पुस्तक के सृजन की पृष्ठभूमि मेरे उन करीबी मित्रों और शुभचिंतकों की सतत प्रेरणा है, जिनसे उत्साहित होकर मेरे जैसा साधारण व्यक्ति इस कठिन कार्य की ओर कदम बढ़ाने की हिम्मत जुटा सका। दरअसल, मैं एक पुलिस अधिकारी के साथ बिहार पुलिस एसोसिएशन का अध्यक्ष हूँ। इसलिए मेरे विचारों और अनुभवों को सुनकर जब लोग कहते कि आपके भीतर एक साहित्यकार छुपा है तो मैं सोच में पड़ जाता। कारण यह था कि नेता के परिवार के लोगों को नेता, डॉक्टर के परिवार को लोगों को डॉक्टर, फिल्मी हीरो, डायरेक्टर के परिवार के लोगों को हीरो, डायरेक्टर, खिलाड़ी के परिवार के लोगों को खिलाड़ी, यहाँ तक कि साधु-महंत के परिवार के लोगों को साधु-महंत होते तो मैंने बहुतेरे देखे-सुने हैं, फिर जिसकी ऐसी कोई पारिवारिक पृष्ठभूमि नहीं है। इसके अतिरिक्त जो ऐसे पेशे से भी जुड़ा है, जिसकी समाज में नकारात्मक छवि है। इसलिए मुझ जैसा व्यक्ति लेखन का कार्य शुरू करे तो लोग कहीं ऐसा समझकर मुझे पहली ही नजर में 'रिजेक्ट' तो नहीं कर देंगे कि बंदूक-लाठी पकड़नेवाला हाथ कलम क्या पकड़ेगा?

इसी उधेड़-बुन में था कि 'कोरोना' नामक वैश्विक महामारी ने दस्तक दी और देखते-देखते इतनी तेजी से फैली कि लोगों को घरों में कैद रहने को मजबूर कर दिया। फुरसत के इन्हीं क्षणों में मैंने अपने अनुभव और विचारों को लेखनीबद्ध कर अपने मित्रों और शुभचिंतकों की इच्छापूर्ति का जो प्रयास किया, वही अब पुस्तक के रूप में पाठकों के समक्ष प्रस्तुत कर रहा हूँ। इसमें हर उम्र के लोगों को उपदेशक नहीं, बल्कि एक मित्र के रूप में संदेश देने का प्रयास है। यदि मनुष्य को अपने पर विश्वास हो और वह अपने लक्ष्य की प्राप्ति के लिए ईमानदारी से प्रयास करे तो सफलता अवश्य उसके पाँव चूमेगी। इनसान को दौलत तो विरासत

में भी मिल सकती है, लेकिन खुद की पहचान स्वयं बनानी पड़ती है। यह जिंदगी की सच्चाई है कि जब चलना नहीं आता था, तब कोई गिरने नहीं देता था और जब चलना सीख लिया, तब हर कोई गिराने में लगा है। ध्यान रहे कि सकारात्मक सोच के लोग सच्चाई के अनुरूप अपने विचारों को बदल देते हैं, जबकि नकारात्मक सोचवाले अपने विचारों के अनुरूप सच्चाई को ही बदलना चाहते हैं।

पुस्तक में 78 लेख हैं, जिनमें घटनाओं और प्राप्त अनुभवों के आधार पर जिंदगी की वास्तविकता को जैसा मैंने समझा है, उन्हें दृढ़ संकल्प, साफ नीयत और अटल निष्ठा के साथ स्पष्ट करने का प्रयास किया है। जिंदगी के सफर में हर चाल वही समझता है, जो रास्ते की धूल को गुलाल समझता है। जिंदगी में विचार को हमेशा सही रखें तो जीने का मजा आएगा, क्योंकि यदि दूसरे की हाँ-में-हाँ मिलाएँगे तो हमेशा इस्तेमाल किए जाएँगे। जिंदगी के सफर में हिम्मत कभी न छोड़ें। इससे खुशी न भी मिले, तजुर्बे जरूर मिलेंगे और ये ही तजुर्बे सत्य का मार्ग प्रशस्त करेंगे। इन निबंधों में व्यक्त विचारों को सरल और सुबोध बनाने के लिए रोचक कहानियों और प्रसंगों का सहारा लिया गया है। पुस्तक में आधा दर्जन के करीब ऐसे लेख हैं, जो महापुरुषों और संस्थाओं आदि पर हैं। आशा है, ये भी आपकी जानकारी के लिए उपयोगी होंगे। अंत में मैं साहित्यकार कुमार अरुणोदय, ममता मेहरोत्रा, गोल कोचिंग संस्थान के संस्थापक अपने मित्र विपिन बिहारी सिंह, वरीय पत्रकार स्वयंप्रकाशजी (संपादक, जी न्यूज बिहार एवं झारखंड) और छोटे भाई समान मयंक शर्मा का आभारी हूँ, जिनके बार-बार प्रेरित और उत्साहित करने से इस पुस्तक की रचना संभव हो सकी है। मेरे पिता श्री रामाधार सिंह का सदैव आशीर्वाद, पत्नी आभारानी, पुत्री आराधना सिंह (एम.बी.ए. दिल्ली स्कूल ऑफ इकोनॉमिक्स), अरण्या सिंह (बिट्स पिलानी) एवं पुत्र अभिनव कुमार सिंह का स्नेह मेरी लेखनी में ऊर्जा का संचार करता रहा। मेरा यह पहला प्रयास आपके सामने है। यह कैसी बन पड़ी है, इसका निर्णय आपको करना है। पुस्तक की त्रुटियों के लिए अग्रिम क्षमाप्रार्थी हूँ।

अनुक्रम

पिता का आशीर्वाद संकटमोचक

इनसान के जीवन में अदृश्य ईश्वर के अलावा दृश्य पिता ईश्वर रूप में संकटमोचक होता है। धरती पर हर इनसान पिता और पुत्र के रूप में स्थापित रहता है। जन्म से लेकर जीवन के हर मोड़ पर इनसान को अपने पिता का आशीर्वाद संकटमोचक के रूप में कवच का काम करता है। हर इनसान अपने पिता का अंश होता है। पिता से ही हर इनसान का नाम और पहचान होती है। पिता एक ऐसा अनमोल रत्न है, जिनके आशीर्वाद से दुनिया की सबसे बड़ी कामयाबी भी हासिल की जा सकती है। सबके पिता ही धरती पर आदर्श होते हैं। धरती पर भगवान् के रूप में सभी पिता ही हैं, जो सबको प्यार करते हैं और साथ ही हमेशा परेशानियों को हल करने में सहायता देते हैं। जीवन में पिता का होना बहुत जरूरी होता है। बिना पिता के जीवन मानो बिना छत के घर, बिना आसमान के जमीन का होना है। पिता का जीवन में बहुत बड़ा सहयोग होता है, जिसकी व्याख्या करना बेहद मुश्किल है। पिता एक अस्तित्व है, जिसके सान्निध्य को प्राप्त करते ही एक घने बरगद की छाया में मिलनेवाली शांति का-सा एहसास होता है, जो अपनी विशाल शाखाओं की छाया में सुरक्षा का एहसास प्रदान करता रहता है। पिता सदैव संघर्ष कर अपने पुत्र के जीवन को आकार देने के लिए अपनी खुशियों का त्याग करता है। एक किशोर युवावस्था में पहुँचकर अपने जीवन के सर्वश्रेष्ठ वक्त के चिर आनंद में पितृत्व का एहसास प्राप्त करता है। पिता से उसे संयम की शक्ति, त्याग की भावना और अपनी पहचान को बाँटने की सामर्थ्य प्राप्त होती है और यही संयम उसके पुत्र को साहस प्रदान करता है। यही त्याग की भावना पुत्र के जीवन की अंश-पूँजी होती है। यही पहचान उसे बहुत से रिश्ते दिलाती है। जिस पहचान और रिश्तों के जरिए वह पिता के बताए और अपनी महत्त्वाकांक्षाओं की प्राप्ति के मार्ग पर चलता है।

रामायण, महाभारत सहित सभी धर्मग्रंथों में देखने-पढ़ने को मिलता है कि पिता ने अपने बेटे के लिए और बेटे ने अपने पिता के लिए हर विषम परिस्थिति में साथ खड़ा रहकर इतिहास बनाया है। राजा दशरथ ने अपने बेटे राम के वियोग में प्राण त्याग दिए। धृतराष्ट्र ने ज्ञानी होते हुए भी अपने बेटे दुर्योधन की राजगद्दी के लिए महाभारत करवा दिया। मेघनाद ने अपने पिता रावण के लिए प्राणों की आहुति दे दी। श्रवण वृद्ध माता-पिता को काँवर पर बिठाकर तीर्थयात्रा कराने ले गए। असंख्य उदाहरण इतिहास में मिलेंगे। प्राचीनकाल में एक राज्य में प्रजा काफी खुशहाल थी। हर तरफ अमन-चैन था। उस राज्य में एक कोतवाल था, जिसने अपने विभाग के साथ ही नगर, समाज और राजसत्ता में काफी लोकप्रियता के साथ अपनी खास पहचान बनाई थी। कोतवाल का परिवार काफी खुशहाल था। उस परिवार में उसके पिता सहित कई भाई भी थे, जो सभी खुश थे। अपने परिवार की उन्नति व ख्याति प्राप्त कराने में कोतवाल की अहम भूमिका थी। उसने अपने परिवार को नगर व समाज में प्रतिष्ठा के साथ खुद को स्थापित किया था। कोतवाल की स्पष्ट वाणी, विचार, कार्य व लोकप्रियता से जहाँ काफी लोग समाज में उसके चाहनेवाले थे, वहीं कुछ गिने-चुने लोग दबे स्वर में उसके विरोधी भी थे। विरोधी वक्त के इंतजार में थे कि कोतवाल किसी मामले में फँसे, जिससे उसकी लोकप्रियता पर धब्बा लग जाए। इसके लिए ऐसे लोगों ने चक्रव्यूह का निर्माण किया। फिर समय का चक्र करवट लेता है और कोतवाल एक लड़की के साथ बंधन में बँध जाता है। जब इसकी सूचना किसी माध्यम से उसके परिवार को लगती है तो उसके पारिवारिक जीवन में एक भूचाल आ जाता है। इस घटना से निकलने के लिए कोतवाल के परिवार और कुछ निकटतम मित्र साम, दाम, दंड इत्यादि हर उपाय का प्रयोग करते हैं, परंतु सफलता नहीं मिलती। कोतवाल को हर पल अपनी साख व प्रतिष्ठा पैरों के नीचे से खिसकने की आशंका दिखने लगती है। फलतः वह घुट-घुटकर जीवन का हर पल काटने लगा। गलत कार्य करने से अब परिवार में भी किसी का साथ नहीं मिल रहा था। अपने जीवन के रणक्षेत्र में हताश एवं निराश कोतवाल की पीड़ा-पश्चात्ताप को न कोई देख और न ही सुन रहा था। कोतवाल के जीवन मार्ग में एक तरफ कुआँ तो दूसरी तरफ खाई दृष्टिगोचर हो रही थी। कोतवाल हर पल सोच व चिंता में डूबा अपनी साख को न बचा पाने की फिक्र में स्वयं के जीवन को समाप्त करने के मार्ग पर चलने की सोच रहा था, तभी कोतवाल के पिता को सारी वस्तुस्थिति की जानकारी होती है। वे कोतवाल को भला-बुरा

कहते हैं और संकट के समाधान के लिए अपनी बुद्धि व क्षमता का प्रयोग करते हैं। कोतवाल के पिता को आभास है कि बेटे की साख-प्रतिष्ठा से ही परिवार की प्रतिष्ठा जुड़ी है और वही प्रतिष्ठारूपी घर की नींव भी है, जो एक बार चली गई तो पुनः वापस नहीं मिल सकती। पिता अपने कोतवाल बेटे पर आए संकट की सारी परिस्थितियों की गहराई से समीक्षा के उपरांत हर संकट में उसके साथ खड़े होने का आशीर्वाद देता है और मंत्र देता है कि वक्त से हारा या जीता नहीं जाता, केवल सीखा जाता है तथा सीखकर फिर जीता जाता है। उलझनों में लिपटी अपनी जिंदगी में उत्पन्न संघर्ष को आत्मबल से जीता जाता है। कोतवाल पश्चात्ताप से पूरी तरह टूट चुका था। उसके धैर्य, सहनशक्ति एवं आत्मबल अंतिम साँसें गिन रहे थे। पुनः अपने पिता का साथ मिलने से उठने का प्रयास करते हुए वह काफी हद तक स्वयं, विभाग, समाज व राजसत्ता में मजबूत होने लगा और बीती घटना को भविष्य के गर्भ में छोड़ दिया।

इस कहानी से स्पष्ट है कि इनसान के जीवन का आधार ही पिता है। पिता से ही घर होता है। पिता ही जीवन में साहस देनेवाला, सारथी और महत्त्वपूर्ण पथ प्रदर्शक होता है। हर हाल में पिता चाहता है कि हमारे बच्चे को किसी भी प्रकार का दुःख न देखना पड़े। धरती पर इनसान अपने से अधिक नाम, ख्याति, धन अर्जित कोई दूसरा व्यक्ति करे, ऐसा वह कभी नहीं चाहता। केवल जीवन में एक पिता ही होता है, जो चाहता है कि हमारा बेटा हमसे ज्यादा ख्याति, धन, पुण्य सहित इनसान की खुशियों से जुड़ी हर वस्तु को प्राप्त करे। इनसान के बेहतर जीवन में पिता की महत्त्वपूर्ण भूमिका होती है। पिता न होते तो मेरा कोई अस्तित्व ही न होता। अंत में कहूँगा—"जीवन के सफर में यदि परिस्थितियाँ बदल जाएँ तो रणनीति बदलने में कोई बुराई नहीं है।"

□

दोस्त जिंदगी का हमदर्द

जिंदगी हमें बहुत खूबसूरत दोस्त देती है, लेकिन अच्छे दोस्त हमें खूबसूरत जिंदगी देते हैं। जीवन में कभी भी दोस्ती में समझदार बनें, वफादार बनें, असरदार बनें, मगर दुकानदार मत बनें। कुछ रिश्ते ईश्वर बनाते हैं। कुछ रिश्ते लोग बनाते हैं, पर कुछ लोग बिना रिश्ते के रिश्ते निभाते हैं और वही दोस्त कहलाते हैं। दोस्ती वह रिश्ता है, जो आप खुद तय करते हैं, जबकि बाकी सारे रिश्ते आपको बने-बनाए मिलते हैं। खुद से बनाए रिश्ते की जड़ काफी गहरी और मजबूत होती है। जरा सोचिए कि एक दिन अगर आप अपने दोस्तों से नहीं मिलते हैं तो कितने बेचैन हो जाते हैं और मौका मिलते ही उनकी खैरियत जानने की कोशिश करने लगते हैं। इससे आप समझ सकते हैं कि यह रिश्ता कितना खास है। आज जिस तकनीकी युग में मोबाइल व इंटरनेट के इस्तेमाल के बीच हम जी रहे हैं। इसने दोस्तों को एक-दूसरे के काफी करीब ला दिया है, लेकिन साथ-ही-साथ इसी तकनीक ने हमसे सुकून का वह समय छीन लिया है, जिसे हम आपस में बैठकर बाँटते थे। आज हमने पूरी दुनिया तो मुट्ठी में कैद कर ली है, लेकिन इसके साथ ही हम खुद में इतने मशगूल हो गए हैं कि एक तरह से सारे दोस्तों से कट-से गए हैं। सच्चे दोस्त दुःख और कष्ट के क्षणों में हमारे साथ अपनी मौजूदगी से हमें जिंदगी में आगे बढ़ने, संघर्ष करने और दुःख व पीड़ा को हराकर हर संघर्ष व जंग को जीतने की प्रेरणा देते हैं। दोस्त हमारे दुःख व दर्द को हमसे छीन तो नहीं पाते, पर वे अपनी उपस्थिति से उस दर्द को सहने की हमारी शक्ति जरूर बढ़ा देते हैं।

किसी ने बहुत ठीक कहा है, "मैं एक दोस्त ढूँढ़ने गया, लेकिन वहाँ किसी को नहीं पाया। मैं दोस्त बनने गया और पाया कि वहाँ कई दोस्त थे।" मित्र, सखा, दोस्त, चाहे किसी भी नाम से पुकारें, दोस्त की कोई एक परिभाषा हो ही नहीं सकती। हमें तनहाई का कोई साथी चाहिए, दुःखों-पीड़ाओं को सुननेवाला कोई

हमदर्द चाहिए। खुशियों का कोई राजदार चाहिए और गलती पर प्यार से डाँटने-फटकार करनेवाला दोस्त चाहिए। यदि ये सब खूबियाँ किसी एक व्यक्ति में मिलें तो निस्संदेह ही वह आपका दोस्त होगा। वही दोस्त है, जिसके रिश्ते में कोई स्वार्थ या छल-कपट नहीं, बल्कि आपके हित, आपके विकास और आपकी खुशियों के लिए सदैव एक तड़प रहेगी।

कुदरत का नियम है कि मित्र और चित्र दिल से बनाएँगे तो उनके रंग निखर जाएँगे। अगर जिंदगी को कामयाब बनाना हो तो याद रखें कि पाँव भले ही फिसल जाएँ, पर दोस्ती को कभी मत फिसलने दें। किसी ने कहा है कि अच्छा मित्र प्राप्त करने से पहले अच्छा मित्र बनना आवश्यक है। मित्रता की इस भावना को बल देने के लिए दोस्तों के साथ माह में कहीं बैठने की आवश्यकता है, क्योंकि दोस्त हमें मजबूत बनाते हैं, हमारे संकल्प व हमारी संवेदना को महसूस कर अपनत्व की गरमाहट पैदा कर दोस्ती में ऊर्जा का संचार करते हैं। दोस्ती जीना सिखाती है और जीवन को रंग-बिरंगी शक्ल देती है। प्रेरणा देती है कि ऐसे जीओ कि खुद दुःख के पार चले जाओ, जहाँ खुशियों का खजाना हो। आप ऐसा कर सके तो हर एहसास, हर कदम और हर लम्हा खूबसूरत होगा तथा साथ-साथ सुंदर हो जाएगी जिंदगी। पढ़ाई के वक्त के कुछ दोस्त आज भी वैसे ही प्यारे लगते हैं, जैसे उस वक्त थे। कुछ खास दोस्तों से हर विषय, जो मर्यादित हो या अमर्यादित, उस पर खुलकर बातें होती थीं। घर की बात हो या कोई गोपनीय बात, दोस्त से शेयर जरूर की थी। पुलिस विभाग में आने के बाद भी मुझे कुछ दोस्त मिले, कुछ विभाग के तो कुछ विभाग से हटकर भी मिले, जिनसे जुड़ाव काफी गहरा हो गया। वे आज के वक्त में सुख-दुःख में साथ खड़े दिखते हैं। इनसान की पहचान यदि करनी हो तो उसकी दोस्ती की समीक्षा करें कि आपने दोस्त कैसे बनाए हैं? आज के वक्त में कुछ दोस्त वैसे मिलेंगे कि यदि वे अचानक काफी आगे निकल गए यानी उन्नति कर गए तो उनकी हैसियत के हिसाब से नए दोस्त बन गए, फिर पुराने से वे दूरी बनाने लगते हैं।

अनुभव के आधार पर कहूँगा, जो जिंदगी का कड़वा सच है कि दोस्त जब बड़ा बन जाता है तो उन दोस्तों को छोटा समझने लगता है, जिन्होंने उसे बुलंदी पर पहुँचाया है, वैसे दोस्त किसी के भी सच्चे दोस्त नहीं होते। कुछ दोस्त वैसे भी मिलेंगे, जो आपकी उन्नति को देखकर अंदर-अंदर जलने लगते हैं और आपके बुरे वक्त का इंतजार करते हैं या बुरे वक्त के रचनाकार होते हैं। ऐसे स्वार्थी दोस्त

आपकी पीठ में चाकू भी मार सकते हैं। जिंदगी के सफर में हर भाँति के दोस्त मिलेंगे। आपको तय करना है कि आपके लिए कौन सा दोस्त बुरे वक्त में हाथ पकड़नेवाला है और कौन सा दोस्त टाँग खींचनेवाला। सुकरात ने कहा है कि दोस्ती करने में धीमे रहें, लेकिन एक बार जब दोस्ती हो जाए और वह सच्ची हो तो दृढ़ और सतर्क बने रहें। दोस्ती मानव की सभ्यता व संस्कृति है। यह संपूर्ण मानवीय संबंधों की व्याख्या का सूत्र है। जीवन में दोस्ती की खेती खुशियों की फसल लेकर आती है, लेकिन इसके लिए पारस्परिक विश्वास की जमीन और अपनत्व के बीज भी पास में होने जरूरी हैं। वास्तव में दोस्त उसे ही कहा जाता है, जिसके मन में स्नेह की रसधार हो और स्वार्थ की जगह परमार्थ की भावना हो। ऐसे दोस्त साँसों की बाँसुरी में सिमटे होते हैं, जो संसार में दुर्लभ तो हैं, फिर भी हर के जीवन में होते हैं। श्रीकृष्ण और सुदामा की तथा विभीषण और श्री राम की दोस्ती इतिहास की अमूल्य धरोहर हैं। जीवन में एक दोस्त कृष्ण जैसा होना ही चाहिए, जो दोस्त के लिए युद्ध न लड़े, पर सच्चा मार्गदर्शन करता रहे। एक दोस्त कर्ण जैसा भी जरूर होना चाहिए, जो गलत होते हुए भी आपके लिए युद्ध करे। अनुभव कहता है कि न दोस्ती बड़ी, न इनसान बड़ा, पर जो सत्य के साथ बिना स्वार्थ के इसे निभा दे, वह अनमोल दोस्त बड़ा है। मैं तो बस इतना जानता हूँ कि हर दोस्त मोती है, मगर एक खास दोस्त कोहिनूर होता है।

□

कोरोना में पारिवारिक संबंध

यह जीवन ईश्वर के द्वारा लिखित उत्कृष्ट उपन्यास है। यदि मनुष्य केवल बुद्धि से उसे समझना चाहे तो वह पागल हो जाएगा। जिंदगी में इनसान को अपने-पराए का दर्शन सामान्य जीवन में या छोटी समस्या पर करना मुश्किल है। दुनिया में काफी घर-परिवारों के साथ संबंधों में भूत और वर्तमान में देखने को मिलता है कि जब इनसान से इनसान की जान पर आफत दृष्टिगोचर होती है तो इनसान घर में भी पराया हो जाता है। वक्त के साथ-साथ बहुत-कुछ बदलता है, लोग भी, रिश्ते भी, एहसास भी और कभी-कभी हमें परिस्थिति के कारण खुद को भी बदलना पड़ता है। जब जीवन और मौत की लड़ाई के वक्त अपने परिवार के लोग एक साथ संग छोड़ दें तो इनसान बाहर से ही नहीं, अंदर से भी टूट जाता है। वक्त और जरूरत के हिसाब से परिवार के आदमी की सोच बदलती रहती है। देखने को मिलती रहता है कि जब चाय में मक्खी गिर जाती है तो चाय फेंक देते हैं और घी में गिर जाए तो मक्खी को निकालकर फेंक देते हैं। जीवन की यात्रा में कुछ घटनाएँ ही इनसान की पहचान का दर्पण होती हैं। आज वर्तमान वक्त में पूरी दुनिया में जो घटनाएँ देखने और सुनने को मिल रही हैं, उनका चित्रण हर इनसान को प्रेरणा के साथ स्वयं को भावनात्मक सोच की आत्मा में प्रवेश करा देगा। यह लेखनी हर इनसान को बार-बार पढ़ने को और सोचने को मजबूर कर देगी। यह सत्य को दरशाते हुए यथार्थ का दर्शन कराती है। वर्तमान दुनिया इसी मार्ग पर चल रही है। गोपाल सिंह एक सेवानिवृत्त अध्यापक हैं। सुबह दस बजे तक ये एकदम स्वस्थ प्रतीत हो रहे थे। उनमें शाम के सात बजते-बजते तेज बुखार के साथ-साथ वे सारे लक्षण दिखाई देने लगे, जो एक कोरोना पॉजीटिव मरीज के अंदर दिखाई देते हैं। परिवार के सदस्यों के चेहरों पर खौफ साफ दिखाई पड़ रहा था। फिर परिवार द्वारा उनकी चारपाई घर के

एक पुराने बड़े से बाहरी कमरे में डाल दी गई, जिसमें इनके पालतू कुत्ते 'मार्शल' का बसेरा है। गोपालजी कुछ साल पहले एक छोटा-सा घायल पिल्ला सड़क से उठाकर लाए थे और अपने बच्चे की तरह पालकर इसको नाम दिया 'मार्शल'। इस कमरे में अब गोपालजी, उनकी चारपाई और उनका प्यारा 'मार्शल' है।

दोनों बेटों-बहुओं ने दूरी बना ली और बच्चों को भी पास न जाने के निर्देश दे दिए गए। परिवार के लोगों ने सरकार द्वारा जारी किए गए नंबर पर फोन कर सूचना दे दी। खबर मोहल्ले भर में फैल चुकी थी, लेकिन मिलने कोई नहीं आया। साड़ी के पल्ले से मुँह लपेटी हुई, हाथ में छड़ी लिये पड़ोस की कोई एक बूढ़ी अम्मा आई और गोपालजी की पत्नी से बोली, "अरे, कोई इसके पास दूर से खाना भी सरका दो, वे अस्पतालवाले तो इसे भूखे ही ले जाएँगे उठा के।" अब प्रश्न यह था कि उनको खाना देने के लिए कौन जाए? बहुओं ने खाना अपनी सास को पकड़ा दिया, अब गोपालजी की पत्नी के हाथ थाली पकड़ते ही काँपने लगे, पैर मानो खूँटे से बाँध दिए गए हों। इतना देखकर वह पड़ोसन बूढ़ी अम्मा बोली, "वह तेरा तो पति है, तू भी डर से खाना नहीं दे रही है? गोपालजी ने तो कठिन संघर्ष कर इस परिवार को अच्छे मुकाम पर पहुँचाया है। तेरा सुहाग भी तो है। इतना तो कर, मुँह बाँधकर चली जा और दूर से थाली सरका दे, वे अपने आप उठाकर खा लेंगे।" सारा वार्त्तालाप गोपालजी चुपचाप सुन रहे थे। उनकी आँखें नम थीं और काँपते होंठों से उन्होंने कहा कि कोई मेरे पास न आए तो बेहतर है, मुझे भूख भी नहीं है। इसी बीच एंबुलेंस आ जाती है और गोपालजी को एंबुलेंस में बैठने के लिए बोला जाता है। गोपालजी घर के दरवाजे पर आकर एक बार पलटकर अपने घर की तरफ देखते हैं। गोपालजी ने बच्चों के ट्यूशन से पैसे कमाकर बड़े प्यार से घर रहने के लिए बनाया था। पोती-पोते प्रथम तल की खिड़की से मास्क लगाए दादा को निहारते हुए और उन बच्चों के पीछे सिर पर पल्लू रखे उनकी दोनों बहुएँ दिखाई पड़ती हैं। घर के दरवाजे से हटकर बरामदे पर दोनों बेटे काफी दूर अपनी माँ के साथ खड़े थे। विचारों का तूफान गोपालजी के अंदर उमड़ रहा था। उनकी छोटी पोती ने उनकी तरफ हाथ हिलाते हुए टाटा एवं बाय-बाय कहा। एक क्षण को उन्हें लगा कि जिंदगी ने अलविदा कह दिया! गोपालजी की आँखें लबलबा उठीं। उन्होंने बैठकर अपने घर की देहरी को चूमा और एंबुलेंस में जाकर बैठ गए। उनकी पत्नी ने तुरंत पानी से भरी बाल्टी घर की उस देहरी पर उड़ेल दी, जिसको गोपाल चूमकर एंबुलेंस में बैठे थे। इसे तिरस्कार कहें या मजबूरी, लेकिन यह दृश्य देखकर

प्यारा कुत्ता भी रो पड़ा और उसी एंबुलेंस के पीछे-पीछे हो लिया, जो गोपालजी को अस्पताल लेकर जा रही थी। गोपालजी अस्पताल में 14 दिनों के ऑब्जर्वेशन पीरियड में रहे। उनकी सभी जाँच सामान्य थी। उन्हें पूर्णतः स्वस्थ घोषित करके छुट्टी दे दी गई। जब वे अस्पताल से बाहर निकले तो उनको अस्पताल के गेट पर उनका प्यारा कुत्ता 'मार्शल' बैठा दिखाई दिया। दोनों एक-दूसरे से लिपट गए। एक की आँखों से गंगा तो दूसरे की आँखों से यमुना बही जा रही थी, जब तक उनके बेटों की लंबी गाड़ी उन्हें लेने पहुँचती, तब तक वे अपने प्यारे 'मार्शल' को लेकर किसी दूसरी दिशा की ओर निकल चुके थे। उसके बाद वे कभी दिखाई नहीं दिए। आज उनके फोटो के साथ उनकी गुमशुदगी की खबर छपी है। अखबार में लिखा है कि सूचना देनेवाले को 60 हजार का इनाम दिया जाएगा। 60 हजार, हाँ, पढ़कर ध्यान आया कि इतनी ही तो मासिक पेंशन आती थी उनकी, जिसको वे परिवार के ऊपर हँसते-गाते उड़ा दिया करते थे। एक बार गोपालजी की जगह पर स्वयं को खड़ा करें। कल्पना करें कि इस कहानी में किरदार आप हैं। आपका सारा अहंकार और सब मोह-माया खत्म हो जाएगा। जीवन में बेशक मुश्किल वक्त बताकर नहीं आता, मगर सिखाकर और समझाकर बहुत कुछ जाता है। अच्छे वक्त ने दुनिया को बताया कि मैं कैसा हूँ और बुरे वक्त ने बताया है कि दुनिया कैसी होती है! बुरा वक्त इतना दर्द नहीं देता, जितना बुरे वक्त में साथ छोड़नेवाले अपने दर्द देते हैं, परंतु जो बुरा वक्त देखा रहता है, वह कभी भी किसी के साथ बुरा नहीं करता। इनसान अपना बुरा वक्त तो भूल जाता है, लेकिन बुरे वक्त में लोगों के बुरे रवैए को वह कभी नहीं भूलता। समाज में कुछ इनसान आपके लिए अच्छे भी होते हैं, जिनसे कभी-कभी बुरा वक्त उन लोगों से मिलवाने के लिए भी आता है। इसलिए मैं आप सभी से निवेदन करता हूँ कि कुछ पुण्य कर्म कर लिया कीजिए। जीवन में कुछ नहीं है, कौन अपना है, कौन अपना नहीं है, समझना मुश्किल है, जब तक स्वार्थ है, तभी तक आपके सब हैं।

जीवन एक सफर है, मौत उसकी मंजिल है, मोक्ष का द्वार कर्म है। यही सत्य है, जब आत्मचिंतन करेंगे तो यह सब दिखेगा। परिवार में कभी-कभी जिंदगी माचिस की डिब्बी की तरह लगती है, जो स्वयं जलती, घिसती, बुझती और मरती भी है। इसलिए जीवन में उनकी परवाह मत करें, जिनका विश्वास वक्त के साथ बदल जाए। परवाह सदा उनकी करें, जिनका विश्वास आप पर तब भी रहे, जब आपका वक्त बदल जाए। हे कोरोना, पूरी दुनिया में मौत का तांडव कर सचमुच

तूने दुनिया में घर, परिवार एवं जीवन का सार समझा दिया है। देश-विदेश हर जगह अपनों ने अपनों से दूरी बना ली। मरने पर परिवार ने अपनों को सड़कों पर छोड़ दिया। अमीर-गरीब, छोटा-बड़ा, स्त्री-पुरुष, धर्म-जाति, क्षेत्र-देश, राजा-रंक, कोई भेदभाव नहीं, सब एक समान, एक विचार में दिख रहे हैं। कोरोना, तुमसे वर्तमान में ज्ञान मिला कि असली धर्म इनसानियत है। निस्स्वार्थ भाव से निष्काम कर्म, सच्चाई, ईमानदारी, निर्मल प्रेम, मधुर वाणी, सद्‌भाव, भाईचारा, परोपकार करना ही सर्वश्रेष्ठ है। इनसान जीवन में कभी अपने आप को तनाव का शिकार न होने दे। कुछ भी हो, कितने भी बुरे हालात क्यों न जीवन में आएँ, वे बदलते हैं। कभी भी जिंदगी के सफर में एक-दूसरे के जैसा होना जरूरी नहीं होता, एक-दूसरे के लिए होना जरूरी होता है। हर इनसान इसे जीवन का लक्ष्य बनाए। यही हमारी लेखन शैली की सार्थकता है। लेखन शैली स्पष्ट शब्दों में अपने विचारों और सोच का प्रतिनिधित्व करती है। लेखन शैली ही व्यक्ति की मानसिक स्मृति से उपजी समझ को प्रकट करती है। इसलिए हर इनसान अपनी स्मृति में ज्ञानवर्धक सोच बनाए। आपके मन की सोच क्या है, ज्ञान, मार्गदर्शन के साथ सक्रियता और जागरूकता पैदा करना स्पष्ट शब्दों में ही निहित है। जीवन यात्रा क्षमताओं को विकसित करती है तथा धारणा और भावनात्मक विचार ही पहचान बनते हैं। अंत में कहूँगा—न करो जुर्रत कभी किसी के बुरे वक्त में साथ छोड़ने की, उस पर हँसने की। यह वक्त है, बदलता है और जनाब! इनसान चेहरे को याद रखता है।

□

संतुष्टि का अभाव पीड़ादायक

सृष्टि में अमीर कौन है, भिखारी कौन है, इसको समझना पूरे ब्रह्मांड को समझने जैसा है। आज के वक्त में न कोई राष्ट्र, न कोई नेतृत्व, न कोई विश्वव्यापी व्यापारी, न छोटा व्यापारी, न समाज, न परिवार और न ही इनसान संतुष्ट है। सब को कुछ-न-कुछ और पाने की चाहत पीड़ा का कारण होती है। जिसको आशीर्वाद रूप में भगवान् की दी हुई जीवन से जुड़ी सारी जरूरत की वस्तुओं से संतुष्टि नहीं है, वह इनसान इस दुनिया में किसी सांसारिक वस्तु से संतुष्ट नहीं हो सकता। किसी ने सही कहा है कि 'इस दुनिया में कभी किसी को मुकम्मल जहाँ नहीं मिलता, कहीं जमीन तो कहीं आसमान नहीं मिलता।' इस संसार में जो भी इनसान जन्म लेता है, वह अपने साथ कुछ भी नहीं लाता है और जब इस संसार को छोड़कर जाता है, तब भी वह अपने साथ कुछ भी लेकर नहीं जाता है; परंतु ईश्वर ने इस तरह का खेल इनसान के जीवन के साथ रचा कि जब तक वह जिंदा रहेगा, पूरे जीवन भर भागता ही रहेगा, जिसके कारण वह अपनी पूरी जिंदगी इस संसार में कभी भी संतुष्ट नहीं होता। इस बात को समझाने के लिए एक छोटी सी कहानी का उदाहरण देता हूँ। किसी दूर राज्य में एक राजा शासन करता था। राजा बडा ही परोपकारी स्वभाव का था, प्रजा का तो भला चाहता ही था, इसके साथ ही पड़ोसी राज्यों से भी उसके बड़े अच्छे संबंध थे। राजा किसी भी इनसान को दुःखी देखता तो उसका हृदय द्रवित हो जाता और वह अपनी पूरी श्रद्धा से जनता का भला करने की सोचता। एक दिन राजा का जन्मदिन था। उस दिन राजा सुबह उठा तो बड़ा खुश था। राजा अपने सैनिकों के साथ वन में कुछ दूर घूमने निकल पड़ा। आज राजा ने खुद से वादा किया कि मैं आज किसी एक व्यक्ति को खुश और संतुष्ट जरूर करूँगा। यह सोचकर राजा सड़क से गुजर ही रहा था कि उसे एक भिखारी दिखाई दिया। राजा को भिखारी

की दशा देखकर बड़ी दया आई। उसने भिखारी को अपने पास बुलाया और उसे सोने का एक सिक्का दिया। भिखारी सिक्का लेकर बड़ा खुश हुआ, लेकिन वह अभी आगे चला ही था कि सिक्का भिखारी के हाथ से छिटककर नाली में गिर गया। भिखारी ने तुरंत नाली में हाथ डाला और सिक्का ढूँढ़ने लगा। राजा को बड़ी दया आई कि यह बेचारा कितना गरीब है! राजा ने भिखारी को बुलाकर सोने का एक सिक्का और दे दिया, अब तो भिखारी की खुशी का ठिकाना नहीं था। उसने सिक्का लिया और जाकर फिर से नाली में हाथ डालकर खोया सिक्का ढूँढ़ने लगा। राजा को बड़ा आश्चर्य हुआ, उसने फिर भिखारी को बुलाया और उसे चाँदी का एक सिक्का और दिया, क्योंकि राजा ने खुद से वादा किया था कि एक इनसान को खुश और संतुष्ट जरूर करेगा, लेकिन यह क्या? चाँदी का सिक्का लेकर भी उस भिखारी ने फिर से नाली में हाथ डाल दिया और खोया सिक्का ढूँढ़ने लगा। राजा को बहुत बुरा लगा। उसने फिर भिखारी को बुलाया और उसे सोने का एक और सिक्का दिया। राजा ने कहा, "अब तो संतुष्ट हो जाओ।" भिखारी बोला, "महाराज, मैं खुश और संतुष्ट तभी हो सकूँगा, जब मुझे वह नाली में गिरा सोने का सिक्का मिल जाएगा।"

दोस्तो! मैं भी, आप भी, दुनिया का हर अमीर-गरीब भी उस भिखारी की ही तरह हैं और वह राजा भगवान् है, अब भगवान् हमें कुछ भी दे दें, हम संतुष्ट हो ही नहीं सकते। यह मेरी या आपकी बात नहीं है, बल्कि पूरी दुनिया में मानव जाति कभी संतुष्ट नहीं हुई है। संतुष्टि नहीं होने के कारण आज समाज व परिवार में कई तरह की घटनाएँ घटित होती रहती हैं। हत्या, लूट सहित हर तरह की आपराधिक घटनाएँ नित्य दिन समाज में देखने-सुनने को मिलती रहती हैं। कोई अपने परिवार से, कोई अपने बच्चे से तो कोई अपने जीवनसाथी से संतुष्ट नहीं है, जो सबकी पीड़ा का कारण है। सबको अधिक पैसा चाहिए, पैसा मिले तो अब कार चाहिए, कार मिले तो और महँगी कार चाहिए। दुनिया में जो भी अच्छा दिखे, उसको चाहिए। स्वर्ग की अनुभूति और आनंद चाहिए। सारी चीजें हर इनसान के अंदर संतुष्टि के रूप में हैं, पर कोई देखने की कोशिश नहीं करता है। इनसान के जीवन की पूरी यात्रा में यही क्रम चलता रहता है। भगवान् ने हमें यह अनमोल शरीर दिया है, लेकिन हम जिंदगी भर नालीवाला सोने का सिक्का ही ढूँढ़ते रहते हैं। आप चाहे कितने भी अमीर हो जाएँ, चाहे कितना भी धन कमा लें, आप संतुष्ट नहीं हो सकते। इस संसार में यह सत्य है कि इनसान स्वयं से संतुष्ट नहीं है, जो उसके तनाव व

पीड़ा का मुख्य कारण है। आज हम सभी इनसान इस अनमोल पावन शरीर को पाकर भी संसाररूपी नाली से सिक्के ही ढूँढ़ते रहते हैं। अतः भगवान् के दिए इस शरीररूपी धन का इस्तेमाल दूसरों की मदद के लिए करें और संतुष्टि को तलाशें तो निश्चित आनंद के रूप में संतुष्टि मन के अंदर दृष्टिगोचर होगी। संतुष्टि स्थायी नहीं होती। यह अस्थायी है। समयानुसार इनसान के जीवन सफर में सुख-दुःख, हर्ष-विषाद आते-जाते रहते हैं। इनसान हर पल की अपनी सोच को संतुष्टि के रूप में ढाल ले तो पीड़ा की अनुभूति नहीं होगी। तुमको इस दुनिया में अगर सबकुछ मिल जाएगा तो तमन्ना किसकी करोगे ? जीवन में कुछ अधूरी ख्वाहिशें ही तो जीने का मजा देती हैं। आज कोरोना महामारी के कारण विश्व, राष्ट्र, समाज में आर्थिक मंदी उत्पन्न हो जाने से भुखमरी एवं भिक्षाटन की राह पर समाज के गरीब व मजदूर चल पड़े हैं। यदि समाज के सक्षम इनसान सहयोग व सहायता के लिए आगे बढ़ें तो स्वयं को संतुष्टि व आनंद की अनुभूति होगी। आज के वक्त में जो भूखा सो रहा है, अपने घर में, भूख क्या होती है, उससे बेहतर कौन जान सकता है ? मैं सभी से निवेदन करता हूँ कि गरीबों का दर्द समझिए और निस्स्वार्थ सेवा कीजिए, ताकि जीवन में आपको संतुष्टि मिले। सेवा करने से कोई छोटा नहीं होता। अतीत के पन्ने पलटेंगे तो देखेंगे कि अपना समाज यही सिखला गया है। सेवा करो, फल भगवान् देगा। हम-तुम दरिया हैं, अपना हुनर मालूम है। संतुष्टि के साथ जिस तरफ भी चल पड़ेंगे, रास्ता बन जाएगा, जो सुखी जीवन की मंजिल पर पहुँचाएगा। जीवन-यात्रा में खुद से प्यार करना संतुष्टि व खुशी का पहला रहस्य है। इस रहस्य को हमेशा अपने अंदर जीवंत रखना है। हर इनसान अपने जीवन को एक मास्टरपीस बनाए। अपने अंदर विश्वास पैदा करे कि मैं इस ग्रह पर अब तक का सबसे बड़ा व्यक्ति हूँ। अंत में कहूँगा कि—चमक सूरज की नहीं, इस दुनिया में हर इनसान के किरदार की है, खबर यह आसमाँ के अखबार की है, तू चले तो तेरे संग कारवाँ चले, बात गुरूर की नहीं, तेरे अंदर संतुष्टिरूपी मौजूद एतबार की है।

□

जीवन में झूठ का खेल निराला

इतिहास गवाह है कि इनसान ने धरती के हर कालखंड में झूठ का सहारा लिया है। वर्तमान में सभी इनसान अपने जीवन में झूठ बोलते हैं। अनेक बार मैंने अपने जीवन में झूठ का सहारा लिया है। कई मित्रों ने एक साथ जो सामने देखा और सुना, उन्हें कई झूठ शब्द जोड़कर बोलते देखा है। कोई इनसान दावा करे कि वह अपने जीवन में झूठ नहीं बोलता है तो वह इनसान दुनिया का सबसे बड़ा झूठा है। संसार में झूठ बोलना इनसान के जीवन सफर का एक सच्चा साथी बन गया है। जब हम कहीं लेट पहुँचते है, तब डाँट सुनने या उलाहना सुनने से पहले ही कोई झूठी बात बोलने लगते हैं। यह अकसर सभी के साथ गुजरता है। सुनने में आता है कि कुछ इनसान न्यायालय में साक्ष्य के रूप में गीता पर हाथ रखकर शपथ लेकर दुश्मनी या बदले की भावना से झूठ बोलकर विरोधी को दंड दिलवा देते हैं। कारण, न्यायालय साक्ष्य के आधार पर अपना निर्णय सुनाता है। अकसर इनसान अपने परिवार में झूठ बोलता रहता है। जीवन में अपने परिवार से झूठ बोलकर कोई कहाँ जाएगा, अगर कोई अपनों के प्रति ईमानदार नहीं है तो वह दूसरों के प्रति ईमानदार कैसे हो सकता है ? कभी-कभी हम अपने आप से भी झूठ बोलते हैं। झूठ तो झूठ होता है, चाहे हम अपने से बोलें या दूसरे से। दोनों ही हाल में हम अपने आप को ठगते हैं। जीवन में झूठ की बुनियाद आखिर कब तक टिकेगी ? हम सभी अपनी एक सुंदर भरोसे की दुनिया में खुशी से रहते हैं, फिर भरोसे के बीच झूठ क्यों ? कभी-कभी जीवन में भरोसे के बीच हम झूठ को सच समझ लेते हैं या उसे दोहराते-दोहराते सच समझने लगते हैं। अकसर हमें लगता है कि हमारे झूठ का दूसरे को क्या पता होगा ? लेकिन जिंदगी में झूठ की बुनियाद इतनी कमजोर होती है कि अचानक किसी भी समय गिर पड़ती है।

तानाशाह हिटलर के शासनकाल में डॉ. जोसेफ गोएबल्स 1933 से 1945 तक नाजी जर्मनी का प्रचार मंत्री था। गोएबल्स ने कहा था कि एक झूठ को अगर कई बार दोहराया जाए तो वह सच बन जाता है। जिंदगी में मजेदार बात तब होती है, जब हमारा झूठ पकड़ा जाता है। तब भी हम अपने आप को नहीं कोसते हैं, फिर झूठ का सहारा लेकर किसी दूसरे को कोसने लगते हैं। हम मानने को तैयार ही नहीं होते कि गड़बड़ हमने की थी। जीवन में इनसान को अपने झूठ को स्वीकार कर सत्य को सामने लाना चाहिए। झूठ की जिंदगी असल में एक तरह का शॉर्टकट है। शॉर्टकट या पगडंडियाँ हमें अच्छी तो लगती हैं, लेकिन उसे जिंदगी का सच नहीं मान लेना चाहिए। एक दिन वह झूठ भरी जिंदगी हम पर ही भारी पड़ती है। हर किसी की जिंदगी में ईमानदारी का काफी महत्त्व होता है। हम अगर अपने लिए ईमानदार नहीं हैं,तो दूसरे के लिए भी नहीं हो सकते। इनसान जानता है कि झूठ की इमारत बालूवाली जमीन पर होती है, जो कभी भी गिर सकती है। एक सत्य घटना कुरुक्षेत्र के रणक्षेत्र की बताता हूँ। महाभारत युद्ध में द्रोणाचार्य के रणकौशल एवं दिव्यास्त्रों के प्रयोग से पांडवों की पूरी सेना विचलित हो रही थी। युद्ध के शुरू होने के समय द्रोणाचार्य ने स्वयं बताया था कि कोई अत्यंत अप्रिय समाचार किसी भरोसेमंद व्यक्ति से सुनाई दिया तो शस्त्र त्यागकर ध्यान करने लगेंगे। कृष्ण ने यह बात पांडवों को याद दिलाई। यह सुनकर भीमसेन ने युद्ध में अश्वत्थामा नाम के एक हाथी को मार दिया और द्रोणाचार्य के सामने जाकर बोले 'अश्वत्थामा मारा गया'। द्रोणाचार्य चौंके, किंतु वे युधिष्ठिर से सत्य जानना चाहते थे, क्योंकि वे झूठ नहीं बोल सकते थे। इसी बीच कृष्ण ने धर्मराज से कहा कि अश्वत्थामा के मारे जाने की पुष्टि कर दें। युधिष्ठिर झूठ बोलने के लिए तैयार नहीं थे, किंतु वे कृष्ण का कहा भी नहीं टाल सकते थे। युधिष्ठिर ने दु:खी मन से कहा, 'अश्वत्थामा मारा गया।' उनके मुँह से आगे निकला 'पर यह नहीं पता कि मनुष्य है या हाथी।' जैसे ही युधिष्ठिर ने बादवाला वाक्य कहा, वैसे ही कृष्ण ने पांचजन्य शंख बजाना प्रारंभ कर दिया। युधिष्ठिर का अगला वाक्य शंख की आवाज के कारण द्रोणाचार्य सुन ही नहीं सके। उस झूठ के कारण शस्त्र त्यागने के उपरांत द्रोणाचार्य का वध हो गया, परंतु झूठ से धर्मराज युधिष्ठिर का रथ, जो सदा पृथ्वी से चार अंगुल ऊपर ही रहता था, इस छल-वाक्य के बोलते ही रथ के पहिए भूमि पर लग गए। युधिष्ठिर को उस झूठ

के कारण सशरीर स्वर्ग जाने पर भी एक बार नरक के दर्शन करने पड़े थे और उनकी एक अंगुली गल गई थी।

संसार में झूठ एक ज्ञात असत्य है, जिसे इनसान द्वारा सत्य के रूप में व्यक्त किया जाता है। झूठ असत्य बयान के रूप में दिया गया एक प्रकार का धोखा है, जो विशेष रूप से किसी को धोखा देने की मंशा से बोला जाता है और प्राय: जिसका उद्‌देश्य होता है किसी राज को बरकरार रखना, किसी की भावनाओं की रक्षा करना तथा सजा या किसी के द्वारा किए गए कार्य की प्रतिक्रिया से बचना। झूठ बोलने का तात्पर्य कुछ ऐसा कहने से होता है, जो व्यक्ति जानता है कि गलत है या जिसकी सत्यता पर व्यक्ति ईमानदारी से विश्वास नहीं करेगा, परंतु इस चतुराई से कहा जाता है कि व्यक्ति उसे सत्य मान लेगा। एक झूठा व्यक्ति ऐसा व्यक्ति होता है, जो झूठ बोलता रहता है, जो पहले भी झूठ बोल चुका है। वह आवश्यकता न होने पर भी आदतन झूठ बोलता रहता है। समाज में धोखाधड़ी के अन्य रूप भी हैं, जैसे छद्‌म वेश बनाकर एक सच्चे बयान का इस्तेमाल भी धोखा देने के लिए कभी-कभी किया जाता है। इस स्थिति में झूठ माने जानेवाले किसी भी व्यक्तिगत बयान की सत्यता के बजाय इसमें समग्र रूप से इनसान में बेईमान होने का इरादा होता है। एक बार यदि एक झूठ बोला गया है, तब दो वैकल्पिक परिणाम हो सकते हैं, या तो उसकी सत्यता की खोज की जा सकती है या उसे अनदेखा किया जा सकता है। कुछ परिस्थितियों में झूठ का खुलासा झूठे व्यक्ति की बाकी सभी बातों को झूठा साबित कर सकता है, वैसे इनसान को सामाजिक बहिष्कार करने की सजा होनी चाहिए। जब एक झूठ का राज खुलता है तो झूठ बोलनेवाले व्यक्ति के दिमाग की स्थिति और व्यवहार सही नहीं रह जाता है। कुछ लोग दूसरों को सफाई के साथ भी झूठ बोलने पर पकड़ लेते हैं। वे झूठ को चेहरे की अभिव्यक्ति, बातों का स्वर-संक्रम, कुछ हरकतों और अन्य तरीकों-पद्धतियों से पहचान लेने में सक्षम होते हैं। वर्तमान में पॉलीग्राफ झूठ डिटेक्टर मशीन से झूठ को पकड़ा जाता है। यह मशीन मनोवैज्ञानिक तनाव को नापती है, जो व्यक्ति बोलते वक्त या सवालों के जवाब देते वक्त महसूस करता है। आज लोग ईश्वर की शपथ या परिवार के लोगों की कसम खाकर भी झूठ बोल देते है। जब कोई व्यक्ति झूठ बोलता है तो वह परिवार व समाज में अपने विश्वास को कमजोर करता है। हर इनसान की जिंदगी में झूठ-सच के बीच खुशी-गम सफर करता रहता है। जब झूठ कभी सच का सहारा लेता है तो

गम में हमारी आँखें नम हो जाती हैं। संसार में झूठ से बाहर निकलकर जिसने जिंदगी में खुशी का कारण जाना, जिंदगी उसी की दीवानी होती है। जिसने झूठ को त्यागकर सच को समझ लिया, उसने जिंदगी को यथार्थ में मस्ती से जी लिया। जीवन में झूठ से दूर रहकर अपने आप को इतना शांत व स्थिर बनाएँ कि जो भी आपके नजदीक आए, वह भी शांत और सत्यनिष्ठ हो जाए।

□

कॉम्प्रोमाइज सफल जीवनमंत्र

दुनिया में बुद्धिजीवी इनसान, परिवार एवं जीवन में विवाद होता रहता है। दुनिया में कोई भी इनसान विवादों से अछूता नहीं है। ईश्वर के अवतार राम या कृष्ण या कोई भी अवतार हों, सभी का विवादों से संबंध रहा है। मेरा भी जीवन काफी लोगों के साथ विवाद हुआ है। उदाहरणस्वरूप एक छोटा विवाद एक व्यक्ति से हो गया। उस विवाद से दोनों को कोई लाभ होनेवाला नहीं था, परंतु हानि दोनों को उठानी पड़ती। उस दिन घर आया और रात्रि में नींद भी आने में परेशानी हुई। सुबह आँखें खुलीं, फिर उसी पर ध्यान चला जाता था। दिल कहता था कि विवाद से कोई अर्थ लाभ नहीं है, फिर विवाद से क्या लाभ? उसी वक्त अगले व्यक्ति का फोन आया, नंबर सेव था। हमें आश्चर्य हुआ और कुछ सेकंड सोचने लगा कि फोन उठाऊँ या नहीं? मैं ठहरा सकारात्मक विचार व सोच का व्यक्ति, फोन उठा लिया। अगले की आवाज आई, "क्या भाई, अब भी नाराज हो?" मैंने उससे झूठ कहा, "नहीं भाईजी," फिर अगला बोला, "भाई माफ कर दो, मुझसे गलती हो गई।" उसके ये शब्द सुनकर दिल को काफी सुकून मिला, फिर हमने भी कहा कि भाई, मैंने भी कुछ ज्यादा आपको बोल दिया था, हमको भी माफ कर दें। यह कॉम्प्रोमाइज एक गहरे संबंध में स्थापित हो गया, जिससे आज भी हम दोनों में काफी मजबूत और मधुर संबंध हैं। संसार में हरेक का अपना वजूद होता है। दीपक का वजूद सूरज के सामने धूमिल हो जाता है तो अँधेरे का वजूद दीपक की लौ में समाप्त हो जाता है। जिस तरह सूरज के उदय होने पर चाँद धूमिल हो जाता है, लेकिन रात में आसमान बिना चाँद के अपनी सुंदरता खो देता है। अपने वजूद को पहचानो, उसको मान दो, दूसरे के वजूद को स्वीकारो और उसकी भी इज्जत करो। कभी अपनी कमजोर कड़ी को किसी दूसरे से शेयर मत करो। यदि ऐसा करते हो तो तुम अपना वजूद स्वयं दूसरे के

सामने कमजोर करते हो, जिससे तुम्हारा उनकी नजरों में वजूद के साथ भी सम्मान कम हो जाएगा। अपनी कमजोरी जीवन में कभी भी दूसरे को मत बताओ। जो तुम्हारे पास है, उसमें खुश रहो। स्वयं की सोच से स्वयं कॉम्प्रोमाइज करो। ईश्वर ने जो भी तुमको दिया है, वह तुम्हारे बेहतर के लिए है।

दुनिया में हर किसी की सोच से सबकुछ नहीं मिलता। दूसरे से अपनी तुलना न करके स्वयं से कॉम्प्रोमाइज करो। कभी वक्त निकालकर अपने से नीचेवालों को देख लिया करो। संसार में सभी लोग स्वयं से कॉम्प्रोमाइज किए रहते हैं। जो इसे स्वीकारता नहीं है, निश्चित ही झूठ बोलता है। जीवन का इससे बेहतर उदाहरण नहीं हो सकता है। हर इनसान की जिंदगी के हर क्षण में कई विचार व इच्छाएँ उत्पन्न होती रहती हैं, पर जिंदगी में एक बात काफी बेहतर होती है, जिसे हम कॉम्प्रोमाइज कहते हैं। कॉम्प्रोमाइज को हर इनसान वक्त व परिस्थिति को भाँपकर अपनाता है। हर इनसान को सुकून से जिंदगी गुजारने के लिए इसकी बहुत जरूरत पड़ती है। जिस चीज को तुम बदल नहीं सकते, कुछ लाभ प्राप्त नहीं कर सकते, उसके साथ कॉम्प्रोमाइज कर लिया करो। कॉम्प्रोमाइज का अर्थ केवल एक-दूसरे के साथ बैठकर समाधान ही नहीं होता है, बल्कि अगले की बातों को अनसुना करना भी होता है। अगला कोई आपसे बेवजह उलझना चाहता है या कोई शब्द बोल रहा है, जिससे आपको पीड़ा हो रही है तो आप उसकी बातों को अनसुना जैसा करके बिना उत्तर दिए स्थान छोड़ दीजिए। यह स्वयं से कॉम्प्रोमाइज होता है। यह सफल जीवन के लिए काफी बेहतर होता है। इनसान को छोड़िए। एक जानवर की कहानी बताता हूँ। एक सिंह को एक गधे ने चुनौती दे दी कि मुझसे निबट ले। सिंह चुपचाप सरक गया। एक लोमड़ी छिपकर यह देख रही थी। उसने सिंह से कहा कि बात क्या है? एक गधे ने चुनौती दी और आप जा रहे हैं! सिंह ने कहा, "मामला ऐसा है कि गधे की चुनौती स्वीकार करने का मतलब है, मैं भी गधा हो जाऊँ। वह तो गधा है ही। उसकी चुनौती से ही जाहिर हो रहा है, वह किसको चुनौती दे रहा है? पागल हो गया है, मरने-मिटने को घूमा फिर रहा है, फिर दूसरी बात यह है कि गधे की चुनौती स्वीकार कर उससे लड़ना, यानी अपने को नीचे गिराना है। गधे की चुनौती को मानने का मतलब ही यह होता है कि मैं भी उसी तरह का हूँ। जीत तो जाऊँगा निश्चित ही, इसमें कोई संदेह भी नहीं है। जीतने में कोई अड़चन नहीं है। एक झपट्टे में गधे का सफाया हो जाएगा। पर मैं जीत जाऊँगा तो भी प्रशंसा थोड़े ही होगी कुछ! लोग यही कहेंगे कि क्या जीते, गधे से जीते और कहीं भूल-चूक से यह गधा जीत

गया तो सदा-सदा के लिए हमारी और परिवार की बदनामी हो जाएगी। इसलिए स्वयं से कॉम्प्रोमाइज कर भागा जा रहा हूँ। इसलिए चुपचाप सरककर जा रहा हूँ कि यह चुनौती हमारे लिए स्वीकार करने जैसी नहीं है।" हर किसी को इस कहानी से प्रेरणा लेकर कि 'मैं सिंह हूँ', यह स्मरण रखना जरूरी है।

कभी भी अपनी किसी भी ख्वाहिश को जुनून मत बनाना, क्योंकि जिंदगी में कुछ चीजें ऐसी होती हैं, जो हमें कभी भी नहीं मिल सकतीं, चाहे आप कोई भी जतन कर लें। हम मुकेश अंबानी बनने के लिए रोएँ-चिल्लाएँ या फिर बच्चों की तरह आँखें रगड़ें, कोई गलत तरीका अपनाएँ, फिर भी यह संभव नहीं होगा, फिर वह दुःख, दर्द और कष्ट का कारण बनेगा। ईश्वर हर किसी को हर चीज नसीब में नहीं देते। दुनिया में नजर दौड़ाकर देख लो। दुनिया में वे चीजें हमारे लिए नहीं होतीं, बल्कि किसी और के लिए होती हैं! तुम्हारे लिए जो भी ईश्वर ने देकर भेजा है, वह तुमको स्वयं मिल जाएगा या मिल गया होगा। जीवन में कुछ चीजें चाहकर भी नहीं मिलतीं। कुछ न चाहकर भी मिल जाती हैं। कुछ लोगों की कई ख्वाहिशें होती हैं, जो कभी पूरी नहीं होतीं, मगर हाँ, इसका मतलब यह नहीं कि उनके लिए कुछ होता ही नहीं है। उनके लिए भी बहुत कुछ होता है, जो बहुतों के लिए नहीं होता है। जो इनसान की बेहतर जिंदगी और खुशी के लिए होता है, ईश्वर उसे निश्चित देते हैं। केवल उसे महसूस करने की जरूरत है। ईश्वर कहते हैं कि तुम्हारे पास जो है, जो तुमको मिला है, उसे हमने ही दिया है, उसे तुम जतन से, प्यार से रखो। उससे प्यार करो, उससे आनंदित रहो, वही तुम्हारी जिंदगी है। तुमको बहुत लोग मिलेंगे, जो काफी खुश नजर आएँगे। इसका यह मतलब नहीं कि उनकी सब ख्वाहिशें पूरी हैं। वे तुमसे कहीं ज्यादा कई चीजों की कमी महसूस करते रहते हैं। संसार में इनसान की चाहत को नहीं, जरूरत को ईश्वर देते हैं। धरती के किसी भी इनसान की सभी चाहतें पूरी नहीं होती हैं। सिकंदर हो या कोई भी हो! इनसान के अंदर चाहत उसके मन का वहम होती है। इसलिए जिंदगी जीने के लिए एक बात ध्यान से दिल-दिमाग में रख लो, जो प्राप्त है, वह पर्याप्त है। मुद्दतें लग गईं बनाने में ख्वाहिशों का घर, जब तैयार हुआ तो मृत्यु पास खड़ी थी। हमेशा अपने आप को आनंदित रखकर जीना है। हमारे लिए बेहतर क्या है, यह सिर्फ ईश्वर जानता है, जो हर इनसान के अंदर मौजूद है। संसार में किसी दूसरे से एवं स्वयं के अंदर मौजूद पारस्परिक सोच से उत्पन्न विवादों को शांतिपूर्ण ढंग से सुलझाने के लिए की गई एक सफल सार्थक पहल को कॉम्प्रोमाइज कहते हैं, जो सफल व सुखी जीवन का मूल मंत्र है।

□

खुशी व प्रगति के लिए अमृत हैं बुज़ुर्ग

इनसान की उम्र का प्रारंभ हो या ढलान, जीवन में कभी भी हार नहीं माननी चाहिए, क्योंकि इनसान के जीवन में बाधाएँ डर की तरह एक भ्रम होती हैं। बाग में गिरे हुए फूल वापस पेड़ पर नहीं लग सकते, लेकिन अगर जड़ मजबूत हो तो नए फूल निश्चित रूप से आ सकते हैं। संसार के हर कालखंड में बुजुर्ग पेड़रूपी परिवार की जड़ रहे हैं। परिवार की बहुत सारी खुशियाँ उनसे जुड़ी होती हैं और बहुत सारी मन्नतें उन्हीं से जुड़ी होकर खत्म होती हैं। खासकर घर में अगर बुजुर्ग दंपती हो तो उस घर का आँगन हमेशा उनके अनुभव-मार्गदर्शन से चहकता रहता है। उस घर में सभी को उनसे आशीर्वाद व अनुभव के साथ ज्ञान मिलता रहता है और पारिवारिक एकजुटता प्रेम के बंधन के साथ हर क्षेत्र में प्रगति करती रहती है। सृष्टि रचयिता परमपिता परमेश्वर घर में बुजुर्ग के माध्यम से इनसान को दोनों तरह से आजमाते हैं। कुछ ज्ञान व अनुभव के साथ डाँटकर और कुछ बुराई व अहंकार समाप्त करते हुए। जो परिवार दोनों परिस्थितियों में संयम रखे रहता है, वह इस दुनिया में सफल परिवार होता है। हर बुजुर्ग इनसान में कोई-न-कोई अनुभव या प्रतिभा जरूर होती है, पर अकसर लोग उसकी अनदेखी करके दूसरे जैसा बनने में अपने को कई क्षेत्रों में पीछे कर देते हैं। हम सभी के लिए इसमें सुधार की जरूरत है। एक लड़के के पड़ोस में एक बुजुर्ग दंपती रहते थे, जिसमें पति की आयु लगभग अस्सी वर्ष थी और पत्नी की आयु उनसे लगभग पाँच वर्ष कम थी। वह लड़का उन वरिष्ठ दंपती से बहुत अधिक लगाव रखता था और उन्हें दादा-दादी की तरह सम्मान देता था। इसलिए वह हर रविवार को स्वास्थ्य इत्यादि की जानकारी लेने और कॉफी पीने उनके घर जाता था। उसने देखा कि हर बार दादीजी जब कॉफी बनाने रसोईघर में जाती थीं तो कॉफी की शीशी के ढक्कन को दादाजी

से ही खुलवाती थीं। इस बात का संज्ञान लेकर लड़के ने एक ढक्कन खोलने के यंत्र को लाकर दादीजी को उपहारस्वरूप दिया, ताकि उन्हें कॉफी की शीशी के ढक्कन को खोलने में सुविधा हो सके। उस लड़के ने यह उपहार देते वक्त इस बात की सावधानी बरती कि दादाजी को इस उपहार का पता न चले। उस यंत्र के प्रयोग की विधि भी उसने दादीजी को अच्छी तरह समझा दी। अगले रविवार को वह लड़का उन बुजुर्ग दंपती के घर गया तो यह देखकर आश्चर्य में पड़ गया कि दादीजी उस दिन भी कॉफी की शीशी के ढक्कन को खुलवाने के लिए दादाजी के पास लाई हैं। लड़का यह सोचने लगा कि शायद दादीजी उस यंत्र का प्रयोग करना भूल गईं या वह यंत्र काम नहीं कर रहा है; लेकिन जब एकांत में दादीजी से उस यंत्र के प्रयोग न करने का कारण पूछा तो दादीजी के उत्तर ने उसे निःशब्द कर दिया। दादीजी ने कहा कि कॉफी की शीशी के ढक्कन को मैं स्वयं भी अपने हाथ से आसानी से खोल सकती हूँ, पर मैं कॉफी की शीशी का ढक्कन उनसे इसलिए खुलवाती हूँ कि उन्हें यह एहसास रहे कि आज भी वे मुझसे ज्यादा अनुभवी एवं मजबूत हैं और मैं आज भी उन पर निर्भर हूँ और वह मेरे लिए आज भी बहुत महत्त्वपूर्ण व्यक्ति हैं। यही बात हम दोनों के स्नेह के बंधन को शक्ति प्रदान करती है। परिवार की एकजुटता व अनुभव ही संबंध की बुनियाद होते हैं, अब हम दोनों के पास अधिक उम्र नहीं बची है, इसलिए उनके बड़ी उम्र के होने का अनुभव और हमारी एकजुटता के साथ आश्रित होना हम दोनों के लिए सबसे ज्यादा महत्त्वपूर्ण है। उस लड़के को बुजुर्ग दंपती से एक बहुत ही महत्त्वपूर्ण सीख मिली। किसी भी घर के बुजुर्ग चाहे किसी भी प्रकार की आमदनी में कोई सहयोग नहीं दे रहे हों, पर बुजुर्ग अपने अनुभव से घर में सभी को पल-पल महत्त्वपूर्ण सीख देते रहते हैं।

हर इनसान को अपना पारिवारिक जीवन-लक्ष्य निर्धारित करके घर में बुजुर्ग को आदर-सम्मान देते हुए पारिवारिक एकजुटता के साथ खुशी से रहना चाहिए। किसी ने एक महात्मा से पूछा कि मनुष्य के संबंध में वे कौन सी बातें हैं, जो आपको सबसे ज्यादा चकित करती हैं? उस महात्मा ने कहा, "स्वयं मनुष्य," क्योंकि वह पैसे कमाने के लिए अपने घर के बुजुर्ग से दूर रहकर अपने स्वास्थ्य को गँवाता है और फिर उसी पैसे से अपने स्वास्थ्य को सँजोने के प्रयास करता है। वह अपने भविष्य को लेकर इतना चिंतित रहता है कि वर्तमान को भी ठीक से नहीं जी पाता है। वह इस तरह जीता है, जैसे उसे कभी नहीं मरना है, लेकिन पूरी तरह जिए बिना ही वह मर जाता है। सवाल यह है कि कैसे जिंदगी को पूरी तरह अच्छे से जिया जाए?

जीवन का उद्‌देश्य खुश रहना है तो इनसान कैसे खुश रहे? इसका सरल उपाय यह है कि घर के बुजुर्ग का अनुभव प्राप्त कर दुःख देनेवाली चीजों से हम दूर रहें और अच्छी, सुखद चीजों का संग्रह करें। जब हम सुखद चीजों का संग्रह करेंगे तो खुद-ब-खुद सीख जाएँगे कि धन कमाने और खुद को गँवाने में कितना फर्क है! जब जीवन हमारे ऊपर हावी होने लगे तो हम बुजुर्गों से बात कर अपने लक्ष्य के बारे में खुद को आगाह करें। जब कभी भी जीवन सफर में अवरोध या दुविधा की स्थिति पैदा हो जाए, तब हमें बुजुर्ग के अनुभव के साथ स्वयं सोचना चाहिए कि क्या-क्या हमें खुशी देगी? फिर उसी आधार पर अपने जीवन की प्राथमिकताओं को निर्धारित करना चाहिए। इससे हमारे जीवन में सही मार्ग के साथ सही संदर्भ लौट आता है। इससे नया नजरिया मिलता है और हमें अपने जीवन की दिशा निर्धारित करने में सहायता मिलती है। जीवन में खुश रहने के संकल्प व निश्चय के साथ खुशी पैदा करनेवाले कारणों के बारे में जानना और फिर सकारात्मक कदम उठाना इनसान की अनिवार्यताएँ हैं। जीवन में खुशी को वैध लक्ष्य मानना और उसको तलाशना, जो घर में अनुभवी बुजुर्ग के पास मौजूद है। संसार में बुजुर्ग का मार्गदर्शन हम सभी के जीवन को बदल सकता है। इतिहास के पन्नों में दिखता है कि वक्त परिवार में सुख-शांति के साथ व्यक्ति के अहंकार की परीक्षा लेता रहता है, जबकि दुःख व्यक्ति के धैर्य की परीक्षा लेता है। दोनों परीक्षाओं में बुजुर्ग के अनुभव और मार्गदर्शन के पथ पर चलना ही सफल जीवन है। अंत में कहूँगा कि यदि आपके जीवन सफर में रोकने-टोकने और मार्गदर्शनवाले अनुभवी माता-पिता या बुजुर्ग का हाथ सिर पर है तो भगवान् का आभार व्यक्त करें; क्योंकि जिन बागों के माली नहीं होते, वे बाग जल्दी ही उजड़ जाते हैं।

□

जिंदगी में अच्छाई है रिटर्न गिफ्ट

संसार के हर मानव के हृदय में अच्छाई, शांति और संवेदनाओं का निवास है। जीवन में घमंड का त्याग करते ही इनसान में प्रतिशोध लेने की प्रवृत्ति खत्म होकर अच्छाई उत्पन्न होती है। इससे इनसान के हृदय में उदारता की भावना पनपती है। अच्छा इनसान हमेशा किसी प्राप्ति की आकांक्षा नहीं करता है, बल्कि वह इनसानियत के नाते दूसरों की भलाई करता है। संसार में अच्छा कार्य सहानुभूति का पर्याय है और यह सज्जनों की विभूति होता है। जीवन में भलाई व सहायता आंतरिक सुख का अनुपम साधन है। जीवन के सफर में नेत्र केवल दृष्टि प्रदान करते हैं, कान केवल स्वयं को संवाद पहुँचाते हैं, परंतु हम कब किसी में क्या देखते हैं और अच्छा करते हैं, यह हमारी अच्छी भावनाओं पर निर्भर करता है। पहले हमें यह समझना जरूरी है कि जीवन सफर में अच्छाई-भलाई क्या है? इनसान में भलाई अच्छे हृदय के साथ स्वयं भला होने का अमूल्य गुण है, जो हर अच्छे इनसान में मौजूद होती है। यह हर अच्छे इनसान में एक सक्रिय गुण है। एक अच्छा व्यक्तित्व कभी भी किसी इनसान की भलाई करता रहता है, फिर उसे ईश्वर के आशीर्वाद से जीवन के हर मोड़ पर रिटर्न गिफ्ट के रूप में मिलता रहता है। ईश्वर का आशीर्वाद हमारे लिए इतना कुछ करता है कि हमारे शरीर, मन, चित्त और दिल उसके लिए सदैव समर्पित भाव में होते हैं। एक सत्य घटना आपको बताता हूँ। ब्रिटेन में फ्लेमिंग नाम का एक किसान था। एक दिन वह अपने खेत में काम कर रहा था, तभी उसने किसी के चीखने की आवाज सुनी। फिर आवाज की दिशा में जाने से किसान ने देखा कि एक बच्चा दलदल में धँस रहा है। आनन-फानन में उसने एक लंबी सी टहनी खोजकर उसके सहारे से बच्चे को दलदल से बाहर निकाल लिया। दूसरे दिन किसान के घर के पास एक घोड़ागाड़ी आकर रुकी। उसमें से एक अमीर

आदमी उतरा और बोला, 'मैं उसी बच्चे का पिता हूँ, जिसे कल आपने दलदल से निकालकर बचाया था।' अमीर व्यक्ति ने आगे कहा, 'मैं इस अच्छाई के एहसान को उपहार देकर चुकाना चाहता हूँ'; लेकिन फ्लेमिंग ने कुछ भी लेने से साफ मना कर दिया और कहा कि यह तो मेरा कर्तव्य था। इसी दौरान फ्लेमिंग का बेटा बाहर आया। उसे देखते ही अमीर व्यक्ति के मन में एक विचार आया। उसने कहा कि मैं तुम्हारे बेटे को अपने बेटे की तरह पालना चाहता हूँ। उसे भी वे सारी सुख-सुविधाएँ और उच्च शिक्षा देना चाहता हूँ, जो अपने बेटे को दिलाता हूँ। अच्छी शिक्षा प्राप्त कर तुम्हारा बेटा भविष्य में एक बड़ा आदमी बन जाएगा। बच्चे के भविष्य की खातिर फ्लेमिंग भी मान गया। कुछ वर्ष बाद किसान फ्लेमिंग के बेटे ने लंदन के प्रतिष्ठित सेंट मेरीज हॉस्पिटल मेडिकल स्कूल से स्नातक किया। किसान के बेटे को 'पेनिसिलिन' के आविष्कारक तथा दुनिया के महान् वैज्ञानिक सर अलेक्जेंडर फ्लेमिंग के रूप में जाना गया। यह कहानी अभी बाकी है। समय के चक्र के साथ ईश्वर की महिमा देखिए कि कई बरसों बाद उस अमीर व्यक्ति का बेटा बहुत ही गंभीर रूप से बीमार हो गया, तब उसकी जान किसान के बेटे के द्वारा आविष्कार से बनाई गई दवाई पेनिसिलिन से बचाई गई। इंग्लैंड के उस अमीर व्यक्ति का नाम रैंडोल्फ चर्चिल और बेटे का नाम विंस्टन चर्चिल था। विंस्टन चर्चिल दो बार ब्रिटेन के प्रधानमंत्री बने तथा दूसरे विश्वयुद्ध के समय भी इंग्लैंड के प्रधानमंत्री थे। इस कहानी से यह प्रेरणा मिलती है कि जीवन में किसी भी तरह निस्स्वार्थ मन से किसी की मदद की जाए तो वह अच्छाई पलटकर आपके जीवन में जरूर आती है।

जीवन में हमेशा होनेवाली घटनाएँ हमें कुछ-न-कुछ सिखाकर हमारा ज्ञान, अच्छाई और तजुर्बा बढ़ाती हैं। जीवन में कभी-कभी अच्छाई के लिए मनुष्य को कुछ-न-कुछ त्याग करना पड़ता है। जीवन में अच्छाई की यह शिक्षा इनसान को प्रकृति से मिली है। प्रकृति के प्रत्येक कार्य में सदैव भलाई की भावना निहित दिखाई पड़ती है। नदियाँ अपना जल स्वयं न पीकर दूसरों की प्यास बुझाती हैं। वृक्ष अपने फल दूसरों को अर्पित करते हैं। बादल पानी बरसाकर धरती की प्यास बुझाते हैं। सूर्य तथा चंद्र भी अपने प्रकाश को दूसरों में बाँट देते हैं। इसी प्रकार अच्छे इनसान का जीवन भलाई में ही लगा रहता है। जीवन में हर इनसान छोटे-छोटे कार्य करके अनेक प्रकार की अच्छाई संसार में कर सकता है। भूखे को रोटी खिलाकर, अशिक्षितों को शिक्षा देकर, जरूरतमंद को दान देकर, प्यासे को पानी पिलाकर व अबलाओं तथा कमजोरों की रक्षा कर अच्छाई की जा सकती है। संसार में अच्छाई

की महिमा अपरंपार है। इनसान को अच्छे कार्य से आत्मिक व मानसिक शांति मिलती है। यदि हम अपने इतिहास का अध्ययन करें तो हमें अनेक ऐसे उदाहरण मिलेंगे, जिनसे ज्ञात होता है कि किस तरह इस धरती के लोगों ने भलाई के लिए अपनी धन-संपत्ति, घर-द्वार, राज-पाट और आवश्यकता पड़ने पर अपना शरीर तक अर्पित कर दिया। महर्षि दधीचि के उस दान को कैसे भुला सकते हैं, जिन्होंने देवताओं की रक्षा के लिए अपने प्राण सहर्ष न्योछावर कर दिए थे, अर्थात् उनकी हड्डियों से वज्र बनाया गया, जिससे वृत्रासुर राक्षस का वध हुआ। राजा शिवि भी ऐसे ही परोपकारी हुए हैं। उन्होंने कबूतर के प्राण की रक्षा के लिए भूखे बाज को अपने शरीर का मांस काट-काटकर दे दिया था। अच्छे व्यक्ति अपनी अच्छाई से हमेशा अमर रहते हैं। कर्ण, बुद्ध, महावीर, विक्रमादित्य, राजा भोज, गुरु गोविंद सिंह, महर्षि दयानंद, विनोबा भावे, महात्मा गांधी आदि अनेक महापुरुष इसके उदाहरण हैं। लगभग हर इनसान के साथ जीवन में ऐसा होता है कि आप किसी परेशानी में हैं और आपको कुछ समझ में नहीं आ रहा है, तभी अचानक अदृश्य शक्ति या कोई व्यक्ति आपकी सहायता करता है। संसार में इनसान को अच्छाई के द्वारा सुख, शांति, स्नेह, सहानुभूति आदि गुणों से मानव-जीवन परिपूर्ण हो सकता है। इनसान के जीवन में अच्छाई वही पुण्य है, जो निस्स्वार्थ भाव से कर्तव्य समझकर किया गया हो, अतः संसार में अच्छाई ही मानव का सबसे बड़ा धर्म है।

□

कोरोना में जिंदगी का बदलता रूप

वक्त बड़ा अजीब होता है। वक्त के साथ चलो तो किस्मत बदल देता है और नहीं चलो तो भी किस्मत बदल देता है। संसार में हर इनसान चाहता है कि उसकी स्वयं की पहचान हो। दूसरे की पहचान से वह कभी-कभी घुटन महसूस करता है। इसलिए हर क्षेत्र में दूसरे के माध्यम से अपनी प्रारंभिक पहचान बनाने के बाद भी वह व्यक्ति अपनी पहचान बनाने की सार्थक पहल करता रहता है। वक्त कभी रुकता नहीं है और दिखाई भी नहीं देता है, पर वह बहुत कुछ दिखा देता है। कोरोना महामारी ने जब पूरी दुनिया में अपना फैलाव प्रारंभ किया तो लगभग पूरी दुनिया ठहर गई। बड़े-बड़े देशों के नाम कोरोना से जुड़े। उस प्रारंभिक दौर में कोरोना होने का मतलब था रातोंरात चर्चित चेहरा बनना। हम कह सकते हैं कि उस समय भाग्यशाली थे वे लोग, जिन्हें शुरुआती दौर में कोरोना हो गया और वे ठीक भी हो गए। वे सभी वी.आई.पी. की तरह हॉस्पिटल गए। सारी इलाज-व्यवस्था काफी बेहतर थी। सुरक्षा इस तरह कि पक्षी भी पास नहीं जा सकता था। जब ठीक होकर आए तो अपने मोहल्ले-घर में रणक्षेत्र के विजेता हीरो बनकर वापस आए। कोई नजदीक पहुँच नहीं पाता था। वह भी क्या दौर था, जब पूरे शहर में उनकी चर्चा होती थी। लोग कहते हुए गंभीर हो जाते थे। एक अमुक नाम का व्यक्ति कोरोना पॉजीटिव मिला है। पूरा शहर जानने को बेचैन रहता था कि कौन है वह व्यक्ति? किस मोहल्ले में रहता है, कहाँ से आया था, क्या करता था? पूरे दिन चर्चाओं का बाजार, टी.वी. हो या फोन, गरम रहता था। अफवाहों का दौर जारी रहता था। हर कोई उसके बारे में जानने को उत्सुक रहता था। गली-मोहल्ले में उससे संबंधित कोई न्यूज बता रहा होता तो सुननेवालों की भीड़ जमा हो जाती थी। तब लोग अपने सगे-संबंधियों को फेसबुक, व्हाट्सएप पर मैसेज करते थे। आज

हमारे शहर में भी एक कोरोना पॉजीटिव मिला है। सभी लोग अपनों को कॉल कर इसकी सूचना जरूर देते थे। एक-दूसरे के लिए चिंतित होते और जरूरी सलाह भी देते थे—'सावधान रहिएगा, उस मोहल्ले की तरफ मत जाइएगा, घर से बाहर मत निकलिएगा। मास्क खरीदा या नहीं? सेनेटाइजर का कुछ पता चला, पड़ोसवाले सिंहजी बता रहे थे, चौराहेवाली मेडिकल दुकान या मेडिकोज पर सेनेटाइजर रखे हुए हैं। पता कीजिएगा, यदि कुछ रुपए ज्यादा देकर भी मिले तो ले लीजिएगा; और हाँ, उस कोरोनावाले के बारे में कोई सूचना मिले तो हमें अपडेट कीजिएगा।' एंबुलेंस के सायरन, पुलिस की जिप्सी और डॉक्टरों की टीम के साथ जब वह कोरोना पॉजीटिव अपने घर से रवाना होता था तो सबके मुँह से आह निकलती थी। घरवाले दूरी बना लेते थे। घर-मोहल्ला सील हो जाता था। घर में ही कोई छूने को तैयार नहीं था। उस प्रारंभिक वक्त में कोरोना का दृश्य पूरे विश्व में काफी भयावह था।

कोरोना ने पारिवारिक संबंधों को नए तरीके से परिभाषित किया। कोरोना से मरनेवाले को परिवार छूता तक नहीं था। उस पर कहूँगा कि वक्त बदलता है जिंदगी के साथ, जिंदगी बदलती है वक्त के साथ, वक्त नहीं बदलता अपनों के साथ, बस, अपने बदलते हैं वक्त के साथ। मोहल्लेवाले छतों से झाँकते, उसका वीडियो बनाते और फोटो क्लिक करते थे। मानो हर कोई उस दृश्य को हमेशा-हमेशा के लिए कैद कर लेना चाहता हो! अगले दिन अखबार में उसकी पूरी कुंडली छपी दिखती थी। उसका कुल-खानदान, घर-परिवार, काम-काज, यात्रा-वृत्तांत, सबकुछ विस्तार से छपता था। बिना कोरोना हुए भी कुछ लोगों का बुरा हाल हुआ। कई लोग परिवार से बोले कि हरिद्वार या धार्मिक स्थान गए थे। कुछ दिनों में उनकी विदेश यात्रा की सारी जानकारी जाँच कर घर तक पहुँच गई कि श्रीमान बैंकॉक गए थे। परिवार में कलह-झगड़ा होने लगा। मैं उस वक्त की ईमानदारी से समीक्षा करके कहना चाहूँगा कि उस वक्त जो इनसान कोरोना पॉजीटिव निकला, वह शहर में मानो कोरोना पॉजीटिव न होकर पहली बार में आई.ए.एस. क्लियर करनेवाला कोई मेधावी होनहार छात्र हो! अस्पताल में पॉजीटिव से निगेटिव होने तक उन सभी लोगों द्वारा जो बेहतर इलाज का लुत्फ उठाया गया है, वह लुत्फ शायद उनके जीवन में दोबारा नसीब नहीं होगा। अपने बुरे वक्त में भी दुनिया में खुशनसीब वे लोग हैं, जो शुरू में कोरोना पॉजीटिव से निगेटिव होकर लोकप्रियता पाकर उससे निबट लिये। उन सभी लोगों ने दहशत पैदा करके भी महफिल लूट ली। पी.एम. केयर फंड के

पैसे से ठीक होकर वे घर वापस आए। अच्छी बात है, पैसे भी तो जनता के ही हैं, परंतु कोरोना ने हजारों-हजार परिवारों की खुशी को छीन लिया। स्वाभाविक मृत्यु से पहले काफी लोग कोरोना से ईश्वर को प्यारे हो गए। काफी लोगों का परिवार उजड़ गया। दुनिया में करोड़ों लोग बेरोजगार हो गए। उनके परिवार को क्या पता था कि बदलता हुआ वक्त जिंदगी या रोजगार छीनकर उनका बहुत कुछ बदल देगा?

प्रारंभिक वक्त में जो इनसान कोरोना से बच गए, अब उनकी बारी 2020 के जुलाई-अगस्त में है। देखने से लगता है कि किसी को अब कोरोना होना आम बात हो गई है, अब न्यूज में कोरोना थोक भाव में रहता है। कोई काफी खास है तो उसका नाम न्यूज में आया या छपा, नहीं तो थोक की भीड़ में ही सब हैं। आज आम जन जाँच के लिए भटक रहे हैं। क्या करें, कहाँ जाएँ, किससे मिलें? कोस रहे हैं चिकित्सा व्यवस्था को। अभी तक दिमाग में पहलेवाली व्यवस्था चल रही थी। जनाब, अब वह वी.आई.पी. वाली फीलिंग तो छोड़िए, आज के हालात में कोई इनसान पॉजीटिव से निगेटिव हो जाए, यही उसके जीवन के लिए बहुत बड़ी बात है। अब उसके लिए न अस्पताल में जगह उपलब्ध है, न विधिवत् डॉक्टर उपलब्ध है, न ही प्रारंभवाला बेहतर इलाज है, न ही सरकारी केयर फंड से समुचित व्यवस्था है। वर्तमान में सारी व्यवस्था को देखने के बाद लगता है कि आनेवाले कुछ महीनों में कोरोना का विस्तारित दृश्य काफी भयावह होनेवाला है। इनसान को आर्थिक परेशानी उठाते हुए चिकित्सा के लिए संघर्ष करना होगा। आज किसी की कोरोना जाँच पॉजीटिव आ गई तो वह हॉस्पिटल से बेहतर घर में रहना चाहता है। डॉक्टर, मित्र हो या कोई शुभचिंतक हो, सभी एक ही सलाह देते हैं कि दवाई लेते रहें और घर में ही अच्छा रहेगा। आज के वक्त में काफी जागरूक लोग घर में रह रहे हैं। मैं भी लोगों से कहूँगा कि बुलंदियों के आसमान पर विजय प्राप्त कर ली हो, तब भी घर में रहना। कोरोना वायरस से बचते हुए लोगों से मिलने में संयमित रहना, क्योंकि आसमान में उड़ते हुए परिंदे बताते हैं कि आसमान में ठिकाने नहीं होते, आश्रय धरातल पर ही मिलता है।

समाज में एक आश्चर्य देखने को मिला कि पूरी दुनिया अभी कोरोना दवाई या टीके पर शोध कर रही है, परंतु आज समाज में काफी व्यक्ति कोरोना की दवाई या कई तरह के इलाज की विधि के जानकार हो गए हैं। उनकी जानकारी के आगे डिग्रीधारी डॉक्टर भी नतमस्तक हो जाएँगे। यदि कोरोना की दवा या टीका बनाने के लिए उन लोगों को सरकार बोले तो वे एक दिन में सबकुछ संभव कर देंगे।

खैर, दोष व्यवस्था का नहीं है, दोष वक्त के साथ उस इनसान के नसीब का है, जो कोरोना पॉजीटिव हो गया। निश्चित तौर पर हर व्यक्ति को सतर्कता बरतने की जरूरत है। आज निडरता, संयम के साथ दवाई एवं ईश्वरभक्तिवाले बहुसंख्यक कोरोना पीड़ित इनसान ठीक हो रहे हैं। पूरी दुनिया में प्रतिदिन कोरोना के टेस्ट हो रहे हैं। बहुत सारे लोग पॉजीटिव आ रहे हैं। मानवता और संस्कार का टेस्ट करके देखा जाए तो देश व समाज के अच्छे-बड़े नाम निगेटिव आएँगे। कोरोना ने दुनिया की आँखें खोल दीं। इनसान! बदल जाओ, वक्त के साथ या फिर वक्त बदलना सीखो, मजबूरियों को मत कोसो, वर्तमान कोरोना महामारी से बचने के मार्ग पर हर हाल में चलना सीखो। हमेशा इस तरह की महामारी से युद्ध लड़ने जैसी तैयारी रखो, नहीं तो मानव सभ्यता पुन: समाप्त हो जाएगी। संसार में ढलना तो एक दिन सभी को है, चाहे इनसान हो या सूरज हो, मगर हौसला सूरज से सीखो, रोज ढलकर भी हर दिन उम्मीद से निकलता है। इतिहास साक्षी है कि वक्त बदलता है, फिर बदलेगा, सारे जहाँ में खुशहाली भरा दिन फिर आएगा। अंत में, 'मेरा नाम जोकर' का गीत मुकेश की आवाज में सभी गा रहे हैं, जाने कहाँ गए वो दिन···।

□

इनसान कल्पनाओं का सागर

ईश्वर ने इनसानों को कल्पना की शक्ति दी है। वह इनसान के मन-मस्तिष्क में सागर की भाँति कभी लहरों की तरह तो कभी शांत विचरण करती रहती है। इनसान में यदि कल्पना की क्रिया नहीं होती तो इनसान पागल हो जाता। कल्पना हर इनसान को आनंद के साथ सुख की अनुभूति कराती रहती है। कल्पना के आनंद को दो भागों में विभक्त करते हैं। प्रथम श्रेणी का आनंद ऐसे पदार्थों से उत्पन्न होता है, जो हमारी आँखों के सामने है और द्वितीय श्रेणी का आनंद दृश्य पदार्थों के केवल ध्यान मात्र से उत्पन्न होता है। हकीकत में वे पदार्थ हमारी आँखों के सामने नहीं रहते हैं। हम उन्हें स्मृति में लाते हैं। पुलिस की नौकरी में आने के बाद मेरी कल्पना ने ही मुझे बिहार पुलिस एसोसिएशन के अध्यक्ष पद पर चुनाव लड़ने को प्रेरित किया और हम सफल भी हुए। हम स्वयं अपने जीवन में प्रतिदिन अनेक बार कल्पनाओं के सागर में गोते लगाते रहते हैं। रात्रि में सोने से पहले अनेक बार ऐसा हुआ है कि वर्तमान जीवन के साथ भविष्य के असंभव से ताने-बाने के साथ कल्पना में एक नई दिशा और सुख की उड़ानों में विचरण करने लगते हैं, फिर अचानक कल्पना से जब बाहर निकलते हैं तो हकीकत वर्तमान होती है। मेरा मानना है कि इस तरह की कल्पना से लगभग सभी इनसान गुजरते होंगे।

कोई इनसान अपनी कल्पनाओं में धरती को स्वर्ग बनाता होगा तो कभी राजा बन जाता होगा यानी संसार या जीवन से जुड़े हर विषय पर वह कुछ-न-कुछ रचना करता रहता है। हमें वर्तमान में अनेक बार कल्पनाएँ राजनीतिक ख्वाब दिखाती हैं और अंजाम तक भी पहुँचा देती हैं। ये हमें हकीकत में इस क्षेत्र में जाने को प्रेरित करती रहती हैं, जो हमारी सोच व कार्य में शामिल करने को मजबूर करती हैं। यदि इनसान अच्छी कल्पना करे तो वह अपने जीवन में उन्नति करता है और अपने

इरादों में सफल होता है। जो व्यक्ति कभी कल्पना नहीं करता, वह कभी सफलता के शिखर पर नहीं पहुँचता। जो व्यक्ति कल्पना करता है, वही ऊँचाइयों के शिखर तक पहुँचता है। इनसान के लिए कल्पना करना अच्छी बात है, लेकिन कभी भी बुरी कल्पना नहीं करनी चाहिए। जो व्यक्ति बुरी कल्पना करता है, वह बुरे कर्म करता है और वही बुराई उसे ले डूबती है। अगर इनसान के मन में बुरी कल्पनाएँ आएँगी तो निश्चित ही वह बुरा बन जाता है। जन्म से कभी कोई व्यक्ति बुरा नहीं होता, बल्कि बुरी कल्पनाएँ और कार्य ही उसे बुरा बनाते हैं। इनसान को हमेशा बुरी कल्पनाओं से बचना चाहिए और अच्छी सोच के मुताबिक अच्छी कल्पना करनी चाहिए। जब इनसान अच्छी कल्पनाएँ करेगा तो वह अच्छे कर्म करेगा। समाज की भलाई के कार्य करेगा और जीवन में तरक्की करेगा। उसका स्वयं का जीवन भी अच्छा होगा। वह जो भी कार्य करेगा, उसमें सफलता उसके कदम चूमेगी। संसार में ईश्वरभक्ति और ध्यान के साथ अच्छी कल्पना करनेवाला इनसान कभी भी अपने जीवन में निराश नहीं होता है। इतिहास गवाह है कि महान् संत, विचारक, वैज्ञानिक, उद्योगपति, नेता, देशभक्त या संसार में कोई भी सफल व्यक्ति अच्छी कल्पना के साथ अच्छे कर्म करके महान् हुआ है। जब उन्होंने मन में अच्छी कल्पना की और उस पर चलने की कोशिश की तो समाज का भला करने के साथ-साथ संसार, समाज में अपना नाम भी कर गए। इसलिए जीवन में यदि कुछ करना चाहते हैं तो अच्छी कल्पनाएँ करना सीखें। कल्पना के बल पर आप सबकुछ हासिल कर सकते हैं। कल्पना जीवन को महत्त्व देने का श्रेष्ठ माध्यम है।

वर्तमान जीवन में कल्पनाशक्ति व्यक्ति की योजनाशक्ति है। आज के कार्यों में पिछले अनुभवों को ध्यान में रखते हुए वर्तमान को कैसे सँजोया जाए, इसके लिए जीवन में कल्पनाशीलता आवश्यक है। व्यावहारिक भाषा में इसे स्वप्न देखना भी कहा जा सकता है। इनसान के जीवन में लक्ष्यानुरूप प्रयास करने की दिशा तय करना कल्पनाशक्ति का ही कार्य है। इनसान को कल्पनाशीलता से वर्तमान व भविष्य की योजनाओं का प्रारूप निर्मित करने में सहायता मिलती है। यह जीवन के सभी क्षेत्रों में लक्ष्य बनाने का कार्य करती है। कल्पनाशीलता का सबसे उज्ज्वल पक्ष यह है कि यह सदा व्यक्ति को आशावान बनाती है। इसके द्वारा मनोमस्तिष्क में भावी योजना का मानचित्र तैयार होता है। कल्पना को भी दो प्रकारों में बाँटा जाता है। प्रथम प्रकार की कल्पना के अंतर्गत दिवास्वप्न और मानसिक उड़ानें आती हैं, जिनकी सहायता से व्यक्ति एक काल्पनिक जगत् का निर्माण करता है, जो

वास्तविक संसार की तुलना में उसकी आवश्यकताओं की संतुष्टि के लिए अधिक महत्त्वपूर्ण हो जाता है। दूसरे प्रकार की कल्पना सर्जनात्मक (क्रिएटिव) होती है, जिसके अंतर्गत ऐसी काल्पनिक उड़ानें होती हैं, जिनके द्वारा साहित्यिक, कलात्मक, वैज्ञानिक, सर्जनात्मक व रचनात्मक कार्य होते हैं। दुनिया में बहुत से लोग मन में कल्पनाएँ पाल लेते हैं और उन्हें ये ख्वाब भी सच मालूम होने लगते हैं। उनके जेहन में ये कल्पनाएँ ही सच्ची यादों के तौर पर बस जाती हैं। ऐसी सूरत में उन्हें जिंदगी में तमाम तरह की दिक्कतों का सामना करना पड़ता है। अंत में कहूँगा कि इनसान की जिंदगी में कल्पना उससे जुड़ी हर विषयवस्तु का खट्टा-मीठा अनुभव कराती रहती है। कल्पना इनसान की प्रगति का वह रथ है, जो अपनी दुनिया में आनंद की सैर कराकर जीवन के कुछ सपनों को हकीकत बनाती है।

□

सुकून भरी जिंदगी की सभी को तलाश

जीवन में जो प्राप्त है, वह पर्याप्त है, इससे इनसान संतुष्ट है तो वही उसके जीवन में सुकून का मूल मंत्र है। अकेलेपन का वह एहसास, जिसमें किसी भी तरह का बाहरी हस्तक्षेप नहीं हो या फिर कुछ प्राप्त होने के बाद होनेवाला सुखद आंतरिक एहसास सुकून कहलाता है। 'सुकून' उर्दू शब्द है तथा इसका हिंदी में अर्थ होता है शांति। इनसान की कोई इच्छा पूरी होने पर या एकांत में मानसिक मंथन करने पर संतोष के साथ सुकून प्राप्त होता है। इनसान को सुकून भरी जिंदगी जीने के लिए अधिक धन का मोह त्याग देना चाहिए। कभी-कभी इनसान के अंदर बैठा इनसान जब जाग जाता है, तब उसे लगता है कि यह मोह की दुनिया छोड़कर सुकून की तलाश में चला जाऊँ। अपना सबकुछ किसी जरूरतमंद को दे दूँ, जिससे रात के अँधेरे चौराहे पर कोई बूढ़ा गरीब नहीं सोए। वे नन्हे हाथ, जिनमें कलम होनी चाहिए थी, वह किसी के आगे न फैलें। बारिश के दिनों में किसी को भूखा न रहना पड़े। गरमी में पानी की तलाश में ये नन्ही चिड़ियाँ यहाँ-वहाँ नहीं भटकें। इनसान जैसे ही घर को छोड़कर आगे बढ़ता है, मन के अंदर से उसे कोई रोक लेता है। कमरे को बंद करते समय उसे याद आता है कि जब साथ कुछ ले नहीं जाना तो ताले में क्या बंद कर रहे हैं? वह फिर भी आगे बढ़ने की हिम्मत करता है। वह सोचता है कि अगर यों ही बार-बार पीछे मुड़कर देखता रहा तो आगे कभी जा पाऊँगा क्या? फिर कैसे बदलेगा वह सब, जो मैं जरूरतमंदों के सुकून के लिए बदलना चाहता हूँ, जिसमें मेरा भी सुकून छिपा है? वह स्वयं से पूछता है, हे मन! तुम बताओ कि क्या-क्या छोड़कर जाना है जीवन में सुकून को पाने के लिए? जिसे पा लिया है, फिर उसे खोने का डर कैसा? अब केवल एक ही रास्ता नजर आता है कि या तो तुम सबकुछ छोड़कर मेरे हो जाओ या फिर स्वयं में मिल जाने दो। जीवन के रंग तो

सारे अच्छे लगते हैं, लेकिन अब मुझे सुकून भरे रंग के लिए ईश्वर में लीन हो जाने दो। हम सभी जल गंदा हो तो उसे हिलाते नहीं, बल्कि शांत छोड़ देते हैं, जिससे गंदगी अपने आप नीचे बैठ जाती है। इसी प्रकार सांसारिक जीवन में अशांत-बेचैन होने के बजाय निर्मल मन से शांत रहकर कर्तव्य करें तो जीवन में सुकून जरूर मिलेगा। जिसका मन अशांत रहता है, इस संसार में उसे कभी भी सुकून नहीं मिलता है, चाहे वह कोई भी इनसान हो।

एक बार की बात है। किसी गाँव के मंदिर में एक प्रतिष्ठित साधु रहता था। गाँव में सभी लोग उसका सम्मान करते थे। उसे अपने भक्तों से दान में तरह-तरह के वस्त्र, उपहार, खाद्य सामग्री और पैसे मिलते थे। उन वस्त्रों को बेचकर साधु ने काफी धन जमा कर लिया था। साधु कभी किसी पर विश्वास नहीं करता था और हमेशा अपने धन की सुरक्षा के लिए चिंतित रहता था, जिससे उसके जीवन में सुकून नहीं था। वह अपने धन को एक पोटली में रखता था और उसे हमेशा अपने साथ लेकर ही चलता था। उसी गाँव में एक ठग रहता था। बहुत दिनों से उसकी नजर साधु के धन पर थी। ठग हमेशा साधु का पीछा किया करता था, लेकिन साधु उस गठरी को कभी अपने से अलग नहीं होने देता था। आखिरकार, उस ठग ने एक छात्र का वेश धारण किया और उस साधु के पास गया। उसने साधु से मिन्नत की कि वह उसे अपना शिष्य बना ले, क्योंकि वह ज्ञान प्राप्त करना चाहता है। साधु तैयार हो गया और इस तरह से वह ठग साधु के साथ ही मंदिर में रहने लगा। ठग मंदिर की साफ-सफाई से लेकर अन्य सभी कार्य भी करता था। ठग ने साधु की खूब सेवा की और जल्दी ही उसका विश्वासपात्र बन गया। एक दिन साधु को पास के गाँव में एक अनुष्ठान के लिए आमंत्रित किया गया। साधु ने वह आमंत्रण स्वीकार किया और निश्चित दिन साधु अपने शिष्य के साथ अनुष्ठान में भाग लेने के लिए निकल पड़ा। रास्ते में एक नदी पड़ी और साधु की स्नान करने की इच्छा हुई। उसने पैसों की गठरी को एक कंबल के भीतर रखा और उसे नदी के किनारे रख दिया। उसने ठग से सामान की रखवाली करने को कहा और खुद नहाने चला गया। ठग को तो कब से इसी पल का इंतजार था। जैसे ही साधु नदी में डुबकी लगाने गया, वह रुपयों की गठरी लेकर चंपत हो गया। यह कहानी शिक्षा देती है कि धन होते हुए उसकी रक्षा से चिंतित साधु के पास सुकून की जिंदगी नहीं थी और अब ठग द्वारा धन चुराने के बाद की चिंता से भी उसे सुकून भरी जिंदगी नहीं मिल पाएगी।

सत्यनिष्ठ इनसान के मन की सच्चाई और अच्छाई कभी व्यर्थ नहीं जाती।

यह पूजारूपी सुकून है, जिसकी खोज उसके लिए ईश्वर करते हैं। यह कहानी गाँव के एक लड़के की है, जो अपने परिवार के पालन-पोषण के लिए नौकरी की तलाश में है। वह अपने घर से रोजगार की तलाश में निकलकर शहर आता है। शहर में काम की तलाश में भटकता फिरता है। जहाँ काम माँगने जाता है, वहाँ कई तरह के प्रश्न उससे पूछे जाते हैं। हर सवाल का वह जवाब ईमानदारी से देता है, फिर उसे नौकरी मिलती है। छोटी तनख्वाह की भी नौकरी मिलते ही उसे सुकून की अनुभूति होती है। वह आनंद के सागर में डूब जाता है। उसे नहीं चाहत है गाड़ी-महल की, उसे तो स्वयं के साथ अपने परिवार की भूख मिटानी है। उसे तो उतनी ही जरूरत है, जितने में वह और उसका परिवार संतुष्टि से दो रोटी खाकर सुकून भरी जिंदगी गुजारे। देश में करोड़ों लोग अपने परिवार का पेट पालने के लिए रोजगार की तलाश में घर से निकलकर शहरों की फैक्ट्रियों में काम करते थे। जितना भी कमाते थे, उतने में संतुष्ट थे। वे सभी भविष्य की चिंता से बेफिक्र होकर सुकून की रात गुजारते थे। आज कोरोना महामारी में वे सभी पलायन कर घर आ गए हैं। उन सभी का सुकून चला गया है। अब सरकार का कर्तव्य बनता है कि उन गरीबों का सुकून पुन: लौटाने की सार्थक पहल करे। समाज में वे लोग अपने को अमीर समझते हैं, जो अच्छे महलों-घरों में रहते हैं, बड़ी गाड़ियों में चलते हैं, विदेश की सैर करते हैं, महँगे होटलों में खाते हैं, पर आज उनको भी सुकून नहीं है। सबकुछ उनके पास है, पर कोरोना महामारी के कारण वे यह सब नहीं कर सकते। वैसे उन सभी को कल भी सुकून की तलाश थी और आज भी है। कारण, कभी उन लोगों को जीवन में संतोष नहीं होता है। कभी मुकेश अंबानी जैसा तो कभी बिल गेट्स जैसा बनने या कुछ पाने की चाहत उनकी सोच में बराबर विचरण करती रहती है। जीवन भर उनके सामने कई तरह की परेशानियों का आना-जाना लगा रहता है। वे अपने जीवन में कई तरह की चाहत पाले रहते हैं, जिस कारण जीवन भर सुकून से दूर रहते हैं। संसार में सुखी और आनंदमय जीवन के लिए सुकून अमृत समान है। यह जिसको मिल जाए, समझें उस इनसान का जीवन इस धरती पर सुखमय, सार्थक और सफल रहा।

□

हर व्यक्ति का अपना दृष्टिकोण

संसार में हर इनसान का रूप-रंग और बनावट अलग-अलग तरह की होती है। उसी तरह हर इनसान का दृष्टिकोण भी अलग-अलग होता है। इनसान स्वयं के दृष्टिकोण को सर्वोत्तम मानता है। यह इनसान की अपनी सोच होती है। हर कोई अपनी सोच की दृष्टि से देखता है और उस पर अपना विचार या टिप्पणी करता है। संसार में सर्वश्रेष्ठ बनना एक कौशल नहीं है, बल्कि यह एक उत्तम विचार की दृष्टि है। दूसरों के प्रति हमारा नजरिया हमारे प्रति उनके नजरिए को निर्धारित करता है। दृष्टिकोण में बहुत शक्ति होती है। यह हमारी दृष्टि से दुनिया को निर्धारित करता है। जैसा आपका नजरिया होगा, दुनिया आपको वैसी ही दिखेगी। आपके जीवन में आनेवाली सफलता और विफलता के पीछे आपके दृष्टिकोण का भी हाथ होता है। एक सफल व्यक्ति और एक असफल व्यक्ति के जीवन पर अगर गौर किया जाए तो आपको एक बहुत बड़ा अंतर स्पष्ट दिखेगा और वह अंतर है दृष्टिकोण का, क्योंकि हमारी सफलता व असफलता का दृष्टिकोण से सीधा संबंध होता है। अगर आपका दृष्टिकोण सकारात्मक है तो आपको सफलता मिलनी तय है। दृष्टि हमारे द्वारा बढ़ाए गए कदम को सही दिशा देती है। यह दुनिया हमें अपने नजरिए के हिसाब से ही दिखती है। आपकी जैसी दुनिया है, वही दुनिया दूसरे के लिए अलग होती है। हमारा दृष्टिकोण ही हमारी दुनिया तय करता है। इसलिए अपना दृष्टिकोण बदलिए और उसे सकारात्मक करिए। अगर दृष्टिकोण बदल गया तो आपका जीवन बदलना तय है। यदि कोई इनसान अपनी बेहतर सोच और अपने कर्म से ज्यादा दूसरे लोगों के दृष्टिकोण को तवज्जो देगा तो वह अपने मुख्य मार्ग से भटक जाएगा। दृष्टिकोण का अर्थ यह है कि हम किसी विषय या वस्तु को किस तरफ से या किस तरह से देख रहे हैं। अलग-अलग तरह से देखने पर एक ही विषय या

वस्तु के अलग-अलग रूप देखने को मिल सकते हैं।

दुनिया का सबसे बड़ा डर क्या है? हम सभी जानते हैं कि लोग क्या कहेंगे? मेरा ऐसे कई लोगों से मिलना हुआ है, जो कुछ करना तो चाहते हैं, पर उनकी राह में बाधा है। लोग तो तब भी कहेंगे, जब आप कुछ नहीं करेंगे। इस संसार में जो व्यक्ति अपनी धुन में रहता है, वही आगे बढ़ता है। एक बार एक पिता ने अपने पुत्र को दुनिया की कुछ महत्त्वपूर्ण बातें बताने का निर्णय लिया। इसके लिए वह अपने पुत्र को लेकर एक गधे के साथ यात्रा पर निकला। उस समय दोनों पैदल थे और गधा साथ में था। जैसे ही पिता-पुत्र आगे निकले, कुछ लोगों ने कहा कि कैसे आदमी हैं, साधन पास में है, पर पैदल चल रहे हैं! यह सुनकर पुत्र ने गधे की सवारी कर ली और पिता को भी बिठा दिया। पिता चुप रहा, क्योंकि वह अपने पुत्र को सिखाना चाहता था। कुछ देर आगे बढ़ने के बाद लोग कहने लगे कि कैसे जालिम इनसान हैं, जो दोनों एक ही गधे पर बैठे हैं! यह सुनकर पुत्र नीचे उतर गया और आगे बढ़ने लगा। कुछ देर निकलने के बाद एक गाँव में लोगों ने देखा तो कहने लगे कि कैसा बाप है, जो खुद आराम से चढ़ा बैठा है और अपने छोटे पुत्र को पैदल चला रहा है! यह सुनकर पिता नीचे उतरा और पुत्र को बिठाकर आगे बढ़ने लगा। कुछ दूरी तय करने के बाद लोगों ने देखते ही पुत्र को कहना शुरू कर दिया, कैसा कुपुत्र है, खुद गधे पर बैठा है और पिता को पैदल चला रहा है! यह सुनकर पुत्र नीचे उतरा और गाँव वालों से झगड़ने के लिए जाने लगा, पर पिता ने उसे रोक लिया और समझाया कि मैं तुम्हें जिंदगी का यही सबक सिखाना चाहता था। हम चार जगहों से गुजरे और लोगों ने अलग-अलग बातें कीं और मैंने यह भी देखा कि तुम सबकी बातें मानते रहे। मेरे पुत्र! यही संदेश है कि जिंदगी में जो काम करो, अपने मन की मानकर करो। जिससे तुम्हारी आत्मा, परिवार और परमात्मा खुश रहें, वह काम करो। लोग क्या कहते हैं, यह लोगों पर छोड़ दो। तुम्हारा नकारात्मक दृष्टिकोण जीवन की एकमात्र विकलांगता है। इससे निकलो और बेहतर जीवन के मार्ग पर अपनी बेहतर दृष्टि से चलो। एक ही वातावरण, परिस्थिति और अनुशासन में रहते हुए भी हर व्यक्ति के विचार, कार्य तथा कार्यों की गतिविधि में अंतर अवश्य बना रहता है। यह अंतर उसके दृष्टिकोण को ही प्रदर्शित करता है कि वह जीवन को कैसे देखता है?

दृष्टिकोण के आधार व्यक्ति के संस्कार होते हैं। संस्कार दो प्रकार के होते हैं—प्रथम, जो व्यक्ति जन्म के साथ अपने साथ लाता है तथा दूसरा, जो व्यक्ति इस

जीवन में शिक्षा और वातावरण से ग्रहण करता है। इनसान के जीवन में संस्कार ही भौतिक लक्ष्यों की प्राप्ति तथा सुख-दुःख की अनुभूति का आधार होता है। लोगों में चिंतन की प्राथमिकता भी दृष्टिकोण द्वारा निर्धारित होती है। इनसान में दृष्टिकोण का संकुचन व्यक्तिवादी सोच के कारण पनपता है। व्यक्ति अपने सुख की ऐसी परिभाषा गढ़ता है, जिसमें आमतौर पर वह अकेला ही स्वयं को सुखी देखता है। सुखों में जरा भी कमी को वह सहन नहीं कर सकता है। दृष्टिकोण के प्रति चिंतन से व्यक्ति में अनेक प्रकार के गुणों का उदय होने लगता है। जीवन के नवआयाम लक्षित होने लगते हैं। शरीर व मात्र बौद्धिक चिंतन से ऊपर उठकर व्यक्ति मन की भूमिका तय करने लगता है। ज्ञान की महत्ता तथा जीवन की वास्तविकता का अनुभव होने के साथ सार्थकता, परिश्रमशीलता आदि शब्दों की गंभीरता का ज्ञान होने से कार्यकुशलता व एकाग्रता में वृद्धि होती है, अगर आपको यह दुनिया बदलनी है तो खुद के दृष्टिकोण को बदल दें। आपकी बुरी दृष्टि आपकी जिंदगी को बुरा बना देती है। आप अपने दृष्टिकोण से अपनी दुनिया बदल सकते हैं। दृष्टिकोण का मतलब किसी बात या विषय को अपनी सोच के किसी खास पहलू से देखने-विचारने का ढंग या नजरिया है। अब तक की सबसे बड़ी खोज यह है कि जीवनयात्रा में व्यक्ति महज अपना दृष्टिकोण बदलकर सुखमय और बेहतर जीवन व्यतीत कर सकता है।

□

क्षमा अच्छे व्यक्ति की पहचान

संसार में इनसान के जीवन में गुण के बिना ज्ञान बेकार है और क्षमाभाव के बिना ज्ञान अधूरा है। क्षमा शब्द क्षम से बना है, जिससे क्षमता शब्द भी बनता है। क्षमता का मतलब होता है सामर्थ्य। क्षमा का वास्तविक मतलब होता है किसी की गलती या अपराध का प्रतिकार न करना। सहन कर जाने की सामर्थ्य होना यानी माफ कर देना। दरअसल, क्षमा का अर्थ सहनशीलता भी है। क्षमा कर देना, माफ कर देना बहुत बड़ी क्षमता का परिचायक होता है। इसलिए नीति में कहा गया है, क्षमा वीरों का आभूषण है, कायरों का नहीं। कायर तो प्रतिकार करता है। प्रतिकार करना आम बात है, लेकिन क्षमा करना सबसे हिम्मतवाली बात है। कोई इनसान जीवन में उतना ही बड़ा बन सकता है, जितना बड़ा वह सोच सकता है। दुःख इस बात का है कि लोग अपनी आसान पहुँच को अंतिम ऊँचाई मानकर सोचना ही छोड़ देते हैं। ईश्वर ने इनसानों को जो गुण दिए हैं, उनमें क्षमा सबसे ऊपर है। इनसान के अंदर क्षमा भाव दुःखी को ही नहीं, दुःख देनेवाले को भी भारमुक्त करता है। इससे एक पक्ष अपराधबोध से मुक्त होता है तो दूसरा कड़वी स्मृति से मुक्त होता है।

क्षमा सामाजिक जीवन का आधार है। गलती न होने पर भी या किसी का दिल दुखाने पर क्षमा माँगना श्रेष्ठ है। साथ ही इससे ज्यादा बड़ी बात बिना क्षमा माँगे क्षमा करना है, क्योंकि दोषी द्वारा क्षमा माँगने में कहीं-न-कहीं अहं की संतुष्टि का भाव है। इसमें भाव होता है कि उसने क्षमा माँगी, इसलिए मैं क्षमा कर रहा हूँ। इसमें आदान-प्रदान का भाव है। जो क्षमा माँग रहा है, उसके प्रति कोई दुर्भावना न हो, यही क्षमा का चरम उत्कृष्ट स्वरूप है। इनसान के जीवन में क्षमा की जरूरत तब पड़ती है,जब कोई गलती करता है। इनसान को जब अपनी गलती का एहसास होता है तो अपने अंदर के गलत भाव, गलत विचार के सारे कचरे को जलाने का मन में

भाव उत्पन्न होता है, फिर वह क्षमा के मार्ग पर चलता है। क्षमा माँगना व्यक्तित्व का एक अच्छा गुण है। इसी तरह किसी को क्षमा कर देना भी अच्छे व्यक्तित्व की पहचान है। मनुष्य का जीवन इतना लंबा और अटपटा है कि यदि क्षमा माँगने और देने का गुण व्यक्ति में नहीं है तो उसका जीवन बड़ा कष्टकारी बन जाता है। संसार में क्षमा को शीलवान का शस्त्र, प्रेम का परिधान और नफरत का निदान कहा गया है। यदि सामनेवाला किसी की गलती को माफ करता है या उस व्यक्ति की सहायता करता है तो वह स्वयं की सहायता भी करता है। क्षमा करने के लिए व्यक्ति को अपने अहं को खत्म करना पड़ता है, जो एक सकारात्मक सोच का सहनशील व्यक्ति ही कर सकता है। महात्मा गांधी ने कहा है कि कमजोर व्यक्ति कभी क्षमा नहीं कर सकता, क्षमा करना शक्तिशाली व्यक्ति का गुण है।

'गुरु ग्रंथ साहिब' का वचन है कि क्षमाशील को न रोग सताता है और न यमराज डराता है। संसार के सभी धर्मों में क्षमा को इनसान का श्रेष्ठ गुण बताया गया है। जैन संप्रदाय में बाकायदा इसके लिए एक दिन विशेष का आयोजन किया जाता है। महावीर ने क्षमा माँगने से अधिक क्षमा करने को महान् बताया है। मनोविज्ञान कहता है कि गलती करना इनसान का एक गुण है, क्योंकि पूरी सावधानी बरतने पर भी मनुष्य के जीवन में कहीं-न-कहीं त्रुटियाँ हो ही जाती हैं, लेकिन अपनी गलती के लिए माफी माँगना और सामनेवाले का उसे माफ कर देना इनसानियत और मानवता का श्रेष्ठ गुण है। जिन व्यक्तियों के पास क्षमा का गुण है, वे हमेशा प्रसन्नचित्त रहते हैं और उनका कोई शत्रु भी नहीं होता है। क्षमा का जीवन में बहुत बड़ा महत्त्व है। यदि कोई इनसान गलती करे और उसके लिए माफी माँग ले तो सामनेवाले का गुस्सा काफी हद तक कम हो जाता है।

जिस तरह क्षमा माँगना व्यक्तित्व का एक अच्छा गुण है, उसी तरह किसी को क्षमा कर देना भी इनसान के व्यक्तित्व में चार चाँद लगाने का काम करता है। किसी को माफ करनेवाले व्यक्ति की हर कोई तारीफ करता है और उसकी प्रसिद्धि दूर-दूर तक फैल जाती है। संसार में कोई व्यक्ति यदि क्षमाशीलता के धन से भरपूर हो तो वह कभी जीवन में अशांत नहीं हो सकता। जीवन में परिस्थिति चाहे जितनी भी असामान्य क्यों न हो, धैर्य और सहनशीलता उसका निकटतम साथी बना रहता है। यहाँ इस तथ्य की ओर भी ध्यान देना आवश्यक है कि क्षमाशीलता ही अपने आप में संपूर्ण नहीं है। क्षमा करने के साथ क्षमा माँगने के गुण से भी जुड़ा होना चाहिए। मानव जीवन में क्षमा का गुण अनिवार्य रूप से होना चाहिए। किसी भी

व्यक्ति में क्षमा का गुण मानव से महामानव बनने की ओर अग्रसर करता है। परिवार या समाज में क्षमा माँगने से कोई व्यक्ति छोटा नहीं हो जाता, बल्कि स्वयं वह अपनी दृष्टि में स्वच्छ हो जाता है। इनसान के जीवन में दोहरा लाभ प्रदान करनेवाला यह गुण मानवता के लिए संजीवनी की भाँति है। रामधारी सिंह 'दिनकर' ने कहा है कि क्षमा वीरों को ही सुहाती है। उन्होंने लिखा है 'क्षमा शोभती उस भुजंग को जिसके पास गरल हो, उसका क्या जो दंतहीन, विषहीन, विनीत, सरल हो', इनसान के जीवन सफर में क्षमा माँगने से क्रोध और वैर खत्म होते हैं। यह इनसान के जीवन का श्रेष्ठ मंत्र है और जीवन के मोक्ष मार्ग की साधना है। अंत में कहूँगा कि संसार का हर इनसान अपनी सुखी एवं सफल जीवनयात्रा में क्षमा को जीवन-मंत्र बनाए।

□

बुद्धिमान व्यक्ति की परख

यह सत्य है कि संसार में बुद्धिमान व्यक्ति को उम्र कभी थका नहीं सकती, ठोकरें गिरा नहीं सकतीं और अगर जीतने की जिद संकल्प लेकर कर ले तो परिस्थितियाँ उसे हरा नहीं सकतीं। समाज में व्यक्ति की परिपक्वता इसमें नहीं है कि वह कितना जानता है या कितना शिक्षित है, बल्कि इसमें है कि बुद्धिमत्ता से वह किसी भी जटिल स्थिति को शांति से सुलझाने में कितना सक्षम है। चीन के विचारक कन्फ्यूशियस ने एक बार कहा था कि बुद्धिमत्ता प्राप्त करने के तीन तरीके हैं। पहला, अपनी बुद्धि से गहन विचार के द्वारा, जो सबसे श्रेष्ठ है। दूसरा, किसी को देखकर अनुकरण के द्वारा, जो सबसे आसान है और तीसरा, स्वयं के अनुभव के द्वारा, जो सबसे कड़वा है। इनसान द्वारा बुद्धिमत्ता प्राप्त करना लगभग सभी संस्कृतियों में सबसे कीमती गुण है। यह जीवन में सीखने, सावधानीपूर्वक विश्लेषण करने और विचारपूर्वक काम करने का अभ्यास है। बुद्धिमान व्यक्ति हमेशा अपने जीवन में नई चीजें सीखने की इच्छा रखता है। इस तरह के व्यक्ति हर स्थान, परिस्थिति में घुल-मिल जाते हैं। ये हर स्थान पर किसी भी व्यक्ति के शब्दोच्चारण पर गौर करते हुए उस पर नजर रखते हैं। ये वार्त्ता में अनभिज्ञता की शक्ल बनाकर अधिक सवाल समझने-जानने की जिज्ञासा से पूछते हैं। बुद्धिमान लोग अपनी गलतियों से सीखते हैं। ये लोग अनुभवी होते हैं और किताबें भी पढ़ते हैं। कोई भी नया काम शुरू करने से पहले अच्छी तरह से विचार करते हैं।

दुनिया में बुद्धिमान कोई भी कार्य करनेवाला व्यक्ति हो सकता है। एक बार की घटना बताता हूँ। आइंस्टीन के ड्राइवर ने एक बार आइंस्टीन से कहा कि सर, मैंने हर बैठक में आपके द्वारा दिए गए हर भाषण को याद किया है। यह सुनकर आइंस्टीन हैरान हो गए। उन्होंने अपने ड्राइवर से कहा कि ठीक है, अगले आयोजक

मुझे नहीं जानते हैं, आप मेरे स्थान पर वहाँ बोलिएगा और मैं ड्राइवर बना रहूँगा। बैठक में अगले दिन ड्राइवर मंच पर चढ़ गया और भाषण देने लगा। अच्छी वाणी व विचार सुनकर उपस्थित विद्वानों ने जोर-शोर से तालियाँ बजाईं। उस समय एक प्रोफेसर ने ड्राइवर से पूछा कि सर, क्या आप उस सापेक्षता की परिभाषा को फिर से समझा सकते हैं? असली आइंस्टीन ने सुना तो चिंतित हो गया, अब तो बड़ा खतरा उत्पन्न हो गया, अब वह वाहनचालक पकड़ा जाएगा और भेद खुल जाएगा; लेकिन उसी क्षण ड्राइवर का जवाब सुनकर वे हैरान रह गए। ड्राइवर ने जवाब दिया कि क्या यह आसान बात आपके दिमाग में नहीं आई? मेरे ड्राइवर से पूछिए, वह आपको समझाएगा। यदि आप बुद्धिमान लोगों के साथ चलते हैं तो आप बुद्धिमान ही बनेंगे, अपवादस्वरूप कुछ मूर्खों को छोड़कर।

आपको यह सुनकर बड़ी खुशी होती होगी, जब कोई कहता होगा कि आप बड़े बुद्धिमान हैं, आखिर अपनी तारीफ सुनना किसे पसंद नहीं होता है, पर क्या आपने कभी सोचा है कि यह जो बुद्धि है, यह आखिर आती कहाँ से है? क्या दिमाग के भीतर बुद्धि पहले से ही भरी होती है? इन दिनों जब हमें किसी भी तरह की जानकारी की जरूरत होती है तो हम फौरन गूगल या विकीपीडिया जैसी वेबसाइटों का सहारा लेते हैं। तो क्या इसका मतलब यह निकाला जाए कि सूचना के ये साधन हमारी बुद्धि को और समृद्ध एवं संपन्न बनाते हैं? यह सारे सवाल इसलिए कि कुछ अध्ययनों से संकेत मिलता है कि हमारा अपना मस्तिष्क ही खुद को प्रभावित करता है। इनसान का मस्तिष्क ज्ञान-बुद्धि का अपार भंडार है। केवल इस्तेमाल करने की जरूरत है। इसकी मेमोरी जीवन में कभी भी भर नहीं सकती है। एक बार राजा से मिलने रानी राजदरबार में अपने हाथों में फूलों की दो मालाएँ लेकर आईं। एक माला असली फूलों की थी और दूसरी नकली फूलों की। मालाएँ दिखने में दोनों एक जैसी थीं। रानी ने पूछा कि राजा साहब, बताइए कौन सी माला असली फूल की है और कौन सी नकली की। राजा बहुत बुद्धिमान था। वह थोड़ी देर शांत रहा। उसने खिड़की के बाहर मधुमक्खियों को देखा, जो गुलाब के फूलों पर बैठी थीं। राजा ने आदेशपाल को आदेश दिया कि खिड़की को खोल दो। आदेशपाल ने आदेश का पालन किया। कुछ मधुमक्खियाँ खिड़कियों से होकर कमरे के अंदर आ गईं और असली फूलों की माला पर बैठ गईं। सबको असली माला का पता चल गया। रानी ने राजा की बुद्धिमानी की तारीफ की।

बुद्धिमानी की इस परीक्षा से यही शिक्षा मिलती है कि कोई भी कार्य अंतर्मन

से छिपा नहीं रहता और अंतर्मन ही मनुष्य को सही राह दिखाता है। इसलिए मनुष्य को किसी भी कार्य के सही-गलत के लिए अपने मन को टटोलना सबसे जरूरी है। आज मनुष्य ने अंतरात्मा की आवाज सुननी बंद कर दी है। इसलिए ही वह सही या गलत रास्ते के चयन में दिग्भ्रमित होता है। हमारी अंतरात्मा कभी हमें गलत राह नहीं दिखाती। यह जरूर है कि मन की आवाज हमें वह करने की सलाह देती है, जिसे दिमाग कभी स्वीकार नहीं करता, क्योंकि दिमाग सदैव स्वहित में कार्य करता है और मन हमें सही और गलत का परिचय करवाता है। यह सही-गलत का परिचय ही हमें सदैव बुराई से दूर रखता है। किसी भी कार्य से पहले हमें मन की आवाज जरूर सुननी चाहिए। बुद्धिमान व्यक्ति मन की आवाज के साथ बुद्धि का इस्तेमाल करते हैं। यदि मानव जाति किसी के द्वारा थोपे गए विचारों पर ध्यान न दे और अपनी बुद्धि से सत्य का अनुसरण करे तो उसकी उन्नति को कोई रोक नहीं सकता। वह अपनी बुद्धि से जीवन में अंधकार और अज्ञान को मिटाकर प्रगति की राह पर अग्रसर हो सकता है। अंत में मैं कहूँगा कि दुनिया में कोई भी उतना मूर्ख नहीं होता, जितना कि हम सोचते हैं और वह उतना बुद्धिमान भी नहीं होता, जैसा वह सोचता है।

□

इनसान का वैराग्य जीवन

दुनिया में गृहस्थ जीवन का परित्याग कर ध्यान और ईश्वरभक्ति में स्वयं को समर्पित करके इनसान का इच्छारहित होना ही वैराग्य है। साथ ही केवल कुछ क्षणों के लिए ही सही, मन को भौतिक इंद्रिय सुख से हटाकर स्वयं में स्थापित कर लेना ही वैराग्य है। मोह-माया में फँसा हुआ मन एक के बाद एक इच्छा के पीछे भागते-भागते थक जाता है, फिर मन इन उपजी हुई इच्छाओं में लग जाता है। ये इच्छाएँ भी कुछ संतुष्टि नहीं देतीं, बल्कि एक और आशा जगाती हैं। इच्छाओं के पीछे जीवन ऐसी ही एक दौड़ बन जाता है, जिसमें भागते-भागते भी हम कहीं पहुँचते नहीं हैं। जो मन इच्छाओं से भरा हुआ है, वह ध्यान में नहीं उतर सकता। इनसान के अंदर दो तरह के मत हैं। पहला तो यह कि मन में कोई इच्छा नहीं होनी चाहिए। मन में कोई इच्छा न होना भी एक इच्छा ही है। ऐसे में कुछ लोग अपनी इच्छाओं को मारने में लगे रहते हैं। जीवन में उतार-चढ़ाव के साथ कष्टों को काटने के लिए वैराग्य जीवन ही एक ऐसा ब्रह्मास्त्र है, जिसका वार कभी खाली नहीं जाता और इनसान जीवन में ईश्वर के करीब हो जाता है। दूसरा यह कि इनसान के जीवन में जहाँ अनुराग समाप्त होता है, वहीं से वैराग्य का प्रारंभ होता है, फिर वह व्यक्ति एकाकी भाव से बातों को समझता है और सब साधनों से स्वयं को अलग मानता है। वैराग्य ध्यान के पथ पर अभ्यास के साथ दूसरा पहिया है। इस ज्ञान पथ में हम वैराग्य के बारे में जानेंगे।

यह सत्य घटना काफी मार्मिक एवं 'श्रृंगार शतक', 'नीति शतक' जैसे कई महाकाव्यों की रचना करनेवाले राजा भर्तृहरि की है। उज्जैन के राजा गंधर्वसेन के दो विवाह हुए थे। पहली पत्नी से महाराज भर्तृहरि और दूसरी से चक्रवर्ती सम्राट् विक्रमादित्य थे। पिता की मृत्यु के बाद भर्तृहरि ने राजकार्य सँभाला। राजा भर्तृहरि

की दो रानियाँ थीं। बाद में उन्होंने बड़ी रूपवती पिंगला से शादी की थी। राजा उस पर आँखें मूँदकर विश्वास करते थे। उस समय उज्जैन में एक तपस्वी गुरु गोरखनाथ का राजा के दरबार में आगमन हुआ। राजा भर्तृहरि ने उनका उचित आदर-सत्कार किया। इससे उन्होंने प्रसन्न होकर राजा को एक अमरफल दिया और कहा कि यह खाने से वे सदैव नीरोग और जवान बने रहेंगे। उन्हें अपनी पत्नी से खास प्रेम था। इसलिए उन्होंने विचार किया कि यह फल मैं अपनी पत्नी को खिला दूँ तो वह हमेशा सुंदर और जवान रहेगी। यह सोचकर राजा ने वह अमरफल रानी को दे दिया और उसे फल की विशेषता भी बता दी। लेकिन उस रानी का लगाव नगर के कोतवाल से था। इसलिए उसने वह अमरफल कोतवाल को दे दिया और उस फल की विशेषता से अवगत कराते हुए कहा कि तुम इसे खा लेना, ताकि तुम्हारा यौवन और जोश हमेशा मेरे काम आता रहे। इस अद्भुत अमरफल को लेकर कोतवाल जब महल से बाहर निकला तो सोचने लगा कि रानी के साथ तो मुझे धन-दौलत के लिए झूठे प्रेम का नाटक करना पड़ता है, इसलिए यह फल खाकर मैं भी क्या करूँगा? कोतवाल ने सोचा कि इसे मैं अपनी प्यारी राज नर्तकी को दे देता हूँ, वह कभी मेरी कोई बात नहीं टालती और मुझ पर जान छिड़कती है। अगर वह युवा रहेगी तो दूसरों को भी सुख दे पाएगी और मुझे भी हमेशा आनंद देती रहेगी। उसने वह अमरफल उस नर्तकी को दे दिया। नर्तकी ने सोचा कि हमारे राज्य का राजा बहुत अच्छा है, धर्मात्मा है, देश की प्रजा के हित के लिए उसे ही लंबा जीवन जीना चाहिए। उसने अमरफल राजा को दे दिया और कहा, "महाराज! आप इसे खा लेना, क्योंकि आपका जीवन हमारे लिए अनमोल है।" राजा फल को देखते ही पहचान गए और सन्न रह गए। कड़ी पूछताछ करने पर जब पूरी बात उन्हें मालूम हुई तो राजा उसी क्षण संसार की मोह-माया को त्यागकर, रानियों से विरक्त होकर तथा अपना राज-पाट छोटे भाई विक्रमादित्य को सौंपकर गुरु गोरखनाथ की शरण में चले गए। उसके बाद उन्होंने वहीं वैराग्य पर 100 श्लोक लिखे, जो 'वैराग्य शतक' के नाम से प्रसिद्ध हैं। यही इस संसार की वास्तविकता है। एक व्यक्ति किसी अन्य व्यक्ति से प्रेम करता है और चाहता है कि वह व्यक्ति भी उससे उतना ही प्रेम करे, लेकिन विडंबना यह है कि हरदम ऐसा हो नहीं पाता। इसकी वजह यह है कि संसार और इसके सभी प्राणी अधूरे हैं। सब में कुछ-न-कुछ कमी है।

प्रेम निश्छलता और समर्पण का एक सत्य रूप है। सिर्फ एक ईश्वर ही पूर्ण है। एक ईश्वर है, जो हर जीव से उतना ही प्रेम करता है, जितना जीव उससे करता

है। इसलिए हमें सच्चे मन से ईश्वर से प्रेम करना चाहिए। एक घटना से सही समय पर यही सोच राजा भर्तृहरि को गुरु गोरखनाथ के आश्रय में ले गई और योगीराज भर्तृहरि का पवित्र नाम अमरफल खाए बिना दुनिया में अमर कर गई। उनका हृदय परिवर्तन इस बात का प्रतीक है। वह त्याग, वैराग्य और तप के प्रतिनिधि बन गए। वैराग्य शब्द का अर्थ संसार की उन वस्तुओं एवं कर्मों से विरत होना है, जिनमें सामान्य लोग लगे रहते हैं। इस संसार में अपनी इंद्रियों को विषय वस्तुओं के प्रति लालसा और ज्वरता से मुक्त कर लेना ही वैराग्य है। वैराग्य का अर्थ है, ईश्वर के अलावा सभी प्रेम, मोह आदि का त्याग कर सत्य भाव से परमपिता से लगाव रखना। कुछ लोगों का कहना है कि घर-बार, समाज, शहर, सबकुछ छोड़कर जंगल, पहाड़ में ईश्वर में लीन होना वैराग्य है। आज जो घर-परिवार में रहता है, उसके बारे में लोग कहते हैं कि यह रागवाला है, संसारी है, गृहस्थ है।

वैराग्य का अर्थ यह नहीं है कि घर-बार छोड़कर हरिद्वार, अयोध्या या जंगल-पहाड़ पर चले जाएँ। फिर आज की वर्तमान आधुनिक दुनिया में वैराग्य क्या है ? मेरे विचार से वर्तमान समय में इनसान को अपने अंदर मौजूद विकार, अंधकार, बुराई, पाप, अधर्म, नकारात्मक सोच और बुरे कर्म का परित्याग कर ईश्वरभक्ति के साथ एक सुंदर, सुखमय पारिवारिक एवं सामाजिक जीवन जीना भी वैराग्य है। घर, परिवार, हर रिश्ता, समाज और सांसारिक बंधन में प्रेम भाव से जीवन जीना वैराग्य है। उसके लिए यह जरूरी नहीं है कि लोग शहर या गाँव में रहें या हिमालय की किसी गुफा में रहें। अगर सबको यह बात समझ में आ जाए कि यह देह मिट्टी है और जिस संसार को हम सभी देख रहे हैं, यह सदा नहीं रहेगा। साथ ही इस बात का ज्ञान और विश्वास मस्तिष्क में हमेशा स्मरण होता रहे और इनसान संसार में अपने सकारात्मक विचार व कर्मों के साथ अपनों के बीच जीवनयात्रा पूरी करे तो यही वर्तमान युग में वैराग्य है।

□

सुखी जिंदगी का मार्ग

इनसान यदि सुखी जीवन के लिए हर दिन शहद जैसा मीठा व अच्छा परिणाम चाहता है तो वह जीवन में सकारात्मक सोच-विचार के साथ अपने कर्म को मधुमक्खियों की तरह बनाए, जो फूल के रस को निचोड़कर शहद बनाती हैं। इनसान के पास सफलता और खुशी खुशहाल जीवन जीने के आसान तरीके के रूप में मौजूद हैं, अगर इन दोनों में से आपके पास कोई एक न रहे तो दूसरे का मिलना जीवन में असंभव है। यह संभव नहीं है कि हर कदम पर आपको सफलता ही हाथ लगे या हर वक्त आप खुश रहें। जिंदगी के सफर में हर मुश्किल परिस्थिति में भी जीवन में संतुलन बनाए रखना बेहद जरूरी है। जीवन में सपने देखकर अपना लक्ष्य एवं योजना बनाएँ और दृढ़ प्रतिज्ञा लेकर कार्य करें। मार्ग में आनेवाली बाधाओं को धैर्य के साथ हटाएँ। पता करें कि वह कौन सी चीज है, जो रोक रही है, उस बाधा को दूर करें। अपनी योजनाओं की शांत मन-चित्त से हमेशा समीक्षा करते रहें। अपने सुखी जीवन के लक्ष्य को निर्धारित कर उसी दिशा में आगे बढ़ें। जिस काम को करना चाहते हैं, उस क्षेत्र के किसी अनुभवी व्यक्ति से विमर्श कर सुझाव लेते रहें। लक्ष्य-प्राप्ति की प्रक्रिया को अनपेक्षित स्थितियों में अपने व्यवहार से लोचदार बनाएँ। जीवन में कभी भी मुश्किल परिस्थिति आने पर बहादुरी से उसका सामना करें और तुरंत उसका समाधान निकालें। इनसान अपने निर्धारित लक्ष्य पर पहुँचकर खुशी मनाए, क्योंकि जो सपना देखा, उसे पूरा किया। इनसान सुखी जीवन के लक्ष्य तक पहुँचकर कुछ नया अनुभव प्राप्त करता है। दुनिया में ज्यादातर लोग अपना लक्ष्य बहुत ही छोटा तय करते हैं और उसे प्राप्त कर खुश हो जाते हैं, जबकि कुछ लोग बहुत बड़ा लक्ष्य पाने की कोशिश तो करते हैं, लेकिन हासिल नहीं कर पाते।

जिंदगी एक रंगीन किताब है, फर्क बस इतना है कि कोई हर पन्ने को दिल से

पढ़ रहा है और कोई दिल रखने के लिए पन्ने पलट रहा है। आप सुखी जीवन के लिए अपना लक्ष्य काफी सोच-समझकर तय करें और उसपर सफलता पाकर फिर बड़ा लक्ष्य सोचें। देखने में आता है कि रुचि के अनुसार काम होता है तो इनसान उसमें अपना सौ प्रतिशत देता है। यदि आप अपना काम ठीक से करते हैं और इसके बदले आपको कुछ भी नहीं मिलता है तो आप समझिए कि आप सफलता के मार्ग पर अभी अग्रसर हैं। इनसान के जीवन में निरंतर कई तरह की परेशानियाँ आती रहती हैं। उन्हें हम कैसे सँभालते हैं, यह हमारी सफलता को सुनिश्चित करता है। एक प्रसिद्ध उक्ति है कि असफलता का मतलब है कि सफलता का प्रयास पूरे मन से नहीं किया गया। इनसान के जीवन में असफलता किसी काम को दोबारा शुरू कर सफलता पाने का एक मौका देती है। जीवन में सफल होने के लिए गोल निर्धारित करके उसके हिसाब से मेहनत करनी पड़ती है। आपके दैनिक जीवन में कई तरह के लोग मिलते रहते हैं। उन लोगों से अकारण किसी तरह का विवाद आपके लक्ष्य की सफलता में रोड़ा साबित हो सकता है। जीवन में कभी भी नए विचार, नयी योजनाएँ अपनाने में घबराएँ नहीं। नया विचार नई क्रांति को जन्म देता है, जो सफलता की धुरी होती है। मन में यह विश्वास जरूर होना चाहिए कि मैंने सुखी जीवन का जो सपना देखा है, उसे मैं पूरा कर सकता हूँ। जीवन में संघर्ष के बिना आनंद नहीं है और आगे बढ़ने के लिए कठिन मार्ग चुनना पड़ता है। तभी तो चाणक्य चंद्रगुप्त मौर्य को बताते हैं कि किसी भी कार्य को करने के दो मार्ग होते हैं। सरल मार्ग मंजिल पर जल्दी ले जा सकता है, जबकि कठिन मार्ग धीरे पहुँचाता है, लेकिन मंजिल पर निश्चित पहुँचाता है। वह नए अनुभवों के साथ पहुँचाता है। जीवन में कमजोर वही है, जिसने कभी कठिनाइयाँ नहीं देखी हैं। वह इनसान जीवन के सभी रंग नहीं देख पाता है। हम सभी जानते हैं कि बिना रीढ़ का आदमी नहीं होता है, यानी इनसान में अहं होना जरूरी है; लेकिन उस अहं के कारण दूसरों से स्वयं को ऊपर या बेहतर समझना गलत है। जब भी हम कोई काम करते हैं तो अपने आप से बातें जरूर करते हैं। हमें हमेशा जीवन में अपने मन व आत्मा की आवाज को सुनकर ही निर्णय करना चाहिए। जीवन में हम जब भी नकारात्मक सोचते हैं तो अपने गोल से दूर हो जाते हैं। कभी-कभी हम जब सफलता की राह पर गतिमान होते हैं तो कुछ नकारात्मक बातें हमारे सामने आती हैं, अगर हम उन बातों पर ध्यान न देकर सिर्फ अपने लक्ष्य के बारे में सोचते हैं तो हमें सफलता जरूर मिलती है।

इनसान जीवन के सफर में सदैव बेहतर विचार व सुझाव को अपनाकर उनपर अमल करे, तभी जीवन सुखमय रहेगा। इनसान को हमेशा अपनी सोच और एप्रोच को सकारात्मक और प्रगतिशील रखते हुए समाज के नकारात्मक सोचनेवालों एवं गलत लोगों की संगत से दूर रखना चाहिए। घर के अंदर जी भरकर रो लें, पर दरवाजा हँसकर ही खोलें, क्योंकि लोगों को यदि पता लग गया कि आप अंदर से टूट चुके हैं तो वे आपको लूट लेंगे। एक मंदिर के दरवाजे पर बहुत अच्छी लाइन लिखी थी, 'जूते-चप्पल के साथ अपनी गलत सोच भी बाहर उतारकर आइए।' इनसान कभी गलत नहीं होता, उसका वक्त गलत होता है, मगर लोग इनसान को गलत कहते हैं। उदाहरण के लिए पतंग कभी नहीं कटती, कटता तो धागा है, फिर भी लोग कहते हैं कि पतंग कट गई। थाना, ऑफिस, दुकान या बाहर के काम को कभी भी घर पर नहीं लेकर आना चाहिए। वहाँ का प्रेशर और तनाव वहीं छोड़कर घर आएँ। अपने परिवार एवं अजीज दोस्त के साथ खुशी के हर पल को एंजॉय करें। रोजाना दिन भर जो भी काम करना हो, समय को देखते हुए उसकी लिस्ट बनाएँ। रोजाना कोई अच्छी पुस्तक जरूर पढ़ें। यह आपका ज्ञान बढ़ाएगी और सकारात्मक बनाकर विचारवान व ज्ञानी बनाएगी। ईश्वर का ध्यान व पूजा प्रतिदिन शुद्ध मन से करें। अखबार पढ़ें या फिर न्यूज देखें, ताकि आपको हर तरह की जानकारी रहे। घर में हमेशा अपने मोबाइल पर बिजी न रहें। हर बात पर दूसरे की गलतियाँ निकालना बंद कर दें। नहीं तो लोग आपको एक नेगेटिव इनसान समझेंगे। छुट्टी के दिन जिंदगी से जुड़े परिवार या अजीज के साथ कहीं घूमने जाएँ। इससे आपका जीवन सदा सुखी रहेगा। जब भी आपको क्रोध आए तो उसके परिणामों के बारे में सोचिए। क्रोध स्वत: कम या समाप्त हो जाएगा। जीवन में दूसरों की खुशी में अपनी खुशी देखना एक बहुत बड़ा गुण है। जिस इनसान के अंदर यह गुण आ जाएगा, वह कभी जीवन में दु:खी नहीं होगा।

□

धोखे और भरोसे के बीच शुभचिंतक

दुनिया में जिंदगी के सफर में हर तरह के इनसान से मुलाकात होती रहती है। इस मुलाकात में कुछ इनसान भरोसे में लेकर धोखा देते हैं तो कोई सच्चा शुभचिंतक भी मिल जाता है। आपको इसकी परख होनी चाहिए। यह सत्य है कि इनसान को जीवन के अलग-अलग पड़ाव पर अलग-अलग तजुर्बा मिलता है। उस तजुर्बे से अनुभव लेने की जरूरत होती है। इनसान को अपने जीवन में ज्यादा ख्वाहिशें नहीं रखनी चाहिए। जिंदगी में केवल अगला लम्हा पिछले से बेहतरीन हो, इसका खयाल रखना चाहिए। हर इनसान के जीवन में अच्छे कर्म और मेहनत से ही भाग्य साथ देता है, जिससे जरूरत के कार्य पूरे होते हैं। सिर्फ इच्छा रखने से नहीं होता। जैसे सोए हुए शेर के मुँह में हिरन स्वयं प्रवेश नहीं करता, बल्कि शेर को स्वयं ही प्रयास करना पड़ता है, तब उसे भोजन मिलता है। जीवन के सफर में कोई भरोसे में धोखा देकर विश्वास तोड़े तो उसका भी एक बार धन्यवाद कर दें और उससे दूरी बना लें। वह हमें बहुत बड़ा अमूल्य उपहार सीख के रूप में देता है कि किसी पर विश्वास बहुत सोच-समझकर करना चाहिए। बिना सोचे-समझे और बिना समीक्षा किए हमारी जल्दबाज प्रवृत्ति और अधीरता के कारण ही हमारे जीवन में कई समस्याएँ उत्पन्न होती हैं। एक कहानी बताता हूँ। एक दिन हीरे का व्यापार करनेवाला जौहरी एक सेठजी की दुकान पर आया। सेठजी की आदत से वाकिफ जौहरी ने उनसे कहा, "आपके पास जितने भी हीरे हैं, वे सब दिखाएँ, ताकि मैं आपको उनका सही-सही मूल्य बता पाऊँ।" सेठजी भी अपनी सारी धन-दौलत की कीमत जानना चाहते थे, इसलिए उन्होंने तुरंत सारे हीरे जौहरी को दिखाए। जौहरी ने हीरे को देखकर सेठजी को बताया, "ये सारे हीरे नकली हैं। यदि आप इनकी कीमत ज्यादा चाहते हैं तो एक ही तरीका है, इनकी बंपर सेल लगाई जाए, जिसमें

बड़ी तादाद में लोग आएँगे और नकली हीरे खरीदकर जाएँगे। इसमें आपका फायदा होगा कि हीरे नकली होने के बावजूद जरूर बिक जाएँगे।" जौहरी की सलाह पर मूर्खता और लालच के शिकार हुए सेठजी ने सेल लगाई, जिसमें बड़ी संख्या में लोग आकर हीरे खरीदने लगे। लोगों की भीड़ देख सेठजी बहुत खुश हो रहे थे कि लोग कितनी आसानी से मूर्ख बन रहे हैं। सेठजी को इस बात से भी राहत थी कि नकली हीरों की कीमत केवल सौ रुपए है और लोग इन्हें पाँच सौ रुपए में खरीद रहे हैं। यदि मैं इन्हें बेचता तो इनके सौ रुपए ही मिलते। हालाँकि सेठजी को पता नहीं था कि जो लोग हीरे खरीदने आ रहे हैं, वे जौहरी के ही लोग थे। इसका अर्थ, वे सारे हीरे असली थे और जौहरी सेठजी के सारे असली हीरे अपने ही लोगों को सस्ते दाम में बिकवा रहा था। असलियत यह थी कि सेठजी खुद मूर्ख बन रहे थे। आगे हीरों के सस्ते दामवाली बिक्री में एक पारखी आते हैं, जिन्हें हीरों की परख थी। सारा मामला देख-परखकर उन्हें सारी स्थिति का अंदाजा हो जाता है कि आखिर यहाँ क्या हो रहा है ? वे समझ जाते हैं कि सेठजी असली हीरे इतने कम दाम में बेचने के बावजूद खुश क्यों हैं ! पारखी सेठजी के शुभचिंतक थे। इसलिए उन्होंने सेठजी को मूर्खता से बाहर निकाला। उन्हें सचेत किया कि तुम इतनी बड़ी मूर्खता कैसे कर गए ? यह सुनकर सेठजी को झटका लगा, ठेस भी पहुँची। ऐसा ही होता है, जब किसी की नादानी या भ्रम को प्रकाश में लाया जाता है।

कोई भी अपनी गलती सुनना पसंद नहीं करता। ऐसे में यदि कोई किसी से कहे कि तुम गलत हो तो उसके वहम व अहंकार को ठेस पहुँचती है। उसे बहुत बुरा लगता है। हकीकत में बुरा लगना ही सिद्ध करता है कि वह मूर्ख और अज्ञानी है। उपरोक्त कहानी में उल्लिखित पारखी शुभचिंतक के प्रतीक हैं। एक काफी चरित्रवान इनसान के समक्ष उसका एक गलत चरित्रहीन दोस्त अपनी भ्रमित करने वाली मायावी बुद्धि का भँवरजाल अपने जैसे जुड़े एक मित्र के साथ मिलकर बनाता है, जिसमें वह उस चरित्रवान इनसान को भरोसे में लेकर उलझाना चाहता है। चरित्रवान इनसान भँवरजाल के मुहाने पर पहुँच जाता है, परंतु ईश्वर की उसकी भक्ति और आशीर्वाद से उसके शुभचिंतक को इसकी जानकारी मिलती है और वह समझाता है कि तुम एक विचारवान व चरित्रवान व्यक्ति हो। तुम्हारे मित्र ने तुम्हारे चरित्र व कर्म के साथ अस्तित्व को धूमिल करने के लिए भरोसे के साथ धोखे के भँवरजाल में तुमको फँसाकर तुम्हारी जिंदगी को सदा के लिए उलझा देने की एक सोची-समझी योजना बनाई है। वे लोग अपने गलत आचरण जैसा तुम्हारा भी

आचरण बनाना चाहते हैं। फिर वह इनसान सभी बिंदुओं पर समीक्षा कर अपने पैर उस रास्ते से पुनः सही रास्ते पर लाता है। इनसान को अपने जीवन के सफर में सदैव अपने शुभचिंतक के ज्ञानरूपी संदेश की समीक्षा करके अमल करना चाहिए। दुनिया में दिखता है कि किस तरह इनसान भ्रम की मोह-माया में उलझा हुआ है। कुछ इनसान कैसे-कैसे एक-दूसरे से छल-कपट कर लोगों को मूर्ख बना रहे हैं। ऐसे में सच्चे शुभचिंतक ही उसे सही मार्गदर्शन देकर सत्य के मार्ग पर चलने की प्रेरणा देते हैं। सत्यरूपी दर्पण की समझ देकर उसे सत्य की राह दिखाते हैं। तत्पश्चात् इससे इनसान को ज्ञात होता है कि उसका मन कैसा है, कैसे सोचता है, कैसे आनंद को, ज्ञान को ठुकरा देता है। कैसे अपने ज्ञान, मन, विवेक का इस्तेमाल न कर भरोसे में छुपे धोखे के मायाभ्रम में अपनी हानि करने से भी नहीं चूकता है। बिल्कुल उस सेठजी की तरह, जो जौहरी की बातों में उलझकर जीवन के असली हीरेरूपी चरित्रधन को गँवा देता है।

जीवन पथ में इसीलिए भरोसे में छुपे धोखेबाजों से हमेशा दूरी बनाकर रहिए, सुरक्षित रहिए। आए दिन हम सभी किसी के भरोसेरूपी भ्रममाया में अपने जीवन को मकड़ी के जाल की भाँति उलझाते हैं। ऐसे में अचानक एक शुभचिंतक ही सही समय पर समझाकर इनसान को उसकी गलत सोच व कर्म से बाहर निकालने की भूमिका अदा करता है। दरअसल, शुभचिंतक ईश्वर की कृपा से आपको भ्रम के मायाजाल से मुक्त करने के लिए ही आते हैं। आपके जीवन में शुभचिंतक यदि सत्य की राह पर चलने की प्रेरणा देते हैं तो उस प्रेरणा को अपने जीवन में उतारने की जरूरत है। हर इनसान के जीवन में शुभचिंतक ऐसा आदर्श मित्र है, जो कभी धोखा नहीं दे सकता और उसका ज्ञानरूपी शब्द ऐसा कड़वा पौधा है, जिस पर हमेशा मीठा फल आता है।

□

निंदा-चुगली में लिप्त कुछ इनसान

आज दुनिया के बाजार में कुछ चुगलखोरों के कारण मुसकराते इनसान की जब जेब टटोलेंगे तो शायद उसका रूमाल गीला मिलेगा। आज समाज में दूसरों की निंदा करना, दोष ढूँढ़ते रहना मानवीय स्वभाव का एक बड़ा अवगुण कुछ इनसानों में देखने को मिल रहा है। संसार में प्रत्येक इनसान की रचना ईश्वर ने अच्छे उद्देश्य से की है। हमें ईश्वर की किसी भी रचना का मखौल उड़ाने का अधिकार नहीं है। इसलिए कहीं भी किसी की निंदा करना साक्षात् ईश्वर की निंदा करने के समान है। दूसरों में दोष निकालना और खुद को श्रेष्ठ बताना कुछ लोगों का स्वभाव होता है। इस तरह के लोग हमें कहीं भी आसानी से मिल जाएँगे। चुगली करनेवाला व्यक्ति दोतरफा बोलता है। वह ऐसा किसी व्यक्ति को समाज में नीचा दिखाने के लिए करता है, जिसका मुख्य कारण है ईर्ष्या और जलन। कई बार मेरी आँखों के सामने हुआ है कि किसी व्यक्ति के साथ बैठा था। वह व्यक्ति दूसरे की निंदा और आलोचना कर रहा था, लेकिन जब अचानक वह व्यक्ति वहाँ पहुँचता है, तब निंदा करनेवाला व्यक्ति उसका अच्छे शब्दों से स्वागत करता है और उसकी प्रशंसा करता है। इस पर मंद-मंद मुसकान और निंदा करनेवाले व्यक्ति पर आश्चर्य होता है। दुनिया में किसी की आलोचना से कोई खुद के अहंकार को कुछ समय के लिए संतुष्ट कर सकता है, किंतु किसी की काबिलियत, नेकी, अच्छाई और सच्चाई की संपदा को नष्ट नहीं कर सकता। जो सूर्य की तरह प्रखर है, उस पर निंदा के कितने ही काले बादल छा जाएँ, किंतु उसकी प्रखरता, तेजस्विता और उष्णता में कमी नहीं आ सकती। चुगली करनेवाला व्यक्ति हमेशा दूसरों की कमियाँ खोजता है, जबकि इस दुनिया में बिना कमी के कोई इनसान नहीं है। बहुत लोग स्वयं की कमी का मूल्यांकन ही नहीं करते हैं। चुगली समाज में दो व्यक्तियों के बीच लड़ाई

या मन-मुटाव का कारण बनती है; परंतु वह यह नहीं जानता कि ऐसा करने से समाज में उसकी स्वयं की बदनामी होती है और वह समाज की नजरों से भी गिर जाता है। उसका परिणाम एक दिन उसे स्वयं भुगतना पड़ेगा। एक कहानी आप सभी को बताता हूँ—

एक राजा ब्राह्मणों को लंगर में महल के आँगन में भोजन करा रहा था। राजा का रसोइया खुले आँगन में भोजन पका रहा था। उसी समय एक चील अपने पंजे में एक जिंदा साँप को लेकर राजा के महल के ऊपर से गुजरी, तभी पंजों में दबे साँप ने अपनी आत्मरक्षा में चील से बचने के लिए अपने फन से जहर निकाला। इससे रसोइए द्वारा ब्राह्मणों के लिए पकाए जा रहे उस लंगर में साँप के मुख से निकले जहर की कुछ बूँदें गिर गईं। किसी को इसका पता नहीं चला, फलस्वरूप इन सभी ब्राह्मणों की, जो भोजन करने आए थे, जहरीला खाना खाते ही मौत हो गई। जब राजा को सारे ब्राह्मणों की मृत्यु का पता चला तो ब्रह्म हत्या होने से उसे बहुत दुःख हुआ। ऐसे में ऊपर बैठे यमराज के लिए भी यह फैसला लेना मुश्किल हो गया कि इस पाप-कर्म का फल किसके खाते में जाए? राजा, जिसको पता नहीं था कि खाना जहरीला हो गया है या रसोइया, जिसको भी पता नहीं था कि खाना बनाते समय वह जहरीला हो गया है या उस चील, जो जहरीला साँप लिये लंगर के ऊपर से गुजरी या उस साँप के, जिसने अपनी आत्मरक्षा में जहर निकाला। बहुत दिनों तक यह मामला यमराज की फाइल में अटका रहा, फिर कुछ समय बाद कुछ ब्राह्मण राजा से मिलने उस राज्य में आए और उन्होंने किसी महिला से महल का रास्ता पूछा। उस महिला ने महल का रास्ता तो बता दिया, पर रास्ता बताने के साथ-साथ ब्राह्मणों से यह भी कह दिया कि "देखो भाई, जरा ध्यान रखना, वह राजा ब्राह्मणों को खाने में जहर देकर मार देता है," बस, जैसे ही उस महिला ने ये शब्द कहे, उसी समय यमराज ने फैसला ले लिया कि उन मृत ब्राह्मणों की मृत्यु के पाप का फल इस महिला के खाते में जाएगा और इसे उस पाप का फल भुगतना होगा। यमराज के दूतों ने पूछा—"प्रभु, ऐसा क्यों, जबकि उन ब्राह्मणों की मृत्यु में उस महिला की कोई भूमिका ही नहीं थी?" तब यमराज ने कहा, 'भाई देखो, जब कोई व्यक्ति पाप करता है, तब उसे बड़ा आनंद मिलता है, पर उन मृत ब्राह्मणों की हत्या से न तो राजा को आनंद मिला, न ही उस रसोइए को, न ही उस साँप को आनंद मिला और न ही उस चील को, पर उस पाप-कर्म की घटना की बुराई करने के भाव से बखान कर उस महिला को जरूर आनंद मिला। इसलिए राजा के उस

अनजाने पाप-कर्म का फल अब इस महिला के खाते में जाएगा।" बस, इसी घटना के बाद से जब भी कोई व्यक्ति किसी दूसरे के पाप-कर्म का बखान बुरे भाव से करता है, तब उस व्यक्ति के पापों का हिस्सा उस बुराई करनेवाले के खाते में डाल दिया जाता है, अत: सभी निंदक इनसान जान लें कि आज के वक्त में हर कोई शीशे के घर में रह रहा है।

दुनिया में हर इनसान अकसर सोचता है कि हमने जीवन में ऐसा कोई पाप नहीं किया, फिर भी हमारे जीवन में इतने कष्ट क्यों आए? ये कष्ट और कहीं से नहीं, बल्कि लोगों की साजिश-बुराई करने के कारण उनके पाप-कर्मों से आए होते हैं, जो बुराई करते ही हमारे खाते में आ जाते हैं। चुगली करनेवाले व्यक्ति पर कभी कोई व्यक्ति विश्वास नहीं करता। उन्हें लगता है कि जो व्यक्ति आज उनके सामने किसी और व्यक्ति की चुगली कर रहा है, वह कल उनकी चुगली कहीं और जाकर करेगा। चुगली करनेवाले व्यक्ति के मन में चुगली के साथ-साथ झूठ बोलना, बुराई करना, मतभेद करवाना, निंदा करना आदि अनेक बुरी आदतें भी जन्म ले लेती हैं। इससे वह इन सबसे बच नहीं पाता और समय के साथ-साथ अपना अस्तित्व खो बैठता है। कई बार छोटी सी चुगली बड़े फसाद की जड़ बन जाती है, जिससे रिश्तों में दरार आ जाती है और कई घर बरबाद हो जाते हैं। इसी कारण चुगली को अनेक प्रसिद्ध ग्रंथों में बहुत बड़ा गुनाह माना गया तथा चुगली करनेवाले व्यक्ति से सर्वथा दूर रहने और उसकी बात पर विश्वास न करने की बात भी कही गई है। चुगली करने की इस आदत को शीघ्र समाप्त कर लिया जाए तो यह आपके और आपके परिवार या समाज, दोनों के लिए लाभकारी होगा, अन्यथा यह आदत बढ़कर इतनी अधिक हो जाएगी कि इसपर नियंत्रण करना आपके वश में नहीं होगा। एक सफल व्यक्ति वह है, जो दूसरों द्वारा अपने ऊपर फेंकी गई ईंटों से एक मजबूत नींव बना सके। बोलने से पहले शब्द मनुष्य के वश में होते हैं, लेकिन बोलने के बाद मनुष्य शब्दों के वश में हो जाता है। अंत में कहूँगा कि ताकत चुगली में नहीं, अपने विचारों में रखें, क्योंकि फसल बारिश से होती है, बाढ़ में नहीं होती। इसलिए चुगली के बजाय आप जीवन में जितना मन-वाणी से पवित्र रहेंगे, उतना भगवान् के करीब रहेंगे, क्योंकि सदैव पवित्रता में ही भगवान् का वास होता है।

□

अहंकार से आलिंगनबद्ध मनुष्य

इनसान आईना कभी भी न देखता, अगर आईने में चित्र की जगह चरित्र दिखाई देता। दुनिया में इनसान के अंदर अहंकार की उत्पत्ति पद, ख्याति, ताकत और पैसे से होती है। अहंकार की उत्पति इनसान के अंदर होने पर उस इनसान से समाज दूरियाँ बनाने लगता है। मेरे अंदर भी कुछ वक्त अहंकार की उत्पत्ति हुई। नौकरी में पद, नाम, ख्याति से उत्पन्न अहंकार से मैंने बहुत-कुछ खोने के बाद अपने अंदर उत्पन्न अहंकार को खत्म करने का सार्थक प्रयास किया, जिसकी आज भी समीक्षा ईमानदारी से करता रहता हूँ। आज दुनिया में कौन किमजॉन जैसा अहंकारी है और नरेंद मोदी जैसा संस्कारी, धैर्यवान और सहनशील है, इसका आकलन करना मुश्किल है, ठीक उसी तरह, जिस तरह पुस्तकें फैसला नहीं कर सकतीं कि कौन पढ़ा-लिखा और कौन अनपढ़ है। मैंने दुनिया व समाज में किताबों के बिना विद्वान् और ज्ञानों के साथ जाहिल देखे हैं। हजारों बड़े शक्तिशाली चमकते चेहरों में कौन अहंकारी है, यह वक्त आने पर पता चलता है। घमंड और पेट जब दोनों बढ़ जाते हैं तो इनसान किसी को गले नहीं लगा सकता। जिस प्रकार एक नीबू हजारों लीटर दूध को बरबाद कर देता है, उसी प्रकार अहंकार मुनष्य के अच्छे-से-अच्छे संबंधों को खराब कर देता है। यह सत्य है कि अहंकार जीवन में दुःख लाता है। यह माना जाता है कि हमारे जीवन में दुःखद समस्याओं की असल वजह अहंकार है। अहंकार के कारण ही हम स्वयं को जीवन के हर क्षेत्र में औरों से उत्कृष्ट मानने लगते हैं। अहंकार के मद में चूर होकर हम दूसरों के उपदेश, अनुभवों और ज्ञान का उपयोग नहीं कर पाते हैं। संसार के हर व्यक्ति में, चाहे वह कितना ही कमजोर या खराब क्यों न हो, एक अनुकरणीय अच्छाई अवश्य होती है। उस अच्छाई को अहंकार के कारण हम न तो देख पाते हैं और न ही ग्रहण कर पाते हैं। हमारा अहंकार सदैव

दूसरों की कमजोरी एवं बुराई को ही देखता है। अपने अंदर मौजूद अहंकार से उत्पन्न अज्ञानता के कारण हम हमेशा दूसरों को नीचा दिखाने की कोशिश करते हैं। अहंकारी हमेशा दूसरों को नीचे गिराकर ही आगे बढ़ने के बारे में सोचता रहता है। स्वयं के अंदर कभी समीक्षा नहीं करने देता है। जब कभी वह ऊँचाई पर पहुँचता है, उसका अहंकार और भी बढ़ जाता है।

अहंकार की कोई कीमत नहीं होती है। अशोक की जीवनी में मैंने पढ़ा है। गाँव में एक भिक्षु आता था। अशोक गए और उन्होंने भिक्षु के चरणों में सिर रख दिया। अशोक का बड़ा अमात्य, जो बड़ा वजीर था अशोक का, उसे यह अच्छा नहीं लगा। अशोक जैसा सम्राट् गाँव में भीख माँगते एक भिखारी के पैरों पर सिर रखे! घर लौटते ही महल में जाकर उसने कहा, "नहीं सम्राट्, यह मुझे ठीक नहीं लगा। आप जैसा सम्राट्, जिसकी कीर्ति को शायद जगत् में कोई सम्राट् नहीं छू सकेगा, वह एक साधारण से भिखारी के चरणों पर सिर रखे!" अशोक हँसा और चुप रह गया। महीने-दो महीने बीत जाने पर उसने उस बड़े वजीर को बुलाया और कहा कि एक काम करना है। कुछ प्रयोग करना है, तुम यह सामान ले जाओ और गाँव में बेच आओ। सामान बड़ा अजीब था। उसमें बकरी का सिर था, गाय का सिर था, आदमी का सिर था, कई जानवरों के सिर थे और कहा कि जाओ, बेच आओ बाजार में। वह वजीर बेचने गया। गाय का सिर बिक गया और घोड़े का सिर भी बिक गया, सब बिक गया, पर आदमी का सिर नहीं बिका। कोई लेने को तैयार नहीं था, क्योंकि इस गंदगी को कोई लेकर क्या करता? इस खोपड़ी को लेकर वह वापस लौट आया और कहने लगा कि महाराज! बड़े आश्चर्य की बात है, सब सिर बिक गए हैं, सिर्फ आदमी का सिर नहीं बिक सका। इसे कोई नहीं लेता है। सम्राट् ने कहा कि मुफ्त में दे आओ। वह वजीर वापस गया और कई लोगों के घर जाकर बोला कि मुफ्त में देते हैं, इसे आप रख लें, परंतु सभी ने कहा कि पागल हो गए हो! फिंकवाने की मेहनत कौन करेगा? आप ले जाइए। वह वजीर वापस लौट आया और सम्राट् से कहने लगा कि इसे कोई मुफ्त में भी नहीं ले रहा। अशोक ने कहा कि अब मैं तुमसे यह पूछता हूँ कि अगर मैं मर जाऊँ और तुम मेरे सिर को बाजार में बेचने जाओ तो क्या कोई फर्क पड़ेगा? वह वजीर थोड़ा डरा और उसने कहा कि मैं कैसे कहूँ, क्षमा करें तो कहूँ! नहीं, आपके सिर को भी कोई नहीं ले सकेगा। मुझे पहली दफा पता चला कि आदमी के सिर की कोई भी कीमत नहीं है। इस पर सम्राट् अशोक ने कहा कि फिर इस बिना कीमत के सिर को अगर मैंने एक भिखारी

के पैरों में रख दिया था तो क्यों इतने परेशान हो गए थे तुम? आदमी के सिर की कीमत नहीं, अर्थात् आदमी के अहंकार की कोई भी कीमत नहीं है।

आदमी का सिर तो एक प्रतीक है आदमी के अहंकार का, ईगो का। अहंकार की सारी चेष्टा है भीतर लाने की और भीतर कुछ भी नहीं जाता, न धन जाता है, न त्याग जाता है, न ज्ञान जाता है। कुछ भी भीतर नहीं जाता। बाहर से भीतर ले जाने का उपाय नहीं है। बाहर से भीतर ले जाने की सारी चेष्टाएँ खुद की हत्या से ज्यादा नहीं हैं, क्योंकि जीवन की धारा सदा भीतर से बाहर की ओर है। आम जनता पुलिस के कार्य को समझे, जो आज भी अपने कर्तव्य पथ पर जनता के बीच सम्राट् अशोक जैसे विचारों से संकल्पित है। सड़क पर गिरी हुई चीनी चींटी तो उठा सकती है, लेकिन हाथी नहीं उठा सकता। इसलिए अपने अंदर के अहंकार से इनसान कभी छोटे आदमी को छोटा न समझे, कभी-कभी छोटा आदमी भी बड़ा काम कर जाता है। अंत में कहूँगा कि हर इनसान अपने अंदर मौजूद स्वयं के अदृश्य अहंकार का परित्याग कर जीवन में सफल होने के लिए आत्मविश्वास के साथ दृढ़ संकल्प ले। मधुर शब्द को अपने जीवन में प्रयोग करते हुए सही व सकारात्मक सोच मन में रखकर उत्कृष्ट कर्म स्वयं, परिवार, समाज और राष्ट्र के लिए करे। इतिहास इसीलिए लिखा जाता है कि लोग अपने अंदर अहंकार और गलतियों से सीख सकें।

□

आत्महत्या के चक्रव्यूह में घिरा मानव

इनसान हँसते हुए चेहरे में कितना दर्द अपने अंदर समेटे रहता है, यह कोई समझ भी नहीं पाता और यही दर्द जिंदगी को एक दिन हरा देता है। दुनिया के हर इनसान में सुखमय जीवन के साथ लंबी उम्र या अमरत्व की अभिलाषा रहती है; परंतु यह भी सत्य है कि इनसान अपने जीवन में आत्महत्या के करीब रहता है। अभी एक प्रश्न मेरे मन में उत्पन्न हुआ कि आत्महत्या करनेवाले इनसान के मन में किस तरह के खयाल आते हैं और वह क्यों आत्महत्या करने के लिए विवश हो जाता है ? आत्महत्या का किसी व्यक्ति की संपन्नता या विपन्नता से कोई संबंध नहीं है। इन दिनों तो हर उम्र-वर्ग में आत्महत्या के मामले बढ़ते जा रहे हैं। आए दिन हम सभी ऐसी खबरें पढ़ते-देखते हैं कि किसी परेशानी से आजिज होकर परिवार के सदस्यों ने सामूहिक रूप से आत्महत्या कर ली या फिर किसी व्यक्ति विशेष ने आत्महत्या की या फिर उसने इसका प्रयास किया। बहुत सारी घटनाओं की समीक्षा करके मैं इस निष्कर्ष पर पहुँचा कि आत्महत्या करने का कारण लोगों की तेजी से बदलती जीवन-शैली, रहन-सहन, ऊँचे ख्वाब, भौतिक वस्तुओं के प्रति अत्यधिक आकर्षण, पारिवारिक विघटन, बढ़ती बेरोजगारी और धन-दौलत को ही सर्वस्व समझने की प्रवृत्ति है। यह सही है कि आत्महत्या या इसका प्रयास करनेवाला शख्स किसी को बताकर आत्महत्या या इसका प्रयास नहीं करता, लेकिन आत्महत्या की बात सोचनेवाले व्यक्ति की मनोदशा असामान्य हो जाती है। वह हमेशा परिजनों और समाज से कटा-कटा महसूस करता है। स्वयं हताश महसूस करता है और उसके दिमाग में नकारात्मक विचार और क्रियाएँ मँडराने लगती हैं। ऐसी स्थिति में व्यक्ति के परिजनों को सजग हो जाना चाहिए। उसके साथ समय देकर हमदर्दी रखनी चाहिए। आत्महत्या का विचार मन में लानेवाले व्यक्ति की मनोदशा जीवन

और मृत्यु की दुविधा में झूलती रहती है। वह दिल से तो जीना चाहता है, लेकिन उसे अपनी तकलीफों का अंत आत्महत्या में ही दिखता है। इस कारण वह गलत निर्णय ले बैठता है। ऐसे में परिजन यदि उसकी तकलीफों को पहले से ही समझ लें और उसकी सहायता करें और ठीक से समझाएँ तो वह सहज रूप से जीवन जीना स्वीकार कर लेता है। जब व्यक्ति असामान्य व हताश महसूस करे तो उसे तब तक अकेला न छोड़ें, जब तक एक अनुभवी विचारक या मनोचिकित्सक की सुविधा उपलब्ध न हो जाए। आज के दौर में एक बार फिर साबित हो गया कि जिंदगी में खूबसूरती, धन-दौलत, सफलता और चकाचौंध ही सबकुछ नहीं होती। मानसिक शांति और जीवन में ठहराव होना जरूरी है, अगर मन में शांति न हो तो आप हजारों की भीड़ में रहकर भी तन्हा हो सकते हैं और अगर मन शांत है तो तन्हा रहकर भी आपको अकेलापन महसूस नहीं हो सकता।

इतिहास गवाह है कि दुनिया में ज्यादातर खुदकुशी मानसिक उथल-पुथल के कारण ही की जाती हैं। देखकर आश्चर्य होता है कि गरीबों और अनपढ़ों से ज्यादा आत्महत्या पढ़े-लिखे और बाहर से सफल दिखनेवाले लोग ही करते हैं। इसलिए अपने दोस्तों, परिवार के सदस्यों और आसपास के लोगों का खयाल रखिए, पता नहीं कितने हँसते चेहरे अपने अंदर आँसुओं का समंदर लिये आपके साथ ही घूम रहे हों। जिंदगी के सफर में कभी कोई दुःख या परेशानी सताए तो 'दुनिया में कितना गम है,मेरा गम कितना कम है' वाला गीत गुनगुनाइए और महँगे जूते अगर न होने का दुःख हो तो एक बार यह भी सोच लीजिए कि दुनिया में ऐसे लोग भी हैं, जिनके पैर ही नहीं होते हैं या अधिकतर समय खाली पैर जीवन गुजार देते हैं। हम अपने मित्रों, शुभचिंतकों, विरोधियों और रिश्तेदारों को भी चकाचौंध भरी जिंदगी से दूर रहने की सलाह दें। बाहरी दिखावा और आडंबरों से कोसों दूर रहकर धरातल पर रहें तो बेहतर है। आज दुनिया में कब किसके मन में क्या चल रहा है, कुछ कहना मुश्किल है। कभी-कभी किसी की सफलता को देखकर कोई किसी को मार देता है और कभी-कभी खुद सफल होते हुए भी इनसान खुद को मार लेता है। सुशांत सिंह राजपूत जीवन के संघर्ष के दौर से निकलने के बाद एक-मुकाम पर पहुँचकर आत्महत्या कर लेता है, जो एक गंभीर चिंतन का विषय है। आत्महत्या रूपी खतरे से धन, प्रतिष्ठा व रसूख आपको बचा सकता है, यह पूरी तरह झूठ है और असत्य धारणा है, जो कई बड़े लोकप्रिय चेहरों की आत्महत्या से दृष्टिगोचर होता है। तनाव के क्षणों में मजबूत लोग भी आत्महत्या कर लेते हैं। वे लोग, जिनके पास सबकुछ

है, फिर भी, शान-शौकत, रुतबा, पैसा, इज्जत इनमें से कोई भी उन्हें नहीं बचा पाता है, तो फिर क्या कमी रह जाती है ? उस ऊँचाई पर एक अदद भावनात्मक हमसफर की कमी होती है, जिसके साथ वह चाँदी के कपों में नहीं, किसी मामूली कप में ही चाय पी सके। जो उसे बेतुकी बातों से मूर्ख या जोकर बनकर हँसाए, जिससे अपने दिल की बात कहकर हलका हो सके, जिसको देखकर अपने मानसिक दबाव को भूल सके। वह हमसफर, वह यार, वह राजदार, वह हमप्याला उसके पास नहीं होता है, जो कह सके कि 'तू सब तनाव छोड़कर चाय पी, मैं हूँ न तेरे साथ!' सारी दुनिया की धन-दौलत एक तरफ, सारा तनाव एक तरफ और वह हमसफर एक तरफ, जो सभी चीजों पर भारी है। उसकी कीमत समझिएगा तो जिंदगी बहुत हसीन बन जाएगी।

सुशांत की आत्महत्या के बाद मुझे मेरी अपनी एक घटना याद आ गई। बीते दिनों की बात है। एक गलत कार्य से मुझे उस वक्त यह लगा था कि आत्महत्या के अलावा मेरे पास कोई उपाय नहीं बचा है। मैं अनेक बार आत्महत्या के बेहद करीब पहुँच जाता था, किंतु पता नहीं ईश्वर की कृपा या कुछ लोगों की कृपा से मेरा मस्तिष्क आत्महत्या करने से रोकने लगता था। फिर मैंने पुनर्विचार किया और एकांत ध्यान में सोचा कि मैं तो इस तरह अपनी पीड़ा से मुक्त हो जाऊँगा, पर उनका क्या होगा, जो मुझ पर निर्भर हैं या फिर मेरी ओर उम्मीद भरी नजरों से देखते हैं, जैसे मेरा परिवार, मेरे बच्चे और कुछ अन्य बेहद करीबी ? मेरी पीड़ा में कुछ अजीज भाई के समान मित्रों ने उचित सलाह के साथ मानसिक रूप से मजबूत किया और पीड़ा में साथ दिया। उस कठिन वक्त को स्मरण करता हूँ तो देवदूत समान मित्रों की याद आती रहती है। यदि वे नहीं होते तो शायद आज मैं भी नहीं होता! खैर, सुशांत ने अपने निर्णय पर मेरी ही तरह पुनर्विचार किया होता तो और उसे भी कोई सच्चा मित्र मिल जाता तो वह आत्महत्या के दौर से नहीं गुजरता। काश! आखिरी कदम उठाने से पहले उसने पुनर्विचार कर लिया होता! हमें उन लोगों का ध्यान रखना चाहिए, जिन्होंने परिवार और समाज में उच्च विचार, भावनात्मक प्रेम निवेश कर रखा है। याद रखिए कि आपके तनाव से यदि कोई लड़ सकता है तो वह आपका हमसफर और निस्स्वार्थ भाव से चाहनेवाला शुभचिंतक या दोस्त है। तनाव के वक्त इनसान को आत्महत्या से केवल हमसफर, दोस्त और स्वयं की आत्मशक्ति ही बचा सकती है। खराब-से-खराब स्थिति में ईश्वर को याद करते हुए खुद पर अटूट भरोसे को दृढ़ संकल्प के साथ मजबूत रखना हर इनसान का कर्तव्य है। डिप्रेशन

और आत्महत्या के बहुत से मामलों को नजदीक से देखने और उसके अध्ययन के बाद मैं यह कहने की स्थिति में हूँ कि इसके पीछे कहीं-न-कहीं 'सबक' सिखाने का उद्देश्य भी होता है, मेरे बिना जीकर बताओ, तब पता चलेगा, जिंदगी कितनी मुश्किल है ! मैं नहीं रहूँगा, तब जिंदगी का स्वाद समझ में आएगा। यह इनसान की गलत सोच और धारणा है। जब इनसान को परिस्थिति बदलना मुश्किल हो तो अपने मन की स्थिति बदल लेनी चाहिए। अंत में कहूँगा कि खूबी और खामी दोनों ही होती हैं हर इनसान में, आप तलाशते या तराशते क्या हैं, यह महत्त्वपूर्ण है। दुनिया का हर इनसान जिंदगी को गहराई से समझे। आपने जिंदगी जीने के लिए धरती पर जन्म लिया है। जिंदगी मस्त है, इसे हर पल मस्ती से जीकर आनंदित रहें। मृत्यु तो एक दिन ईश्वर द्वारा निश्चित है ही।

□

मस्त जिंदगी को मस्ती से जीएँ

दुनिया के हर इनसान में आत्मा भी अंदर है और परमात्मा भी अंदर है। आत्मा का परमात्मा से मिलने का रास्ता भी अंदर ही है। अपने अंदर के परमात्मा से मिलकर हर इनसान मस्ती में जिंदगी को जी सकता है। इनसान के अंदर खूबी और खामी दोनों ही होती हैं। हर इनसान में आप क्या तलाशते या तराशते हैं, यह महत्त्वपूर्ण है। एक वाकया आप सभी को बताता हूँ। एक आश्रम में गुरु से शिष्य ने कहा, "गुरुदेव! एक व्यक्ति ने आश्रम के लिए गाय भेंट की है।" गुरु ने कहा, "अच्छा हुआ। दूध पीने को मिलेगा।" एक सप्ताह बाद शिष्य ने आकर गुरु से कहा, "गुरुजी! जिस व्यक्ति ने गाय दी थी, आज वह अपनी गाय वापस ले गया।" गुरु ने कहा, "अच्छा हुआ! गोबर उठाने के झंझट से मुक्ति मिली।" मस्त जिंदगी जीने के लिए जिंदगी में परिस्थिति बदले तो अपनी मन:स्थिति बदल लो। जीवन में दु:ख एक दिन सुख में बदल जाएगा। सुख-दु:ख, आखिर दोनों मन के ही तो समीकरण हैं। अंधे को मंदिर आया देखकर लोग हँसकर बोले, "मंदिर में दर्शन के लिए आए तो हो पर क्या भगवान् को देख पाओगे?" अंधे ने कहा, "क्या फर्क पड़ता है, मेरे भगवान् तो मुझे देख लेंगे।" दुनिया के लोगों में दृष्टि नहीं, दृष्टिकोण सकारात्मक होना चाहिए। एक कहानी बताता हूँ। एक व्यक्ति का दाहिना हाथ किसी दुर्घटना में कट गया। उसे डिप्रेशन हो गया। वह सोचने लगा कि अब जीकर क्या करूँ, समाज में लोग 'लूला' कहकर चिढ़ाते हैं? उसने सोचा कि आत्महत्या कर लेता हूँ, मुक्ति मिल जाएगी; फिर उसने सोचा कि जब मरना ही है तो शान से मरें। उसने तय किया कि सबसे ऊँचे टावर से कूद जाता हूँ! अगले दिन वह ऊँचे टावर पर चढ़ गया, लेकिन ऊपर से वह कूदने ही वाला था कि नीचे देखा, एक आदमी, जिसके दोनों हाथ नहीं थे, वह उछल-उछलकर नाच रहा था। लूले

ने सोचा, मेरा एक हाथ नहीं है तो मैं मरने जा रहा हूँ और इसके दोनों नहीं हैं, फिर भी नाच रहा है? यह कैसे हो सकता है? उसने कहा, मरना कैंसल। पहले इस नाचनेवाले से बात करते हैं, फिर मरने पर सोचेंगे। ऊपर से उतरकर वह नाचनेवाले के पास गया और बोला, क्यों भाई, तुझे ऐसी क्या खुशी मिल गई कि उछल रहा है? तेरे दोनों हाथ नहीं हैं, फिर भी नाच रहा है, क्यों? उसने गुर्राकर देखा और कहा, तेरे भी दोनों हाथ कट जाएँ और पीठ में खुजली हो तो तू भी ऐसे ही नाचेगा। सुन, भाई यह जिंदगी जो है न, किसी को परफेक्ट नहीं बनाती है। पाजामा देती है तो नाड़ा खींच लेती है। यहाँ बहुत लोगों की शर्ट का एक-न-एक बटन टूटा ही हुआ है, फिर भी वह कम सुंदर नहीं। जिंदगी इतनी सुंदर है कि इससे प्रेम करना चाहिए। जीवन में यदि उपलब्धियों के कारण घमंड होने लगे तो अपने से आगेवाले को देखना चाहिए और यदि विपत्तियों के कारण अवसाद घेरे तो पीछेवालों को देखना चाहिए। जिंदगी के सफर में आप न ही सबसे आगे हो सकते हैं, न ही सबसे पीछे। हम सब बीच में हैं, अपने-अपने हिस्से की उपलब्धियों के साथ। इस जीवन में हमें जो चीज सबसे अधिक बुरी लगती है, वह भी तभी तक जब तक जीवन है। जीवन न रहे तो वह भी नहीं मिलेगी तो क्यों न मुसकराकर मस्ती में जिंदगी जीएँ! जीवन फुटबॉल या हॉकी नहीं है, जो एक बार चूक गए तो आगे गोल मार देंगे। जीवन क्रिकेट की तरह है, एक बार बॉल विकेट को छू गई तो कुछ भी कर लो, दोबारा बैट पकड़ने का मौका नहीं मिलेगा। जिंदगी बार-बार बाउंसर मारती है, पर हमारी ड्यूटी है कि हम उसको रोकते रहें। न लगे छक्का-चौका, सिंगल ही सही, वह भी न मिले तो ओवर को खेल जाना भी बुरा नहीं। पचास ओवर तो केवल इस उम्मीद पर खेलते हैं कि कहीं अगली बॉल नो बॉल के साथ फुलटॉस आ जाए! मजा खेलने में है, रन तो बाद की बात है।"

क्रिकेट का ही एक किस्सा है, शायद इंग्लैंड के विरुद्ध ओपनिंग करने उतरे थे सुनील गावस्कर। उस दिन उनसे रन ही नहीं बन रहे थे। पूरा-का-पूरा ओवर बिना रन के खत्म हो जाता। जान-बूझकर उन्होंने कैच उठाया, पर फील्डर मुसकरा-मुसकराकर कैच भी छोड़ देते थे। गावस्कर साठ ओवरों के खेल में अंत तक नॉटआउट रहे और उन्होंने रन बनाए मात्र 36। गावस्कर भले अपनी इस पारी को याद करना न चाहें, पर यह पारी भी एक तरह का विश्व रिकॉर्ड ही है। मस्ती से खुश मन-चित्त से जीवन में सदैव गतिमान रहना चाहिए। गतिविहीन जीवन का परिणाम कभी मंगलकारी नहीं होता। जैसे नन्ही चींटी निरंतर चलकर धीरे-धीरे एक

हजार योजन की यात्रा भी पूरी कर सकती है, परंतु गरुड़ जगह से नहीं हिले तो वह एक पग भी आगे नहीं बढ़ सकता। सच पूछिए तो फेल होने का भी अपना एक अलग ही मजा है। कल्पना कीजिए कि किसी अखाड़े में हारनेवाला पहलवान धूल झाड़कर खड़ा हो और जीतनेवाले को आँख मारकर मुसकरा दे! एकाएक सारे दर्शक हो-हल्ला लगाते हुए उसकी ओर हो जाएँगे। जीवन को ऐसे भी जिया जा सकता है। आप देश-विदेश के सारे प्रधानमंत्रियों के बारे में पढ़ लीजिए, उनमें से कोई स्कूल टॉपर नहीं रहा होगा। आप अपने-अपने राज्य के मुख्यमंत्रियों को ही देख लीजिए, कोई स्कूल टॉपर नहीं मिलेगा। कोई बड़ा उद्योगपति स्कूल टॉपर नहीं रहा होगा। यह सिद्ध करता है कि किसी एक फील्ड में फेल होने का मतलब यह नहीं कि सारे रास्ते बंद हो गए। जीवन की पिच पर डटे रहे तो मस्त जिंदगी में किसी-न-किसी गेंद पर छक्का लग ही जाएगा।

हर इनसान को किसी भी परिस्थिति में अपने जीवन सफर की पिच पर डटे रहना महत्त्वपूर्ण है। एक बात और, अवसाद का दौर कभी-न-कभी सबके जीवन में आता है, पर परिवार और अपने करीबी मित्र मिलकर हमेशा अवसाद से बाहर निकाल देते हैं। परिवार, अच्छे मित्र, समाज की आवश्यकता सबसे अधिक इसी दिन के लिए होती है। सभी इनसानों का अपने परिवार और समाज से जुड़कर रहना ही बेहतर है। सच यह है कि समाज किसी को मरने के लिए नहीं छोड़ता। किसी-न-किसी रूप में वह साथ खड़ा हो ही जाता है। यह जिंदगी बहुत खूबसूरत है। इतनी खूबसूरत जिंदगी के हर पल को मस्त होकर मस्ती में जीएँ। हर गाँव में तो कुछ बूढ़े केवल इसलिए जीते हैं कि गाँव भर को अपने अनुभव से परेशानी में भी मस्ती से जीने का तरीका बताते हैं। चिलम को पता है, अंगारों से आशिकी का अंजाम दिल में धुआँ और दामन में बस राख ही रह जाएगा। सभी इनसान मुसकराकर कहिए, लव यू जिंदगी! हारेंगे तो हुरेंगे, जीतेंगे तो थूरेंगे। इस दुनिया में हमें न चाँद की चाहत, न तारों की फरमाइश। हर जन्म इनसान रूप में ही मिले और मस्त जिंदगी को मस्ती से जीएँ, बस, यही हमारी ख्वाहिश है। जीवन के सफर में मस्ती सुखमय जीवन का मंत्र है। खुद को खुद ही खुश रखिए, यह जिम्मेदारी किसी और को न दीजिए। □

इनसान को जीवन की तलाश

जीवन में वास्तविकता की खोज ही जीवन की तलाश है। हम सभी जीवन के सफर में काल्पनिक यात्राओं की रोमांचित उड़ान में विचरण करते हुए बहुत कुछ तलाश करते हैं। लेखनी के रूप में व्यक्त विचार आप सभी को दर्पण के रूप में दिखाएगा कि कर्म के साथ संतुष्टि ही जीवन को जानने का, जीने का सही मार्ग और तलाश है। इनसान अपने जीवन सफर में हमेशा सपनों में खोया सबकुछ पाने की तलाश में रहता है। कभी शांति की तलाश, कभी धन की तलाश, कभी सुख की तलाश, कभी आनंद की तलाश, कभी पद की तलाश, कभी शक्ति की तलाश, कभी अमृत की तलाश, कभी प्रेम की तलाश, यानी इनसान दुनिया में हर अच्छी वस्तु हो या कुछ महत्त्वपूर्ण ख्वाहिश हो, तलाश उसकी सोच में रहती है। हर व्यक्ति को जीवन में सुख की तलाश है, परंतु असल में सुख क्या है ? यह समझने में उसका पूरा जीवन ही व्यतीत हो जाता है, क्योंकि वह भौतिक सुखों को ही सुख समझता है; लेकिन मेरा मानना है कि जो व्यक्ति संतुष्टि के साथ अपने अच्छे विचार व चरित्र के साथ रहता है, उसके पास भौतिक सुख कम हों, तब भी वह व्यक्ति सुखी है। जीवन में कई बार व्यक्ति भौतिक सुखों की प्राप्ति के लिए बहुत मेहनत करता है और कुछ उलटा-पुलटा कार्य कर देता है, जिससे वह अपने परिवार, मित्रों व रिश्तेदारों से बहुत दूर हो जाता है और अकेला पड़ जाता है, लेकिन हर व्यक्ति को किसी-न-किसी के साथ की आवश्यकता होती है, जिससे वह अपने दुःख और सुख बाँट सके तथा उसके साथ जीवन संतुष्टि के साथ जी सके। कहते हैं कि सुख बाँटने से दुगुना हो जाता है और दुःख बाँटने से आधा रह जाता है। इसलिए कभी भौतिक सुखों के लिए परिवार और सही मार्ग बतानेवाले मित्रों को नहीं छोड़ना चाहिए।

मैं अपने शहर-मोहल्ले में कुछ बुजुर्ग लोगों को देखता हूँ, जिन्होंने अपने बच्चों को सुखी जीवन देने की तलाश में विदेश भेज दिया था, ताकि उनके बच्चों का जीवन सुखमय हो सके, अब वे स्वयं यहाँ पर एकाकी जीवन व्यतीत करते हैं। हम देखते हैं कि उनके साथ न कोई बात करनेवाला है और न ही कोई उनको दुःख या बीमारी में देखनेवाला। तो क्या यह सुख है? मेरे विचार में यदि माता-पिता के साथ उनके बच्चे और परिवार के लोग रहते हैं तो चाहे भौतिक सुख कम ही क्यों न हो, वह परिवार बहुत ही सुखी है, क्योंकि उस परिवार में सब एक-दूसरे के साथ दुःख-सुख में खड़े रहते हैं। एक कहानी बताता हूँ—सिकंदर उस जल की तलाश में था, जिसे पीने से लोग अमर हो जाते हैं। उसकी दुनिया को जीतने की तमन्ना थी। उसने अमृत की तलाश में काफी दिनों तक देश-दुनिया में भटकने के पश्चात् आखिरकार वह जगह पा ही ली, जहाँ उसे अमृत की प्राप्ति होती। वह उस गुफा में प्रवेश कर गया, जहाँ अमृत का झरना था। वह आनंदित हो गया। जन्म-जन्म की आकांक्षा पूरी होने का क्षण आ गया। उसके सामने ही अमृत जल बह रहा था। वह अंजलि में अमृत को लेकर पीने के लिए झुका ही था कि एक कौआ, जो उस गुफा के भीतर बैठा था, जोर से बोला, "ठहर, रुक जा, यह भूल मत करना।" सिकंदर ने कौए की तरफ देखा। बड़ी दुर्गति की अवस्था में था वह कौआ। पंख झड़ गए थे, पंजे गिर गए थे, अंधा भी हो गया था, बस, कंकाल मात्र था। सिकंदर ने कहा, "तू रोकनेवाला है कौन?" कौए ने जवाब दिया, "मेरी कहानी सुन ले। मैं अमृत की तलाश में था और यह गुफा मुझे भी मिल गई थी। मैंने यह अमृत पी लिया, अब मैं मर नहीं सकता, पर मैं अब मरना चाहता हूँ। देख मेरी हालत, अंधा हो गया हूँ, पंख झड़ गए हैं, उड़ नहीं सकता। पैर गल गए हैं। एक बार मेरी ओर देख ले, फिर मर्जी हो तो अमृत पी लेना। देख, अब मैं चिल्ला रहा हूँ, चीख रहा हूँ कि कोई मुझे मार डाले, लेकिन मुझे मारा भी नहीं जा सकता। अब प्रार्थना कर रहा हूँ परमात्मा से कि प्रभु, मुझे मार डालो। एक ही आकांक्षा है कि किसी तरह मर जाऊँ। इसलिए सोच ले एक दफा, फिर जो मर्जी हो, सो करना।" कहते हैं कि सिकंदर सोचता रहा, फिर चुपचाप गुफा से बाहर वापस लौट आया, बगैर अमृत पीए। सिकंदर समझ चुका था कि जीवन का आनंद उस समय तक ही रहता है, जब तक हम उस आनंद को भोगने की स्थिति में होते हैं।

स्वयं के अंदर तलाश करोगे तो जीवन में सारे सवालों के जवाब मिल जाएँगे, अगर दूसरों में करोगे तो कुछ नए प्रश्न खड़े हो जाएँगे। जीवनयात्रा में जब मनुष्य

अपनी गलतियों का वकील और दूसरों की गलतियों पर जज बन जाता है तो फैसले नहीं, फासले हो जाते हैं। सुखी जीवन की तलाश में जिंदगी के सपने लिये लाखों-करोड़ों लोग अपने घर, गाँव व शहर से निकलकर महानगर या विदेशों में जाते हैं। उनमें में से कुछ लोग बेहतर मुकाम हासिल करते हैं तो काफी लोग संघर्ष की जिंदगी में सुख की अनंत चाहत की तलाश में भटकते हुए भीड़ में गुम हो जाते हैं। मनुष्य में यदि अच्छे संस्कार के साथ संतोष है तो वह सुखी जीवन व्यतीत कर सकता है। यह मेरा अपना विचार है, क्योंकि संतोषी व्यक्ति मृगतृष्णा के पीछे न भागकर कम में ही संतोष कर लेता है। मैं अनुभव कर रहा हूँ इस कोरोना काल में कि किसी व्यक्ति के पास बहुत ही धन-संपत्ति क्यों न हो, पर जीवन जीने के लिए दाल-रोटी ही जरूरी है। इसलिए हर इनसान से कहूँगा कि संतोष सुखी जीवन जीने के लिए बहुत जरूरी है। एक गाना बहुत कुछ परिभाषित करता है—

जिंदगी की तलाश में हम मौत के कितने पास आ गए,
जब ये सोचा तो घबरा गए, आ गए हम कहाँ आ गए,
हम थे ऐसे सफर पे चले जिसकी कोई भी मंजिल नहीं,
हमने सारी उमर जो किया, उसका कोई भी हासिल नहीं,
एक खुशी की तलाश में थे कितने गम हमको तड़पा गए,
जब ये सोचा तो घबरा गए।
आ गए हम कहाँ आ गए।

सुख के विषय में दार्शनिक अरस्तु का कथन है कि जिसकी हमें तलाश है, उसे पा लेना ही सुख है, जो व्यक्ति की संतुष्टि से जुड़ा है। इसलिए प्रत्येक व्यक्ति का सुख दूसरे से अलग है। भूखे को भोजन से, बेघर को घर से, निर्धन को धन से, अकेले को साथ से यानी हर इनसान को अलग-अलग चीजों से संतुष्टि प्राप्त होती है और इसी संतुष्टि में उसका सुख निहित है। इनसान के अंदर श्रृंगार जब संस्कार, चरित्र और शब्दों में हो तो शरीर पर आभूषणों की तलाश नहीं होनी चाहिए। नम्रता, सहनशीलता, संतुष्टि, संस्कार और मीठे वचन ही मनुष्य के वास्तविक आभूषण होते हैं। अंत में कहूँगा कि जिस इनसान को तलाश अच्छी जिंदगी की हो, वह सफर में दूर तक निकल पड़े। उसको अच्छी जिंदगी नहीं भी मिले, पर तजुर्बे बहुत मिलेंगे; और जो इनसान वास्तविकता के साथ जीवन में संतुष्ट है, उसे जिंदगी में सारी तलाश स्वयं में मिल जाएगी।

□

जिंदगी है खेल-तमाशा

इनसान के जीवन सफर में इतनी जल्दी कोई चीज नहीं बदलती, जितनी जल्दी इनसान की परिस्थिति के साथ जिंदगी बदलती है एवं उसके बाद लोगों की नजरें बदल जाती हैं। मानव जीवन में खेल-तमाशा ही जीवन का दूसरा नाम है। जीवन एक लीला है, एक खेल है। जीवन का अपना कोई लक्ष्य नहीं होता। जीवन को जब हम एक लक्ष्य के रूप में लेते हैं, तब जीवन में गंभीरता आ जाती है, क्योंकि तब कोई बात लक्ष्य के अनुकूल पड़ती है तो कोई प्रतिकूल भी होती है, जैसे ही प्रतिकूलता दिखाई पड़ती है तो जीवन संघर्षपूर्ण जान पड़ता है। जीवन के संघर्ष में कभी हम जीतता हुआ महसूस करते हैं, तो कभी हारता हुआ। जीवन सफर में हम हार न जाएँ, ऐसे विचार के कारण हमारे अंदर चिंता, तनाव एवं शंका आदि का जन्म होता है, फिर हम दुःख, चिंता, तनाव आदि के निवारण के उपाय ढूँढ़ने लगते हैं, जबकि इन सभी का आगमन केवल इस बात से प्रारंभ होता है कि हम जीवन का लक्ष्य निर्धारित कर लेते हैं। जीवन में अनुकूलता एवं प्रतिकूलता दोनों आएँगी, जीवन में संघर्ष भी आएगा, चाहे जीवन में लक्ष्य निर्धारित करें या न करें, लेकिन जीवन को खेल के रूप में लेने पर दुःख, चिंता एवं तनाव आदि का आगमन नहीं होगा। कृष्ण एवं राम के जीवन में भी बहुत सी प्रतिकूल परिस्थितियाँ थीं एवं संघर्ष भी था, फिर भी इनके जीवन को हम 'लीला' कहते हैं। जब इनके जीवन का आज भी नाट्य मंचन होता है तो हम यही कहते हैं कि यह भगवान् कृष्ण की लीला या भगवान् राम की लीला है। महाभारत में कुरुक्षेत्र के रणक्षेत्र में सभी पात्रों का जीवन एक खेल-तमाशे के रूप में उतार-चढ़ाव के साथ दृष्टिगोचर होता रहता है। शिखंडी का जीवन भी एक पहेली है, जो रणक्षेत्र के रुख को बदल देता है।

आपको एक घटना बताता हूँ—एक रानी बूँदी के हाडा शासक की बेटी थीं

और उदयपुर (मेवाड़) के सलुंबर ठिकाने के रावत चुंडावत की रानी थीं, जिनकी शादी का गठजोड़ खुलने से पहले ही रावत चुंडावत को मेवाड़ के महाराणा राज सिंह का औरंगजेब के खिलाफ मेवाड़ के रक्षार्थ युद्ध का फरमान मिला। नई-नई शादी होने और अपनी रूपवती पत्नी को छोड़कर रावत चुंडावत का तुरंत युद्ध में जाने का मन नहीं हो रहा था। यह बात रानी को पता लगते ही उसने तुरंत रावतजी से मेवाड़ के रक्षार्थ जाने व वीरतापूर्वक युद्ध करने का आग्रह किया। युद्ध में जाते हुए रावत चुंडावत पत्नी का मोह नहीं त्याग पा रहे थे, सो युद्ध में जाते समय उन्होंने अपने सेवक को रानी के रनिवास में भेज रानी की कोई निशानी लाने को कहा। सेवक के निशानी माँगने पर रानी ने यह सोचा कि कहीं हमारे पति, पत्नी के मोह में युद्ध से विमुख न हो जाएँ या वीरता नहीं प्रदर्शित कर पाएँ! इसी आशंका के चलते उस वीर रानी ने अपना शीश काटकर ही निशानी के तौर पर भेज दिया, ताकि उसका पति अब उसका मोह त्यागकर निर्भय होकर अपनी मातृभूमि के लिए युद्ध कर सके। रावत चुंडावत ने अपनी पत्नी का कटा शीश गले में लटकाकर औरंगजेब की सेना के साथ भयंकर युद्ध किया और वीरतापूर्वक लड़ते हुए अपनी मातृभूमि के लिए शहीद हो गया। आज भी जब किसी की मृत्यु होती है तो हमलोग यही कहते हैं कि फलाँ व्याक्ति की जीवनलीला समाप्त हो गई। लीला की तरह या खेल की तरह हम अपने जीवन को तभी जी सकते हैं, जब हम जागरूकता से होशोहवास में जीवन के इस स्वभाव को, इस तथ्य को अनुभव कर सकें।

दुनिया के लोकप्रिय लेखक विलियम शेक्सपियर ने कहा था कि जिंदगी एक रंगमंच है और हम लोग इस रंगमंच के कलाकार हैं। हम सभी लोग अपने जीवन को अपने-अपने नजरिए से देखते हैं। कोई कहता है कि जीवन एक खेल है, कोई कहता है कि जीवन ईश्वर का दिया हुआ उपहार है, कोई कहता है कि जीवन एक यात्रा है, कोई कहता है कि जीवन एक दौड़ है तथा बहुत लोग कुछ और कहते रहते हैं। वर्ल्ड बैंक ने एक इनसान की औसत आयु 78 वर्ष मानकर एक आकलन किया है, जिसके अनुसार हमारे पास अपने लिए मात्र 9 वर्ष, 6 महीने ही होते हैं। इस तरह हमारे पास अपने सपनों को पूरा करने व कुछ कर दिखाने के लिए मात्र 3500 दिन अथवा 84,000 घंटे ही होते हैं। बाकी दिन जीवन के अन्य कार्यों में व्यतीत होते हैं। वर्तमान में ज्यादातर लोग निराशामय जिंदगी जी रहे हैं और वे इंतजार कर रहे होते हैं कि उनके जीवन में कोई चमत्कार होगा, जो उनकी निराशामय जिंदगी को बदल देगा। सबसे पहले हमें इस गलत धारणा को बदलना होगा कि हमारे साथ वही होता

है, जो भाग्य में लिखा होता है, क्योंकि ऐसा होता तो आज हम ईश्वर की पूजा न कर रहे होते। हर तरह से खुश होते, भगवान् से हर समय कुछ मिलने की उम्मीद न करते, बल्कि उन्हें बददुआएँ दे रहे होते। ईश्वर सभी इनसानों में सत्य के मार्ग पर चलने के साथ मन—सोच-क्रिया में शक्ति पैदा करते हैं। वैज्ञानिकों के अनुसार भौंरे का शरीर बहुत भारी होता है। इसलिए विज्ञान के नियमों के अनुसार वह उड़ नहीं सकता, लेकिन भौंरे को इस बात का पता नहीं होता। वह यह मानता है कि वह उड़ सकता है, इसलिए वह उड़ पाता है। मनुष्य का जीवन एक प्रकार का खेल है और मनुष्य इस खेल का मुख्य खिलाड़ी है। यह खेल मनुष्य को हर पल खेलना पड़ता है। चाहे खुश होकर खेले या दुःखी होकर, जब खेलना ही है तो हर हाल में खुश मन से संकल्प लेकर एक चमकता चेहरा और चरित्र के साथ दुनिया में खेलो। मनुष्य जीवन में काफी विचारों के साथ रहता है यानी हर पल मनुष्य एक नए दोस्त या दुश्मन का सामना करता है। मनुष्य का जीवन विचारों के चयन का एक खेल है।

मनुष्य को विचारों के चयन में बड़ी सावधानी बरतनी पड़ती है, क्योंकि मनुष्य के दुश्मन मनुष्य को ललचाते हैं और मनुष्य को लगता है कि वही उसके सच्चे दोस्त हैं, जो विश्वास पैदा कर एक चक्रव्यूह में घेर लेते हैं, जहाँ से जिंदगी को निकालना मुश्किल हो जाता है। दुनिया में जो लोग धूर्त लोगों के इस खेल को समझ जाते हैं, वे सफल हो जाते हैं और जो लोग इस खेल को समझ नहीं पाते, वे बरबाद हो जाते हैं। इनसान अपनी जिंदगी को दुनिया के खेल-तमाशे के बीच मुसकराते हुए अपनों से विश्वास-भरोसे के साथ कोहिनूर पल को जी ले, नहीं तो एक दिन ऐसा आएगा कि अपने ही प्रोग्राम में आपकी गैर-हाजिरी होगी। अंत में मैं सबसे कहूँगा कि दुनिया के रंगमंच पर जीवन एक खेल-तमाशा है, फिर भी मानव जीवन काफी अनमोल है। सफर में लफ्ज आईने हैं, इन्हें मत उछाल के चलो। अदब के साथ जीवन में सुंदर सी राह मिली है तो देखभाल कर चलो, मिली है जिंदगी तुम्हें इसी मकसद से, सँभालो खुद को और स्वयं के चरित्र को भी बचा के चलो। जीवन सफर में आती-जातीं जीवन-लहरें, उठना-गिरना, गिरना-उठना, यही है खेल जगत् का, दुःख-सुख, सुख-दुःख, लहरों-सा करता खेल-तमाशा, चंचल गतिमान मन-चित्त है, इनसान तुम सँभल के चलो।

□

स्वयं की बुरी आदतों को बदलें

जीवन में यदि आगे बढ़ना है तो सोच बदलो। जिसकी जैसी सोच और दोस्त होंगे, उसका जीवन भी वैसा ही होगा। जीवन में बहुत कुछ इस पर निर्भर करता है कि आपमें या आपके दोस्तों में कौन-कौन सी अच्छी-बुरी आदतें हैं। अच्छी-बुरी आदतों के लिए कुछ सार्वजनिक तथ्य जरूरी हैं। पहले तो इस बात का एहसास होना एक सार्थक शुरुआत है कि आप अपनी आदतों में बुराई का होना स्वीकारते हैं। इसके साथ ही आपको यह भी मानना पड़ेगा कि आपके पास आपके अपने लोग हैं, जो आपको एक अच्छा इनसान बनता हुआ देखना चाहते हैं, तो कुछ बुरे लोग अपने जैसा बुरा इनसान बनाना चाहते हैं, ताकि उनकी बुराई पर आपकी नजरों में परदा लग जाए। आपको बुरे लोगों की रणनीति को समझते हुए इससे लड़ने के लिए खुद में हिम्मत लानी पड़ेगी और जो लोग आपकी गलत आदतों को लेकर वर्तमान- भविष्य में आप पर फब्तियाँ कसेंगे, उनको दिखाना पड़ेगा कि आप बदल चुके हैं और आप कुछ समय के लिए बहक गए थे। दुनिया में सबसे बड़ी अगर लड़ाई है तो वह खुद से है और आपको खुद से यह लड़ाई जीतकर दिखानी होगी। इसके लिए आप हर सुख-दुःख में साथ देनेवाले दिल अजीजों का सहारा भी ले सकते हैं। यकीन मानिए, आप जरूर अपनी आदतों पर विजय प्राप्त करेंगे, अगर आप स्वयं में बदलाव देखना चाहते हैं तो आपकी अच्छी सोच व संस्कारों का संकल्प आपकी बुरी आदतों को कमजोर करते हुए उससे छुटकारा दिलाएगा। किसी भी आदत को बदलने के लिए आपको अपनी दिनचर्या को सुव्यवस्थित करना होगा। आज के वर्तमान युग में फोन पर किससे बात करते हैं, उनमें से आपके हित के लिए कौन इनसान बेहतर है, चयन कर बात करनी होगी। स्वयं को ईश्वर के ध्यान, पूजा-पाठ और अच्छे कार्यों में व्यस्त करना होगा, जिससे

आपके मन में गलत काम के विचार आने की आशंका कम होगी। अच्छी आदतों को अपनाकर ही बुरी आदतों को छोड़ा जा सकता है। इसके लिए आप को अपनी आदतों की समीक्षा करके देखना होगा। उनको बदलना होगा और अपनी ऊर्जा का अच्छी आदतों में उपयोग करना होगा। आपको खुद का दृढ़ संकल्प ही इन बुरी आदतों से छुटकारा दिलवा सकता है। एक गुरुमंत्र है कि अपने आपको रचनात्मक कार्यों में इतना उलझाकर रखो कि बुरी बातों पर ध्यान ही न जाए और बुरे काम में साथ देनेवाले दोस्तों को अपना दुश्मन समझते हुए उनसे आज से ही पल्ला झाड़ लो। बुरी आदत है क्या, यह जान लेना आवश्यक हो जाता है। जो व्यक्तियों पर बुरा या नकारात्मक प्रभाव डालें, वे बुरी आदतें हैं। इनसान संकल्प के साथ दृढ़प्रतिज्ञ लेकर अपने को दुनिया-परिवार की नजरों में उत्कृष्ट रूप से पेश कर सकता है। इसके लिए स्वयं से प्रयास करना होगा।

इनसान की इच्छाओं का भी अपना चरित्र होता है। खुद के मन की हो तो बहुत अच्छी लगती है, लेकिन दूसरों के मन की हो तो बहुत खटकती है। इसलिए अपनी गलत आदतों को छोड़कर बेहतर जिंदगी दिखावे के बगैर जीना सीखिए। जीवन में अँधेरा वहाँ नहीं है, जहाँ तन गरीब है। अँधेरा वहाँ है, जहाँ स्वयं और लोगों के विचार, सोच, कार्य और मन गरीब हैं। एक बार एक व्यक्ति दुर्गम पहाड़ पर चढ़ा, जहाँ पर उसे एक महिला दिखी। वह व्यक्ति बहुत अचंभित हुआ। उसने जिज्ञासा व्यक्त करते हुए पूछा कि आप इस निर्जन स्थान पर क्या कर रही हैं? उस महिला का उत्तर था कि मुझे अत्यधिक काम है। इस पर वह व्यक्ति बोला कि आपको किस प्रकार का काम है ? मुझे तो यहाँ आपके आसपास कोई काम दिखाई नहीं दे रहा ? महिला का उत्तर था कि मुझे दो बाजों को और दो चीलों को प्राशिक्षण देना है। दो खरगोशों को आश्वासन देना है। एक गधे से काम लेना है। एक सर्प को अनुशासित करना है और एक सिंह को वश में करना है। इस पर व्यक्ति बोला कि पर वे सब हैं कहाँ, मुझे तो इनमें से कोई नहीं दिख रहा ? महिला ने कहा, ये सब मेरे ही भीतर हैं। दो बाज, जो हर उस चीज पर गौर करते हैं, जो मुझे जीवन सफर में अच्छी या बुरी मिली है। मुझे उस पर काम करना होगा, ताकि मेरी बाजरूपी आँखें सिर्फ अच्छा ही देखें। दो चील, जो अपने पंजों से सिर्फ चोट और क्षति पहुँचाती हैं, उन्हें प्रशिक्षित करना होगा, ताकि मेरे हाथ किसी को चोट न पहुँचाएँ। पैररूपी खरगोश यहाँ-वहाँ भटकते फिरते हैं, पर कठिन परिस्थितियों का सामना नहीं करना चाहते। पैर को मुझे सिखाना होगा कि पीड़ा सहने पर या ठोकर खाने पर भी शांत

रहना है। मेरा शरीर गधे जैसा हमेशा थका रहता है, यह जिद्दी है, जब भी चलती हूँ, यह बोझ उठाना नहीं चाहता, इसे आलस्य से बाहर निकालना है। सबसे कठिन है साँप जैसी जीभ को अनुशासित करना, हालाँकि यह 32 सलाखोंवाले एक पिंजरे में बंद है, फिर भी निकट आनेवालों को हमेशा डँसने और उनपर अपना जहर उड़ेलने को आतुर रहता है। मुझे इसे भी अनुशासित करना है। मेरे पास बुरी आदतों के रूप में एक शेर भी है, जो निरर्थक ही घमंड करता है। वह सोचता है कि वह तो एक राजा है। मुझे उसको वश में करना है। यह छोटी कहानी स्पष्ट संदेश देती है कि हमारे अंदर ही सारे गुण और अवगुण मौजूद हैं। हमें अपने जीवन सफर में अपने अंदर के अवगुण को नियंत्रित कर गुणरूपी अच्छाई का इस्तेमाल करना है। दुनिया में हर इनसान चाहता है कि बुरी आदतों से छुटकारा पाए। यह प्रश्न सबके मन में आता रहता है, पर इसपर अमल कुछ ही करते हैं। यदि हर इनसान बुरी आदत को छोड़ने की ईमानदार कोशिश करे तो निश्चित रूप से इसमें ज्यादा या कम सफलता जरूर मिलेगी। हर व्यक्ति सकारात्मक विचार रखते हुए स्वयं के लिए क्या अच्छा है, क्या बुरा, इसके बारे में सोचे, तब बेहतर निष्कर्ष निकलेगा। कोई कोहिनूर को सामान्य रत्नों की तरह दुनिया में पेश करे तो वह सफल नहीं होगा। सोना कभी पीतल और पीतल कभी सोना नहीं हो सकता।

हम देखते रहते हैं कि समाज के कुछ लोग बेवजह किसी अन्य की योग्यता से ज्यादा तारीफ करते रहते हैं। तारीफ के पीछे कुछ राज या साजिश होती है। उस इनसान को तारीफरूपी उपहार या कुछ रत्न देकर उससे अनमोल लाभ उपहार पाना चाहते हैं। ऐसे व्यक्ति घटिया किस्म के मूर्ख इनसान होते हैं। उनका साथ देनेवाले भी निश्चित रूप से गलत इनसान होते हैं। हमेशा अच्छे व्यक्तित्ववाले इनसान को गलत इनसान से दूरी कायम रखनी चाहिए। हमेशा सही व्यक्ति से, जो ज्ञानी, संस्कारी और चरित्रवान हो, समय-समय पर चर्चा कर मार्गदर्शन लेते रहना चाहिए। अपनी जीवनयात्रा में हमेशा ध्यान रखना चाहिए कि हम कभी भी गलत संगत में न पड़ें। हमेशा गलत लोगों से दूरी बनाए रखें। समाज में कुछ लोग अपनी बुरी आदत से स्वयं को धोखा देकर जीवन में आनंद को खोज रहे हैं। आनंद की अनुभूति हर पल बदलती दुनिया में जीवन जीने का सही या गलत तरीका है, परंतु चिंतन करके इनसान को गलत और सही को समझना होगा। असली आनंद द्वंद्व में नहीं, निर्द्वंद्व विश्वास और प्रेम में है। कुछ इनसान प्रेम पर भरोसे के साथ स्वयं में बदलाव करते हुए अपने जीवन में अच्छे संस्कार की रोशनी लाते हैं। भले ही वह रोशनी आपके

विचार की रोशनी बनकर प्रकट होती हो, परंतु रोशनी हमेशा होती है, जो सुंदर चरित्र के साथ नई शुरुआत का इशारा करती है। कई बार इनसान को जीवन में अच्छी शुरुआत समझ में नहीं आती है। जब इनसान ईश्वर को याद करते हुए चिंतन कर अपने कदमों पर भरोसा रखकर बुरी आदतों को छोड़ते हुए अच्छे मार्ग पर बढ़ने लगता है तो जीवन में बुराईरूपी अँधेरे से छँटकर अच्छाईरूपी रोशनी से साक्षात्कार होता है। यदि आप बेहतर जीवन के लिए हर दिन शहद जैसा मीठा परिणाम चाहते हैं तो अच्छाईरूपी विचार, सोच और कर्म को मधुमक्खी की तरह बनाएँ, जो फूल के रस को निचोड़कर शहद बनाती है। इस दुनिया में इनसान उत्तम से सर्वोत्तम वही हुआ है, जिसने वक्त के साथ चलकर अपने अंदर बुरी सोच और आदत को बदलकर अच्छे कार्य, संस्कार और चरित्र को महत्त्व दिया है।

□

बदलते परिवेश में मीडिया की भूमिका

दुनिया के हर कालखंड में, राजतंत्र हो या लोकतंत्र, मीडिया विभिन्न स्वरूपों में दर्पण के रूप में समाज में स्थापित है। राष्ट्र व समाज का हर व्यक्ति मीडिया के माध्यम से अपने समाज के साथ राज्य व राष्ट्र के बेहतर वर्तमान और भविष्य को देखता और तलाशता रहता है। लोकतांत्रिक देशों में विधायिका, कार्यपालिका और न्यायपालिका के क्रियाकलापों पर गहराई से नजर रखने के लिए मीडिया को चौथे स्तंभ के रूप में जाना जाता है। 18वीं शताब्दी के बाद से, खासकर अमेरिका में स्वतंत्रता आंदोलन, फ्रांसीसी क्रांति और रूस की क्रांति के साथ विश्व के कई बदलावों में महत्त्वपूर्ण सूचना जनता तक पहुँचाने और जनता को जागरूक कर सक्षम बनाने में मीडिया ने काफी महत्त्वपूर्ण भूमिका निभाई है। फ्रांस के शासक नेपोलियन बोनापार्ट भी मीडिया का काफी सम्मान करते थे। दुनिया का तानाशाह हिटलर मीडिया को काफी महत्त्व देता था। मीडिया अगर हमेशा सकारात्मक भूमिका अदा करे तो किसी भी व्यक्ति, समाज, संस्था और देश को आर्थिक, सामाजिक, सांस्कृतिक और धार्मिक सहिष्णुता के साथ राजनीतिक रूप से समृद्ध और महाशक्ति बनाया जा सकता है। वर्तमान विश्व के पटल पर मीडिया की उपयोगिता, महत्त्व एवं भूमिका निरंतर बढ़ती जा रही है। भारत के लोकप्रिय व यशस्वी प्रधानमंत्री श्री नरेंद्र मोदीजी के कुशल नेतृत्व और उत्कृष्ट कार्यों के साथ विदेशों में भारत की बढ़ती ताकत को मीडिया बेहतर ढंग से प्रस्तुत करता है। कभी भी कोई भी व्यक्ति, समाज, सरकार, वर्ग व संस्था मीडिया को नजरअंदाज कर आगे नहीं बढ़ सकती। कारण यह है कि समाज में मीडिया सूचना और जानकारी का आईना होता है। आज हर इनसान के जीवन में मीडिया एक नितांत जरूरत बन गया है। लोकतांत्रिक मूल्यों के प्रति आस्था, शिक्षा, चिकित्सा, तकनीकी विकास

और सामाजिक-सांस्कृतिक चेतना जाग्रत् करने में भी मीडिया को आगे आना होगा। लोकतंत्र अभिव्यक्ति की आजादी का अधिकार तो देता है, लेकिन इस व्यवस्था में अधिकार के साथ-साथ दर्पणरूपी कर्तव्य भी चलता रहता है।

मीडिया पर लोकतंत्र की ईमानदारी से पहरेदारी का भी जिम्मा है, जिससे उसे इस गंभीर दायित्व से कभी भी मुँह नहीं मोड़ना होगा। राष्ट्र की एकता व अखंडता, प्रेम-भाईचारे के साथ मानवाधिकार के मुद्दों को गंभीरता से स्थान देना होगा। भारतीय समाज का जीवन मूल्य और सामाजिक व ऐतिहासिक संस्कृति को प्रवहमान बनाए रखने की भूमिका का भी मीडिया को सत्यता से निर्वहण करना होगा। मीडिया को खुद जज बनने की प्रवृत्ति से बचना होगा। आज आंशिक रूप से राष्ट्र और समाज के मुद्दे पर कभी-कभी जज की इसकी भूमिका दृष्टिगोचर होती है। समाज के यथार्थ को सही रूप में प्रस्तुत करना मीडिया का मूल धर्म और कर्तव्य है। विकास के मुद्दों को उभारने, सकारात्मक खबरें छापने-दिखाने और आम आदमी की आवाज बनने की अपनी सबसे बड़ी भूमिका दृढ़ संकल्प के साथ इसे निभानी होगी, जिससे भारत का लोकतंत्र मजबूत रूप में पूरे विश्व को नजर आए। राष्ट्र में सबको न्याय के साथ भागीदारी मिले और राष्ट्र में मीडिया के धर्म पर कभी कोई प्रश्न नहीं उठाए। हमें स्वीकार करना चाहिए कि विश्व के सबसे बड़े लोकतांत्रिक और विकासशील देश में मीडिया का दायित्व केवल लोगों तक खबर पहुँचाना ही नहीं होता है, बल्कि उन्हें विश्लेषणात्मक व विवेचनात्मक चेतना से समृद्ध करना भी होता है। मीडिया ने बराबर जनता को निर्भीकतापूर्वक जागरूक करने के साथ ही भ्रष्टाचार को उजागर करने, प्रशासनिक व्यवस्था पर तार्किक नियंत्रण एवं जनहित कार्यों की अभिवृद्धि में योगदान दिया है। इसके लिए वह सम्मान व प्रशंसा का हकदार है, हालाँकि अपवाद के रूप में कभी-कभी लालच, भय, द्वेष, स्पर्धा, दुर्भावना एवं राजनीतिक कुचक्र के जाल में फँसकर इसने अपनी भूमिका को थोड़ा कमजोर भी किया है। व्यक्तिगत या संस्थागत निहित स्वार्थों के लिए चटपटी खबरों को तवज्जो देना, खबरों को तोड़-मरोड़कर पेश करना, घटनाओं एवं कथनों को द्विअर्थी रूप प्रदान करना, भय या लालच में सत्तारूढ़ दल को काफी महत्त्व देना, अनावश्यक रूप से किसी की प्रशंसा और महिमामंडन करना तथा अकारण किसी की आलोचना करना जैसे अनेक कार्य आंशिक रूप में आजकल मीडिया द्वारा कभी-कभी किए जा रहे हैं।

ईमानदारी, नैतिकता, कर्तव्यनिष्ठा और साहस से संबंधित खबरों को कम महत्त्व देना आजकल एकाध मीडिया संस्थान का एक सामान्य लक्षण हो गया है। मीडिया के इस व्यवहार से समाज में कभी-कभी भ्रम की स्थिति पैदा होती है, क्योंकि यह समाज को अनेक प्रकार से नेतृत्व प्रदान करता है। इससे समाज की विचारधारा प्रभावित होती है। मीडिया को पथप्रदर्शक की भूमिका में भी हमेशा उपस्थित होना चाहिए, जिससे समाज एवं सरकारों को प्रेरणा व मार्गदर्शन प्राप्त होता रहे। समाज व राष्ट्र के लिए सुखद पक्ष है कि मीडिया समाज की नीति, परंपराओं, मान्यताओं तथा सभ्यता एवं संस्कृति के प्रहरी के रूप में भी भूमिका निभाता रहता है। पूरे विश्व में घटित विभिन्न घटनाओं की जानकारी समाज को मीडिया के माध्यम से ही मिलती हैं, अतः उसे सूचनाएँ निष्पक्ष रूप से सही परिप्रेक्ष्य में प्रस्तुत करनी चाहिए। मीडिया अपनी खबरों द्वारा समाज एवं सरकार में संतुलन बनाने में भी बड़ी भूमिका निभाता है। मीडिया अपनी भूमिका द्वारा समाज में शांति, सौहार्द, समरसता और सौजन्य की भावना विकसित कर सकता है। वर्तमान में मीडिया की बहुआयामी भूमिका की ईमानदारी से समीक्षा करते हुए कहा जा सकता है कि मीडिया आज सुखद एवं दुःखद दोनों भूमिकाओं में दृष्टिगोचर होता है। अब समय आ गया है कि मीडिया अपनी शक्ति का सदुपयोग जनहित व राष्ट्रहित में करते हुए हमेशा समाज के लोगों का मार्गदर्शन करे, ताकि भाईचारे के साथ राष्ट्र की एकता-अखंडता चिरस्थायी रूप से अनंतकाल तक बनी रहे। राष्ट्र के प्रति भक्ति एवं एकता की भावना को मजबूत बनाए रखने एवं उभारने में भी मीडिया की अहम भूमिका सदैव रहती है। मीडिया के पत्रकार अनेक बार वीरता व साहस के साथ बुद्धिमत्ता का परिचय देते हुए अपनी जान की बाजी लगाकर खतरों के बीच समाचार की कवरेज करते हैं। ऐसे कार्यों की प्रशंसा होनी चाहिए। पत्रकारों की जोखिम भरी वीरतापूर्वक कवरेज की समीक्षा कर उत्कृष्ट खबर के लिए 'राष्ट्रीय वीरता पदक' से सम्मानित करना चाहिए। मीडिया हाउस के द्वारा निचली पंक्ति के पत्रकारों का वेतन वर्तमान आर्थिक युग में उनके कार्यों के हिसाब से कम है, जिसके कारण वे तनाव में रहते हैं। पत्रकारों की आर्थिक स्थिति अच्छी रहे, इसके लिए मीडिया में स्थायी रूप से कार्यरत पत्रकारों के लिए केंद्र या राज्य सरकार को हर वर्ष एक बजट पास कर आर्थिक पैकेज देना चाहिए। उनके बच्चों की निःशुल्क शिक्षा की व्यवस्था सरकार द्वारा होनी चाहिए। वर्तमान महँगी चिकित्सा व्यवस्था को देखते हुए मुफ्त चिकित्सा की व्यवस्था होनी चाहिए। साथ ही, एक सुझाव छोटे

स्थानों के पत्रकारों को दूँगा कि वे थाना एवं ब्लॉक में बेवजह पैरवी से दूर रहें। इससे मीडिया की साख आम जनता में गिरती है। अंत में कहूँगा कि यह सत्य है कि आम जनता की आस्था जिस तरह भगवान् पर होती है, उसी तरह उसका विश्वास मीडिया की खबर पर होता है और मुझे पूर्ण विश्वास है कि आम जनता का विश्वास अनंतकाल तक ऐसा ही बना रहेगा।

□

गलत शिक्षा और समाज बनाता है अपराधी

सरकार, न्यायालय एवं समाज द्वारा निर्धारित आचरण का उल्लंघन या उसकी अवहेलना अपराध की श्रेणी में आता है। समाज का जो व्यक्ति उल्लंघन करता है, उस दोषी व्यक्ति को कानून द्वारा निर्धारित दंड दिया जाता है। पटना में एक बैंक डकैती में कोचिंग संस्थान के शिक्षक अमन के शामिल होने से एक बड़ा प्रश्न कानून और समाज के सामने आया है। हम सभी जानते हैं कि शिक्षक किसी भी राष्ट्र और समाज का मार्गदर्शक होता है। वह एक शिक्षित व विकसित समाज का निर्माण करता है। यदि शिक्षक स्वयं अपराध का रचयिता बन जाए तो निश्चित रूप से छात्रों की शिक्षा की गुणवत्ता प्रभावित होगी और शिक्षा व्यवस्था असफल होगी। असफल शिक्षा-व्यवस्था ही सफल अपराधी तैयार करती है तथा सभ्य समाज में पुलिस की आवश्यकता महसूस कराती है। हमारी संस्कृति के हिसाब से हमारे समाज में शिक्षा व्यवस्था दो रूपों में संचालित होती है। पहली, जब व्यक्ति जन्म लेता है, उसी वक्त से माता-पिता एवं परिवार के लोगों द्वारा नैतिक एवं सामाजिक शिक्षा की प्रक्रिया प्रारंभ हो जाती है। साथ ही शिक्षा के साथ शब्दों का उच्चारण घर से ही प्रारंभ होता है। वहीं दूसरी, गुरुकुल की शिक्षा या विद्यालय की शिक्षा, जो अक्षर को समझाते हुए शब्दज्ञान के साथ प्रारंभ हो जाती है। नैतिक एवं सामाजिक शिक्षा का विश्वविद्यालय परिवार एवं समाज होता था, जिसमें माता-पिता, दादा-दादी, नाना-नानी, भाई-बहन एवं अन्य रिश्तेदार-नातेदार, आस-पड़ोस के लोग शिक्षक की भूमिका में होते थे तथा घर-समाज के बुजुर्ग इस विद्यालय के मुख्य प्रशासक होते थे। परिवार रूपी विश्वविद्यालय से प्राप्त नैतिक एवं सामाजिक शिक्षा व्यक्ति के जीवन में काफी असरदार होती थी, जो कहीं भी व्यक्ति को जड़

के रूप में पकड़े रहती थी। यह जीवन के सफर में आगे बढ़ने में काफी मदद करती थी।

बदलते वक्त के साथ पारिवारिक प्रशासन कमजोर होता गया। अधिकतर परिवार विखंडित होकर संयुक्त परिवार से एकल परिवार में परिवर्तित हो गए। नैतिक नियम-कानून कमजोर होते गए। परिवाररूपी विद्यालय के प्रत्येक शिक्षक ने घर में सरस्वती के स्वरूप की स्थापना की जगह लक्ष्मीपूजा एवं पश्चिमी सभ्यता-संस्कृति के अनुरूप दिनचर्या बना ली। इसके दुष्परिणामस्वरूप समाज के व्यक्तियों का रहन-सहन एवं पहनावा प्रभावित होने लगा। शिक्षा को बढ़ावा देने के लिए सरकार द्वारा संचालित विद्यालय गाँव-गाँव में खोले जाने लगे। बड़े पैमाने पर शिक्षकों की नियुक्ति होने लगी; परंतु शिक्षक अपनी नैतिक एवं सामाजिक जवाबदेही को भूलकर सिर्फ सरकारी जवाबदेही का कोरम पूरा करने में लगे हैं। माता-पिता के साथ शिक्षकों द्वारा बच्चों के अंदर ज्ञान के प्रवेश के मूल्यांकन के बदले बच्चों के व्यक्तित्व की जगह उसकी कॉपियों में तलाशी जाने लगी है। इसका परिणाम बच्चों के व्यक्तित्व पर स्पष्ट दिखने लगा है। सामाजिक, नैतिक एवं संस्कार से दूर होते बच्चे शाब्दिक एवं किताबी ज्ञान में महारत हासिल करने लगे हैं। फलत: वर्तमान में इन शिक्षितों द्वारा संचालित अपराध बढ़ने लगा, जिसका प्रत्यक्ष उदाहरण साइबर क्राइम है। आज समाज में नैतिक, सामाजिक, प्रेम-भाव एवं अनुशासनिक ज्ञान का अभाव दिखने लगा है। एक वक्त हमने ऐसा देखा है कि जब कोई व्यक्ति कुछ गलत कार्य में या स्थान पर है तो आस-पड़ोस के लोग भी डाँटते या मारते थे, पर आज समाज में या स्वयं परिवार में परंपराएँ तेजी से समाप्त होती जा रही हैं। अब तो स्वयं माता-पिता भी बच्चों को ऊँची आवाज में न डाँट सकते हैं और न पीट सकते हैं। स्वयं अपना वक्त याद करता हूँ तो सैकड़ों बार शिक्षक, माता-पिता, बड़े भाई या पड़ोस के अभिभावक तुल्य लोगों से थप्पड़ या डंडे से मार खाई है। मित्रों का भी यही हाल था।

आज बदलते परिवेश में पुलिसिया तंत्र से समाज को सुधारने की कवायद हो रही है। परिणामस्वरूप सरकार कानून की रक्षा के साथ बहुत सारे सामाजिक सुधारों की जवाबदेही पुलिस के कंधों पर देकर पुलिसिया तंत्र की मजबूती पर ध्यान देने लगी है। आज के दौर में व्यक्तियों की संख्या के मुताबिक पुलिस के अनुपात का अमेरिका, इंग्लैंड एवं विश्व के अन्य देशों से तुलनात्मक अध्ययन होने लगा है। व्यक्ति की संख्या के मुताबिक पुलिस का अनुपात बढ़ाने पर सरकार ने अपना

ध्यान देकर नई-नई शाखा (साइबर क्राइम शाखा, आर्थिक अपराध शाखा, मद्य निषेध शाखा, सूचना टेक्नोलॉजी शाखा, महिला अपराध शाखा, बाल अपराध शाखा तथा गुंडा एवं रंगदारी शाखा) शुरू कर दी है। पति-पत्नी के बीच की शिकायतें भी पुलिस के पास आनी शुरू हो गई हैं। कानून की पुस्तकें मोटी हो गईं हैं, और पुलिस की संख्या भी बढ़ा दी गई है। भूल-चूक होने या गलत करने पर पुलिसवाले भी जेल जाने लगे हैं। कारण यह है कि शिक्षा-व्यवस्था पूर्णत: असफल साबित होने लगी है। व्यक्ति ज्ञान की जगह धन अर्जित करने में लग गया। सरकार भी उद्योग, विकास व ज्ञान की जगह धन बाँटने में लग गई। विद्यालय में भी ज्ञान की जगह, भोजन, पैसा बाँटा जाने लगा। शिक्षकों की चयन प्रक्रिया में नैतिक, सामाजिक एवं उत्कृष्ट ज्ञान की जगह अंक-डिग्री को महत्त्व दिया जाने लगा। शिक्षकों को भी ज्ञान बाँटने की जगह कई कार्यों में लगा दिया गया। जो शिक्षक व्यक्ति के जीवन भर की भूख मिटाने का तरीका सिखाते थे, उन्हें सिर्फ दिन के एक समय की भूख मिटाने में लगा दिया गया। आपराधिक वारदातों में इनकी संलिप्तता की घटनाओं को देखते हुए बच्चों को बेहतर शिक्षा दिए जाने के साथ ही उन्हें भटकने से रोकने के लिए सामूहिक रूप से प्रयास किए जाने की दिशा में काररवाई करने की जरूरत है, ताकि कम उम्र में अपराध की दुनिया की ओर आकर्षित होनेवाले बच्चों को वापस मुख्यधारा में शामिल किया जा सके।

हम वातावरण के प्रभाव को अस्वीकार नहीं कर सकते। यह साधारण अनुभव है कि कलुषित वातावरण अपराध करने की भावना को प्रोत्साहन देता है। चोरों की संगति में यदि किसी शिशु को रख दिया जाए तो धीरे-धीरे उसकी मनोवृत्ति चोरी की ओर अग्रसर अवश्य होगी। अत: पुनः आवश्यकता है समाज के हर एक व्यक्ति को शिक्षक की भूमिका में आने की, परिवार में व्यक्ति का मान-सम्मान बढ़ाने की, गुरुकुल की शिक्षा के अच्छे पहलुओं को वर्तमान शिक्षा-व्यवस्था में समावेश कराने की तथा किताबी शिक्षा के साथ-साथ नैतिक शिक्षा को बढ़ावा देने की। इसके लिए सरकार एवं समाज, यानी दोनों को एक कार्ययोजना बनाकर उस पर संकल्प के साथ आगे बढ़ने की जरूरत है।

समाज में प्रामाणिकता के साथ दिखता है कि परिवार-समाज से जो व्यक्ति छोटे अपराध की शुरुआत करते हुए फिर बड़े अपराध की पटकथा लिखता है, उसे सामाजिक संरक्षण मिलने लगता है, फिर वह अपराधी अपने जाति-धर्म की आड़ लेने लगता है। आज देश-समाज में अपराध की दुनिया के कई चेहरे हैं, जिनके

पीछे समाज या जनसमूह खड़ा हो जाता है। वैसे कई लोग राजनीति में प्रवेश कर सांसद एवं विधायक बन जाते हैं, जिनका गलत प्रभाव समाज के उदीयमान छात्रों पर पड़ता है। इससे जो छात्र देश का वैज्ञानिक, बड़ा डॉक्टर या किसी भी क्षेत्र में शिखर पर नाम स्थापित करता है, वह अपराध की ओर जाने की सोचने लगता है। वर्तमान वक्त में परिवार एवं समाज की पुरानी नैतिक एवं सामाजिक शिक्षा तथा संस्कार दर्द से चीखते हुए कह रहा है कि हम सभी मजबूत संयुक्त परिवार, समाज एवं राष्ट्र के लिए अपनी पुरानी सभ्यता-संस्कृति की अच्छाई को दृढ़ संकल्प के साथ पुनः अपने में ढालकर प्रेम और भाईचारा एवं एकता के सूत्र में बँधकर उस पथ पर चलें। हम सभी फिर से भारत को सोने की चिड़िया बनाकर विश्व को संयुक्त परिवार, एकता व प्रेम-भाईचारे से बँधा समाज एवं ज्ञान व शांति का संदेश दें और भारत ज्ञान का विश्वगुरु बने।

□

मृत्युंजय शिव की भक्ति से जीवनोद्धार

हर-हर महादेव की 'ॐ नमः शिवाय' के उच्चारण के साथ इनसान पूजा करता है, पर हम कितने जानते हैं कि भगवान् शिव का जन्म या उत्पत्ति कैसे हुई है? तो फिर क्या है उनकी उत्पति कथा? सुदर्शन चक्र के निर्माणकर्ता और पिनाक धनुषधारी भगवान् शिवजी का जन्म नहीं हुआ है, वे स्वयंभू हैं, परंतु विभिन्न पुराणों में शिव की उत्पत्ति का विवरण मिलता है। आइए, हम सभी ज्ञानी-अज्ञानी इनसान उन तथ्यों को जानें। 'विष्णु पुराण' के अनुसार, ब्रह्माजी भगवान् विष्णुजी के नाभि-कमल से पैदा हुए, जबकि शिवजी भगवान् विष्णुजी के माथे के तेज से उत्पन्न हुए बताए गए हैं। 'विष्णु पुराण' के अनुसार, माथे के तेज से उत्पन्न होने के कारण ही भगवान् शिवजी हमेशा योगमुद्रा ध्यान में रहते हैं, जो वक्त आने पर ध्यान से जगे हैं। इसके उदाहरण 'शिव पुराण' में अनेक हैं। एक अन्य प्रमाण के मुताबिक भगवान् शिव की उत्पत्ति का वर्णन 'श्रीमद्भागवत' में है। एक बार जब भगवान् विष्णु और ब्रह्मा अहंकार से अभिभूत हो स्वयं को श्रेष्ठ बताते हुए लड़ रहे थे, तब एक जलते हुए खंभे से भगवान् शिव प्रकट हुए। एक आश्चर्यजनक घटना के रूप में 'विष्णु पुराण' में वर्णित शिव के जन्म की कहानी में भगवान् शिव के एकमात्र बाल रूप का वर्णन है। इसके अनुसार, ब्रह्माजी को एक बच्चे की जरूरत थी। उन्होंने इसके लिए तपस्या की। तब अचानक उनकी गोद में रोते हुए बालक भगवान् शिव प्रकट हुए। ब्रह्माजी ने बच्चे से रोने का कारण पूछा तो उसने बड़ी मासूमियत से जवाब दिया कि उसका कोई नाम नहीं है, इसलिए वह रो रहा है। तब ब्रह्माजी ने शिव का नाम 'रुद्र' रखा, जिसका अर्थ होता है 'रोनेवाला'। शिवजी तब भी चुप नहीं हुए। इसलिए ब्रह्माजी ने उन्हें दूसरा नाम दिया, पर शिवजी को वह नाम पसंद नहीं आया और वे फिर भी चुप नहीं हुए। इस तरह शिवजी को चुप कराने को लिए ब्रह्मा ने

आठ नाम दिए और शिव आठ नामों (रुद्र, शर्व, भव, उग्र, भीम, पशुपति, ईशान और महादेव) से जाने गए। समुद्र मंथन से निकले विष के पीने से कंठ नीला होने पर 'नीलकंठ' कहे गए। 'शिव पुराण' के अनुसार, ये नाम पृथ्वी पर लिखे गए थे। भगवान् शिवजी के इस प्रकार ब्रह्मापुत्र के रूप में जन्म लेने के पीछे भी 'विष्णु पुराण' की एक पौराणिक कथा है, जो वर्तमान चल रहे कलियुग की समाप्ति पर शायद पुनः दोहराई जा सकती है। अभी तो कलियुग का प्रथम चरण ही चल रहा है। कथा के अनुसार, जब धरती, आकाश, पाताल समेत पूरा ब्रह्मांड जलमग्न था, तब ब्रह्मा, विष्णु और महेश (शिव) के सिवा कोई भी देव या प्राणी सृष्टि पर नहीं था, तब केवल विष्णुजी ही जल की सतह पर अपने शेषनाग पर लेटे नजर आ रहे थे। तब उनकी नाभि से कमल नाल पर ब्रह्माजी प्रकट हुए। ब्रह्मा-विष्णुजी जब सृष्टि के संबंध में बातें कर रहे थे तो शिवजी अचानक प्रकट हुए। ब्रह्माजी ने उन्हें पहचानने से इनकार कर दिया। तब शिवजी के रूठ जाने के भय से भगवान् विष्णुजी ने दिव्य दृष्टि प्रदान कर ब्रह्माजी को शिवजी की याद दिलाई। ब्रह्माजी को अपनी गलती का एहसास हुआ और शिवजी से क्षमा माँगते हुए उन्होंने उनसे अपने पुत्र रूप में पैदा होने का आशीर्वाद माँगा। तब शिवजी ने ब्रह्माजी की प्रार्थना स्वीकार करते हुए उन्हें यह आशीर्वाद प्रदान किया। जब ब्रह्मा ने सृष्टि की रचना शुरू की, तब शिव बच्चे के रूप में आए। हर-हर महादेव भगवान् शिव आज भी सृष्टि में मौजूद हैं। इसलिए भगवान् शिवजी का नाम 'मृत्युंजय' है, यानी मृत्यु पर विजय पानेवाला। 'महामृत्युंजय मंत्र' का जाप करने से इनसान से मृत्यु का संकट दूर होता है—

ॐ त्र्यम्बकं यजामहे सुगन्धिं पुष्टिवर्धनम्।
उर्वारुकमिव बंधनान्मृत्योर्मुक्षीय माऽमृतात्॥

कैलाशपति त्रिपुरारि शिव काम, क्रोध और लोभ, तीनों पर विजय पानेवाले हैं। शिव के सच्चे भक्त तीनों पर विजय पा लेते हैं। त्रिपुरासुर का संहार करना बड़ा कठिन था। उसने आकाश में तीन नगरों का निर्माण किया था और जब भी उस पर आक्रमण किया जाता तो वह एक नगरी से दूसरी नगरी में जाकर छिप जाता था। उसको यह वरदान प्राप्त था कि वह तभी मरेगा, जब तीनों नगरों पर कोई एक साथ प्रहार करे। ऐसा कोई योद्धा दिखाई नहीं दे रहा था। आपने 'रामचरितमानस' में भगवान् शंकर का 'त्रिपुरारि' नाम पढ़ा होगा। अंततोगत्वा यह कार्य भगवान् शंकर को सौंपा गया और उन्होंने त्रिपुर पर एक साथ बाण से प्रहार किया, जिससे

उसका विनाश हो गया। त्रिपुर का विनाश हो जाने के पश्चात् सारे संसार ने भगवान् शंकर की स्तुति की। 'त्रिपुर' का आध्यात्मिक तात्पर्य यह है कि काम, क्रोध और लोभरूपी तीन पुर हैं और उनमें रहनेवाला दैत्य है मन। यह इतना विचित्र है कि कभी काम के नगर में, कभी क्रोध के नगर में और कभी लोभ के नगर में चला जाता है। स्थिति यह है कि यदि एक को जीत लें तो वह दूसरे में चला जाता है। इन तीनों नगरों में निवास करनेवाले मन के इस दैत्य पर एक साथ प्रहार करनेवाला होना चाहिए। जब तक इन तीनों पर एक साथ विजय प्राप्त नहीं की जाएगी, तब तक एक-न-एक जीवित रहेगा ही। यह महान् कार्य भगवान् शिव के द्वारा संपन्न होता है, अंत में कहूँगा—

शिव शंकर को जिसने पूजा, उसका ही उद्धार हुआ,
अंतकाल को भवसागर में उसका बेड़ा पार हुआ।

□

ईश्वर स्वयं में है, इसे ढूँढ़ो

ईश्वर को राम कहो, चाहे कृष्ण कहो या ब्रह्मा, विष्णु, महेश कहो, यानी जिस नाम से भी पुकारो, हर इनसान का जीवन और मरण उसी के हाथ में है। दुनिया के पालनहार के साथ माया भी वही है। अज्ञानी का ज्ञान भी वही है। ईश्वर को देखने की दृष्टि सच्चे संतों के पास होती है। वे अपनी साधना एवं ध्यान से स्थूल व सूक्ष्म कारणों से परे वे उस अवस्था में चले जाते हैं, जहाँ सब देख पाते हैं। एक इनसान ने एक बार ज्ञानी संत से एक सवाल किया कि क्या आपने ईश्वर को देखा है ? संत ने कहा कि तुम्हारा और स्वामी विवेकानंद का सवाल एक ही है, जो उन्होंने रामकृष्ण परमहंस से किया था, लेकिन मेरा उत्तर अलग है। ईश्वर को मैं भी देख रहा हूँ, तुम भी देख रहे हो, लेकिन तुम्हारी निगाह केवल स्थूल तक पहुँच रही है, सूक्ष्म तक नहीं पहुँच रही। ज्ञानी संतों की दृष्टि वहाँ तक खुल जाती है, जहाँ वे सबके हृदय में परमात्मा देखते हैं। इनसान कितनी भी साधना कर ले, लेकिन जब तक किसी ज्ञानी की कृपा न हो, वह दृष्टि नहीं खुल सकती। वह ज्ञानी माता-पिता, पति-पत्नी या कोई भी सिद्ध व्यक्ति या संत हो सकता है। वे सभी ज्ञानी दुनिया में वह शक्ति हैं, जो अंधकार में भटकते इनसान की दृष्टि को खोल सकते हैं। सभी ऋषि, ज्ञानी और संतों ने कहा है कि सभी इनसान परमात्मा हैं, लेकिन हम सभी में प्रकृति का मोह भर गया है। प्रकृति के प्रभाव से इनसान के मन में क्रोध, काम, लोभ और गलत आचरण भर गए हैं। इनसान की बुद्धि में अज्ञानता भर गई है और अहं में 'मैं' भर गया है, परंतु संत एवं ज्ञानी के मन, बुद्धि एवं अहं में कोई विकार नहीं होता है, जब हमारे भी विकार निकल जाएँगे तो वह सच्ची दृष्टि हमें भी मिल जाएगी।

आप जानते हैं कि जब द्रौपदी की लाज बच गई तो उसने कृष्ण को उलाहना दिया कि हे कृष्ण! तुमने बहुत देर कर दी। मैं तुम्हें कब से पुकार रही थी, तुमने

सुना नहीं। कृष्ण ने कहा, तुम मुझे कहाँ पुकार रही थी, क्या मैं द्वारका में था, क्या मैं आकाश में था, मैं तो तेरे सबसे नजदीक तेरे हृदय में ही था। गीता में भगवान् कृष्ण ने कहा है—ईश्वर हर व्यक्ति के हृदय में निवास करता है। भक्त प्रह्लाद की पुकार पर विष्णु भगवान् नरसिंह अवतार में खंभे से निकलते हैं। एक व्यक्ति कंपन करते हुए काफी कमजोर पुल पर जा रहा था। उसने पुल के दूसरी तरफ भगवान् को देखकर उनसे नजदीक आकर सहायता की प्रार्थना की, लेकिन भगवान् नहीं आए। वह व्यक्ति निराश हुआ और बहुत मुश्किलों का सामना करते हुए पुल को पार किया तो देखा कि भगवान् ने उस टूटे हुए पुल को पकड़ रखा था। इसलिए सदैव ईश्वर पर आस्था रखें। ईश्वर की सहायता करने के तरीके अनोखे होते हैं, किंतु हम अपने अंदर मौजूद ईश्वर को जानते भी नहीं और उसका आनंद भी नहीं ले पाते! आखिर कारण क्या है? क्यों हम ईश्वर के सामीप्य या अपने अंदर उनकी मौजूदगी को जान नहीं पाते हैं?

हम देखते हैं कि मेरा शरीर काला है, गोरा है, सुंदर है। इससे आगे हम अपने अंदर नहीं देख पाते अर्थात् स्थूल देखते हैं, सूक्ष्म में क्या हो रहा है, नहीं जानते। आवाज क्यों आ रही है, भाव कहाँ से बन रहे हैं, हृदय क्यों धड़क रहा है? इसका कारण क्या है, जहाँ से ये सारे कारण बन रहे हैं, नहीं जानते, क्योंकि वहाँ तक हमारी दृष्टि नहीं जाती है। किसी भी तरीके से यानी एक्सरे से नहीं, सीटी स्कैन से नहीं और न ही ऑपरेशन से यह जानी जाती है। हर इनसान के शरीर के चार भाग हैं—स्थूल, सूक्ष्म, कारण और कारण से परे। परमात्मा हमारे इसी हृदय में निवास करता है, जो स्थूल, सूक्ष्म, कारण और कारण से परे है। वहाँ हमारी निगाह नहीं जा पाती है। हम उसका आनंद नहीं उठा पाते हैं, जब हमारी नजर वहाँ तक पहुँच जाएगी, तब देख पाएँगे कि वास्तव में हमारे अंदर परमात्मा है। नजर लेकिन वहाँ तक जाए कैसे? 'गीता' में भगवान् कृष्ण अर्जुन को समझाते हैं—हे अर्जुन, जो ज्ञान मैं तुझे दे रहा हूँ, यह ज्ञान साधारण ज्ञान नहीं है। यह ज्ञान सूर्य को दिया था, तब अर्जुन आश्चर्य से पूछते हैं कि यह ज्ञान सूर्य को कब दिया, क्योंकि आप तो मेरे समकालीन हैं, मेरे साथ-साथ आपका जन्म हुआ है? तब श्रीकृष्ण कहते हैं कि अर्जुन, मैं इतना ही नहीं हूँ, मैं ईश्वर हूँ। तुझमें, मुझमें कोई अंतर नहीं है, लेकिन तुझमें भुलावा है, तू भूल जाता है, मैं भूलता नहीं हूँ। प्रकृति एवं माया के संयोग में आकर तू अपने आप को भूल जाता है। मैं प्रकृति के प्रभाव में नहीं आता। इसलिए सारा दृश्य मैं जानता हूँ। अर्जुन उनसे प्रमाण माँगते हैं, तब कृष्ण उसे अपना विराट् स्वरूप दिखाते हैं; लेकिन अर्जुन कहते हैं कि मैं कुछ नहीं देख पा रहा हूँ, तब कृष्ण उससे कहते हैं

कि इन आँखों में वह दृष्टि नहीं है, जिनसे तुम उन्हें देख पाओगे। फिर वे अर्जुन को दिव्य दृष्टि देते हैं, जो आत्मा के नेत्र को खोलती है, तब वह कृष्ण का विराट् स्वरूप देख पाते हैं कि कृष्ण तो परमात्मा हैं। 'गीता' के ज्ञान से जब अर्जुन का मोह दूर नहीं हुआ, जिससे वह निर्णय नहीं कर पा रहा था। इसलिए कृष्ण अर्जुन को उस अवस्था में ले गए, जहाँ उसे वह दृष्टि मिल जाए।

मन की बुद्धि के अहं से विकार वैसे निकल जाएँ, जैसे सोने को शुद्ध करना होता है। सुनार उसे जब गलाएगा तो मिलावट निकल जाएगी और सोना शुद्ध हो जाएगा। हमें भी अपने आप को गलाना है। हमें भी प्रयास करना है, ताकि चंचल मन में बुद्धि के अहं के विकार जल जाएँ। निर्मल दृष्टि हमें प्राप्त हो जाए। 'योग शास्त्र' में कहते हैं कि किसी पुरुष को हृदय में बैठा लो, जो तुम्हारे लिए बाहर-भीतर एक है। कोई बनावट नहीं है, पारदर्शी है, जो सहज है, ऐसे संतरूपी विचारक को अपने हृदय में बैठा लो। तुम्हारे हृदय के विकार निकलते जाएँगे। संतरूपी ज्ञानी एक फिल्टर है। चित्त वह स्थान है, जहाँ से विकार उठते हैं, जहाँ प्रकृति और आत्मा जुड़ती है। वह स्थान परमात्मा का है, जहाँ प्रकृति और परमात्मा का संयोग होता है। अगर वहाँ ज्ञानी को बैठा लोगे तो वहाँ फिल्टर लग जाएगा और गंदे विचार नहीं आएँगे, साफ विचार आएँगे। तुम उससे ज्ञान प्राप्त कर उस अवस्था में चले जाओगे, जहाँ कोई विकार नहीं रहेगा, न मन का, न बुद्धि का, न अहं का और फिर तुम्हारे अंदर पवित्रता आती जाएगी, जैसे पत्थर ने अपने आप को किसी मूर्तिकार को सौंप दिया, वैसे तुम भी सौंप दो। निश्छल भाव से तुम्हारे मन के अंदर के अहं का विकार जल जाएगा और निर्मल बन जाएगा। फिर तुमको वह दृष्टि प्राप्त हो जाएगी, जहाँ सबमें ईश्वर नजर आएगा। तुम्हारे अंदर एक उत्कृष्ट चरित्र का निर्माण होगा। गलत कार्यों पर दृष्टि नहीं रहेगी। सभी चरित्रवान व ज्ञानी से विश्वास के साथ प्रेम करोगे। व्यवहार बदल जाएगा। अहं, गलत मित्र, सोच-विचार एवं आचरण खत्म हो जाएँगे। इनसान के अंदर से राग-द्वेष निकल जाएँगे। हर इनसान के मन, चित्त, चरित्र, विचार एवं कर्म में पवित्रता भर जाएगी। दुनिया में इनसान स्वयं के अंदर मौजूद ईश्वर के हर फैसले पर खुश रहे; क्योंकि ईश्वर वह नहीं देता, जो आपको अच्छा लगता है, बल्कि ईश्वर वह देता है, जो आपके जीवन के लिए अच्छा होता है। स्वामी विवेकानंद ने कहा है, "जिस पल आपको यह पता चल जाएगा कि ईश्वर आपके भीतर है, उस पल से आपको प्रत्येक व्यक्ति में ईश्वर की छवि नजर आने लगेगी।"

□

अपराध में बड़ा बदलाव संभव

पुलिस का कर्तव्य है कि अपराधी को गिरफ्तार कर न्यायालय में साक्ष्य के साथ प्रस्तुत कर सजा दिलाए, परंतु कोई भी अपराधी पुलिस अभिरक्षा में भागने की कोशिश करेगा और पुलिस पर गोली चलाएगा या पुलिस द्वारा छापेमारी के क्रम में गोली चलाएगा तो पुलिस निश्चित रूप से आत्मरक्षार्थ गोली का जवाब गोली से देगी ही। यह कानूनी अधिकार है और पुलिस को हथियार इसी के लिए मिले हैं। आम नागरिकों को भी हथियार का लाइसेंस आत्मरक्षा के लिए ही मिलता है। अपराधी और पुलिस की मुठभेड़ पर समाज के कुछ लोगों की सख्त टिप्पणी उनके विचारों को स्वयं आईना दिखानेवाली है। दरअसल, पुलिस मुठभेड़ में मारे जानेवाले कुख्यात अपराधी के बाद अपराध की विचारधारा से प्रभावित कुछ लोग पीड़ित हो जाते हैं। उनकी यह आदत होती है कि पुलिस के हर कार्य पर प्रश्नचिह्न खड़ा करें। अपराधी कोई घटना कर दे तो पुलिस की मिलीभगत या पुलिस के कार्य पर सवाल उठाएँगे। उसी अपराधी को यदि पुलिस एनकाउंटर में मारे तो उस पर भी सवाल उठाएँगे। उनकी आदत होती है हर मामले में हस्तक्षेप करने की, यानी देहाती भाषा में उँगली उठाने की। क्या अपराधियों को राजनीतिक संरक्षण प्राप्त होता है? इसकी चर्चा समाज में होती रहती है, जिससे हम भी आंशिक रूप से सहमत हैं। कारण यह है कि दल करे या न करे, दल से जुड़े नेता अपने राजनीतिक लाभ के लिए गोपनीय तरीके से उनका समर्थन करते हैं। अपराधियों को कुछ नेताओं द्वारा संरक्षण से देश का हर तबका परेशान है। अपराधी अपने अपराध से धन कमाकर नेता बनने को कोशिश करते हैं, फिर विधायक या सांसद भी बन जाते हैं। देश में ऐसे कई उदाहरण आईने के रूप में दृष्टिगोचर होंगे। इसके लिए समाज भी उत्तरदायी है। वे अपराधी जेल में रहें, या बाहर रहें, अपने जाति-धर्म को अपनी दबंगता के

मायाजाल में फँसाकर किसी दल से या निर्दलीय होकर से चुनाव जीत जाते हैं। फलतः उसी क्षेत्र से चुनाव लड़ रहे कई अच्छे समाजसेवक या शिक्षाविद् व ज्ञानी व्यक्तियों की जमानत जब्त हो जाती है। अपराधी को नेता बनाने के लिए उस क्षेत्र की जनता दोषी होती है। यदि कोई उसे वोट नहीं देगा तो निश्चित ही कोई दल भी टिकट नहीं देगा और न ही वह निर्दलीय जीतेगा, फिर उसकी पत्नी या परिवारवाले भी नहीं जीतेंगे। नेता बनकर अपराधी अपने बाहुबल, पैसे या राजनीति में पहचान से अपने विरुद्ध दर्ज केस को मैनेज करने में सफल हो जाता है। फलतः जिस अपराधी को पुलिस विभिन्न अपराधों के लिए खोजती फिरती थी, अब उसकी सुरक्षा करने में लग जाती है।

पुलिसकर्मियों की तैनाती में भी कहीं-कहीं आंशिक रूप से राजनीतिक पैरवी या पैसे का लेन-देन चर्चा में रहता है। स्वाभाविक है कि योग्यता को दरकिनार कर राजनीतिक पैरवी या पैसे के दम पर तैनाती पानेवाले पुलिसकर्मी बेअंदाज तो होंगे ही, फिर वे अपने पैरवीकार या पैसे की भरपाई और अपनी जेब भरने के लिए अपराधियों से साँठ-गाँठ करें तो इसमें अचरज कैसा? इतना ही नहीं, देश में सत्तारूढ़ दल या विपक्ष के कुछ नेता भी पुलिसकर्मियों की तैनाती में बड़ी भूमिका निभाते हैं। वे अपनी जाति और जरूरत के अनुसार ऐसी तैनाती करा लेते हैं, जो उनका हित साधे और उनके ही एजेंडे पर चले। स्वाभाविक है कि स्वामिभक्त पुलिसकर्मी अपनी जिम्मेदारियों के साथ न्याय नहीं कर पाते और न ही उनका ध्यान कानून व्यवस्था पर होता है। वे एक अलग एजेंडे पर चलने लगते हैं, जिससे न्याय के साथ जनहित के मुद्दे धरे रह जाते हैं। कहीं-कहीं इस तरह की सोचवाले पुलिसकर्मियों की तिफलता का खामियाजा समाज को भुगतना पड़ रहा है। सवाल उठता है कि यदि कुछ जगहों पर यह सब खुलेआम चल रहा है तो उस राज्य की सरकार क्या कर रही है? क्या सरकार की यह जिम्मेदारी नहीं कि वह अवाम के लिए ऐसी सुरक्षा व्यवस्था उपलब्ध कराए कि लोग सुरक्षित महसूस करें? फिर क्यों देश की केंद्र व राज्य सरकारें कुछ नेता, अपराधी, पुलिस और कुछ भ्रमित जनता की चौकड़ी को तोड़ना नहीं चाहतीं? पुलिस महकमे में भी ईमानदार अफसरों की कमी नहीं है, पर ऐसे अधिकारी दागी घोषित कर दिए जाते हैं, जिससे वे हाशिए पर दिखाई देते हैं। उन्हें अच्छी तैनाती नहीं दी जाती। क्या पुलिस विभाग में इस तरह की पोस्टिंग के लिए सरकार उत्तरदायी नहीं है? अब वक्त आ गया है कि केंद्र व राज्य की सरकारें अपने यहाँ बढ़ते अपराध से सबक लें और बेहतर व्यवस्था करें, क्योंकि

ऐसा नहीं करने पर लोग सरकार के प्रति सोच बदल देते हैं।

समाज के प्रबुद्ध लोग मानते हैं कि विकास दुबे जैसे अपराधियों को नेता और भ्रष्ट पुलिसकर्मियों का संरक्षण मिलता है। कानपुर की घटना में भी 'पुलिस ऑपरेशन' की सूचना लीक हुई। सूचना लीक करनेवालों पर कड़ी कारवाई होनी चाहिए, जो हो भी रही है। 'पुलिस ऑपरेशन' की सूचना लीक करने में भ्रष्ट पुलिसकर्मियों का ही हाथ होता है। मैं भी एस.टी.एफ. के 'स्पेशल ऑपरेशन ग्रुप' के अधिकारी के रूप में कार्य करते हुए महसूस करता था कि कुछ अपराधी अपने थाने में छोटे या बड़े पुलिसकर्मी के संपर्क में किसी माध्यम से जुड़े रहते हैं। इससे गोपनीय सूचनाओं के साथ छापेमारी की भनक अपराधी को लग जाती थी। विभाग में ऐसे गद्दारों को छोड़ा नहीं जाना चाहिए। ऐसे कुछ भटके पुलिसकर्मियों को हमेशा कर्तव्यनिष्ठा के साथ अन्य तरह के प्रभाव व दबाव को दरकिनार कर अपराधी कोई भी हो, उस पर कारवाई करनी होगी। कुछ अपवादों को छोड़कर ऐसा पुलिसकर्मी करते भी हैं। कुख्यात अपराधी विकास दुबे पुलिस गाड़ी के दुर्घटनाग्रस्त होने पर पुलिस सुरक्षा से भागते हुए पुलिस मुठभेड़ में मारा गया। आज यह देश में चर्चा का विषय बना हुआ है। बहुत से प्रबुद्ध लोगों की टिप्पणियों को देखकर सोचने पर मजबूर हो जाता हूँ कि क्या हम अपने बौद्धिक दिवालियापन की तरफ बढ़ रहे हैं? बहुत से ज्ञानी यह कह रहे हैं कि विकास दुबे जिंदा रहता तो बहुत से लोगों के राज बाहर आते। मैं आज उन प्रबुद्ध जनों से पूछना चाहता हूँ कि अभी तक जितने बड़े अपराधी जेल की सलाखों के पीछे हैं, उनके खुलासों के आधार पर पूरे भारतवर्ष में कितने राजनीतिक नेता जेल गए? कुछ कुख्यात अपराधियों की राजनीतिक साँठ-गाँठ देश का बच्चा-बच्चा जानता है, लेकिन उनके आकाओं का क्या कुछ बिगड़ा आजतक? फिर, विकास दुबे ऐसा आपको क्या बता देता? क्या आप आज तक मुख्तार अंसारी व शहाबुद्दीन जैसे अपराध की दुनिया से आए लोगों से राजनीतिक संबंधवाले राजनेताओं को कानून के दायरे में ला पाए? मुझे लगता है कि हमारी किसी भी कारवाई का विरोध करने की सोच है। इसलिए हम कुछ भी बोलेंगे। सभी को बता दूँ कि पुलिस के हर एनकाउंटर की न्यायिक जाँच होती है। इसकी भी जाँच निश्चित होगी। घटना बताकर नहीं होती। सड़क पर प्रतिदिन गाड़ी दुर्घटनाग्रस्त होती हैं। अनेक बार पुलिस की गाड़ी दुर्घटनाग्रस्त होने पर कई पुलिसकर्मियों की मृत्यु हुई है। इसी तरह कुख्यात अपराधी विकास दुबे को उज्जैन से लेकर आ रही पुलिस की गाड़ी दुर्घटनाग्रस्त हुई होगी, फिर अपराधी

विकास दुबे ने पुलिसकर्मी का हथियार लेकर भागते हुए गोली चलाई होगी। जवाब में पुलिस भी गोली चलाएगी ही। दोनों तरफ से गोली चलने पर कुख्यात अपराधी को गोली लगी होगी। इस तरह की घटना पर प्रश्नचिह्न लगाकर हाय-तौबा मचाने की कुछ लोगों की आदत होती है। विकास दुबे की उत्पत्ति अपने ही समाज के लोगों को मारकर या अत्याचार कर हुई होगी। यदि वह पुलिस मुठभेड़ में मारा गया तो क्या कोई धर्मात्मा मारा गया, जो कुछ लोगों में इतनी बेचैनी है?

एक पक्ष यह भी देखना चाहिए कि समाज के काफी युवा अपराध की दुनिया से नेता बननेवाले से प्रभावित होकर उसी मार्ग पर चलते हैं। आज उसके मारे जाने से बहुत युवा अपराध की दुनिया में जाने से बच गए। अपराधी की कोई जाति या धर्म नहीं होता। उसकी सोच होती है अपराध करना और जान से मारना। चाहे सामने कोई भी हो। समाज का पथप्रदर्शक या आइकॉन कोई कुख्यात अपराधी नहीं होना चाहिए। वह बनेगा तो समाज के युवा की सोच भटकेगी। समाज के कुछ लोग सोच बदलें, तभी बेहतर समाज और राष्ट्र बनेगा। समाज का पथप्रदर्शक या आइकॉन जब भी कोई हो, वह शिक्षा से जुड़ा, समाज के लिए संघर्षशील, ज्ञानी व विचारक या समाज से जुड़ा उद्योगपति हो, जिससे समाज के युवा प्रभावित होकर अपना तथा अपने परिवार, समाज और राष्ट्र के लिए अच्छा करें। कोई भी कुख्यात अपराधी समाज में अपराधी ही पैदा करेगा। मैंने अपने सेवाकाल में तेरह अपराधियों को मार गिराया है, जिसके लिए मुझे 'राष्ट्रपति वीरता पदक' मिला है। अपराधी की गोली का जवाब गोली होना चाहिए, अतः यू.पी. पुलिस और सरकार को हृदय से बधाई देता हूँ। विकास दुबे के पुलिस एनकाउंटर में मारे जाने से देश के तमाम अपराधियों में खौफ पैदा होगा। वे न्यायालय में आत्मसमर्पण के लिए सोचने पर मजबूर होंगे।

□

हनुमान का सिंदूर-प्रेम राष्ट्र के लिए प्रेरणास्रोत

रामायण में हमें कई सुंदर संदेश दृष्टिगोचर होते हैं। वक्त है उन संदेश की गहराई को समझने और उन्हें अपनाने का। जिस हनुमान के हृदय में सियाराम विराजमान हैं, उसी भावना से प्रेम का गंगोत्रीरूपी स्रोत सभी भारतीयों के हृदय में एक-दूसरे के प्रति सदैव उपस्थित रहे, यह लेखक का प्रेरक संदेश है। रावण एवं उसके विचार का अंत कर प्रभु राम अयोध्या निश्चित समय पर पहुँचे। इसके बाद विधि-विधान से श्रीराम का राज्याभिषेक हुआ। राजा राम ने सभी वानर और राक्षस मित्रों को ससम्मान विदा किया। हनुमान को विदा करने की शक्ति तो श्रीराम में भी नहीं थी। माता सीता भी उन्हें पुत्रवत् मानती थीं। फलतः हनुमान अयोध्या में ही रह गए। राम दिन भर दरबार में शासन व्यवस्था में व्यस्त रहे। शाम को जब शासकीय कार्यों से छुट्टी मिली तो गुरु और माताओं का कुशल-क्षेम पूछने अपने कक्ष में आए। हनुमानजी उनके पीछे-पीछे ही थे। राम के निजी कक्ष में उनके सारे अनुज अपनी-अपनी पत्नियों के साथ उपस्थित थे। वनवास, युद्ध और फिर अनंत औपचारिकताओं के पश्चात् यह प्रथम अवसर था, जब पूरा परिवार एक साथ उपस्थित था। राम, सीता और लक्ष्मण को तो नहीं, कदाचित् अन्य बंधुओं को एक बाहरी, अर्थात् हनुमान का वहाँ होना अनुचित प्रतीत हो रहा था। चूँकि शत्रुघ्न सबसे छोटे थे, अतः वे ही अपनी भाभियों और अपनी पत्नी की इच्छापूर्ति हेतु संकेतों में ही हनुमान को कक्ष से जाने के लिए कह रहे थे, पर आश्चर्य की बात कि हनुमान जैसा ज्ञाता भी यह मामूली संकेत समझने में असमर्थ हो रहा था। फिर उनकी उपस्थिति में ही बहुत देर तक सारे परिवार ने जी भरकर बातें कीं। फिर भरत को ध्यान आया कि भैया-भाभी को भी एकांत मिलना चाहिए। सब उठे और

राम-जानकी का चरणस्पर्श कर जाने को हुए, परंतु हनुमान वहीं बैठे रहे। उन्हें देख अन्य सभी उनके उठने की प्रतीक्षा करने लगे कि सब साथ ही बाहर निकलें। राम ने मुसकराते हुए हनुमान से कहा, "क्यों वीर, तुम भी जाओ। तनिक विश्राम कर लो।" हनुमान बोले, "प्रभु, आप सम्मुख हैं, इससे अधिक विश्रामदायक भला कुछ हो सकता है क्या? मैं तो आपको छोड़कर नहीं जानेवाला।" शत्रुघ्न बोले, "भैया को विश्राम की आवश्यकता है, उन्हें एकांत चाहिए।" "हाँ तो मैं कौन सा प्रभु के विश्राम में बाधा डालता हूँ।" इस पर शत्रुघ्न ने कहा कि "आपने कदाचित् सुना नहीं, भैया को एकांत की आवश्यकता है।" "हनुमान बोले, "पर माता सीता तो यहीं हैं, वे भी तो नहीं जा रहीं, फिर मुझे ही क्यों निकालना चाहते हैं आप?" शत्रुघ्न का जवाब था, "भाभी को भैया के एकांत में भी साथ रहने का अधिकार प्राप्त है। क्या उनके माथे पर आपको सिंदूर नहीं दिखता?" हनुमान आश्चर्यचकित रह गए। प्रभु श्रीराम से बोले, "प्रभु, क्या यह सिंदूर लगाने से किसी को आपके निकट रहने का अधिकार प्राप्त हो जाता है?" राम मुसकराते हुए बोले, "अवश्य। यह तो सनातन प्रथा है हनुमान।" यह सुन हनुमान तनिक मायूस होते हुए उठे और राम-जानकी को प्रणाम कर बाहर चले गए।

प्रातः राजा राम का दरबार लगा था। साधारण औपचारिक कार्य हो रहे थे कि नगर के प्रतिष्ठित व्यापारी न्याय माँगते दरबार में उपस्थित हुए। ज्ञात हुआ कि पूरी अयोध्या में रात भर व्यापारियों के भंडारों में तोड़-फोड़ कर हनुमान ने उत्पात मचाया है। राम ने यह सब सुना और सैनिकों को आदेश दिया कि हनुमान को राजसभा में उपस्थित किया जाए। रामाज्ञा का पालन करने सैनिक अभी निकले भी नहीं थे कि केसरिया रंग में रँगे-पुते हनुमान अपनी चौड़ी मुसकान और हाथी जैसी मस्त चाल से चलते हुए सभा में उपस्थित हुए। उनका पूरा शरीर सिंदूर से पटा हुआ था। एक-एक पग रखने पर उनके शरीर से एक-एक सेर सिंदूर भूमि पर गिर जाता। उनकी चाल के साथ पीछे की ओर भी वायु के साथ सिंदूर उड़ रहा था। राम के निकट आकर उन्होंने प्रणाम किया। अभी तक सन्न होकर देखती सभा इस पर एकाएक जोर से हँसने लगी कि "अंततः बंदर ने बंदरोंवाला ही काम किया।" अपनी हँसी रोकते हुए मित्र लक्ष्मण बोले, "यह क्या किया कपिश्रेष्ठ? यह सिंदूर से स्नान क्यों? क्या यह आप वानरों की कोई प्रथा है?" हनुमान प्रफुल्लित स्वर में बोले, "अरे नहीं लक्ष्मण भैया! यह तो आर्यों की प्रथा है। मुझे कल ही पता चला कि अगर एक चुटकी सिंदूर लगा लो तो प्रभु राम के निकट रहने का अधिकार मिल

जाता है, तो मैंने सारी अयोध्या का सिंदूर लगा लिया। क्यों प्रभु, अब तो कोई मुझे आपसे दूर नहीं कर पाएगा?" सारी सभा और हँसने लगी, पर भरत हाथ जोड़े अश्रु बहा रहे थे। यह देख शत्रुघ्न बोले, "भैया, सब हँस रहे हैं और आप रो रहे हैं, क्या हुआ?" भरत स्वयं को सँभालते हुए बोले, "अनुज, तुम देख नहीं रहे! वानरों का एक श्रेष्ठ नेता, वानरराज का सबसे विद्वान् मंत्री, संपूर्ण मानव जाति का सर्वश्रेष्ठ वीर, सभी सिद्धियों, सभी निधियों का स्वामी, वेद पारंगत, शास्त्रमर्मज्ञ यह कपिश्रेष्ठ अपना सारा गर्व, सारा ज्ञान भूल कैसे रामभक्ति में लीन है! राम की निकटता प्राप्त करने की यह कैसी उत्कट इच्छा है, जो यह स्वयं को भूल चुका है! ऐसी भक्ति का वरदान कदाचित् ब्रह्मा भी किसी को न दे पाएँ। मुझ भरत को राम का अनुज मान भले कोई याद कर ले, पर इस भक्तशिरोमणि हनुमान को संसार कभी भूल नहीं पाएगा। रामभक्त हनुमानजी को बारंबार प्रणाम।" रामायण की यह कहानी एक सुंदर प्रकाश और संदेश देकर भारत को महाशक्ति बनाने के लिए मार्ग दिखा रही है। आज हम सभी भारतीय राष्ट्र की प्रगति का सिंदूर, सरकार के निर्देश का पालन करने के संकल्प का सिंदूर, कानून का पालन करने का सिंदूर हनुमान जैसा पूरे शरीर, मन, विचार और कर्तव्य में लगा लें तो निश्चित रूप से भारत फिर से सत्य, धर्म, शांति, प्रेम और भाईचारे का विश्वगुरु बन जाएगा। अतएव, लगभग एक सौ तीस करोड़ भारतीयों में राम और हनुमान जैसा सिंदूर-प्रेम अनेकता में एकता के रूप में दृष्टिगोचर होना चाहिए।

□

वीरता उम्र की सीमा में कैद नहीं होती : बाबू कुँवर सिंह

धरती वीरों का सदैव सम्मान करती हुई उन्हें अपना प्रिय पुत्र मानती रही है। हर युग में असंख्य वीरों ने मातृभूमि की रक्षा के लिए लड़ते हुए अपने प्राणों की आहुति दी है, वैसे वीरों की गाथा हर कालखंड में प्रेरणा देकर राष्ट्रप्रेम के साथ शक्ति का संचार करती है। वीर योद्धाओं को वीरता दिखाने के लिए उम्र की सीमा बाधक नहीं बन सकती है। इतिहास इसका प्रमाण है। बिहार की धरती के वीर योद्धा बाबू कुँवर सिंह सन् 1857 के प्रथम भारतीय स्वतंत्रता संग्राम के सिपाही और महानायक थे। बाबू कुँवर सिंह का जन्म बिहार के भोजपुर जिले के जगदीशपुर गाँव में सन् 1777 में हुआ था। इनके पिता बाबू साहबजादा सिंह प्रसिद्ध शासक भोज के वंशज थे। उनके छोटे भाई अमर सिंह, दयालु सिंह और राजपति सिंह एवं इसी खानदान के बाबू उदवंत सिंह, उमराव सिंह तथा गजराज सिंह जाने-माने जागीरदार थे, जो अपनी स्वतंत्रता कायम रखने के लिए हमेशा युद्ध करते रहे। सन् 1846 में अंग्रेजों को भारत से भगाने के लिए बिहार के दानापुर रेजिमेंट, बंगाल के बैरकपुर और रामगढ़ के सिपाहियों ने अंग्रेजों के खिलाफ विद्रोह कर दिया। मेरठ, कानपुर, लखनऊ, इलाहाबाद, झाँसी और दिल्ली में भी विद्रोह की ज्वाला भड़क उठी। ऐसे वातावरण में अस्सी वर्ष की उम्र में बाबू कुँवर सिंह ने 27 अप्रैल, 1857 को दानापुर के सिपाहियों, भोजपुरी जवानों और अन्य साथियों के सहयोग से आरा नामक शहर पर अधिकार कर लिया। जब अंग्रेज सिपाहियों ने आरा पर हमला करने की कोशिश की तो बीबीगंज और बिहिया के जंगलों में घमासान युद्ध हुआ और अंत में अंग्रेज सिपाहियों की विजय हुई। आरा पर फिर से कब्जा जमाने के बाद अंग्रेजों ने जगदीशपुर पर हमला कर दिया। अंततः बाबू कुँवर सिंह और

अमर सिंह को अपनी जन्मभूमि जगदीशपुर को छोड़ना पड़ा।

इसके बाद अमर सिंह अंग्रेजों से छापामार युद्ध करते रहे। सन् 1857 की क्रांति के समय बिहारवासियों के मन में उमड़ते जोश पर नियंत्रण के लिए पटना के प्रसिद्ध क्रांतिकारी पीर अली को अंग्रेजों ने फाँसी की सजा दे दी। उनकी फाँसी की खबर सुनते ही 25 जुलाई को दानापुर की तीन देशी पलटनों ने विद्रोह कर दिया और जगदीशपुर पहुँचकर बाबू कुँवर सिंह से नेतृत्व करने की गुजारिश की। नेतृत्व करने के लिए कुँवर सिंह तैयार हो गए। इस बात की जानकारी होते ही अंग्रेजों द्वारा वीर कुँवर सिंह को बंदी बनाने के उद्देश्य से उन्हें मेहमाननवाजी का न्योता दिया गया। कुँवर सिंह ने अंग्रेजों की इस चाल को समझ लिया। उन्होंने आरा पर हमला किया और सरकारी खजाने को लूट लिया। अंग्रेजों के जेलखाने और कार्यालय को तहस-नहस कर दिया तथा अंग्रेजों का झंडा उखाड़कर फेंक दिया। इस घटना की सूचना पाते ही ब्रिटिश सरकार ने दानापुर से कैप्टन डनबर के नेतृत्व में घिरे हुए अंग्रेजों की मदद के लिए फौज भेजी। रात को जब वे चुपचाप आरा की ओर जा रहे थे, तभी कुँवर सिंह के आदमियों से उनका सामना हो गया और अंग्रेज सैनिकों की हार हुई।

इस पराजय के बाद ब्रिटिश प्रशासन ने कैप्टन आयर को विद्रोहियों को कुचलने के लिए भेजा। वह तीन तोपें और कुछ सिपाही लेकर बाबू कुँवर सिंह के घेरे को विनष्ट करने के लिए आया। आयर ने पुन: आरा पर अधिकार कर लिया। इस प्रकार आठ दिनों के बाद आरा हाउस में घिरे अंग्रेज बाहर निकल सके। कुँवर सिंह ने जगदीशपुर जाकर अपनी सैन्यशक्ति बढ़ानी प्रारंभ कर दी, तभी आयर तुरंत जगदीशपुर की ओर अपने सैनिकों के साथ चल दिया। उसके आने की सूचना मिलते ही कुँवर सिंह जगदीशपुर से हट गए और उन्होंने जंगल में जाकर छापामार युद्ध करना प्रारंभ किया। वीर कुँवर सिंह के पास सैनिक बहुत कम थे, अत: छापामार युद्ध के जरिए उन्होंने अंग्रेजों पर आक्रमण करने का फैसला किया। वे अपनी सेना लेकर जंगल से आजमगढ़ की ओर चल दिए। कुँवर सिंह को जब पूर्ण रूप से यह भरोसा हो गया कि अब हमारी हार सुनिश्चित है तो अपने सिपाहियों को कई टुकड़ियों में बँटने और एक निश्चित स्थान और समय पर मिलने का आदेश दिया।

इधर अंग्रेजों ने कुँवर सिंह की गतिविधियों का पता लगाने के लिए गुप्तचर भेज दिया और उधर निर्धारित स्थल पर एकत्रित होकर कुँवर सिंह की सेना पुन: आगे बढ़ने लगी। दुश्मन को चकमा देने के लिए उन्होंने यह झूठी सूचना फैला दी कि नावों की कमी के कारण वे हाथियों से बलिया के पास गंगा पार करेंगे। डगलस

यह समाचार पाकर बड़ा खुश हुआ और बलिया जाकर कुँवर सिंह के दल के आने की प्रतीक्षा करने लगा। कुँवर सिंह के सैनिक बलिया से लगभग सात मील दूर शिवपुर घाट से नावों में बैठकर गंगा पार करने लगे। डगलस सूचना पाकर जल्दी वहाँ पहुँचा, तब तक बाकी सेना या तो पार कर गई थी या बीच नदी में पहुँच चुकी थी। इसी बीच हाथी पर बैठकर गंगा पार करते समय कुँवर सिंह को डगलस ने देख लिया और उन पर एक हथगोला फेंका, जो उनकी भुजा पर लगा। 80 साल के इस वीर पुरुष ने दूसरे हाथ से तलवार निकाली और कुहनी के नीचे से काटकर उस भुजा को गंगा माँ को समर्पित कर दिया। 22 अप्रैल, 1858 को कुँवरसिंह ने जगदीशपुर पर आक्रमण कर उसे अधिकार में कर लिया। यह समाचार पाते ही आरा के अंग्रेज सेनापति ले. ग्रांड ने अपने सैन्य बलों के साथ 23 अप्रैल को जगदीशपुर पर आक्रमण कर दिया, लेकिन बीच के जंगल में ही कुँवर सिंह ने अपने सिपाहियों को लेकर उसे आ घेरा और ब्रिटिश ग्रांड की हत्या कर दी। जुलाई, 1857 से 23 अप्रैल, 1858 के बीच उन्होंने पंद्रह भयंकर लड़ाइयाँ लड़ीं और 26 अप्रैल, 1858 को वीर कुँवर सिंह का आजाद जगदीशपुर में देहांत हो गया। कुँवर सिंह के देहांत के बाद उनके छोटे भाई अमर सिंह ने वहाँ की बागडोर सँभाली।

बाबू कुँवर सिंह सर्वधर्म समन्वय और अनेकता में एकता के मूल स्तंभ थे। उनकी सेना में हिंदू, मुसलिम, दलित और पिछड़ी जातियों के लोग समर्पण भाव से शामिल थे। अली करीब, बसावन महतो, वारिस अली, इब्राहिम खाँ उनके सैन्य पदाधिकारी और विश्वासपात्र थे, तो किफायत हुसैन, द्वारका माली, रंजीत ग्वाला और देवी ओझा जनता के प्रतिनिधि थे। 23 अप्रैल, 1858 को उन्होंने स्वतंत्र आरा गें पहली बार वाहियात खाँ को कलेक्टर नियुक्त कर आजाद भारत का झंडा फहराया। बाबू कुँवर सिंह ने क्षेत्र में सिंचाई के लिए अनेक बाँध बनवाए, जो 'बाबू बाँध' के नाम से आज भी मौजूद हैं। सिंचाई के लिए नहर का भी निर्माण करवाया तथा दो भूखे ब्राह्मणों के लड़कों को, जितना दौड़ सकते थे, उतनी जमीन दान में दी, जो 'दूँब चरनी बधार' के नाम से प्रचलित है। दूसाधि बधार की कहानी भी उनसे ही जुड़ी हुई है। कुँवर सिंह का नाम आज भी एक साहसी वीर के रूप में लिया जाता है। आज हम सभी भारतीय बाबू कुँवर सिंह के मार्ग पर चलकर अनेकता में एकता के बंधन को और मजबूत करते हुए एक महाशक्ति के रूप में स्थापित करने का संकल्प लेकर विश्व के मानचित्र पर भारत को स्थापित करें, जो पूरे विश्व के देशों को दृष्टि दे।

□

मृत्यु जीवन का सत्य

इनसान के जन्म के साथ ही मृत्यु निश्चित हो जाती है। ईश्वर ने भी जन्म लेकर अपने शरीर का परित्याग किया है। मृत्यु इनसान के जीवन का अंतिम सत्य है। सामान्य भाषा में किसी भी जीवात्मा, अर्थात् प्राणी के जीवन के अंत को मृत्यु कहते हैं। रामायण पढ़ने या वर्तमान समय में धारावाहिक के रूप में देखने पर सामने आया कि जिस प्राणी ने जन्म लिया है, उसकी मृत्यु भी ईश्वर जन्म के साथ ही निर्धारित कर देते हैं। जीवन का सबसे बड़ा सत्य है मृत्यु, जिसे कोई टाल नहीं सकता। जो मृत्युलोक में आया है, उसे एक दिन अपने शरीर को छोड़कर जाना ही है। राजा दशरथ से श्रवण की भ्रम में हुई हत्या के उपरांत श्रवण के माता-पिता के शाप ने उनकी मृत्यु निर्धारित कर दी। रावण की मृत्यु पूर्व से निर्धारित थी, जिसके लिए विष्णु ने भगवान् श्रीराम के रूप में धरती पर जन्म लिया। शरीर में मौजूद ऊर्जा, जिसे आत्मा कहते हैं, वह समाप्त नहीं होती, बस, रूपांतरित होती रहती है। धर्मशास्त्र कहते हैं कि जिसने सत्य को जान लिया, उसे मरने से कभी डर नहीं लगता; क्योंकि वह जान लेता है कि जिसने जन्म लिया है, उसकी मौत भी अटल सत्य है। वैसे मृत्यु के विषय में ज्ञान होना तो अत्यंत दुर्लभ है, लेकिन कुछ ऐसी दिव्य आत्माएँ होती हैं, जिन्हें मृत्यु पूर्व ही आभास हो जाता है कि उनकी मौत कब और कैसे होनेवाली है। जब व्यक्ति के शरीर से आत्मा निकलती है तो उसे कुछ समय तक पता ही नहीं होता कि वह शरीर से अलग है।

स्वयं के जीवन के सबसे बड़े कष्ट और पीड़ा के पल से आप सभी को अवगत कराता हूँ। आज से लगभग 38 वर्ष पूर्व जब मैं दस वर्ष का था, तब की यह घटना है। मेरी माता स्वर्गीया विंध्यवासिनी देवी को अचानक दो-चार उल्टियाँ हुईं व पेट में दर्द हुआ। ग्रामीण डॉक्टर द्वारा दवाई दी गई। कुछ समय के लिए माँ ठीक भी

हुईं, परंतु फिर अचानक उनको दस्त हुआ और वे बेड पर इस तरह लेटीं कि कभी उठीं ही नहीं। मुझे याद है कि जब वे बेड पर लेटी थीं, साँस चल रही थी, पर कुछ बोल नहीं पा रही थीं। फिर भी उनकी आँखें कुछ कह रही थीं, जिन्हें उपस्थित हम सभी समझ नहीं पा रहे थे। उस वक्त माँ की आँखों में आँसू स्पष्ट रूप से दिख रहे थे, लेकिन कुछ देर के बाद साँस रुक गई और मृत्यु हो गई। धरती पर माँ का प्यार, पुचकार, स्नेह और आशीर्वाद जीवन से विलुप्त हो गया। इससे पहले माँ पूर्णतः स्वस्थ थीं। उस समय मैं बच्चा था, बहुत-कुछ समझ नहीं थी, परंतु आज मृत्यु को परिभाषित करते हुए पुनः बीते पल की याद के साथ माँ की याद आ गई और पुनः आँखें भर आईं। ओशो द्वारा भी मृत्यु को परिभाषित इस तरह किया गया—"इनसान के जीवन में मृत्यु कीमती चीज है, अगर दुनिया में मृत्यु न होती तो संन्यास न होता, अगर मृत्यु न होती तो धर्म न होता, अगर मृत्यु न होती तो ईश्वर का कोई स्मरण न करता, प्रार्थना न होती, पूजा न होती और आराधना न होती। राम, कृष्ण, बुद्ध नहीं होते। यह पृथ्वी दिव्य पुरुषों को मनुष्यों के रूप में जन्म नहीं दे पाती।'

गौतम बुद्ध के जन्म पर ज्योतिषियों द्वारा भविष्यवाणी की गई थी कि मृत्यु का ज्ञान होने पर ये संन्यासी बन जाएँगे। पिता द्वारा सारे उपाए किए गए, पर होनी को कोई टाल नहीं सकता। एक दिन मरे हुए आदमी की लाश देखकर इन्होंने अपने सारथी से पूछा कि इसे क्या हो गया ? उस सारथी ने कहा कि इस आदमी की मृत्यु हो गई है। बुद्ध ने कहा, क्या मुझे भी मरना होगा ? सारथी झिझका कि कैसे कहे ? बुद्ध ने कहा, झिझको मत। सच-सच कहो, झूठ नहीं बोलना। क्या मुझे भी मरना होगा ? मजबूरी में सारथी को कहना पड़ा, "कैसे छिपाऊँ आपसे ? आज्ञा तो यही है आपके पिता की कि आपको मृत्यु की जानकारी न होने दी जाए, क्योंकि बचपन में आपके ज्योतिषियों ने कहा था कि जिस दिन इसको मौत का स्मरण आएगा, उसी दिन यह संन्यासी हो जाएगा। मगर झूठ भी कैसे बोलूँ, मृत्यु तो सबको एक दिन आएगी। आपको भी आएगी, मृत्यु से कोई कभी बच नहीं सका है।" गौतम बुद्ध ने उसी रात घर छोड़ दिया। मैंने अभी तक की अपनी जीवनयात्रा में ऐसा देखा है और अन्य इनसान को इस सृष्टि में कभी-कभी दृष्टिगोचर हुआ होगा कि किसी इनसान को हल्की खाँसी-बुखार या हलकी चोट लग जाती है, उसके बाद उसकी मृत्यु हो जाती है। यह भी देखने को मिलता है कि किसी इनसान को गंभीर चोट या गंभीर बीमारी होने के बावजूद वह पूर्ण स्वस्थ हो जाता है। कई घटनाएँ ऐसी घटित होती हैं कि किसी स्थान पर किसी व्यक्ति का जाना निश्चित नहीं है, परंतु अचानक ऐसी

स्थिति उत्पन्न हो जाती है कि उस व्यक्ति को वहाँ जाना पड़ता है और उसके साथ कोई गंभीर घटना घटित हो जाने से उसकी मृत्यु भी हो जाती है। पुलिस विभाग में हमारी आँखों के सामने भी इस तरह की अचानक घटना हुई है। मुंबई के पालघर में दो साधुओं एवं उनके ड्राइवर की हत्या अचानक होने से वे स्वयं अनभिज्ञ थे।

वेदव्यास द्वारा रचित 'सुखसागर' में वर्णन है कि महाप्रलय के बाद सृष्टि का जीर्णोद्धार कर मानव जीव की उत्पत्ति हुई। इसके बाद मानव जीव की संख्या में काफी वृद्धि हो गई, क्योंकि उस वक्त मृत्यु का कोई नाम ही नहीं था। इससे ब्रह्माजी चिंतित हुए और अपनी चिंता को लेकर विष्णु के पास गए, फिर दोनों भगवान् शंकर के पास पहुँचे। तीनों देव विचार-विमर्श के बाद मृत्यु की उत्पत्ति कर उससे बोले कि तुम मृत्यु हो और तुम्हारा काम लोगों की जान लेना है। इसको सुनकर मृत्यु दुःखी हुई और इनकार कर बोली कि यह महापाप है। तब देवों ने कहा कि लोगों की मृत्यु होगी, लेकिन आरोप तुम पर नहीं आएगा। उस वक्त चौंसठ रोगों और वारदातों का सृजन हुआ। हम सभी देखते या सुनते रहते हैं कि इनसान जिस वक्त मरता है, उस वक्त कोई वारदात या बीमारी मृत्यु का कारण होती है। हम सभी जब अपने परिवार, निकट के संबंधी या आस-पड़ोस के यहाँ किसी की मृत्यु होने पर जाकर देखते हैं तो दुःख प्रकट कर फूल अर्पित करते हैं। उसके बाद जब श्मशान जाते हैं तो वहाँ हम सभी चिंतन-मनन करते हुए मृत्यु की समीक्षा करते हैं, फिर एक विचार लेकर वहाँ से निकलते हैं, परंतु कुछ क्षण के बाद ही मृत्यु की सोच से दूर होकर अपनी दिनचर्या में व्यस्त हो जाते हैं। सृष्टि की रचना ही इस प्रकार से हुई है कि मनुष्य का जीवन स्वयं के लिए है ही नहीं। जिसने जितनी जल्दी इसे समझ लिया, उसे उतनी जल्दी जीवन के आनंद की अनुभूति हो गई। किसी की आँखों के आँसू पोंछने से बेहतर है, किसी के चेहरे पर मुसकराहट लाना और उससे भी बेहतरीन है, उस मुसकराहट में आपका अंश होना। किसी की मुसकराहटों का कारण बनना अपने अंदर के ईश्वर का बोध कराने जैसा है। हर इनसान के अंदर ईश्वर विद्यमान है। अंत में कहूँगा कि मृत्यु से सबकी यारी है, आज इसकी, कल उसकी, यानी एक दिन सबकी बारी है।

□

आदत जिंदगी का रहस्य

आदत इनसान के जीवन का एक अनसुलझा रहस्य है। कुछ अपवाद छोड़ दिए जाएँ तो जीवन के अंतिम पल तक यह इनसान से जुड़ी रहती है। आदत किसी प्राणी के उस व्यवहार को कहते हैं, जो बिना सोच के बार-बार दोहराया जाए। इससे वह अनभिज्ञ होता है। बचपन में जो इनसान कुछ अच्छा या बुरा ज्ञान, आचरण, व्यवहार व शब्द अपने जीवन में जोड़ता है, वे सभी इनसान की आदत में शामिल हो जाते हैं। जीवन में सफर के किसी भी पड़ाव पर कुछ ऊपर लिखित आदतें इनसान से जुड़ जाती हैं। कुछ दिन पहले कुछ मित्रों के साथ सचिवालय में जाकर बैडमिंटन खेलना प्रारंभ किया, जो आदत में बदल गया। खेलने जाने एवं खेलते समय अनुभव हुआ कि सबकुछ भूलकर शरीर के अंदर मन में क्रियात्मक रूप में कुछ आदतें आभास कराने लगती हैं। मानवों में कई तरह की आदतें दृष्टिगोचर होती हैं। खेलने के बाद लौटते समय धूम्रपान की आदत हम अपने मित्रों में देखते हैं। हम बोलते हैं कि सिगरेट पीना स्वास्थ्य के लिए हानिकारक है, नहीं पीना चाहिए, पर वे नहीं मानते और बोलते हैं कि आदत पड़ गई है। जानवरों में भी आदतें बहुत देखी जाती हैं। मसलन, किसी कुत्ते को घंटी बजते ही दुम हिलाने की आदत पड़ सकती है, क्योंकि उसका मालिक घर आकर घंटी बजाता है। किसी भी कार्य को अगर लगातार किया जाए तो वह कार्य हमें आसान, मनोरंजक और लुभावना लगने लगता है। उसे करना पसंद आने लगता है, जिसे हम आदत कहते हैं, चाहे वह कार्य हमें अच्छे मार्ग पर ले जाता हो या बुरे मार्ग पर। एक बार किसी चीज की आदत लग लाने पर उसे छोड़ना बहुत मुश्किल हो जाता है, अत: अनजाने में हमें बुरी आदत न लगे, इसीलिए हमें सतर्क रहकर अच्छी आदत डालनी चाहिए।

एक कहानी आपको बताता हूँ, जो गंभीर ज्ञान के दर्शन कराएगी। एक नदी में

बाढ़ आती है। छोटे से टापू पर पानी भर जाता है, वहाँ रहनेवाला सीधा-सादा एक चूहा कछुए से कहता है कि मित्र, क्या तुम मुझे नदी पार करा सकते हो, क्योंकि मेरे बिल में पानी भर गया है? कछुआ राजी हो जाता है तथा चूहे को अपनी पीठ पर बैठा लेता है, तभी एक बिच्छू भी बिल से बाहर आता है और कहता है कि मुझे भी पार जाना है, मुझे भी ले चलो। चूहा बोला, "मत बिठाओ, यह जहरीला है। यह मुझे डंक मार देगा," तभी समय की नजाकत को भाँपकर बिच्छू बड़ी विनम्रता से कसम खाकर प्रेम प्रदर्शित करते हुए कहता है, "भाई, कसम से नहीं डंक मारूँगा, बस, मुझे भी ले चलो।" कछुआ चूहे और बिच्छू को लेकर तैरने लगता है, तभी बीच रास्ते में बिच्छू चूहे को डंक मार देता है। चूहा चिल्लाकर कछुए से बोलता है कि मित्र, इसने मुझे डंक मार दिया, अब मैं नहीं बचूँगा। थोड़ी देर बाद उस बिच्छू ने कछुए को भी डंक मार दिया। कछुआ संस्कारवान था, जब तक किनारे पहुँचा, चूहा मर चुका था, फिर कछुआ बोला, "मैं तो इनसानियत से मजबूर था, तुम्हें बीच में नहीं डुबोया, मगर तुमने मुझे क्यों डंक मारा।" बिच्छू उसकी पीठ से उतरकर जाते-जाते बोला कि "मूर्ख, तुम जानते नहीं, मेरी तो 'आदत' ही है। गलती तुम्हारी है, जो तुमने मुझ पर विश्वास किया।"

ठीक इसी तरह कोरोना की इस बाढ़ में मोदीजी ने भी अपना राष्ट्रधर्म निभाते हुए कोरोना महामारीरूपी नदी पार करवाने के लिए सभी को पीठ पर बिठा लिया है, लेकिन कुछ लगातार डंक मार रहे हैं। इसी पर एक प्रचलित कहानी है। एक नदी में किनारे पर बिच्छू बहता जा रहा था। एक ऋषि कुछ शिष्यों के साथ नदी किनारे जा रहे थे। जब बिच्छू को पानी से निकलने का असफल प्रयास करते देखकर वे उसे अपने हाथ से निकालते तो बिच्छू ऋषि को लगातार डंक मार देता। इस दृश्य को देखकर शिष्यगण अपने गुरु से बोले कि बार-बार आपको यह डंक मार रहा है और आप लगातार इसे निकालकर बचाने की कोशिश कर रहे है? ऋषि अपने शिष्यों से बोले कि जब बिच्छू अपनी आदत को नहीं छोड़ रहा तो मैं अपनी बचाने की आदत को कैसे छोड़ दूँ? उसी तरह सरकार भी अपने कर्तव्य, न्याय, जनकल्याण, इनसानियत व विकास की खातिर आदत से कर्तव्यरत है। कुछ अपनी आदत से बेचारे निर्दोष डॉक्टर, पुलिस और स्वास्थ्यकर्मियों पर हमला कर रहे हैं और वे सभी हमले की पीड़ा को सहते हुए अपने कर्तव्य पर दृढ़ प्रतिज्ञा के तहत शपथ के साथ संकल्पित होकर गतिमान हैं। हर मनुष्य की अपनी-अपनी आदतें व्यक्तित्व में शामिल हो जाती हैं। कई लोगों को आप आदत सुधारने के लिए बोलिएगा तो वे

आश्वासन देने के बाद भी मानते नहीं हैं। किसी से बोलिए की फेसबुक, व्हाट्सएप या चैट से दूर रहिए तो वे आदत से दूर नहीं हो पाते हैं। कुछ इनसान कहते थे कि पुलिस चौराहों पर कमाई के लिए खड़ी होती है। पुलिस रात में भी अपने संकल्प, कर्तव्य व शपथ रूपी आदत से सारे वीरान चौराहों, हर स्थान व पथ पर सत्यनिष्ठा से खड़ी रहती है। आज इसे देखकर इनसान अपनी कुछ आदतों में बदलाव लाते हुए पुलिस की छवि व कार्य की सराहना भी कर रहे हैं। इससे पुलिस और जनता के बीच भावनात्मक जुड़ाव दिख रहा है। पुलिस के मानवीय एवं संवेदनशील कार्यों ने लोगों में अपनत्व को मजबूत किया है। यह इसी तरह सदैव बना रहे।

अगर इनसान में सफलता की चाहत आदत में शामिल हो तो लाख चाहने पर भी अच्छी आदत नहीं बदलती है। कुछ इनसान भीड़ में भी अपनी निराली आदत के कारण पहचान बनाए रखते हैं। इनसान की यही आदत पहचान एवं विशेषता बन जाती है। यही उसका व्यक्तित्व है। प्रकृति का यह नियम है कि एक मनुष्य की आदत दूसरे से भिन्न होती है। प्रकृति का यह जन्मजात भेदभाव प्रकृति तक ही सीमित नहीं है। इनसान की कुछ आदतें स्वभाव, संस्कार और प्रवृत्तियों में भी दिखती रहती हैं। मनोविज्ञान ने यह पता लगाया है कि प्रत्येक इनसान कुछ आदतों के साथ जन्म लेता है। ये स्वाभाविक, जन्मजात आदतें ही मनुष्य की प्रथम पहचान होती हैं। इसके बाद उम्र के सफर में कुछ आदतें इनसान से जुड़ती रहती हैं। मनुष्य होने के नाते प्रत्येक मनुष्य को इन आदतों की परिधि में ही अपना कार्यक्षेत्र सीमित रखना पड़ता है। इन आदतों का सच्चा रूप क्या है? ये इनसान के जीवन में कितने प्रकार की होती हैं? इनका संतुलन इनसान स्वयं में किस तरह बैठाता है, यह इनसान के जीवन का रहस्य है। एक बार किसी चीज की आदत लग जाने पर उसे छोड़ना बहुत मुश्किल हो जाता है। व्यवहार, संस्कार व आचरण जीवन में बोलते हैं। लाख छुपाए इनसान, लेकिन यह आदत इनसान की शख्सियत का निशान छोड़ती है। अतः अनजाने में हमें बुरी आदत न लगे, इसीलिए हर इनसान को सावधान और सतर्क रहना चाहिए, परंतु जाने-अनजाने में कुछ आदतें जीवन से जुड़ जाती हैं तो उन्हें निकालना काफी कठिन होता है। फिर भी, दृढ़ संकल्प से कुछ आदतों को इनसान अच्छी जिंदगी के लिए बदल ले तो उसका जीवन काफी सुंदर हो जाएगा। अंत में कहूँगा कि खेल ताश का हो या जिंदगी का, अपनी आदत का इक्का तभी दिखाओ, जब सामनेवाला बादशाह हो!

□

गोपनीयता के रूप अनेक

गोपनीयता को परिभाषित करना मेरे जैसे व्यक्ति के लिए धरती पर जीवों की गणना जैसा है। गोपनीयता के अनेक रूप होते हैं। किसी मामले में यह हितकारी होता है तो किसी मामले में हानिकारक। गोपनीयता यदि परिवारहित, राज्यहित और देशहित में हो तो समस्त जन को इसका पालन करना चाहिए। यदि नहीं तो उसे उजागर कर देना चाहिए। विदुरजी हस्तिनापुर में बोले कि कड़वे सत्य के लिए कड़वा स्वर ही उचित होता है। विदुरजी ने शकुनि द्वारा गोपनीय रूप से लाक्षागृह में रात्रि में आग लगाकर पांडवों की हत्या की रची साजिश को गोपनीयता से ही समाप्त कर उसका उत्तर दिया। मेरे लेखन में मेरे कड़वे शब्द स्वयं के दिल को भले ही अखरते हों, लेकिन मैं कड़वा सत्य लिखने के लिए विवश हूँ। चाहे वह स्वयं को अच्छा लगे या बुरा। स्वयं के जीवन से जुड़ी घटना का राज कुछ लोगों में गोपनीय नहीं है। मैं लोगों की प्रसन्नता के लिए नहीं लिखता। सत्यनिष्ठा से अपने आत्मज्ञान की पुकार सुनता हूँ तथा वही लिखता एवं वही बोलता हूँ। मैं वह पथिक हूँ, जो यह जानता है कि अंतिम यात्रा अकेले की यात्रा होती है, अतः न मुझे कुछ खोने की चिंता है, न पाने की आशा, फिर सत्य की यात्रा में लेखनी से क्यों चूकूँ? गोपनीयता इनसान की हर क्रिया से जुड़ी है, जो इनसान को अच्छे और बुरे का दर्शनबोध कराती है। गोपनीयता से हर इनसान का थोड़ा या ज्यादा रिश्ता जरूर रहता है। गोपनीयता जिंदगी, राजनीति एवं कई व्यवसायों से जुड़ा एक नैतिक सिद्धांत है। नैतिकता और कानून में वे कानूनी विवाद के वैकल्पिक रूपों जैसे—मध्यस्थता में किसी व्यक्ति और उससे जुड़े किसी पेशेवर के बीच हुआ किसी प्रकार का संवाद 'विशेषाधिकार' है और तृतीय पक्ष के साथ इसकी गोपनीयता रहनी चाहिए। गोपनीयता हमारे धार्मिक ग्रंथों में भी दृष्टिगोचर होती है।

एक बार देवताओं में चर्चा हो रहो थी। चर्चा का विषय था मनुष्य की हर मनोकामना को पूरा करनेवाली गुप्त चमत्कारी शक्तियों को कहाँ गोपनीय रूप से छुपाया जाए? सभी देवताओं में इस पर बहुत वाद-विवाद हुआ। एक देवता ने अपना मत रखा और कहा कि इसे हम एक जंगल की गुफा में रख देते हैं। दूसरे देवता ने उसे टोकते हुए कहा, नहीं-नहीं, हम इसे पर्वत की चोटी पर छिपा देंगे। उस देवता की बात ठीक से पूरी भी नहीं हुई थी कि कोई कहने लगा, न तो हम इसे कहीं गुफा में छिपाएँगे और न ही इसे पर्वत की चोटी पर, हम इसे समुद्र की गहराइयों में छिपा देते हैं। यही स्थान इसके लिए सबसे उपयुक्त रहेगा। सबकी राय खत्म हो जाने के बाद एक बुद्धिमान देवता ने कहा, क्यों न हम मानव की चमत्कारिक शक्तियों को मानव-मन की गहराइयों में गोपनीय तरीके से छिपा दें? बचपन से ही उसका मन इधर-उधर दौड़ता रहता है, जिससे मनुष्य कभी कल्पना भी नहीं कर सकेगा कि ऐसी अद्‍भुत और विलक्षण शक्तियाँ गोपनीय रूप में उसके भीतर छिपी हो सकती हैं और वह इन्हें बाह्य जगत् में खोजता रहेगा, अतः इन बहुमूल्य शक्तियों को हम उसके मन की निचली तह में छिपा देंगे। बाकी देवता भी इस प्रस्ताव पर सहमत हो गए और ऐसा ही किया गया। मनुष्य के भीतर ही चमत्कारी शक्तियों का भंडार छुपा दिया गया। इसीलिए कहा जाता है कि मानव मन में अद्‍भुत शक्तियाँ निहित हैं।

विष्णु के अवतार प्रभु श्रीराम द्वारा कई बार गोपनीयता को परिभाषित किया गया है। जब प्रभु श्रीराम और रावण के युद्ध की स्थिति में कई प्रकार की गोपनीयता बरती जा रही थी। गुप्तचरों के द्वारा एक-दूसरे पक्ष की गोपनीयता को जानने का पूरा प्रयास किया जाता था। महाभारत काल में पांडवों के अज्ञातवास को भंग करने के लिए गुप्तचर को लगाया गया था। आज राजनीति में भी विभिन्न दल अपने हित के लिए गोपनीयता बरतते हैं। राष्ट्र की रक्षा एवं जनता के हित के लिए राष्ट्रविरोधी जानकारी हासिल करने के लिए 'रॉ' नाम की संस्था है, जो विदेशों सहित देश में राष्ट्र विरोधी गतिविधियों की गोपनीय जानकारी हासिल करती है। अन्य देशों में भी इस तरह की गोपनीय सूचना के संकलन के लिए संस्थाएँ हैं। राज्य सरकारों ने भी अपने यहाँ इस तरह की संस्था बनाई हुई है, जो राज्यहित और सुरक्षा के लिए गोपनीयता से सभी तरह की जानकारियाँ हासिल कर रिपोर्ट उचित माध्यम से सरकार के पास भेजती है।

आम जीवन में भी हर इनसान अपने निजी लाभ-हानि, अच्छाई-बुराई की

गोपनीयता का खयाल रखता है। गोपनीयता परिवार में भी बरती जाती है, परंतु पति–पत्नी में गोपनीयता नहीं होती। धर्मशास्त्र में भी बताया गया है कि जीवन में कोई भी जानकारी और छोटी या बड़ी बात पति और पत्नी को, यानी एक–दूसरे को बतानी चाहिए। साथ ही पति–पत्नी के बीच होनेवाली गोपनीय बातें भी गुप्त ही रहनी चाहिए। जो लोग इस बात का ध्यान नहीं रखते, वे अपने रिश्ते के साथ धोखाधड़ी करते हैं। अच्छे रिश्ते के लिए कुछ बातें हैं, जिनका पालन पति–पत्नी को जरूर करना चाहिए। पति–पत्नी के रिश्तों में निखार सिर्फ और सिर्फ हाथ मिलाने से नहीं आता, अपितु हर गोपनीय जानकारी देते हुए नाजुक और विपरीत हालात में हाथ थामे रहने से आता है। उन्हें एक–दूसरे से शिकायत करना बुरी बात नहीं है, लेकिन आलोचना करना रिश्ते के लिए तुलनात्मक रूप से घातक है। जब आप अपने साथी पर किसी बात के लिए दोष लगाते हैं तो इसका संदेश होता है कि समस्या मुझसे और मुझमें नहीं, बल्कि तुमसे और तुममें है। इससे आपसी कशमकश बढ़ती है। कारण यह है कि गोपनीयता, जो नहीं होनी चाहिए, वह वक्त के साथ सामने आ जाती है। गोपनीयता किसी भी रूप में हो, वह रिश्ते के लिए जहर का काम करती है, क्योंकि इससे एक–दूसरे के प्रति अविश्वास, विरक्ति या अरुचि जाहिर होती है। अगर आपके साथी को यह विश्वास हो जाएगा कि आप उससे कुछ छुपाते हैं तो फिर समस्या गंभीर झगड़े के रूप में सामने आती है। अगर आप आपसी झगड़े के प्रति खुद को निर्लिप्त कर लेते हैं, यानी खुद को उससे दूर कर लेते हैं तो झगड़े से ही नहीं, साथी से भी दूर होते जाते हैं, फिर दोनों एक–दूसरे से भावनात्मक रूप से निर्लिप्त हो जाते हैं। गोपनीयता यदि राष्ट्रहित, समाजहित व परिवारहित में हो तो उसकी पहले गहराई से समीक्षा करने के बाद उस पर निर्णय लेना चाहिए; परंतु कोई भी गोपनीयता आपके जीवन के लिए अपना सम्मान, परिवार व जीवन दाँव पर लगाकर साथ देनेवाले व्यक्ति से नहीं छुपानी चाहिए, क्योंकि वह आपका सच्चा हितैषी होता है। काश, लोग समझ जाएँ कि कुछ गोपनीयता एक–दूसरे की भलाई के लिए होती हैं, न कि एक–दूसरे का इस्तेमाल करने के लिए। जीवन के सपने दूसरों से पूरे नहीं होते हैं। इन्हें पूरा करने के लिए जरूरत होती है अपने हितैषी को गोपनीय राज बताकर स्वयं एवं जीवनसाथी के भीतर विश्वास की ऊर्जा पैदा करने की, जिससे प्रतिबद्धता और आत्मविश्वास के साथ जीवन के अंतिम क्षण तक एक–दूसरे की गोपनीयता बनाए रखने का संकल्प दृष्टिगोचर हो। बेहतर भविष्य की संभावनाओं को हासिल करने के लिए हमें विषम परिस्थिति में भी अपने जीवन

के बंधन के साथ सत्यनिष्ठा से मैदान में डटे रहना होता है। सपना अगर आकाश को छूने का है तो इसके लिए जरूरी है कि चाहे कुछ भी हो जाए, किसी का भरोसा कभी नहीं टूटे। जिंदगी के सफर में गोपनीयता को स्वयं परिभाषित कर जीवन का मार्ग प्रशस्त करें, जिससे व्यक्तित्व का स्वरूप दर्पण जैसा हो। जीवन को गतिशील बनाए रखते हुए जीवन के उतार-चढ़ाव के बीच कुछ खास घटना, शब्द, कोई खास इनसान, जिसमें स्वयं आप, आपकी पहचान और खुशी दिखती है, को छोड़कर अन्य से गोपनीयता सफल जीवन के लिए बहुत आवश्यक है।

□

प्रार्थना, सहायता व आभार जीवन का मार्ग

ईश्वर की प्रार्थना की शक्ति का महत्त्व, जरूरतमंदों को निश्छल भाव से सहायता और ईश्वर को हृदय से आभार को सभी धर्मों के अलावा विज्ञान ने भी स्वीकार किया है। इससे इनसान के बेहतर जीवन का मार्ग प्रशस्त होता है। जिंदगी के सफर में कितने लोग कहते हैं कि तेरे दर्द से मुझे भी तकलीफ होती है! ईमानदारी से समीक्षा करने पर दो-चार ही ऐसे दृष्टिगोचर होते हैं। संकट में अंततः ईश्वर की प्रार्थना, आभार एवं सहायता का भाव ही मन-मस्तिष्क और जुबाँ पर आता है। ईश्वर की प्रार्थना हम सभी जब संकट या दलदल में फँसे रहते हैं तो निश्चित रूप से करते हैं। कभी-कभी सोचता हूँ कि जिंदगी हमें चलाती है या हम उसे चलाते हैं? क्या जिंदगी में बस वही सब होना चाहिए, जो केवल हम चाहते हैं? क्या जिंदगी में सबकुछ खुशी ही होती है या दुःख का मतलब भी समझ में आना चाहिए? जिंदगी में जरूरतमंदों की सहायता का भाव क्यों शिथिल रहता है? हमें कभी-कभार अंदाजा भी नहीं लग पाता कि जिंदगी को हमसे क्या चाहिए और हम उसे क्या दे रहे हैं? हमारे कुछ फैसले उन नतीजों तक लेकर जाते हैं, जिनकी कल्पना हमने नहीं की थी, फिर दोष किस पर डालें, जिंदगी पर या अपने कर्म पर या जिसने जिंदगी दी, उस पर? जिंदगी के सफर में हम कुछ राहें चुनते हैं, फिर मंजिल की खोज में आगे बढ़ते हैं, पर मंजिल का कोई अता-पता नहीं होता तो राहें गलत थीं या हमारा फैसला गलत था, इस पर कभी हम नहीं सोचते। जो हमें ईश्वर ने दिया है, उनसे खुश होना चाहिए। उसके लिए ईश्वर का धन्यवाद करना चाहिए, पर धन्यवाद करते हैं तो कब करते हैं, कभी ध्यान देकर सोचें। सृष्टि के हर कालखंड में ऋषि-मुनि, नर व दानव ईश्वर की प्रार्थना-पूजा करते थे और उनसे वरदान प्राप्त कर कई

शक्तियाँ प्राप्त करते थे। स्वयं ईश्वर के अवतार प्रभु श्रीराम कोई भी शुभ कार्य करने से पहले ईश्वर की पूजा-आराधना करते थे, जरूरतमंद की सहायता करते थे और किसी के एहसान के लिए धन्यवाद भी व्यक्त करते थे।

इनसान चार शब्दों की उच्चतम प्रार्थना के कितना करीब होता है, इस पर जरा गंभीरता से सोचिए। एक कहानी बताता हूँ—एक जादूगर, जो मृत्यु के करीब था, मृत्यु से पहले अपने बेटे को चाँदी के सिक्कों से भरा थैला देता है और बताता है कि जब भी इस थैले में चाँदी के सिक्के खत्म हो जाएँ तो मैं तुम्हें एक प्रार्थना बताता हूँ। उसे दोहराने से चाँदी के सिक्के फिर से भरने लग जाएँगे। इसके बाद उसने बेटे के कान में चार शब्दों की प्रार्थना कही और वह मर गया। अब बेटा चाँदी के सिक्कों से भरा थैला पाकर आनंदित हो उठा और उसे खर्च करने में लग गया। वह थैला इतना बड़ा था कि उसे खर्च करने में कई साल बीत गए। इस बीच वह प्रार्थना भूल गया। जब थैला खत्म होने को आया, तब चिंता हुई कि चार शब्दों की वह प्रार्थना क्या थी? उसने बहुत याद किया, परंतु उसे याद ही नहीं आया। अब वह लोगों से पूछने लगा। पहले पड़ोसी से पूछा कि ऐसी कोई प्रार्थना तुम जानते हो क्या, जिसमें चार शब्द हैं? पड़ोसी ने कहा, हाँ, एक चार शब्दों की प्रार्थना मुझे मालूम है, "ईश्वर मेरी मदद करो।" उसने सुना और उसे लगा कि ये वे शब्द नहीं थे, वे तो कुछ अलग थे। कभी सुना होता तो उसे जाना-पहचाना सा लगता, फिर भी उसने वे शब्द बहुत बार दोहराए, लेकिन चाँदी के सिक्के नहीं बढ़े तो वह बहुत दुःखी हुआ और एक फादर से मिला। फादर ने बताया कि "ईश्वर तुम महान् हो", यह चार शब्दों की प्रार्थना हो सकती है, मगर इसके दोहराने से भी थैला भरना शुरू नहीं हुआ। तब वह एक नेता से मिला और यही प्रश्न पूछा तो नेता ने कहा, "ईश्वर को वोट दो।" यह प्रार्थना भी कारगर साबित नहीं हुई। वह अब बहुत उदास और चिंतित हो गया। उसने सभी से मिलकर देखा, मगर वह प्रार्थना नहीं मिली, जो पिताजी ने बताई थी। वह हार-थक कर घर में बैठा हुआ था, तभी एक भिखारी उसके दरवाजे पर आया। उसने कहा, 'सुबह से कुछ नहीं खाया, खाने के लिए कुछ हो तो दो।' उस लड़के ने बचा हुआ खाना भिखारी को दे दिया। उस भिखारी ने खाना खाकर बरतन वापस लौटाया और ईश्वर से प्रार्थना की—"हे ईश्वर! तुम्हारा धन्यवाद।" अचानक बालक चौंक पड़ा और चिल्लाया कि "अरे! यही तो वे चार शब्द थे, जो मेरे पिताजी ने बताए थे।" उसने वे शब्द दोहराने शुरू किए—"हे ईश्वर तुम्हारा धन्यवाद," और उसके सिक्के बढ़ने लगे। इस तरह उसका पूरा थैला पुनः भर गया।

इससे समझें कि जब उसने निश्चल भाव से किसी की मदद की, तब उसे वह मंत्र फिर से मिल गया। यही उच्च प्रार्थना जीवन मार्ग है, क्योंकि जिस चीज के प्रति हम धन्यवाद देते हैं, यानी आभार व्यक्त करते हैं, वह चीज बढ़ती है। अगर पैसे के लिए धन्यवाद देते हैं तो पैसा बढ़ता है, प्रेम के लिए धन्यवाद देते हैं तो प्रेम बढ़ता है।

बहुत अच्छे दिन आएँगे या नहीं, यह तो मुझे नहीं पता, पर जो नियमित रोज ईश्वर की प्रार्थना करेगा, किसी जरूरतमंद की सहायता करेगा, उसके बुरे दिन कभी नहीं आएँगे। बिना किसी प्रयास से यह ज्ञान मेरे जीवन में उतर रहा है, वरना ऐसे अनेक लोग हैं, जो झूठी मान्यताओं में जीते हैं और उन्हीं मान्यताओं में मरते भी हैं। मरते वक्त भी उन्हें सत्य का पता नहीं चलता। ऊपर दी गई कहानी से समझें कि "हे ईश्वर, तुम्हारा धन्यवाद," ये चार शब्द, शब्द नहीं, प्रार्थना की शक्ति हैं। अगर ये चार शब्द दोहराना किसी के लिए कठिन है तो इसे तीन शब्दों में कह सकते हैं, "ईश्वर तुम्हारा धन्यवाद"। ये तीन शब्द भी ज्यादा लग रहे हों तो दो शब्द कहें, "ईश्वर, धन्यवाद!" और दो शब्द भी ज्यादा लग रहे हों तो सिर्फ एक ही शब्द कह सकते हैं, "धन्यवाद।" आइए, हम सब मिलकर एक साथ धन्यवाद दें उस ईश्वर को, जिसने हमें मनुष्य रूप में जन्म दिया। इनसान जीवन में कभी भी किसी शुभ कार्य या सफलता के लिए किसी मंजिल की तलाश में निकलता है तो निश्चित रूप से ईश्वर की प्रार्थना करता है। साथ ही सफलता मिलने पर धन्यवाद भी व्यक्त करता है। वक्त से हारा या जीता नहीं जाता, केवल सीखा जाता है। सीखकर जिंदगी को फिर जीता जाता है। सत्यनिष्ठा से स्वयं से कभी पूछें कि सुबह से शाम, दिन से रात तक ईश्वर प्रार्थना में आपका दिल कितनी बार धड़कता है? कितने जरूरतमंद लोगों की निस्स्वार्थ भाव से आप सहायता करते हैं? आप जिंदगी के मायने दूसरों से मत सीखें, क्योंकि जिंदगी आपकी है और ईश्वर की प्रार्थना के उपरांत आभार व्यक्त कर मायने भी आपको खुद तय करना है। ईश्वरभक्ति, जरूरतमंद की सहायता एवं उनका धन्यवाद कर अपनी बेहतर जिंदगी का अजेय दुर्ग बना लीजिए।

□

स्वयं ही स्वयं की पहचान

हमारे मन में कौतूहल भरा प्रश्न, जो हमारी सोच से ऊपर दिखता है, वह यह है कि सृष्टि किसने बनाई और जिसने सृष्टि को बनाया, उसको किसने बनाया होगा अथवा स्वयं सृष्टि की रचना हुई? इनसान या जीव की रचना कैसे हुई? क्या सृष्टि ही सृष्टि की मूल पहचान है? विज्ञान इस पर शोध भी करता रहता है। मैं बार-बार उत्तर ढूँढ़ता रहता हूँ, फिर निरुत्तर हो जाता हूँ। क्या स्वयं में ईश्वर है और उसका आत्मा में निवास है? मेरा अस्तित्व शरीर है या स्वयं का नाम है? जिंदगी, मैं तुझसे पूछता हूँ, क्या तुम इस सत्य को बताओगी? अपनी पहचान, खूबियाँ, कमजोरियाँ, लक्ष्य, उसूल और सवाल का जवाब दोगी? हमेशा सोचता हूँ कि मैं कौन हूँ? कहाँ से अपनी माँ के पास आत्मा रूप में आया और क्यों आया? कोई यह बता दे कि मेरी मूल पहचान क्या है? आज के वक्त में क्या मैं मृत्युंजय हूँ या मेरा केवल यह नाम है? क्या मैं एक पुलिसवाला हूँ और पुलिस एसोसिएशन के प्रदेश अध्यक्ष का पद ही मेरी लोगों में पहचान है? क्या कोई जताएगा कि मेरी पहचान व पता सही है या गलत है? हमेशा जिंदगी को या अपने नाम को ही मैं 'स्वयं' समझकर स्वयं की जरूरतों में लिपटा रहा। हमारी जरूरतें पूरी होती हैं तो अपेक्षाएँ उलझा देती हैं। हर इनसान इन अपेक्षाओं के कारण तनाव, पीड़ा या संघर्ष के साथ जिंदगी को व्यतीत करता है।

एक छोटा विचार सफल जीवन के लिए अमृत समान है। दुनिया में कुछ लोगों में विचित्र सोच पूर्व से है या वर्तमान में विकसित हो रही है, कहना बड़ा मुश्किल है। कुछ लोग किसी गैर की पहचान में अपनी पहचान ढूँढ़ते हैं। आजकल कुछ सज्जन इनसान फेसबुक पर अपनी पहचान मिटाते रहते हैं और फिर गैर की पहचान के साथ स्वयं को जोड़कर अपनी पहचान लोगों को दिखाते हैं। ऐसा दिखाना कुछ

हद तक चल सकता है, परंतु अपनी पहचान मिटाकर दिखाना उचित नहीं होता है। हम सभी ने धर्मग्रंथों एवं अच्छी किताबों में पहचान को पढ़ा है। इनसान की मूल पहचान स्वयं की अथवा माता-पिता, घर-परिवार व पति की पहचान होती है। गैर का चेहरा कभी भी किसी की पहचान नहीं हो सकता है। यदि गैर होगा तो लोग उस पर प्रश्नचिह्न लगाएँगे। हर कोई स्वयं का कोहिनूर चेहरा, ईश्वरीय ध्यान, पूजा, मंत्र, उत्कृष्ट कार्य, संस्कार, घर-परिवार की पहचान के साथ प्रतिष्ठा-सम्मान की ज्योति दुनिया में दृष्टिगोचर कराए। यही एकमात्र सृष्टि का सत्य है। इसी सत्य के साथ जीवन जीना चाहिए। रामायण हो या महाभारत, सभी के पात्रों की अपनी पहचान माता-पिता, पति या परिवार से जुड़ी हुई है। धरती पर असंख्य इनसान आए, वक्त के साथ स्वयं की जिनकी मूल पहचान जीवंत है। ख्यातिप्राप्त व्यक्ति की खूबसूरत पंक्तियाँ हैं—"जब मुझे पर्याप्त आत्मविश्वास मिला तो मंच खत्म हो चुका था। जब मुझे हार का यकीन हो गया, तब मैं जीता, जब मुझे लोगों की जरूरत थी, उन्होंने मुझे छोड़ दिया, जब रोते हुए मेरे आँसू सूख गए तो मुझे सहारे के लिए कंधा मिल गया, जब मैंने नफरत की दुनिया में जीना सीख लिया तो किसी ने मुझे दिल की गहराई से प्यार करना शुरू कर दिया, जब सुबह का इंतजार करते-करते मैं सोने लगा तो सूर्य निकल आया।" यही जिंदगी है। कोई फर्क नहीं पड़ता कि आप क्या योजना बना रहे हैं? आप कभी भी नहीं जान पाते हैं कि जीवन आपके लिए क्या योजना बना रहा है? सफलता आपको दुनिया से परिचय कराती है और असफलता आपको दुनिया का! इसलिए हमेशा खुश रहें। अकसर जब हम आशा खो देते हैं और लगता है कि यह अंत है तो ईश्वर मुसकराते हैं और कहते हैं कि शांत रहो वत्स, यह सिर्फ एक मोड़ है, अंत नहीं है और तुम्हारा कल और आज का परिवार ही नाम और तुम्हारी मूल पहचान है।

मैंने जब वक्त निकाला और स्वयं को पहचाना तो पाया कि स्वयं के अंदर ही मेरा संसार है। इससे पहले सुंदर संसार ने कभी सोचने ही नहीं दिया कि मैं कौन हूँ, कहाँ से आया और क्यों आया? सोच-सोचकर लाचार और कभी शून्य हो जाता हूँ। अंततः सत्य ने ही मुझे ध्यान, प्रार्थना से ईश्वर का स्वयं के अंदर दर्शन कराया। आत्मा का जब स्वयं से वार्त्तालाप कराया तो आत्मा में मौजूद ईश्वर बोले, "तुझे मैंने ही बनाया है। तुझे किसलिए बनाया, यह जानना तेरा काम नहीं है। तुझे मैंने यह सुंदर व सुखमय जीवन उपहार में दिया है, जिसका तू भोग करता है। सत्य की निष्ठा के साथ तेरे कर्तव्य का धर्म देखकर मैं तुझसे बहुत खुश हूँ। तू इस संसार

में मेरा कार्य करता रहता है। तू हमेशा समाज में सत्य के साथ बोलता है। गरीब, कमजोर लोगों की सहायता कर उनके दु:खी जीवन का उद्धार करता रहता है। जीव-जंतु और पर्यावरण के प्रति कार्य करता रहता है। समाज में इनसानियत, प्रेम व भाईचारे की बातें स्पष्ट रूप से लोगों के बीच रखता रहता है। लोगों को प्रेरित करता है कि इनसान भी इनसान से प्रेम करे और इनसान इस संदेश को जन-जन से हर मंच पर बताए। फिर ध्यान व चिंतन करने पर आत्मा के अंदर से संदेश आता है कि मैं जो चाहता हूँ, वही तुझसे करवाऊँगा। तू स्वयं अपने को सिर्फ कर्ता होने का भ्रम व अहंकार छोड़कर मुझे सुन और स्वीकार कर ले। तुझे मैंने बनाया है। तू मेरा अंश है और तुमको मेरे ही जैसा बनना है। धरती पर तू मेरी जुबाँ है, इससे ज्यादा तुझको विचार नहीं करना है। तू सभी चिंताएँ छोड़ दे, तुझे अच्छे से रखूँगा, तू अच्छाई स्वीकार कर ले। हे इनसान! सदा तू स्वयं के अंदर मुझको याद करता रह। मृत्युंजय, तुम्हारा नाम ही तुम्हारी स्वयं की पहचान है। अंत में कहूँगा कि इनसान स्वयं के अंदर झाँके, पहचान सके अगर तो स्वयं को पहचाने। अपने अंदर एक अच्छे इनसान की पहचान अवश्य मिलेगी। मन के अनुकूल हो तो 'ईश्वर की कृपा' और मन के विपरीत हो तो 'ईश्वर की इच्छा' इस तथ्य को धारण कर लें। जीवन में स्वयं ही स्वयं की पहचान बनाएँगे तो नाम के साथ जीवन में आनंद-ही-आनंद है।

□

गणतंत्र और संविधान देश की आत्मा हैं

लोकतंत्र इनसान का शरीर है और संविधान आत्मा। मित्रो व भाइयो! हर भारतीय खून का एक-एक कतरा राष्ट्र, लोकतंत्र और इसके संविधान की रक्षा के लिए हर वक्त अर्पित करने को तैयार है। गणतंत्र के 70 साल पूरे होने पर इसके उत्सव को खुशनुमा बनाने के लिए हमें मिलकर आगे बढ़ना होगा। हमारा हिमालय से कन्याकुमारी तक फैला हुआ देश महान् और सुंदर है। इसका बाह्य सौंदर्य विविधता की परिभाषा व विश्व का आदर्श है और आत्मा का सौंदर्य विविधता में छिपी हुई एकता की अनुभूति है। सबकी अपनी भिन्नता में भी एकता हमारी पहचान है। वैसे भी हमारे देश की अखंडता के लिए विविधता की स्थिति में भी प्रेम व भाईचारे का सुंदर रूप पूरे विश्व में उदाहरण है। यदि इस विविधता में सांस्कृतिक एकता न होती तो यह विभिन्न नदी, पर्वत और वनों का संग्रह मात्र रह जाता, परंतु इसकी प्रतिभा ने इसकी अंतरात्मा को एक विशिष्ट व्यक्तित्व प्रदान किया है, जिससे यह एक विराट् परिधि में बँध जाता है। गणतंत्र दिवस के 70 वर्ष पूर्ण होने के अवसर पर समानता, बंधुत्व व समरसता के लक्ष्य को पाने के लिए सबको एकजुट होकर काम करना होगा। हमारा संविधान कई देशों के संविधान की अच्छाइयों से बना लोकतंत्र और भारतीयता की धड़कन है।

भारत का संविधान 26 नवंबर, 1949 को बनकर तैयार हुआ था और इसके ठीक दो महीने बाद, यानी 26 जनवरी, 1950 को इसे देश में लागू भी कर दिया गया। 9 दिसंबर, 1946 को संविधान निर्माण के लिए पहली सभा संसद् भवन में हुई थी, जिसमें डॉ. राजेंद्र प्रसाद को संविधान सभा का अध्यक्ष चुना गया था। वहीं डॉ. भीमराव अंबेडकर को इस कमिटी का चेयरमैन बनाया गया था। दो वर्ष ग्यारह महीने और 18 दिनों में देश का संविधान तैयार हुआ। दो भाषाओं हिंदी और

अंग्रेजी में संविधान की मूल प्रति प्रेम बिहारी नारायण रायजादा ने लिखी। यह हाथ से लिखा गया था। इसके 395 अनुच्छेद, 8 अनुसूचियाँ और 22 भाग थे सविंधान लागू होने के समय। 284 सदस्य थे इस संविधान को बनानेवाली समिति में। 24 नवंबर, 1949 को संविधान पर दस्तखत किए गए। इसमें 15 महिला सदस्य थीं। रोचक तथ्य यह है कि संविधान के हर पन्ने पर लेखक के नाम की माँग नेहरूजी ने मान ली थी। संविधान की मूल प्रति एक हजार से ज्यादा साल तक बची रहने की उम्मीद है। यह सूक्ष्मजीवी रोधक चर्मपत्र पर लिखकर तैयार की गई है। संविधान में वक्त के साथ लोकतंत्र की मजबूती के लिए अब तक 104 बार संशोधन किए गए हैं। हमारा देश और हम सभी भारतीय संविधान से संचालित होते हैं और यही हमें गणतंत्र दिवस मनाने की प्रेरणा देता है।

अब प्रश्न उत्पन्न होता है कि क्या वर्तमान में हम सभी भारतीय या राजनीतिक दल लोकतंत्र की मजबूती के लिए तथा देश की एकता व अखंडता को बनाए रखने के लिए संविधान के मार्ग पर गतिमान हैं? यदि हैं तो एक शक्तिशाली स्वरूप ले रहे भारत के लिए अच्छी बात है। इसके विपरीत, यदि उस मार्ग से थोड़ा भटके हैं तो भटके मार्ग का परित्याग कर संकल्प के साथ शक्तिशाली भारत के निर्माण के मार्ग पर चलकर विश्व को संदेश दें कि हम सभी 135 करोड़ भारतीय भारत की आन-बान-शान के लिए एकता व भाईचारे के शक्तिशाली स्वरूप में ढल चुके हैं।

अंत में मैं गणतंत्र दिवस के अवसर पर देश की एकता, अखंडता, स्वास्थ्य, शिक्षा और विकास के साथ शक्तिशाली एवं खुशहाल भारत की कामना करता हूँ, जिसमें सभी जाति, धर्म व संप्रदायों के लोग माँ भारती की संतान के रूग गें देश के प्रति अपनी जिम्मेदारी और कर्तव्यों को पूरा करें। हम सभी भारतीयों को अपने संविधान का पूर्ण आदर भी करना चाहिए।

□

खुद को मन के दर्पण में देखा तो क्या दिखा?

एक किसान परिवार में जन्म के साथ आंशिक रूप से पैसे के अभाव को देखते हुए वर्तमान में स्वयं में मौजूद मन के दर्पण से अपने को सारांश रूप में देखने की कोशिश करता हूँ तो पाता हूँ कि मार्ग में अनेक उलझनें, परेशानी, सफलता व खुशी को पिरोए जिंदगी के गतिमान सफर में मेरी उम्र काफी हद तक गुजर गई। आज खुद ईमानदारी से खुदका मूल्यांकन किया और खुद से पूछा कि आखिर इतने दिनों की जिंदगी में मैंने क्या पाया और क्या खोया? जो भी पाया, क्या उससे संतुष्ट हुआ? और क्या आगे पाने की चाहत खत्म हो गई या कुछ पाने के बाद और ज्यादा पाने की चाहत जीवंत है? जब इन प्रश्नों का उत्तर स्वयं के अंदर ईमानदारी से मैं ढूँढ़ता हूँ तो खुशी रूपी गिलास आधा भरा दिखता है, आखिर ऐसा क्यों? जब स्वयं से इस प्रश्न का उत्तर पूछता हूँ तो आवाज आती है कि वस्तुओं से घर भरे जाते हैं, दिल और इच्छा नहीं। पद से अहंकार तृप्त होता है, आत्मा नहीं। इनसान का शरीर काफी खूबसूरत है, पर नश्वर शरीर हमेशा जीवंत नहीं है। अच्छे कार्य व विचार ही जीवंत होते हैं। फिर मन में खयाल आता है कि क्यों न ऐसी चीज की तलाश करें, जिसे पा लेने के बाद कुछ और पाने की तमन्ना शेष न रह जाती हो और मेरे लिए वह तलाश अमृत समान हो, लेकिन खुशीरूपी अमृत ढूँढ़ना आसान नहीं है। ईश्वर के ध्यान और उनकी शरण बिना मार्ग मिलना संभव नहीं है। खुद के अंदर मौजूद ईश्वर का आशीर्वाद, अपने शुभचिंतकों और कुछ मित्रों का साथ, प्यार-स्नेह और विश्वास, जो मेरे ऊपर बरसते रहे हैं, वे खुशीरूपी अमृत जैसा महसूस हुए। यदि सच कहूँ तो इन सबों के प्यार, सम्मान एवं अनमोल उपहार के आगे और कुछ पाने की तमन्ना क्षीण हो जाती है। अपना समय अब वहाँ देता हूँ, जहाँ मानसिक पीड़ा न हो या कम हो।

इन सबसे जीवन की एक सीख मिली कि करीबी दोस्ती में बड़े पैसे का लेन-देन नहीं करना चाहिए। ऐसा करने से पैसे माँगने पर करीबी दोस्ती दूरी में बदलने लगती है। मित्रों के बीच मैंने देखा और महसूस किया, वह कहना चाहूँगा। चंद फासला जरूर रखिए हर रिश्ते के दरमियान; क्योंकि नहीं भूलती दो चीजें, चाहे जितना भी भुलाओ। इनमें एक है घाव और दूसरा लगाव। फुरसत का वक्त किताब के करीब या जहाँ कुछ ज्ञान अर्जित हो, गुजारने की कोशिश करता हूँ। पुस्तकें ऐसी शिक्षक हैं, जो बिना कष्ट दिए, बिना आलोचना किए और बिना परीक्षा लिये हमें शिक्षा देती हैं। हमने जीवन का लक्ष्य निर्धारित कर अपने काम में इस कदर खुद को समर्पित कर दिया कि सफलता के अलावा कुछ भी मंजूर न हो। इसको ध्यान में रखते हुए बिहार पुलिस एसोसिएशन की राजनीति की तरफ अपना रुख किया और शीर्ष पद (अध्यक्ष) पाया। जीवन के सफर में पुलिस की राजनीति अपने कॅरियर के रूप में है। इसके अलावा यदि मैं कहूँ कि मेरे दिल व विचार व सोच से मजबूत राष्ट्र के लिए राजनीति ही मेरा धर्म है तो कोई अतिशयोक्ति नहीं होगी। पुलिस की राजनीतिक पारी में लगातार मिल रही सफलता ने मुझे उत्साह से भर दिया है। साथ ही समाज के शुभचिंतक, मित्र, पुलिस विभाग के वरीय अधिकारी एवं कुछ राजनीतिक दलों के नेताओं द्वारा बार-बार राजनीतिक पारी की शुरुआत कब होगी, जैसा प्रश्न पूछते रहने से राजनीति के क्षेत्र में जाने की अंदर छुपी इच्छा आत्ममंथन के लिए विवश कर देती है; वैसे अधिकतर इनसान की ऐसी इच्छा होती है। वर्तमान राजनीति के बारे में जब सोचता हूँ तो प्रथमदृष्ट्या यही लगता है कि राजनीति की अपनी शर्तें होती हैं और उन शर्तों को मानना ही पड़ता है। रास्ते में कई बाधाएँ मिलेंगी। कुछ अपने मित्रों के अंदर छुपे दुश्मन बाधा उत्पन्न करेंगे तो कुछ गैरों के अंदर मौजूद शुभचिंतक सहयोग करेंगे। बहुत कुछ परदे के अंदर तो कुछ परदे के बाहर राजनीतिक मार्ग में दृष्टिगोचर होंगे। वादा जहाँ हर कोई तोड़ता दिखेगा। अब देखना होगा कि आगे राजनीति में छल या शतरंज की चाल की शर्तों का कितना पालन कर पाऊँगा! क्या उसी पर आगे की सफलता तय होगी? अभी तक खुद के समीक्षारूपी दर्पण में स्पष्ट नहीं दिख रहा। शायद गतिमान वक्त के हिसाब से खुद को बदलूँ या दर्पण को बदल दूँ। इसका उत्तर वक्त पर और चाहनेवालों पर छोड़ता हूँ।

इनसान जीवन में अनुभव व ज्ञान का इस्तेमाल करता रहता है। जीवनरूपी बहती नदी शांत रहती है, परंतु अचानक कब तूफान आ जाए, यह वक्त पर निर्भर

करता है। एक बार बीच नदी में अचानक तूफान आता है। माँझी (नाव का खेवैया) इसलिए विचलित व परेशान है कि नाव को मँझधार से कैसे निकाला जाए? नदी के दोनों किनारों से काफी लोग देख रहे हैं। उनमें से कुछ नाव निकलकर किनारे पर पहुँच जाने के लिए प्रयास और प्रार्थना करते हैं तो कुछ नाव डूबने का इंतजार करते हैं और बोलते हैं कि अब नाव डूब जाएगी। तूफान और तेज होगा, परंतु वे भूल जाते हैं कि वे भी नाव से नदी पार करते हैं। कभी छोटी हलचल या तूफान का सामना उन्होंने भी किया है, जब नदी किनारे लोग उपस्थित न हों। स्वयं भी इस तरह के तूफान से घिरे किनारे के इंतजार में कुछ अति महत्त्वपूर्ण शुभचिंतकों के साथ एवं ईश्वर की कृपा से महाराणा जैसे एवं मजबूत संकल्प द्वारा नदी किनारे पहुँचने की उम्मीद जिंदा रखते हुए नदी किनारे के करीब हूँ। मैंने देखा है कि कुछ लोगों का हर वक्त नया चेहरा, हर वक्त नया वजूद आईने को हैरत में डाल देता है। सोचा ही नहीं था, जिंदगी में ऐसे भी फसाने होंगे, रोना भी जरूर होगा और आँसू भी छुपाने होंगे! मँझधार में फँसे वक्त रोते मन के आँसू को सिर्फ ईश्वर ही सुन सकता है। ईश्वर से प्रार्थना करता हूँ कि जिंदगी के सफर में शुभचिंतकों के प्यार, स्नेह व विश्वास के साथ खुशी का खजाना सदैव भरा रहे। गुजरते दिनों का नहीं, बल्कि यादगार लम्हों का नाम है 'जिंदगी'। अंतिम पंक्ति को स्वयं के साथ सभी से कहना चाहूँगा कि इसे अभी से अपनी खुशनुमा जिंदगी के लिए अमल करें—"कल किसने देखा है, तो आज खोएँ क्यों, जिन घड़ियों में हँस सकते हैं, उन घड़ियों में रोएँ क्यों?"

□

इनसान में भ्रम

मोह, भ्रम एवं ज्ञान के बाद यदि अज्ञान का जन्म होता है तो ये तीनों जहर हैं। किंतु उससे ऊपर उठकर ज्ञान के बाद यदि नम्रता का जन्म होता है तो ज्ञान अमृत होता है। यह अमृत देश-समाज की एकता-अखंडता को अमरत्व प्रदान करता है। 'रामचरितमानस' का एक प्रसंग उद्धृत करता हूँ। राक्षसों के वध के लिए विष्णुजी ने राम के अवतार में अयोध्या में जन्म लिया। विधि के विधान के तहत चौदह वर्षों का वनवास राम को होता है। सीता और लक्ष्मण भी वनवास में साथ होते हैं। उसी समय के कई ज्ञान व उपदेश आज उद्धरण बने हुए हैं। पंचवटी में लक्ष्मणजी प्रभु से पूछते हैं कि आप मुझे समझाकर यह बताएँ कि ज्ञान, वैराग्य और माया का स्वरूप क्या है? आपकी भक्ति क्या है तथा ईश्वर एवं जीव में क्या भेद है? फिर वे अंत में इन प्रश्नों के पूछे जाने के पीछे अपना उद्देश्य बताते हुए कहते हैं कि प्रभु! जिससे मेरे जीवन में जो शोक, मोह और भ्रम विद्यमान हैं, वे दूर हों तथा आपके चरणों में अनुराग हो जाए। लक्ष्मणजी के द्वारा पूछे गए ये प्रश्न अत्यंत महत्त्वपूर्ण हैं। परमार्थ तत्त्व के लिए जिज्ञासापूर्वक किए गए इन प्रश्नों तथा भगवान् राम के द्वारा दिए गए उनके उत्तर को 'मानस' में 'रामगीता' के नाम से जाना जाता है। इसमें लक्ष्मणजी अपने प्रश्नों के माध्यम से मनुष्य के साथ जुड़ी हुई शाश्वत समस्याओं का समाधान प्रभु से पाना चाहते हैं। भ्रम में अर्जुन भी कुरुक्षेत्र के रणक्षेत्र में भगवान् कृष्ण के माध्यम से इसी प्रकार की समस्याओं का समाधान प्राप्त करते हैं और वह उपदेश 'भगवद्गीता' के रूप में प्रसिद्ध है। पंचवटी में लक्ष्मणजी के प्रश्नों को सुनकर भगवान् राम उनसे कहते हैं—लक्ष्मण! तुमने प्रश्न तो बहुत से कर दिए, पर मैं इनका उत्तर बहुत विस्तार से न देकर संक्षेप में ही सब समझाऊँगा। साथ-साथ प्रभु ने यह भी कह दिया कि मैं जो कुछ कह रहा हूँ, उसे तुम मन, बुद्धि

और चित्त लगाकर सुनो। लक्ष्मणजी के द्वारा कहे गए तीन शब्द शोक, मोह और भ्रम तथा प्रभु के द्वारा भी प्रयुक्त तीन शब्द मन, बुद्धि और चित्त ये आपस में पूरी तरह एक-दूसरे से जुड़े हुए हैं।

अंतःकरण चतुष्ट्य में मन ही शोक का केंद्र है। किसी घटना को देख या सुनकर मन में ही पीड़ा की अनुभूति होती है। परिवार, समाज तथा देश में घटनेवाली हजारों घटनाएँ हैं, जिनसे व्यक्ति के मन में शोक उत्पन्न होता है। जिस प्रकार शोक की समस्या मन से जुड़ी हुई है, उसी प्रकार भ्रम की समस्या का संबंध बुद्धि से जुड़ा हुआ है। भ्रम व्यक्ति की बुद्धि में उत्पन्न होता है। 'मानस' में इसका देवर्षि नारद के प्रसंग में वर्णन आता है कि देवर्षि नारद के अंतःकरण में यह अभिमान उत्पन्न हो गया कि मैंने सभी विकारों को जीत लिया है। उस समय भगवान् उनके इस गर्व को नष्ट करने के लिए अपनी माया को आदेश देते हैं। देवर्षि अपनी विजयगाथा सुनाकर जब क्षीरसागर से लौटते हैं, तब मार्ग में उन्हें एक नए नगर के दर्शन होते हैं। उस नगर के स्वामी राजा शीलनिधि हैं तथा उनकी कन्या का नाम विश्वमोहिनी है। वस्तुतः वह एक वास्तविक नगर नहीं था, अपितु भगवान् के संकल्प से निर्मित एक माया नगर था। वह नगर पहले भी नहीं था और बाद में भी नहीं था। नारद वहाँ चले गए, फिर उनके भीतर एक तीव्रतम आकांक्षा का उदय हो गया। वे उस कन्या से विवाह करने के लिए व्यग्र हो उठे। यद्यपि देवर्षि नारद के जीवन में धर्म, कर्म, पूजा-पाठ आदि सब सम्यक रूप से विद्यमान हैं, पर उस समय उनकी जो मनःस्थिति हो गई, वह तो मानो 'कामगीता' का ही उदाहरण है। उस समय उन्हें जप-तप आदि का विस्मरण हो गया। वे केवल इसी सोच में निमग्न हो गए कि कैसे शीघ्र ही इस कन्या की प्राप्ति मुझे हो जाए!

यह हमारे मन की वृत्ति का ही चित्रण है, जब हमारे मन में कोई प्रलोभन उत्पन्न होता है, कोई आकांक्षा उत्पन्न होती है, कोई वासना उत्पन्न होती है, तो उसकी पूर्ति के लिए मन में जो व्यग्रता जाग्रत् होती है, उसका संकेत ही इस प्रसंग के माध्यम से मिलता है। आज देश में कुछ लोगों के मन में भ्रम उत्पन्न हो गया है। बुद्धि होते हुए भी वे भ्रम में हैं। देश-समाज अशांत हो रहा है। ज्ञान होते हुए भी धरना-प्रदर्शन हो रहा है। प्रेम-भाईचारा कमजोर हो रहा है। देश की एकता-अखंडता पर प्रहार हो रहा है। आज देश-समाज में लोगों को भ्रम क्यों होते हैं तथा इनसे मुक्त होने की पद्धति क्या है ? इसके उत्तर में हम ऐसा मानते हैं कि ये तो रहेंगे ही और व्यक्ति को इन शब्दों से ऊपर उठकर सबके साथ प्रेम-भाईचारे से रहना

पड़ेगा, जीना पड़ेगा। सभी भारतीय माँ भारती की संतान हैं। माँ भारती सभी के लिए महत्त्वपूर्ण हैं। आधुनिक चिकित्सा पद्धति में डॉक्टर जिस प्रकार कई रोगों के विषय में यही धारणा रखते हैं कि वे ठीक नहीं हो सकते और व्यक्ति को उनके साथ ही रहना होगा, जीना होगा, ठीक उसी प्रकार इन समस्याओं को भी असाध्य और अपरिहार्य माना जाता है, पर अध्यात्म तत्त्व एवं मैं इसे स्वीकार नहीं करता। वस्तुतः मानव जीवन में ये जो समस्याएँ दिखाई देती हैं, उनका कारण स्वयं के भीतर है। यदि हम उसे समझ लें तो बाहर दिखनेवाली समस्याओं का समाधान अपने आप हो जाएगा। जिन्हें भ्रम में फिक्र है कल की, वे जगे रहे रात भर, जिन्हें यकीन है ईश्वर पर, वे सोए रहे रात भर। अंत में एक संदेश—

मन-चित्त में भ्रम हो तो कोई अपना नहीं।
समझो प्रेम-भाईचारा तो कोई पराया नहीं॥

जय माँ भारती! वंदे मातरम्!

□

श्रद्धा जीवन की शक्ति है

इनसान को ईश्वर के प्रति मन में श्रद्धा होनी चाहिए। स्वयं को स्वयं के विचार, कर्म, वचन और संस्कार के प्रति श्रद्धा होनी चाहिए, जो शरीर में ऊर्जा को उत्पन्न करती है। बिना स्वयं के भीतर गए, यानी बिना स्वयं की अनुभूति किए और बिना स्वयं से परिचय किए ईश्वर पर श्रद्धा नहीं हो सकती। जो स्वयं के भीतर बिना प्रवेश किए ही समझता है कि उसे दोस्तों पर श्रद्धा है, वह भ्रम में होता है। उसकी श्रद्धा अंधी व झूठी होती है। जो स्वयं से बाहर-बाहर भटक रहा है, वह दोस्ती की बात तो बहुत करेगा और श्रद्धा भी दिखाएगा, पर उसकी श्रद्धा का कोई मूल्य नहीं है। श्रद्धा का वास्तविक अर्थ है, दोस्तों के वाक्यों में निष्ठा होना। उनके वचन, सहयोग और साथ आपको हितकर लगें। हर इनसान की जिंदगी श्रद्धा के पन्नों से भरी है, सुख और दुःख की पहेली है। कभी अकेले में बैठ विचार कर स्वयं में मन की आँखों से देखें तो लगेगा कि श्रद्धा के बगैर अधूरी है जिंदगी। पीड़ित व्यक्ति को पुलिस और न्यायालय के प्रति श्रद्धा होती है। उसको अंततः यहाँ से न्याय की उम्मीद होती है।

तिब्बत में एक बहुत महत्त्वपूर्ण कथा है। मारपा अपने गुरु के पास गया। मारपा एक बहुत अद्भुत संत हुए हैं। मारपा नया-नया था, लेकिन श्रद्धा उसकी प्रगाढ़ थी। ऐसी प्रगाढ़ कि एक दिन गुरु ने कहा कि श्रद्धा अगर पूरी हो तो आदमी जल पर भी चल सकता है। मारपा गया और नदी पर चल गया। अन्य शिष्यों में मारपा को नदी पर चलते देखकर ईर्ष्या जगी। उन्होंने भी कोशिश की, पर किनारे पर डुबकी खा गए। मारपा नया-नया था और शिष्य पुराने थे। निराश होकर उन लोगों ने गुरु से आकर कहा कि मारपा नदी पर चल रहा है। गुरु भी थोड़ा हैरान हुआ। उसने सोचा भी नहीं था कि कोई चलेगा! वह खुद भी कभी चला नहीं था। वह

तो शास्त्र को समझा रहा था। फिर एक दिन यह हुआ कि गुरु समझा रहा था कि श्रद्धा अगर पूर्ण हो तो किसी को पर्वत से भी कूद पड़ने पर खरोंच तक नहीं लगती। मारपा गया और कूद गया। खरोंच तनिक भी न लगी। यह देखकर और शिष्यों ने भी हिम्मत की और पहले बहुत कम ऊँची चट्टानों पर से कूदकर देखा, लेकिन इसी में हाथ-पैर टूट गए। लौटकर गुरु बताया। इस पर गुरु में अहंकार जगा कि जब मेरा शिष्य नदी पर चल गया, पहाड़ से कूद गया तो मैं तो चल ही सकता हूँ। पूछा उन्होंने मारपा से कि तू कैसे चला? उसने कहा कि कुछ नहीं, बस, आपका नाम लिया और चल गया। मेरा नाम जब इतना काम कर सकता है तो मैं क्या नहीं कर सकता? गुरु ने शिष्यों को इकट्ठा किया और कहा कि आओ नदी के किनारे! फिर गुरु नदी पर जैसे ही चला कि पहले ही कदम पर डुबकी खा गया। पहाड़ से कूदने की तो फिर उसने कोशिश ही नहीं की। गुरु को डुबकी खाते देखकर मारपा बड़ा हैरान हुआ। पूछा गुरु से, इसका राज क्या है? गुरु मारपा के चरणों में गिर पड़ा और उसने कहा कि मुझे माफ करो। मेरा अपना कोई अनुभव नहीं है। मैं तो शास्त्र समझा रहा था, लेकिन तुम्हारी श्रद्धा अपूर्व है कि तुमने झूठ पर भी श्रद्धा की तो वह काम कर गया। श्रद्धा मनुष्य के भीतर एक आत्मबल जगाती है और एक ऊर्जा उत्पन्न होती है। इससे कभी-कभी झूठे गुरुओं के प्रति भी सच्ची श्रद्धा से शिष्यों ने भवसागर पार कर लिया है। दूसरी तरफ सच्चे गुरुओं के प्रति भी श्रद्धा न हो तो लोग पत्थरों की तरह बैठे रहे हैं और कुछ प्राप्त नहीं हुआ है।

'श्रीमद्भगवद्गीता' में कहा गया है कि श्रद्धा ज्ञान व विश्वास की जननी है। श्रद्धा के गर्भ में ही ज्ञान पलता है। जो ज्ञान भ्रम व भय का सृजन करता है, वही पूर्वाग्रहों से ग्रसित हमारी बुद्धि में समाधान का कारण बनता है। जिस ज्ञान में विनम्रता, स्थिरता, अपनापन तथा विश्वास होता है, वह सबके लिए संभव है। यह हर इनसान के परिवार में मौजूद रहता है। ज्ञान का अर्थ यह नहीं कि वह छोटा है और मैं बड़ा हूँ। ज्ञान में केवल श्रेष्ठता का बोध नहीं रहता, पवित्रता या उच्चता का बोध नहीं रहता। ज्ञान वह है, जो अज्ञान का बोध कराता है। यह ज्ञान आत्मभाव और अपनेपन की मीठी-सी अनुभूति पैदा करता है एवं श्रद्धा से उत्पन्न होता है। श्रद्धा ही जीवन का वह स्रोत है, जहाँ इनसान का इनसान से जुड़ाव होता है और प्रेम-भाईचारे की जिंदगी जीकर इनसान समाज में पहचान बनाता है। आज देश में जो माहौल उत्पन्न हुआ है, उसको एक नई दिशा देने के लिए माँ भारती की सभी संतानों को प्रेम व विश्वास की श्रद्धा में डुबकी लगाकर एक शक्तिशाली समाज,

राज्य व राष्ट्र के दर्शन पूरे विश्व को कराने की जरूरत है। किसी ने ईश्वर से कहा कि मैं जिंदगी से नफरत करता हूँ तो भगवान् ने पूछा कि आपको जिंदगी से प्यार करने के लिए किसने कहा था? आप बस, उस व्यक्ति के प्रति श्रद्धा रखें, जो आपसे प्यार करता है, जिंदगी अपने आप खूबसूरत हो जाएगी।

□

समय क्या है?

किसी ने पूछा कि इस दुनिया में आपका अपना कौन है? ज्ञानी व्यक्ति ने हँसकर कहा 'समय', अगर वह सही है तो सभी अपने हैं, वरना कोई अपना नहीं है। हर इनसान के जीवन में समय की महत्त्वपूर्ण भूमिका है। जो व्यक्ति समय के महत्त्व को समझता है, वही इसके सही उपयोग से कई कीर्तिमान स्थापित कर इतिहास के पन्नों में अपना नाम स्वर्ण अक्षरों से अंकित कराता है। इनसान के जीवन में जो सर्वाधिक महत्त्वपूर्ण है, वह है समय। समय, जो दिखाई भी नहीं पड़ता। समय, जिसको कोई परिभाषित नहीं कर सकता। समय हमें जन्म से लेकर मृत्यु तक घेरे हुए है। जब कोई मुझसे पूछता है कि समय क्या है, तब मैं मुश्किल में पड़ जाता हूँ। आप भी जानते हैं कि समय क्या है, लेकिन कोई अगर पूछे कि समय क्या है तो आप भी मुश्किल में पड़ जाएँगे। ऐसा नहीं है कि बड़े-बड़े चिंतक, विचारक, दार्शनिक, डॉक्टर, पुलिस समय के संबंध में उलझन से नहीं भरे हैं। अब तो विज्ञान भी समय के संबंध में चिंता से भर गया है कि आखिर समय क्या है? मानव जीवन में समय का अत्यधिक महत्त्व है। इसके मूल्य को पहचानना ही समय का सदुपयोग है। बीता हुआ समय कभी लौटकर नहीं आता। यह किसी का दास नहीं है। यह अपनी गति से चलता है। घड़ी यदि बंद भी हो जाए तो समय रुकता नहीं है। इसका महत्त्व न पहचाननेवाला व्यक्ति अपना ही पतन करता है। समय ही है कि जिसने द्वापर में एक ही परिवार में कुरुक्षेत्र का महाभारत करवा दिया। इसने एक चाय बेचनेवाले व्यक्ति को देश के प्रधानमंत्री की कुरसी पर बैठा दिया। समय ही है कि अपना देश कभी पाकिस्तान से खौफ खाता था, लेकिन आज यह हाल पाकिस्तान का है। समय ही है कि मैं स्वयं तीन बार से लगातार पुलिस एसोसिएशन के अध्यक्ष पद पर निर्वाचित होता आ रहा हूँ। किसी ने कहा है—"गया वक्त फिर

हाथ नहीं आता।" यह इतना सीमित है कि जीवन में नपा-तुला ही होता है। जब हम अधिकांश समय व्यर्थ के कामों में नष्ट कर देते हैं, तब हमें होश आता है। एक कहावत भी है—"अब पछताए होत क्या, जब चिड़िया चुग गई खेत।" एक समय था कि इंग्लैंड के साम्राज्य में ही सूर्य का उगना और डूबना होता था।

समय ही है कि भारत के अनेक राजाओं के महल आज खँडहर या होटल में तब्दील हो गए हैं। इसलिए प्रत्येक प्रबुद्ध व्यक्ति इसके महत्त्व को स्वीकार करता है। ईश्वर ने जितना समय हमें दिया है, उसमें एक क्षण की भी वृद्धि होना असंभव है। जो व्यक्ति समय के मूल्य को समझता है, वही समृद्धिशाली और सुखी जीवन व्यतीत करता है। इसका सदुपयोग कर निर्धन धनवान, निर्बल सबल और मूर्ख विद्वान् बन सकता है। समय अमूल्य धन है। हमारा कर्तव्य है कि प्रात:काल उठकर जो कार्य करना है, उसको निश्चित कर लें और उसी दिन उसे समाप्त कर डालें। समय का सदुपयोग करें। व्यर्थ की बातों और कार्यों में समय को बरबाद नहीं करना चाहिए। थोड़ा मनोरंजन करना भी आवश्यक है, परंतु उसमें ज्ञान या व्यायाम भी हो। आज का कार्य कल पर नहीं छोड़ना चाहिए। कबीर दासजी ने कहा भी है—"कल करे सो आज कर, आज करे सो अब! पल में प्रलय होएगी, बहुरी करोगे कब।" समय का सदुपयोग करनेवाले को सभी सुखों की प्राप्ति होती है। जो व्यक्ति अपना कार्य समय पर करता है, उसे कोई परेशानी नहीं होती। समय पर कार्य करनेवाला व्यक्ति केवल अपना ही भला नहीं करता, वरन् अपने परिवार, समाज तथा राष्ट्र की उन्नति में भी सहायक होता है। समय के सदुपयोग से मनुष्य धनवान, बुद्धिमान तथा बलवान् हो सकता है। इससे लक्ष्मी का घर में आगमन होता है। उसका परिवार कभी भी पैसे के लिए दु:खी नहीं होता। यदि ध्यानपूर्वक देखें तो संसार में जितने भी महान् व्यक्ति हुए हैं, उनकी महानता के पीछे समय के सदुपयोग का मूल मंत्र छिपा हुआ है। वर्तमान दौर में समय हमें एक ज्ञान देता है कि जिंदगी में अगर बुरे समय नहीं आते तो अपनों में छुपे गैर और गैरों में छुपे हुए अपने कभी नजर नहीं आते।

□

विचारधारा भी बिकती है

दुनिया के बाजार में हर कुछ बिका है, चाहे इनसान हो या विचारधारा और आज भी यह बिकाऊ है। कौन कहता है कि राजनीति में बाजार नहीं होते? दोस्तो! हमें इन लाइनों को समझने की जरूरत है, क्योंकि भारतीय राजनीति में आज इसका परचम लहराया जा रहा है। पैसे से सत्ता और सत्ता से पैसे का खेल किस तरह से पिछले दशकों में खेला गया है, यह आज हमें देखने को मिल रहा है। मेरे दोस्तो! जब देश में मंडल आयोग आया, उस समय मैं छात्र राजनीति में भाजपा का स्थायी सदस्य बना, तब आर.एस.एस. के शिविर में भी जाता रहता था। उम्र कम थी, वोटर लिस्ट में नाम नहीं था, फिर भी बैलेट पेपर पर मुहर लगाकर वोट के रास्ते से गुजरा, लेकिन उस समय लिये गए फैसले मेरे फैसले नहीं होते थे। चेहरे से काफी और नाम से कुछ बड़े लोग जानते थे। माइक पर खूब जोशीले अंदाज में बोलता था। जिला स्तर के नेता खोजते रहते थे। पैसे के अभाव के साथ पढ़ाई पर भी ध्यान देना मजबूरी थी। उस समय भी देखा कि राजनीति में पैसा जरूरी है। कई समर्पित कार्यकर्ता-नेता पैसेवालों के राजनीति में प्रवेश पर उनसे पीछे हो जाते थे। कई बार धरना-प्रदर्शन में पुलिस के डंडे भी खाए हैं। स्वयं पैसे के अभाव के साथ रहता और दूसरे के महत्त्व को देखकर मैं समझ गया कि राजनीति में सच को झूठ और झूठ को सच बोलने की कला के साथ पैसा जरूरी है। साथ ही राजनीति में जाति-धर्म वोट पर हावी था। यह सब देखकर मन कुंठित होता था। राजनीति की विचारधारा को ध्यान से देखा और समझा कि यदि राजनीति करनी है तो पैसा और जाति-धर्म के नाम पर ही करना आसान है। विचारधारा कुछ भी नहीं है, फिर भी, कहीं थोड़ी विचारधारा भी दिखती थी। हम देशभक्ति के जज्बे, जो वास्तव में सेवा है, को महत्त्व देते थे। शिक्षा ग्रहण करते समय पुलिस सेवा में आ गया और आज आप लोगों के बीच में हूँ। पुलिस की

राजनीति करता हूँ। हर समय कानून के राज को महत्त्व देता हूँ। देश की एकता और अखंडता के लिए जान देने के लिए तैयार हूँ।

मेरे मित्रो! यह मैं आपको इसलिए बता रहा हूँ, ताकि विचारधारा की लड़ाई कैसे लड़ी जाती है, इसका उदाहरण आप समझ सकें। आज ज्यादातर नेता विचारधारा की लड़ाई न लड़कर पावर गेम में फँस गए हैं और सत्ता एवं पैसे के लिए अपनी विचारधारा से समझौता करना आम बात हो गई है। राजनेता कब अपना दल बदल देंगे, उन्हें खुद पता नहीं होता। जो शाम को टी.वी. पर डिबेट में गला फाड़कर अपनी विचारधारा को रखते हैं, यदि उन्होंने ही, सुबह स्वयं के लाभ हेतु दल बदल लिया तो विचारधारा का सुर ऐसा बदल जाता है कि गिरगिट भी पीछे छूट जाए। मित्रो, आप उनकी बातों को सुनकर सोच में पड़ जाएँगे। यही मौजूदा राजनीति की सच्ची तसवीर है और इस पर विचार करने की जरूरत है। विचार करना सच्चे नेता को चुनने में मददगार बनेगा, ऐसा मेरा मानना है। दोस्तो! शाहीनबाग का समर्थन आज कुछ पार्टियाँ खुले रूप में कर रही हैं, जबकि सभी दलों की विचारधारा देश की एकता और अखंडता के लिए है। ऐसा उनके पार्टी संविधान में लिखा हुआ है; लेकिन क्या वे अपनी विचारधारा से समझौता नहीं कर रहे हैं? यदि कर रहे हैं तो क्या कारण हैं? ऐसा क्यों करना पड़ रहा है? और यदि वे कर रहे हैं तो अपनी पार्टी की विचारधारा के विपरीत होकर पार्टी को समाप्ति की ओर ले जा रहे हैं। यदि विचारधारा नहीं है तो पार्टी कहाँ होगी? यह सोचने और समझने का विषय है कि यदि विचारधारा के अनुरूप वे आचरण नहीं कर रहे हैं तो उनके राज में आम आदमी कैसे अपना अधिकार पा सकेगा? क्योंकि आम आदमी के अधिकारों का हनन कैसे किया जाता है, इसका जीता-जागता उदाहरण शाहीनबाग है, जहाँ आम आदमी के चलने के लिए बनी सड़क पर धरनार्थियों का आधिपत्य है। सी.ए.ए. और एन.आर.सी. विरोधी इन पार्टियों की सोच भी गरीब के कर्ज जैसी है, जो चढ़ जाए तो उतरती ही नहीं है। दरअसल, ये ऐसी गलतफहमियाँ और भ्रम अपने दिलोदिमाग में पाले हुए हैं कि झूठ से सच को जीत लेंगे।

यह अटल सत्य है कि देश सुरक्षित रहेगा, तभी इन पार्टियों का अस्तित्व भी रहेगा। इनकी और इनके अधीनस्थ टुकड़े-टुकड़े आजादी गैंग का समर्पण देश के प्रति कम और घुसपैठियों के प्रति ज्यादा प्रतीत होता है। मासूम लोगों को पता नहीं कि दिल्ली के शाहीनबाग में भीड़ इकट्ठी कर इनके नेता इन दोनों कानूनों का अकारण विरोध करवाकर इन्हें सिर्फ सब्जबाग दिखा रहे हैं और ये उसी में

अपने को बाग-बाग महसूस कर रहे हैं। यह देशहित में न होकर एक दिवास्वप्न है। राजनीतिक दल अपने फायदे के लिए उनके समर्थन में खड़े हैं। विचार करें कि आनेवाले समय में यहाँ के आम आदमी को क्या-क्या झेलना पड़ेगा, यदि हमने इस पर गौर नहीं किया! सोचें कि देश की छवि विदेश में क्या बन रही है? एकता व अखंडता को सभी भारतीय को सोच-समझकर संकल्प के साथ मजबूत करने की जरूरत वक्त की पुकार है। दोस्तो! देश से बढ़कर कुछ नहीं होता और न होना चाहिए। जिस दिन यह बात हर धरना देनेवाले हिंदुस्तानी की समझ में आ गई और उसने इसे अपने जीवन का आधार बना लिया, उस दिन न कश्मीर से वहाँ के निवासियों को कोई बाहर कर पाएगा, चाहे वे हिंदू हों या मुसलमान, न ही देश में देशद्रोहियों को कोई स्थान मिलेगा और न कोई शाहीनबाग देखने को मिलेगा। बस, जरूरत है हमें जागने की और देश के लिए हर बलिदान देने के लिए तैयार रहने की।

दोस्तो! हमारे देश में मीडिया को भी यह समझना होगा कि कुछ मुद्दे चैनल की टी.आर.पी. से बड़े होते हैं, जिन्हें सच्चाई से नहीं दिखाने से आनेवाला समय बहुत बुरे परिणाम ला सकता है। वास्तविकता को दिखाना उन्हें टी.आर.पी. दे, न दे, लेकिन अपने कार्य में वे ईमानदारी जरूर निभा पाएँगे, जिसकी देश को आज बहुत जरूरत है। देश की एकता और अखंडता के लिए सेना के जवान, खुफिया एजेंसी, राज्यों की पुलिस और देश की आन-बान व स्वाभिमान के लिए जीवन देनेवाले वीरों के त्याग, संघर्ष व बलिदान को अपने जेहन में रखें तथा सोचें कि देश की एकता-अखंडता कितनी महत्त्वपूर्ण है! दोस्तो! हमारे लिए देश से बढ़कर कुछ नहीं होना चाहिए, न कोई सरकार, न धर्म, न संप्रदाय और न कोई व्यक्ति विशेष। इसलिए शाहीनबाग का पुरजोर विरोध करें और सरकार को मजबूर करें कि वह राजनीतिक फायदे से ऊपर उठकर अपना फर्ज निभा सके और देश के आम नागरिक को अपने होने का एहसास करा सके। मेरे दोस्तो! इस पर अवश्य विचार करें, क्योंकि आज इसकी जरूरत है। देश के हर नागरिक का कर्तव्य है कि वह देश को मजबूत करे। देश के नागरिकों को हमेशा छोटी-छोटी गलतियों से बचने की कोशिश करनी चाहिए, क्योंकि इनसान पहाड़ों से नहीं, पत्थरों से ठोकर खाता है। अतः ध्यान रहे कि छोटा-छोटा धरना कोई बड़ा रूप लेकर अविश्वास न पैदा करे। हम सभी भारत माँ की संतान हैं, माँ का सम्मान करें।

□

दहेज समाज का अभिशाप

दहेज कुप्रथा भारतीय समाज के लिए भयंकर अभिशाप की तरह है। हमारे परिवार के लिए तो यह एक बड़ा कलंक है। प्राचीन ग्रंथों के अनुसार अग्निकुंड के समक्ष विद्वान् पंडित विवाह संपन्न कराते थे तथा कन्या का हाथ वर के हाथ में देते थे। कन्या के माता-पिता अपनी सामर्थ्य और शक्ति के अनुरूप कन्या के प्रति अपने स्नेह और वात्सल्य के प्रतीक के रूप में उपहारस्वरूप वस्त्र, गहने, दैनिक जीवन में काम आनेवाली कुछ अन्य आवश्यक वस्तुएँ देते थे। स्वेच्छा से देनेवाली परंपरा दहेज की माँग के रूप में आज समाज में मौजूद है। दहेज प्रथा भारत के सभी क्षेत्रों और वर्गों में व्याप्त है। इस कुप्रथा ने लड़कियों के पिता का जीवन कष्टमय कर दिया है। लड़के के पिता अपने लड़के का सौदा करने लगे हैं। यह घोर समाजिक व नैतिक पतन नहीं तो और क्या है ? इस कुप्रथा के चलते कितनी ही विवश कन्याओं को आत्महत्या जैसा कुकर्म करना पड़ रहा है। बहुएँ दहेज की खातिर जीवित जलाकर मारी जा रही हैं या ससुराल में प्रताड़ित हो रही हैं। हमारे देश में दहेज प्रथा ऐसा सामाजिक अभिशाप है, जो महिलाओं के साथ होनेवाले अपराधों, चाहे वे मानसिक हों या शारीरिक, को बढ़ावा देता है। अमीर और संपन्न परिवार इस प्रथा का अनुसरण अपनी सामाजिक और पारिवारिक प्रतिष्ठा बढ़ाने के लिए करते हैं, वहीं निर्धन अभिभावकों के लिए दहेज देना विवशता है, क्योंकि वे जानते हैं कि अगर दहेज नहीं दिया तो उनकी बेटी का विवाह मुश्किल हो जाएगा और बेटी को बिना दहेज के विदा किया तो ससुराल में उसका जीना तक दूभर हो जाएगा। समाज इस पर गहराई से विचार करे। लड़की पक्ष को लगता है कि बहुमूल्य उपहारों के साथ बेटी को विदा करेंगे तो बेटी को ससुराल में सम्मान और प्रेम मिलेगा।

ऐसी अनेक कुरीतियाँ भारत के गौरवशाली समाज के माथे पर कलंक हैं, लेकिन दहेज प्रथा हमारे समाज का कोढ़ है। इसलिए इस कोढ़ को समूल उखाड़ फेंकने का संकल्प लेकर हम आगे बढ़ें। इस सामाजिक कोढ़ से तभी मुक्ति मिल सकती है, जब युवा वर्ग इस ओर अग्रसर होकर दहेजमुक्त शादी करे और अपने परिवार पर दबाव बनाए। दहेज प्रथा के खिलाफ सरकार द्वारा बनाई गई नीतियाँ एवं कानून पूर्णतः कारगर सिद्ध नहीं हुए हैं। इसके लिए समाज को भी संकल्प लेकर दहेजमुक्त विवाह के लिए आगे बढ़ना होगा। लड़की तो हर घर में रहती हैं। दहेज लेना और देना हर परिवार से जुड़ा है तो फिर दहेजमुक्त शादी क्यों नहीं हो सकती है? इस कुरीति को मिटाने के लिए युवा वर्ग को जाग्रत् होकर दहेज देने तथा लेनेवालों का बहिष्कार करना होगा, तभी इस कुरीति को जड़ से समाप्त किया जा सकता है। इसके लिए भारतीय दंड विधान संहिता के प्रावधानों के अलावा विशेष रूप से दहेज निषेध अधिनियम 1961 लागू है। दहेज निषेध अधिनियम के उल्लंघन की स्थिति में निकटतम थाने में या महिला थाने में प्राथमिकी दर्ज की जाती है। भारतीय दंड संहिता की धारा-304 बी, 498 ए एवं दहेज निषेध अधिनियम की धारा- 3, 4 एवं 6(2) के अंतर्गत थाने में प्राथमिकी दर्ज होती है, परंतु कोर्ट में मामला लंबा चलता है। इसलिए जरूरी है कि तत्काल मामले के निबटारे की सार्थक पहल के साथ इसका निश्चित समय के अंदर निष्पादन हो। दहेज प्रथा का दुष्परिणाम सबसे अधिक उन लड़कियों को भोगना पड़ता है, जो निर्धन परिवार की होती हैं। पिता वर पक्ष की माँगों को पूरा करने के लिए सेठ, साहूकारों से कर्ज ले लेता है, जिसके बोझ तले वह जीवनपर्यंत दबा रहता है। आज कुछ लोग अपने संबंधी के अन्य बुरे वक्त में भले साथ देते हैं, परंतु दहेज के समय उनकी संपत्ति बिकवा देते हैं या कर्ज में डुबा देते हैं। जरा गहराई से सोचें कि फिर ऐसा संबंध किस काम का है?

अतः हम सभी मिलकर इसे समाज से मिटाने के लिए सरकार के अभियान से अपने को जोड़ें; क्योंकि दहेज के लिए कानून तो बना, परंतु समाज की सोच नहीं बदली है, अब हमें सोच बदलने की जरूरत है। जिस घर में लक्ष्मीरूपी बेटी का जन्म होता है, उस घर में दहेजरूपी दानव इनसान को मानसिक रूप से कमजोर कर देता है। फिर हम सभी दृढ़ इच्छाशक्ति से शपथ लें कि अपने बच्चों की शादी में दहेज की डिमांड नहीं करेंगे और दहेज की डिमांडवाले के यहाँ शादी नहीं करेंगे। मैंने संकल्प समाज के बीच सभा में लिया है कि अपने बच्चे-बच्ची की शादी में

दहेज न लूँगा और न दूँगा। साथ ही बाल विवाह के भी बहिष्कार का संकल्प लिया। मैं हमेशा 'बिहार पुलिस एसोसिएशन' के सभी सदस्यों से अपील करता रहता हूँ कि सभी अपने बच्चों की शादी में दहेज का बहिष्कार करने का संकल्प लें और इस पर अमल करें। क्या आप सभी समाजहित में व नारी के सम्मान की रक्षा में हमारे संकल्प के साथ चलने के लिए तैयार हैं? हमें विश्वास है कि हमारे विचार को पढ़ने के बाद आप सभी हमारे पथ पर निश्चित चलेंगे। आप सभी को गौर करने की बात बताता हूँ, जो सत्य है। हमारे समाज में जब किसी परिवार के यहाँ बेटी (लक्ष्मी) का आगमन होता है तो खुशी के उस पल में पूरे परिवार के जेहन में दहेजरूपी दानव मन-मस्तिष्क में कौंधने लगता है। दहेज माँगनेवाले यह क्यों नहीं सोचते कि जो परिवार हमारा रिश्तेदार बनने जा रहा है, जो नाजों से पली अपनी लाड़ली को हमारे घर में सौंपने जा रहा है, उससे हम अपने बेटे का मोल क्यों माँगें? इनसान के अरमान सिर्फ उतने ही अच्छे होते हैं, जितने में स्वाभिमान गिरवी रखने की जरूरत न पड़े। यदि आपने अपने बेटे को पढ़ाकर जॉब के काबिल बनाने पर पैसा खर्च किया है तो आजकल ज्यादातर पिता भी तो लड़की की उच्च शिक्षा के लिए खर्च कर रहे हैं, तो क्यों नहीं वैवाहिक रिश्ते दहेज के बिना सिर्फ वर-वधू की शैक्षणिक और वैचारिक योग्यता तथा पारिवारिक स्टेटस के आधार पर तय हों! जिस दिन ऐसा होने लगेगा, हमारे समाज में लड़की बोझ नहीं रह जाएगी तथा हमारा समाज खुशहाल और आदर्श बनेगा; तो आइए, हम अपने समाज से इस दानव को मिटाने की शपथ लेकर एक नया व सुंदर दहेजमुक्त राष्ट्र के लिए डटकर मैदान में मुकाबला करें। हमें विश्वास है कि जमाना आज चाहे कितना भी शोर करे, एक दिन यही जमाना दहेज से मुक्ति का गीत गाएगा।

□

आशावादी इनसान सफलता का प्रतीक

यह सत्य है कि संसार में एड़ियाँ उठाने से कद बड़ा नहीं होता है। किसी को भी ऊँचाइयाँ अकसर आशावादी विचार के साथ अच्छे कर्म व संस्कार के साथ सिर झुकाने से मिलती हैं। समाज में अच्छे आशावादी विचार उसके जीवन को उन बुलंदियों पर ले जाते हैं, जैसा इनसान अपनी अच्छी सोच के साथ अपने देखे गए ख्वाबों की माला मोतियों की तरह पिरोता है। उसकी उपलब्धियाँ उसकी अच्छी सोच के अनुसार लगातार बढ़ती जाती हैं। दोस्तो! इस लेख के माध्यम से मैं देश व समाज को प्रभावित करनेवाले विचार और साथ ही आत्मा के रूप में मौजूद ईश्वर के स्वर्णिम उपदेशों का संग्रह शृंखला के रूप में प्रस्तुत कर रहा हूँ। इन विचारों से काफी कुछ सीखने को मिलेगा और जीवन की हर कठिन राह में सफलतापूर्वक आगे बढ़ने की शक्ति प्राप्त होगी। अपने मन में एक गाँठ बाँध लें कि बुलंदियों पर पहुँचना कोई कमाल नहीं, बुलंदियों पर ठहरना कमाल होता है। जीवन एक यात्रा है, न कि दौड़। हमें हमेशा अपना जीवन अपने तरीके से जीना चाहिए, क्योंकि यह जीवन सिर्फ एक ही बार मिलता है, अतः उस अवसर को पहचानना है। उसे अपनी सोच और कर्मों में ढालना है। दोस्तो! हर बढ़ते कदम के साथ एक अच्छी सोच होती है। अगर जीवन में सकारात्मक सोच है तो जीवन की हर मुश्किल बड़ी ही आसानी से दूर हो जाती है और यदि इनसान की सोच नकारात्मक है तो वह अपने जीवन में दुःखों के सिवा और कुछ भी नहीं प्राप्त कर सकता है। वह हमेशा अपने नसीब को दोषी ठहराता रह जाता है और इनसानरूपी अनमोल जीवन को किसी पशु के समान जीते हुए बिताता है। दोस्तो! हममें से कई लोग इसी तरह की निराशावादी सोच के कारण प्रयास करने से डरते हैं और कठिनाइयों से भागते हैं, जबकि हो सकता है कि समस्या का समाधान बिल्कुल हमारे करीब हो। आशावादी

सोच के साथ कोई भी कार्य सफलता के द्वार तक निश्चित पहुँचा देता है।

एक कहानी बताता हूँ। एक गाँव में एक किसान को जानवरों से बहुत प्यार था, इसलिए उसने अपने घर में बहुत सारी गाएँ और भैंसें पाल रखी थीं और उन्हीं का दूध बेचकर वह अच्छी तरह अपना जीवनयापन करता था। कुछ दिन बाद किसान ने एक कुत्ते और खरगोश को भी पाल लिया। एक दिन उसके मन में इन दोनों के साथ खेलने का विचार आया। इस विचार से वह दोनों को एक खेत में लेकर गया और उसने खेत में बहुत सारे छेद कर दिए। उन्हीं में से किसी एक छेद में हड्डी और गाजर छिपा दी। उसके बाद उसने कुत्ते और खरगोश को बुलाकर कहा कि तुममें से जो भी पहले हड्डी और गाजर ढूँढ़कर लाएगा, उसे मैं इनाम दूँगा। खरगोश बहुत ही आशावादी था, उसे पूरी उम्मीद थी कि वह हड्डी और गाजर को ढूँढ़ ही निकालेगा। वहीं कुत्ता बहुत ही निराशावादी था। वह मन-ही-मन सोच रहा था कि यह क्या मजाक है! इतने बड़े खेत में भला कोई हड्डी और गाजर कैसे ढूँढ़ सकता है? यही सोचकर कुत्ता खेत में बने एक बड़े से गड्ढे के पास बैठ गया। वहीं खरगोश पूरे जोश के साथ खेत में हड्डी और गाजर ढूँढ़ने में लग गया। उसने एक-एक कर सारे छेद देख लिये, लेकिन उसे हड्डी और गाजर कहीं नहीं मिले, फिर उसने कुत्ते को आराम से एक गड्ढे के पास बैठा देखा और सोचा कि बस, यही एक गड्ढे को देखना छूट गया है! अब वह उसी गड्ढे में हड्डी और गाजर ढूँढ़ने लगा और संयोग से वहीं ये दोनों चीजें उसे मिल गईं, अब तो उसकी खुशी का ठिकाना ही नहीं था। कुत्ते की निराशावादी सोच ने उसे बड़े आराम से हारने दिया और खरगोश को आराम से जीतने दिया। कुत्ते ने पहले ही मान लिया था कि इतने बड़े मैदान में हड्डी और गाजर मिल ही नहीं सकते और इसलिए उसने कोशिश तक नहीं की। दुनिया में यह वाक्य काफी प्रचलित है कि 'कोशिश करनेवालों की कभी हार नहीं होती है।'

हम सभी अपने जीवन में आविष्कारक हैं। हर खोज पर हम सभी यात्राएँ करते हैं। सभी अपने पथ द्वारा प्रदर्शित होते हैं, जो किसी की नकल नहीं होती है। यह दुनिया सबके लिए एक द्वार है, जो हर किसी को आगे जाने का एक समान अवसर देती है। अपने जीवन में आशावादी मन व कर्म से लक्ष्य हासिल करने के लिए लगातार चलते रहें। हो सकता है कि ठोकर भी लगे, लेकिन लक्ष्य आप जब हासिल कर लेंगे तो लोग आपके पीछे चल देंगे। अपने आप को खुश रखने का सबसे अच्छा तरीका स्वयं खुश रहने की कोशिश करना है। जीवन को कभी

हतोत्साहित न करें। आपका वही जीवन है, जहाँ से आपने शुरू किया था और आज वैसा बन गया है, जैसा आपने इसे बनाना चाहा था। मैंने यही सीखा है कि चाहे जो कुछ भी हो, वक्त चाहे कितना भी बुरा हो, लेकिन जीवन हमेशा आगे बढ़ता है और कल बेहतर होता है। आप अपनी मंजिल के पथ में जितनी बार गिरें, उतनी बार उठें, कभी हार न मानें। सफलता निश्चित कदम चूमेगी। अपने कर्मरूपी लोहे के गरम होने का इंतजार न करें, बल्कि अपनी तपन द्वारा इसे गरम बनाएँ, यानी खुद ऐसी कोशिश करें कि समय आपके कर्म के अनुकूल हो जाए। क्या आपको लगता है कि अमुक कार्य आप नहीं कर सकते? अगर लगता है कि आप नहीं कर सकते हैं तो क्या आप सही हैं? जीवन में आनेवाली हर बाधा हमारे कदमों के बीच आनेवाला वह पत्थर है, जो हमें रोकता तो है, परंतु आगे आनेवाले खतरों से भी अवगत कराता है। सफलता मन की एक अवस्था है। यदि आप सफलता चाहते हैं तो आशावादी विचार और कर्म से अपने बारे में सोचना शुरू करें। सृष्टि में आशावादी इनसान को जिंदगी एक बार ही सही, लेकिन ऐसे शख्स से जरूर मिलवाती है, जिसके साथ वह अपना सुख-दुःख बाँटना चाहता है, फिर उससे एक बेहतर ज्ञान अर्जित करता है। दुनिया में सफलता का परचम लहराने का एकमात्र मंत्र आशावादी विचार और कर्म है। अगर इस मंत्र पर अमल करते रहेंगे तो आपका जीवन सत्य की राह पर चलते हुए उन्नति के शिखर पर निश्चित पहुँचेगा।

□

हास्य जीवन का हिस्सा

जीवन एक अवसर है श्रेष्ठ बनने का, श्रेष्ठ करने का, श्रेष्ठ पाने का, जिसे जोकर के रूप में प्राप्त कर सकते हैं। संसार में सुंदर जिंदगी की एक ही परिभाषा होनी चाहिए स्वयं हँसो और लोगों को हँसाओ, सभी से सीधा बोलो, सच बोलो और मुँह पर बोलो। जो अपने होंगे, वे समझ जाएँगे और जो नाम के होंगे, वे दूर हो जाएँगे। यह काम जोकर बनकर करना संभव है। लगभग सभी लोग कभी-न-कभी तो सर्कस गए ही होंगे। वहाँ लोगों को हँसाने-गुदगुदाने के लिए एक पात्र आता है, जिसे हमलोग 'जोकर' कहते हैं। वह अपने चेहरे को अजीब रंगों और मुखौटे से ढके रहता है। जोकर ही वह किरदार है, जिसमें हर किसी को खुश करने की अपूर्व क्षमता होती है। वह खुद का मजाक उड़ाता है, जिससे कि लोग खुश रहें। वह तरह-तरह के खतरे भी उठा लेता है। वे लोगों को अपने असली चेहरे से परिचित नहीं करवाता है, अत: वहाँ उसकी कोई स्वयं की पहचान ही नहीं हो पाती है। हमारे आसपास के लोग हमारे बारे में क्या सोच रहे हैं, हम इस बात का काफी ध्यान रखते हैं। हम दूसरों के विचारों को लेकर अत्यंत संवेदनशील रहते हैं। यह काफी हैरानीपूर्ण है। आज समाज में हर इनसान जोकर है, परंतु जोकर का रूप और कार्य बदल गया है। आज हर कोई अपने चेहरे पर कई चेहरे लेकर घूम रहा है। वह लोगों को हँसाने के बदले लोगों के चरित्र का हनन करने में अपने हुनर का प्रयोग कर रहा है। सर्कस के जोकर स्वयं पर लोगों को हँसने के लिए मजबूर करते हैं, परंतु वर्तमान युग में मौजूद जोकरवाले चेहरे दूसरे पर हँसने और लोगों को हँसाने का कार्य कर रहे हैं।

यह सत्य है कि हममें से अधिकतर का दैनिक क्रियाकलाप अन्य लोगों के विचारों से प्रभावित रहता है। अगर आप भी ऐसा ही कर रहे हैं तो आप अपने उसूलों

के साथ समझौता कर रहे हैं। आप अपनी खुशियों और सपनों को कुरबान कर रहे हैं। सोचकर कितना अच्छा लगता है कि सब एक-दूसरे का ध्यान रखें और अपनी जरूरतों से पहले दूसरों की जरूरतों के बारे में सोचें! यह मानवता और भाईचारे का अनुपम उदाहरण होता है, लेकिन क्या करें कि निस्स्वार्थता हर इनसान का चरित्र बन जाए? क्या करें, जिससे एक-दूसरे को खुश करने के लिए अपनी इच्छाओं और भावनाओं को त्याग दें? क्या करें, जिससे पूरी जिंदगी दूसरों के सपनों और उनकी इच्छाओं का घर बन जाए? हर किसी को यह सीखना होगा कि कोई आपके स्वभाव का फायदा न उठा सके। आपको यह निश्चय करना होगा कि जो आपको पसंद नहीं है, उस पर आप अपना विरोध व्यक्त कर सकें। एक दिन एक आदमी अपने बेटे और गधे के साथ बाजार जा रहा था। रास्ते में एक दंपती ने उन पर ध्यान दिया। उन्हें आश्चर्य हुआ कि बाप-बेटा पैदल चल रहे हैं। "आप अपने बेटे को गधे के ऊपर क्यों नहीं बैठाते?" पति ने पूछा। बेटा चहक उठा, "पापा, मुझे बैठाओ।" बेटा गधे के ऊपर बैठ गया। बाप-बेटा आगे अपने रास्ते पर चल पड़े। कुछ दूरी पर उन्हें एक अन्य दंपती मिला। "तुम्हें शर्म आनी चाहिए" महिला चिल्लाई। "बेचारा बुजुर्ग आदमी पैदल चल रहा है और तुम आराम से सवारी कर रहे हो। अपने पिताजी को बैठने दो, क्या वे थक नहीं गए होंगे?" बच्चा गधे से उतर गया और पिताजी बैठ गए, फिर से वे आगे अपने रास्ते चल पड़े। "बेचारा बच्चा"—रास्ते में एक व्यक्ति ने कहा, "सुस्त बाप तो सवारी कर रहा है और बेटा पैदल चला जा रहा है। " अतः अब लड़का भी गधे पर बैठ गया। आगे बढ़ने पर उन्हें कुछ यात्री दिखे।" "कितने निर्दयी हैं ये! ये लोग तो गधे को मार ही डालेंगे," उनमें से एक यात्री चीखा। यह सुनकर पिता और बेटा उतर गए। अब उन्होंने फैसला किया कि गधे को कंधों पर ले जाया जाएगा। उन्होंने ऐसा किया भी। यह देखकर यात्रियों की हँसी छूट पड़ी। इससे गधा एकदम विचलित हो गया और पिता-पुत्र के बाजुओं से अपने को छुड़ाकर भाग निकला।

इस कहानी से सीख मिलती है कि आप हर किसी को खुश नहीं रख सकते हैं, अतः सोचिए कि सभी को खुश रखने के चक्कर में कहीं आप अपने साथ ही अन्याय तो नहीं कर रहे हैं? आप लोगों को महत्त्व दें, उनकी बात सुनें, उनकी इज्जत करें, लेकिन उनकी इच्छा पर मत चलें, नहीं तो आप उनकी इच्छा पूरी करते-करते अपना जीवन चक्र पूरा कर डालेंगे और अंत में आपकी अपनी कोई पहचान ही नहीं बचेगी। छोटी-छोटी घटनाओं से लोग सीखते नहीं हैं, जबकि हर

छोटी घटना नया ज्ञान देती है। अत: दोस्तो, हमें हर किसी को खुश रखने की कोशिश नहीं करनी चाहिए। हमारा अपना ध्यान अपने लक्ष्य, अपनी खुशी की तरफ होना चाहिए, न कि लोगों को खुश रखने की ओर। आपका दोस्त सिर्फ इसलिए आपसे दोस्ती नहीं तोड़ेगा कि आप उसे रेलवे स्टेशन तक छोड़ने नहीं जा सके। यदि आप वास्तव में व्यस्त नहीं हैं तो अपने दोस्त को छोड़ने अवश्य जाएँ। यदि आप नहीं जा पाते हैं तो इससे खास फर्क नहीं पड़ता। इस छोटी सी बात को दोस्त अपने मन में अधिक समय तक नहीं रखेगा। आखिर वह भी इनसान ही तो है, उसकी भी कई मजबूरियाँ होती हैं। समय कड़वी यादों को भुला देता है। हर इनसान अपने जीवन में पीछे की बात भूलकर आगे की तरफ बढ़ता है।

जब आप अपने माता-पिता को अपनी इच्छा के बारे में बताते हैं कि आप इस क्षेत्र में कार्य करना चाहते हैं। यदि वह क्षेत्र उनको पसंद नहीं हैं तो उनको निराशा तो जरूर होगी। वे आपसे नाराज हो सकते हैं, शायद कुछ समय तक बात न करें, लेकिन बदलते वक्त के साथ वे यह सब भूलकर आपका साथ देने लगेंगे। आपको पता होना चाहिए कि आपके जीवन के लिए सबसे अच्छा क्या है? आप अपनी जरूरतों के बारे में जानते हैं और यह भी जानते हैं कि स्वयं कैसे खुश रह सकते हैं। कैसे दूसरों की बातों को सुनकर, उनकी इच्छाओं और सपनों को पूरा करने से आपको लाभ होगा? आपकी आकांक्षाएँ और इच्छाएँ सबसे अलग हैं। इसलिए यह महत्त्वपूर्ण है कि आपने जो सपने देखे हैं, उनकी रक्षा करें और उन्हें मंजिल तक पहुँचाएँ। अपने सपनों के लिए जीएँ और आप यह याद रखें कि आप अपने जीवन के खुद ही हीरो हैं, न कि कोई सहायक कलाकार। यह आपका अपना जीवन है, आपके अपने भी सपने हैं, जिनको पूर्ण करने की जिम्मेदारी सिर्फ और सिर्फ आपकी है। आप अपना बेहतर जीवन एक बेहतर जोकर बनकर हासिल कर सकते हैं। अंत में कहूँगा कि चल जिंदगी, एक जोकर का रूप धारण कर जिंदगी में सुख, शांति, प्रेम और आनंद के लिए नई शुरुआत करते हैं। कल जो उम्मीदें औरों से की थीं, उन्हें आज खुद से करते हैं।

□

आशा और निराशा के बीच उलझा इनसान

जिंदगी के सफर में आशा और निराशा के बीच उलझे इनसान को जब तक रास्ते समझ में आते हैं, तब तक 'लौटने का वक्त' हो जाता है। यही जिंदगी है। कोई भी इनसान शतरंज के खेल को केवल आगे की चाल चलकर नहीं जीत पाया होगा। कई बार पीछे भी हटना पड़ता है अच्छी चाल चलने और जीतने के लिए। जीवन भी ऐसा ही है। इसी तरह इस जीवन के सफर में आशा और निराशा आगे और पीछे कदम को बढ़ाने के लिए मजबूर करती रहती हैं। जीवन में निराशा को स्थान नहीं देना चाहिए, अगर जीवन में निराशा है तो आशा भी तो है! आशा यह है कि कल सूर्य का दोबारा उदय होगा। जैसे सूर्य का उदय और अस्त होता है, दिन समाप्त होता है और रात्रि आती है, उसी प्रकार जीवन में भी एक नया दिन आता है। इस नए दिन का स्वागत करना चाहिए। अपनी आशाओं को देखकर अपने आनंद को देखना चाहिए। यह हमारे लिए आशाओं से भरा हुआ नया दिन, नई सुबह है। इनसान को इस संसार में जिंदगी एक बार मिलती है, यह धारणा बिल्कुल गलत है। सिर्फ मौत एक बार मिलती है, जिंदगी तो हर रोज मिलती है। बस, जिंदगी को जीना आना चाहिए। बहुत सारे लोगों ने अपना जीवन ऐसे कार्य में लगाया है, ताकि लोगों का भला कर सकें, लोग अपनी प्यास को बुझा सकें, अपने जीवन को सफल बना सकें। ऐसे लोग सारे संसार में भ्रमण कर यही कोशिश करते हैं और वे तब तक कोशिश करते रहते हैं, जब तक उनके शरीर में साँस चलती है। इस संसार से जाना तो सबको है, परंतु जाते समय कोई कहेगा कि मैंने यह नहीं किया, मैंने वह नहीं किया, मेरी यह इच्छा पूरी नहीं हुई, मेरी वह इच्छा पूरी नहीं हुई; परंतु जिसको आत्मा का ज्ञान है, आशा और निराशा के भँवर से निकलकर वह कहेगा, 'हे ईश्वर!

मैं आपके बताए मार्ग पर चलने के लिए तैयार हूँ, क्योंकि संसार की सारी बातें समझ में आ गई हैं।' अगर यह बात समझ में आ गई तो मैं सच कहता हूँ कि उस दिन इनसान की जिंदगी के अंदर खुशियों की वर्षा हो जाएगी।

इस संसार में सुख को प्राप्त करने के लिए सत्य के साथ सुंदर कर्तव्य और प्रेम में डूबने की आवश्यकता है। जो मनुष्य इस तथ्य को समझ लेता है, वही इस संसार में सुखी और ज्ञानी इनसान है। बनानेवाले ने इस संसार को स्वर्ग बनाया है। इसको अनुभव करने की जरूरत है। हजारों-लाखों लोग हैं, जो दिन-रात इसका आनंद ले रहे हैं और अपने जीवन को सफल कर रहे हैं। इसका अनुभव निराशा से घिरे लड़ाई के मैदान में आशा की जीत से किया जा सकता है। जिस दिन समझ में आ जाएगा कि आशारूपी भगवान् आपके ही अंदर है, आप उनकी भक्ति करने लगेंगे, उस दिन आपका इस धरती पर आना सफल हो जाएगा। आशारूपी साँस से मूल्यवान् इस दुनिया में कुछ भी नहीं है। चाहे करोड़पति हो, या भिखारी, शिक्षित हो या अशिक्षित, दुनिया का सारा चक्कर इसके साथ ही खत्म हो जाएगा, अगर इस आशारूपी साँस को नहीं समझ पाए तो जो यह अनमोल उपहार मिला है, वह हाथ से निकल जाएगा। जीवन में विश्वास तब तक ठीक है, जब तक जानने का तरीका नहीं मालूम। अगर हम जानने के तरीके को ही छोड़ दें और विश्वास में ही फँसे रहें तो फिर अनुभव कैसे होगा? आप अपने जीवन में जो कुछ भी कर रहे हैं, आपने अगर उस अविनाशी हंस को, जो आपके अंदर विराजमान है, नहीं जाना तो आपका इस संसार में आने-जाने का कोई मूल्य नहीं है। जब इस पृथ्वी पर रहकर खगोलविद् करोड़ों किलोमीटर दूर देखकर यह बता सकते हैं कि कोई ग्रह कितना बड़ा है तो क्या इस पृथ्वी को देखकर यह नहीं कह सकते कि यहाँ इनसान और इनसान के बीच निश्छल प्रेम और शांति होनी चाहिए! यह सच है कि हर कोई हर क्षेत्र में निपुण नहीं हो सकता, लेकिन यह भी सच है कि कई चीजें हमारे बिना भी निपुण नहीं हैं। इसलिए अपने दृष्टिकोण के साथ आगे बढ़ें, अगर एक देश दूसरे देश के लोगों को मारने के लिए विनाशकारी वायरस और हथियार बना सकता है तो क्या एक साथ बैठकर ऐसी योजना नहीं बना सकते कि वे इस संसार में प्रेम व भाईचारे के साथ रहें! उनके बीच कोई सीमा-विवाद नहीं हो तथा हर जगह अमन-चैन व शांति बनी रहे!

संसार में लोग क्यों भ्रम में जी रहे हैं, क्या सबको लगता है कि हमेशा इसी संसार में रहना है? मनुष्य को मालूम होना चाहिए कि एक दिन उसका जाना

निश्चित है, पर वह जीता ऐसे है, जैसे कभी नहीं मरेगा, जबकि ऐसी समझ सरासर गलत है। इनसान की जिंदगीरूपी किताब के तीन पेज हैं। जन्म हुआ तो मृत्यु होगी, यह निश्चित है, पर इन दोनों के बीच का जो वक्त है, उसमें आप क्या कर रहे हैं—प्यार, शांति, विश्वास, धोखा, सत्य, झूठ, फरेब, पुण्य व पाप; तय आपको करना है। आप जिसकी खेती करेंगे, आपके जीवन में वही मिलेगा। यह संसार एक रणभूमि है और इस रणभूमि में आप एक योद्धा हैं। जिस उद्देश्य से आप इस रणभूमि में आए हैं, मालूम नहीं कि भविष्य में परिणाम क्या निकलेगा, पर आशा और निराशा के बीच यही स्वर्ग है और सुंदर एक जिंदगी भी। यही धर्मभूमि है और यही कर्मभूमि है। इसी भूमि में हम सब आशा के साथ कर्मों के द्वारा सुख-शांति पाकर मुक्ति भी पा सकते हैं। कोई यह सलाह दे कि तुम अपना जीवन सफल कर लो तो इससे बढ़िया सलाह कोई क्या हो सकती है? हर एक मनुष्य, जो इस संसार में है, दूसरा वैसा न था, न है और न कभी होगा। मैं अपनी लेखनी से जो विचार लिख रहा हूँ, यह सारे संसार के लोगों के लाभ के लिए हैं। इससे संसार में सुख-शांति की प्राप्ति होगी। अपने जीवन में सुख-शांति सब चाहते हैं, चाहे कोई बड़ा देश हो या छोटा, अमीर इनसान हो या गरीब, पढ़ा-लिखा हो या अनपढ़। यह सत्य है कि शांति की प्यास किसी चीज की परवाह नहीं करती है। शांति का अनुभव हर देश, हर इनसान के अंदर होता है। केवल उसे चिरनिद्रा से जगाने की जरूरत है। आशा की चादर में लिपटा समय और जिंदगी दुनिया के सर्वश्रेष्ठ शिक्षक हैं। जिंदगी ही समय का सदुपयोग सिखाती है और समय हमें जिंदगी की कीमत सिखाता है।

□

मानव के लिए प्रदूषण गंभीर समस्या

पृथ्वी पर पाई जानेवाली भूमि, जल, वायु, पेड़-पौधे एवं जीव-जंतुओं का हमारे चारों ओर मौजूद समूह पर्यावरण कहलाता है। पर्यावरण हमारे दैनिक जीवन से सीधा संबंध रखता है और उसे प्रभावित करता है। मानव और पर्यावरण एक-दूसरे पर निर्भर होते हैं। इसके विपरीत प्रदूषण, जैसे—जलवायु प्रदूषण या वृक्षों का कम होना इनसान या जीव के स्वास्थ्य पर बुरा असर डालता है। संसार में मानव द्वारा आर्थिक उद्देश्य, महत्त्वाकांक्षा और जीवन में विलासिता के लक्ष्यों की प्राप्ति हेतु प्रकृति के साथ व्यापक छेड़छाड़ के क्रियाकलापों ने प्राकृतिक पर्यावरण का संतुलन नष्ट किया है, जिससे आज मानव सभ्यता के अस्तित्व पर ही संकट उत्पन्न हो गया है। आज विश्व नित्य नया बम, जैविक हथियार आदि बना रहा है। इससे आज दैत्यरूपी प्रदूषण अभिशाप बनकर संपूर्ण पर्यावरण को नष्ट करने के लिए हमारे सामने चुनौती के रूप में खड़ा है। आज विश्व इस गंभीर चुनौती के दौर से गुजरते हुए संघर्ष कर रहा है, अतः पर्यावरण से संबद्ध उपलब्ध ज्ञान को व्यावहारिक बनाने की आवश्यकता है, ताकि समस्या को जनमानस सहज रूप से समझ सके। ऐसी विषम परिस्थिति में समाज को उसके कर्तव्य तथा दायित्व का एहसास होना आवश्यक है। 'पर्यावरण दिवस' पर काफी संख्या में लोगों द्वारा रोड किनारे या ऑफिस के परिसर में पेड़ लगाने का स्थान देखेंगे तो आश्चर्य होगा, क्योंकि पेड़ का भविष्य क्या होगा, यह खुद उनको पता है। कितने लोग हर वर्ष पेड़ लगाते हैं, लेकिन उन पेड़ों की वर्तमान स्थिति क्या है, ईमानदारी से यदि वे समीक्षा करेंगे तो वे खुद से शरमा जाएँगे। यदि यह केवल दिखावा न होकर उचित स्थान पर पेड़ लगाना हकीकत हो जाए तो सही मायने में पर्यावरण की रक्षा होगी।

तुम्हीं ने दर्द दिया है, तुम्हीं दवा दोगे! जिन लोगों ने आज पृथ्वी पर जीवों

के जीने पर संकट पैदा किया है, वे लोग आज बड़े-बड़े सेमिनारों में लच्छेदार बातें पर्यावरण पर करेंगे। उनमें से आप किसी की भी दिनचर्या उस दिन देख लें, चाहे वह पर्यावरण विशेषज्ञ ही क्यों न हों, आपको यह समझ में आ जाएगा कि यह एक छलावा है। वे रात भर ए.सी. में सोने के बाद सुबह उठकर फव्वारे से स्नान और लैट्रिन के लिए दस लीटर पानी बरबाद करके ए.सी. गाड़ी से आकर कंक्रीट के जंगलों के ए.सी. हॉल में 'पर्यावरण दिवस' मनाएँगे। यह ठीक वैसा ही है, जैसे आजकल के हमारे आदरणीय शिक्षक अपने बच्चों से 5 जून को हर साल 'विश्व पर्यावरण दिवस' पर निबंध लिखवाते हैं कि 'हम कैसे अपने पर्यावरण को बचाएँगे?' फिर स्कूल में वह छात्र सबसे अग्रणी होता है, जो सबसे ज्यादा पेज भरता है और उसे ही सबसे ज्यादा नंबर मिलते हैं, पर प्रश्न खड़ा हो जाता है कि उसके लिखने से क्या पर्यावरण बचा? वह निबंध, जो पर्यावरण की कॉस्ट पर पेड़-पौधों को समाप्त करके लिखा गया, क्या इसे ही पर्यावरण सुरक्षा ज्ञान कहा जाए? लेकिन ठीक यही स्थिति आज दिखाई दे रही है। अतः हम प्रदूषण से आनेवाली पीढ़ी को कैसे बचाएँ, इस पर बच्चों को ज्ञान देकर जागरूक करें। सच्चे मन से बच्चों के साथ पर्यावरण पर खुद चर्चा कर सकारात्मक कार्य करें, जो खुद के साथ जनमानस को दिखे। बहुत जगह दृष्टिगोचर हो रहा है कि देश में पर्यावरण संरक्षण के बेहद ज्वलंत मसले पर सुप्रीम कोर्ट अपनी तय गाइडलाइंस व एन.जी. टी. के निर्णय को कार्यान्वित कराने में अपने आप को असहाय व लाचार महसूस कर रही है।

कोरोना वायरस से बचने के लिए देश में किए गए लॉकडाउन के बाद पर्यावरण में आए बदलाव ने विशेषज्ञों को भी आश्चर्यचकित कर दिया है। नदियाँ, जो करोड़ों रुपए सालाना खर्च करने के बाद भी साफ नहीं हो पा रही थीं। आस्था की प्रतीक माँ गंगा लॉकडाउन में सबकुछ बंद होने के चलते स्वतः साफ हो गई है। लॉकडाउन की वजह से साफ नदी, जलस्रोत, हानि से रहित वायु, नीले तारों से जगमगाता स्वच्छ आसमान, स्वच्छंद घूमते जीव-जंतु आदि हम सभी को एक बहुत महत्त्वपूर्ण संदेश देते हैं कि यह घातक प्रदूषण मानव के द्वारा स्वयं पैदा किया जाता है। स्पष्ट है कि देश में हर तरफ फैले बेहिसाब घातक प्रदूषण के लिए हम स्वयं जिम्मेदार हैं, क्योंकि देश में कल-कारखाने व प्रदूषण फैलानेवाले अन्य कार्य बंद होने के चलते जल व वायु प्रदूषण में चंद दिनों में ही भारी कमी आई है। इसलिए प्रकृति का इनसान के लिए बिल्कुल स्पष्ट संदेश है कि संसार में स्वच्छ वातावरण

के लिए प्रदूषण कम करने की जिम्मेदारी हमारी खुद की है। आज सभी को ध्यान रखना होगा कि प्रदूषण के बढ़ते स्तर का ज्वलंत मुद्दा आनेवाले समय में देशों की सीमा, धर्म, जाति और अमीर-गरीब की दीवारों को समाप्त करनेवाला ऐसा मुद्दा होगा, जिस पर लोगों के जीवन को सुरक्षित रखने के लिए हर हाल में पूरी दुनिया को एक होना होगा। आज सभी को अपने सेवाभाव, दृढ़-संकल्प व दृढ़ इच्छाशक्ति के बलबूते पर्यावरण संरक्षण को भाषणों, फिल्मों, पुस्तकों और लेखों से बाहर लाकर प्रकृति व पर्यावरण के प्रति अपनी बेहद महत्त्वपूर्ण जिम्मेदारी को समय रहते दिल व दिमाग से समझकर कार्य करना होगा, तभी भविष्य में प्रदूषण कम होगा और धरातल पर पर्यावरण संरक्षण के कुछ ठोस प्रभाव नजर आ सकेंगे। अतः हम सभी मानव सभ्यता को बचाने के लिए सच्चे मन से पर्यावरण पर कार्य करें, ताकि भविष्य में मानव सभ्यता का अंत होने से बचाया जा सके।

□

हर इनसान में संकोच की भावना

इनसान की श्रेष्ठता का आधार ऊँचे आसन पर बैठना नहीं, हमारी ऊँची सोच है, जो संकोच से बाहर निकलने पर प्राप्त होती है। संसार में इनसान को संकोच कमजोर बनाता है। इसलिए ज्ञानार्जन और भूखे की मदद के लिए कभी संकोच नहीं करना चाहिए। बिना संकोच किए जीवन पथ में सफल विचारक की नीतियाँ इनसान को जीवन में सफल होने का मूलमंत्र देती हैं। इनसान के जीवन में कई ऐसे काम होते हैं, जिनके लिए इनसान को सोचने की जरूरत नहीं होती, जिससे ऐसे काम तुरंत करने चाहिए। शिक्षा जहाँ मिले, वहाँ बिना संकोच के ग्रहण करनी चाहिए। ज्ञानार्जन करने से इनसान की प्रगति की राह खुलती है। ज्ञानार्जन में संकोच इनसान को गर्त में ले जाता है। यदि शिक्षा में कहीं संशय हो अथवा कोई प्रश्न हो तो उसे तुरंत पूछ लेना चाहिए। जीवन में जब भी किसी की मदद करनी हो या किसी को दान देना हो, तब सोचना नहीं चाहिए। अपनी श्रद्धा और क्षमता के अनुसार हमेशा मदद के लिए तैयार रहना चाहिए। जो इनसान अपना लाभ सोचकर किसी की मदद करता है, वह स्वार्थी माना जाता है। इसलिए मदद और दान निस्स्वार्थ भाव से हमेशा बढ़-चढ़कर करना चाहिए। स्वयं से अगर जाने-अनजाने में गलती हो गई है तो उसे बिना संकोच किए अपने सबसे अजीज साथी को बता देना चाहिए। कई बार इनसान अपनों से भी संकोच करता है, क्योंकि उसे लगता है कि कहीं उसकी बातें करीबियों को बुरी न लग जाएँ! इसलिए कई बार लोग गलत या बुरी चीजों पर भी अपनों को नहीं टोकते हैं। ऐसा करना बिल्कुल गलत है। यदि आपको लगता है कि आपके अपने लोग कुछ गलत कर रहे हैं तो बिना संकोच किए उन्हें अवश्य रोकें और बताएँ। इनसान को भोजन करने में भी कभी संकोच नहीं करना चाहिए। यदि आपको भूख लगी है तो बिना सोचे या संकोच किए खाने के लिए बोल दें। संकोच

में कभी कम खाना न खाएँ, क्योंकि खाना इनसान की जरूरत है। संसार में भूखे पेट इनसान बेहतर काम नहीं कर सकता है।

जो मनुष्य कभी किसी को धोखा नहीं देता है, वह जिंदगी में सफल होता है। इनसान को मन की कुछ गोपनीय बातें मन में रखनी चाहिए और लाज-संकोच देखकर करनी चाहिए, वरना जगहँसाई होती है। आपका किसी ने अपमान कर दिया, आपको कोई धनहानि हो गई, आपसे जुड़ा किसी मित्र का चाल-चरित्र सही नहीं है तो आप क्या करते हैं? क्या आप अपने दुःख को दूसरों के साथ बाँटते हैं, क्या ये सभी बातें अन्य लोगों से आप यह सोचकर साझा करते हैं कि इससे आपको कोई संतोष मिलेगा या फायदा होगा? सारी बातों की एकांत में ईमानदारी से समीक्षा करें। जो इनसान संकोच करता है, वह दुःख का भागी बनता है और जिंदगी में उससे सफलता और खुशी, दोनों ही दूर होती हैं। एक व्यक्ति ने बड़ी मेहनत से पैसा कमाया। लोग उसकी बड़ी प्रशंसा कर उससे मेल-जोल बढ़ाना पसंद करने लगे। उसने एक खूबसूरत लड़की से विवाह किया। उसके मित्रों और शुभचिंतकों की संख्या अच्छी-खासी हो गई; लेकिन समय बदलते कहाँ देर लगती है! उस व्यक्ति की एक ऐसे व्यक्ति से दोस्ती हो गई, जो विचार और चरित्र का अच्छा नहीं था। उसने पहले तो मित्रता के नाम पर उसके पैसे का कई धंधों में निवेश करवा दिया, जिसमें कोई फायदा नहीं हुआ। व्यापार में नुकसान होने पर दुःखी मित्र की मदद करने के स्थान पर उसने उसे मदिरा की लत लगा दी। नशे का जब वह आदी हो गया तो अपनी गोपनीय एवं गम की बातें नशे में दूसरों से शेयर करने लगा, जिससे लोगों की हँसी का पात्र बन गया। वह अब अपने दोस्त की संगत से दूर रहना चाहता था। उसकी पत्नी ने उसे समझाया भी, लेकिन वह संकोचवश दोस्त से कुछ कह नहीं पाता था। अंततः उसकी पत्नी ने संकोच किए बिना अपने पति के बुरे दोस्त को भला-बुरा कहकर अपने पति से दूर किया और फिर से दोनों सुखपूर्वक रहने लगे। उनका व्यापार भी धीरे-धीरे बढ़ने लगा। यह तो कहानी थी, लेकिन ऐसा आपके साथ न हो, इसलिए ऐसी बातों को मन में ही रखना बेहतर है, जिससे आपकी समाज में निंदा की आशंका हो।

मैं बचपन से ही संकोची था और मुझे बचपन में यह सिखाया गया था कि संकोच के साथ मूर्ख, हठी, दुराग्रही और ओछी सोचवाले लोगों से कभी बहस नहीं करनी चाहिए, क्योंकि वे तुम्हें अपने स्तर पर ले जाएँगे। इससे हासिल कुछ नहीं होगा और तुम्हारी बुद्धि भी मारी जाएगी। अगर वैसा कोई व्यक्ति बहस पर उतारू हो

जाए तो उससे हाथ जोड़ लो और वहाँ से खिसक लो। क्या आपने कभी वास्तव में इस बात पर आश्चर्य किया है कि आप इतने संकोची क्यों हैं? अगर आपको ऐसा लगता है कि अन्य लोग आपको ऐसा आँकते हैं तो आप औरों को ऐसा परिभाषित करने का मौका न दें। समाज में गहरे स्तर पर आत्मसंकोची महसूस करने का सबसे बड़ा कारण है, बातचीत करने में अपनी योग्यता पर भरोसा नहीं होना। हर इनसान को अपने अंदर के आलोचक को निरस्त्र करना सीखना चाहिए। आप संकोच की भावना को कम करने के रचनात्मक तरीके ढूँढ़िए। इस बात को जानें कि आप किस बात के लिए संकोची हैं? अपने कारणों की एक सूची बनाइए। कारणों को जानने के बाद आप अपने संकोची होने की भावना को कम करने के लिए प्रयास करेंगे। नकारात्मक विचारों को चुनौती दीजिए। आजकल कुत्ता-बिल्ली का मुख चूमने में कोई संकोच नहीं, लेकिन इनसान को छूने, भूखे को अन्न-पानी देने और बीमार की सेवा करने में हम संकोच करते हैं। संसार में यह भी दिखता है कि इनसान अन्य धर्म-जाति से खान-पान में संकोच कर दूर रहता है, जबकि किसी लड़की से दोस्ती और शारीरिक संबंध बनाने में संकोच समाप्त हो जाता है। शर्म आनी चाहिए इस सोच के लोगों को स्वयं पर।

संकोच की भावना अकसर हमारी परेशानियों से उपजती है। दूसरे लोग हमारी ऐसी नकारात्मक बातों की पुष्टि करते हैं, जिन बातों के लिए हम असुरक्षित महसूस करते हैं। याद रखें कि आपके अंदर का आलोचक जो नकारात्मक विचार उठा रहा है, वह आप ही का हिस्सा है। वह भरोसेमंद या वास्तविकता की आवाज नहीं है, जैसा कि बहुत से संकोची इनसान वर्तमान में सोचते हैं। आप स्वयं की सोच के अच्छे मित्र बनिए। आपकी सबसे बड़ी ताकत आपकी उत्तेजना और उसपर आपकी नियंत्रित प्रतिक्रिया के बीच में निहित है। उसे नियंत्रित करने की कोशिश कीजिए। हमेशा अपने बारे में ऐसी कल्पना कीजिए कि आप औरों के समक्ष अच्छे दिखते और महसूस करते हैं। कभी भी अपने को नीचा दिखाने या अन्य से तुलना करके अपना अवगुण मत बताइए। अपने अंदर मौजूद बुरी सोच को चुनौती दीजिए। यह अपने आप को बेहतर बनाने का प्रभावी तरीका है। हमेशा अपना आत्म-विश्वास बढ़ाइए। दूसरे लोग आपके बारे में क्या सोचते हैं, इसकी जगह अपने लक्ष्य, उपलब्धियों और उन्नति को तरजीह दीजिए। जीवन में आत्मविश्वास और आत्मस्वीकृति ऐसी चीजें हैं, जिन्हें सीखा जा सकता है और समय तथा अभ्यास से इनमें संवर्धन किया जा सकता है। आप सभी पाठकों से अपील करता हूँ कि इस

लेख में उल्लिखित अवधारणाओं को आत्मविश्वास बढ़ाने और संकोच घटाने के लिए अभ्यास में लाइए। दूसरों के अनुमोदन के लिए प्रतीक्षा बंद कर दीजिए। अगर आपको पूरा जीवन कोई दूसरा अच्छा कहे, इसपर निर्भर रहते हैं तो आप कभी भी संकोच से उबर नहीं पाएँगे। हमेशा बचाव की मुद्रा में न रहें, जब भी कुछ गलत करें तो उसे स्वीकार करिए, क्योंकि यहीं पर संसार समाप्त नहीं हो रहा है। सभी से गलतियाँ होती हैं। जीवन में आगे बढ़ें और जरूरत पर माफी माँग लें। आप स्वयं के सबसे बुरे आलोचक हैं। इसे जानिए कि आप पर आपके अलावा कोई भी इतनी कठोरता से निर्णय नहीं कर रहा है, जितना कि आप स्वयं कर रहे हैं। शीशे के सामने स्वयं को रखते हुए कहें कि आप सकारात्मक हैं, जो भी करते हैं, वह अच्छी तरह करते हैं और आवश्यकतानुसार परिवर्तन के लिए तैयार भी रहते हैं।

□

तनाव भरी जिंदगी का राज और निदान

संसार में खूबसूरत जिंदगी का राज है कि इनसान तनावमुक्त रहे और दूसरों को भी ऐसा रहने को प्रेरित करता रहे। संसार में तेजी से बदलते माहौल में हमारे शरीर और मन पर जो असर पड़ता है, उसे हम तनाव कहते हैं। तनाव दो तरह का, अच्छा और बुरा होता है। जहाँ अच्छे तनाव की वजह से इनसान अपने कर्म क्षेत्र में उन्नति करता है, वहीं बुरे तनाव में किसी से गुस्से में बहस कर लेता है। परिवार, पैसा, कार्य, ख्वाब और बेवजह सोच तनाव के सामान्य कारण हैं। तनाव के लक्षणों में सिरदर्द, पीठदर्द, नींद नहीं आना, गुस्सा, हताश होना, किसी एक चीज पर ध्यान न लगा पाना, रोना, दूसरों को नजरअंदाज करना आदि हैं। कुछ लोग मानसिक के साथ अपनी शारीरिक कमजोरियों और रोग के कारण भी अधिक चिंतित रहने लगते हैं, जो धीरे-धीरे उनके मानसिक संतुलन को खराब करने लगता है और यह परेशानी ही उनके तनाव का कारण बन जाती है। कुछ लोगों के घर में अनेक तरह की समस्याएँ होती हैं; जैसे—गरीबी, अशांति, पारिवारिक झगड़े, धन की कमी आदि। वे लोग हर छोटी-छोटी बात पर भी अधिक विचार करने लगते हैं और उसके पीछे के कारण को खोजने के चक्कर में खुद तनाव में रहने लगते हैं। अकेलापन व्यक्ति के जीवन में बहुत गलत प्रभाव डालता है। आजकल युवा और बुजुर्ग वर्ग में ये कारण अधिक पाए जाते हैं, जब युवावस्था में प्रेमी या प्रेमिका इनके साथ धोखा कर देते हैं और बुजुर्ग को उनके बच्चे अकेला छोड़ देते हैं तो वे खुद को अकेला महसूस करने लगते हैं और अकसर वे तनाव में रहने लगते हैं। वर्तमान समय में बेरोजगारी भी तनाव के मुख्य कारणों में से एक है। ऐसे बहुत से छात्र हैं, जो बड़ी कठिनाइयों और कठिन मेहनत कर शिक्षा प्राप्त करते हैं और अथक प्रयास के बाद भी योग्यता के अनुकूल नौकरी नहीं मिलने से हमेशा तनाव में रहते हैं। इनसान कुछ हासिल

करने के लिए परेशानी उठाता या चिंता करता है, जो उसे निश्चित रूप से अपने लक्ष्य की ओर ले जाता है, लेकिन अगर आप अपने जीवन में मानसिक तनाव हर समय महसूस करते हैं तो यह अच्छा संकेत नहीं है।

तनाव का असर जब दैनिक कार्यों पर पड़ने लगे तो आपको सावधान होने की आवश्यकता है। बहुत ज्यादा तनाव लेना मानसिक बीमारी का कारण बन सकता है। तनाव मस्तिष्क और मन, दोनों पर बुरा असर डालता है, जिससे कई शारीरिक और मानसिक बीमारियाँ जन्म लेती हैं। ज्यादातर ऑफिसों में लोगों का रक्तचाप काम करते समय बढ़ जाता है, क्योंकि बॉस या सहकर्मी कुछ महत्त्वपूर्ण काम करने की ज्यादा जिम्मेदारी दे देते हैं, जब आप कठिन मेहनत से अपने क्षेत्र में काफी सफल होना चाहते हैं तो वैसी स्थिति में तनाव पैदा होना जाहिर-सी बात है। अतएव, अत्यधिक वर्कलोड के दौरान परेशान करनेवाली बातों को खुद से कहीं और शिफ्ट कर काम को आगे बढ़ने के अवसर के रूप में देखना चाहिए। अपने जीवन में किसी भी समस्या को खुद पर हावी नहीं होने देना चाहिए। पूरी दुनिया में लाखों-करोड़ों लोग तनाव भरी जिंदगी जीते हैं, जिसका असर उनके साथ-साथ उनके पूरे परिवार पर भी पड़ता है। आजकल दिखता है कि हर चौथा इनसान निराशा से तनाव में रहता है। तनाव के कारण इनसान मानसिक रोगी बन जाता है। तनाव में कोई व्यक्ति ठीक से सोच नहीं पाता और उसकी अपनी भावनाओं और व्यवहार पर काबू नहीं रहता है। इससे जिंदगी के प्रति दिलचस्पी कम होकर नकारात्मक भावनाएँ हावी हो जाती हैं। अच्छे डॉक्टर बताते हैं कि तनाव में किसी भी इनसान को एनर्जी लेवल लगातार घटता महसूस होता है। उसकी रोजमर्रा की जिंदगी भी प्रभावित हुए बिना नहीं रहती। मानसिक कमजोरी व्यक्ति को किसी भी कारण से हो सकती है, जैसे—अपमान, भय, आत्मविश्वास की कमी, ऑफिस के कठोर नियम, ईर्ष्या, प्यार का अभाव, कोई नुकसान, प्रियजन की मृत्यु आदि। यह मानसिक कमजोरी ही तनाव का कारण होती है। इसके अलावा लगातार उदासी से घिरे रहना, बेचैनी महसूस करना, किसी-न-किसी वजह से मूड खराब रहना, जिंदगी से कोई उम्मीद न होना, घोर निराशा में रहना, अपराधबोध होना, हर टाइम जिंदगी को बोझ मानना, मनपसंद काम न कर पाने की लाचारी महसूस करना, पसंदीदा कामों में रुचि न रहना, समय पर नींद नहीं आना, भूख कम लगने से लगातार वजन गिरना, जरूरत से ज्यादा खाने से मोटा होना, मन में खुदकुशी का विचार आना आदि भी तनाव से जुड़े होते हैं।

अपनी जिंदगी को सुख और शांति से जीने के लिए तनाव को कम कैसे करें, इस पर विचार करने की जरूरत है। नियमित रूप से व्यायाम करें, ईश्वर में ध्यान लगाएँ, संगीत सुनें, 10-20 मिनट आँखें बंद कर शांति का अनुभव करें, अखबार पढ़ें और तनाव भरी बातें दिमाग से निकाल दें। तनाव महसूस होने पर परिवार के साथ रहें या कहीं घूमने जाएँ तो तनाव से कोसों दूर रहेंगे। धूम्रपान से धड़कन तेज हो जाती है, जिससे तनाव बढ़ता है। संतुलित आहार नियमित लेते रहें। मैं स्वयं प्रतिदिन एक घंटा बैडमिंटन खेलता हूँ और दो घंटे कुछ नई जानकारी के लिए पुस्तक पढ़ता हूँ। आपके हृदय से जुड़े शुभचिंतक व दोस्त आपको आवश्यक सहानुभूति प्रदान करते हैं और तनाव के समय आपको सही सलाह भी देते हैं। अपनी समस्याओं के संबंध में बात करना भी तनाव दूर करने का उत्तम जरिया है। हममें से अधिकतर लोग अपनी समस्याएँ खुद तक ही सीमित रखते हैं। अंदर-ही-अंदर घुटते रहने से और भी गंभीर समस्याएँ पैदा हो सकती हैं। यह बेहद महत्त्वपूर्ण है कि आप व्यस्तता के बावजूद अपनी जरूरतों और देखभाल के लिए कुछ समय निकालें। आराम करने के लिए भी पर्याप्त समय बचाकर रखें। तनाव को दूर भगाने का सबसे आसान तरीका है कि आप मनोचिकित्सक की सलाह लें, ताकि आपको तनाव की जड़ तक जाने और इसे दूर करने में मदद मिले। दुनिया भर में तनाव एक विकराल रूप लेता जा रहा है। इसके चलते लोग मानसिक रोगों का शिकार भी हो रहे हैं, हालाँकि इससे निबटने के लिए कई तरीके भी आजमाए जा रहे हैं। इनसान को तनावमुक्त रहने का असल मंत्र है कि जो प्राप्त है, वह पर्याप्त है।

□

मनुष्य में संवेदना का अभाव

संसार में संवेदना इनसान को जीवित होने का एहसास दिलाती रहती है, नहीं तो संवेदनहीन इनसान इस जहाँ में सिर्फ मशीन बनकर रह जाता। हमारे ज्ञान सागर में संवेदना के आयामों को परिभाषित करते हुए उसे मानव मन की गहराई और सच्चाई के साथ आँका गया है। मन में होनेवाला अनुभव या बोध, अनुभूति, किसी को कष्ट में देखकर मन में होनेवाला दुःख, किसी की वेदना देखकर स्वयं भी बहुत-कुछ उसी प्रकार की वेदना का अनुभव करते हुए उसी प्रकार का दुःख, सहानुभूति प्रकट करने की क्रिया या भाव को संवेदना कहते हैं। संवेदना का अनुभव सभी जीवों का ईश्वर प्रदत्त स्वाभाविक गुणधर्म है। यदि संवेदना न हो तो भूख, नींद, प्यास, गरमी, सर्दी, दुःख, प्रसन्नता, क्रोध, खुशी, प्रेम, घृणा, नफरत, थकान, स्फूर्ति, अपनत्व आदि का कुछ भी पता नहीं चलेगा। फलतः धरती पर जीव का जीवन तुरंत समाप्त हो जाएगा, क्योंकि तब जीव को भूख-प्यास का अनुभव नहीं होगा, जिससे वह भूख-प्यास से मर जाएगा। धरती पर इनसान को ईश्वर ने अधिक संवेदनशील बनाया है तथा इसे अच्छाई-बुराई का ज्ञान भी प्रदान कर रखा है, जिससे वह पशुओं से अधिक समझदार और श्रेष्ठ है। संवेदना ही है, जो इनसान को इनसान से जोड़े रखती है।

एक कार्यक्रम में एक सज्जन व्यक्ति ने महात्मा से कहा कि मैं आपसे मार्गदर्शन चाहता हूँ कि मेरे सामने जो रास्ता है, इस पर मैं चलूँ तो मंजिल भी सामने है और मेरे पैरों में ताकत भी है, फिर मैं यात्रा क्यों नहीं कर पा रहा? महात्मा ने सज्जन व्यक्ति से कहा कि रास्ता है, पैरों में ताकत है, लक्ष्य भी दिखता है, फिर भी आप कहते हैं कि यात्रा क्यों नहीं कर पाता, तो संवेदना का अभाव ही इसका एकमात्र कारण है। संवेदना होती है तो ऊबड़-खाबड़ रास्ता भी सुंदर राजमार्ग बन

जाता है। संवेदना होती है तो निर्बल का पैर भी छलाँग लगाने का साहस कर लेता है। संवेदना होती है तो लक्ष्य की प्राप्ति होती है। ऐसे समय में हर जीव में संवेदना प्रकट हो, ऐसी प्रवृत्ति बहुत जरूरी है। कभी-कभी तो माँ-बाप की संवेदना भी बच्चों के लिए कम हो जाती है। इतना ही नहीं, बच्चों में भी अपने माँ-बाप के लिए संवेदना क्षीण दिखती है। यह मूल्यह्रास के साथ हमारी सभ्यता व संस्कृति का बहुत बड़ा नुकसान है। संवेदना भारतीय संस्कृति की धरोहर है। छोटी उम्र में भाई-भाई प्रेम व लगाव से काफी करीब होते हैं, फिर बड़े होते ही शादी के बाद परिवार बढ़ता है और धीरे-धीरे भाइयों में एक-दूसरे के प्रति संवेदना कम होने लगती है। हर एक क्षेत्र में कुछ ऐसा नजर आ रहा है। इसीलिए हमारे हृदय में संवेदना का प्रकट होना जरूरी है।

एक घटना आपको बताता हूँ। करीब सात साल की उम्र का एक बच्चा अपने पास कुछ पर्स जैसा लेकर एक बड़े मॉल के काउंटर के पास जाकर खड़ा हो गया। उसके पीछे एक अमीर आदमी खरीदारी करने आया। बालक को देखकर उसने सोचा कि यह आखिर क्या लेने आया है और वह उसे देखने लगा। उस बच्चे ने दुकानदार से कहा कि अंकल, मुझे यह गुड़िया चाहिए। दुकानदार को पता है कि गुड़िया खरीदने के लिए पर्याप्त पैसे बच्चे के पास नहीं हैं। वह आदमी दुकान में नौकरी करता था, इसीलिए वह कुछ कर भी नहीं सकता था। बच्चे को वह आदमी कहता है कि तेरे पास पर्याप्त पैसे नहीं हैं। अमीर आदमी देखता है कि वह बच्चा अपने पर्स को बार-बार बंद करता है और खोलता है, फिर वहाँ संवेदना का जन्म कैसे होता है, इसे देखिए। उस अमीर आदमी के हृदय में होने लगा कि अब क्या करूँ? वह बच्चे को बुलाकर पूछता है कि यह गुड़िया तुम क्यों खरीदना चाहते हो? तब बालक कहता है कि अंकल, मेरी बहन भगवान् के पास चली गई है। उसको यह गुड़िया बहुत पसंद थी, लेकिन हम उसको नहीं दिला पाए थे, अब मुझे उसके लिए यह गुड़िया चाहिए। अब समस्या यह हो गई कि सात साल के बच्चे को वह कैसे समझाए? अमीर आदमी पूछता है कि तुम अपनी बहन के पास गुड़िया कैसे पहुँचाओगे? बालक तपाक से कहता है कि अंकल, उसका उपाय मेरे पास है। मेरी माँ भी दो-तीनों दिनों में भगवान् के पास जानेवाली है। काउंटर पर बैठे आदमी और पीछे खड़े अमीर आदमी, दोनों के लिए तभी एक प्रश्न उत्पन्न हो गया। तीन दिन पहले अखबार में खबर छपी थी कि एक ड्राइवर शराब पीकर गाड़ी चला रहा था, जिससे एक बच्ची की मृत्यु हो गई और उसकी माँ गंभीर रूप से घायल हो गई थी।

उसकी माँ को अस्पताल में भरती कराया गया था और डॉक्टरों ने कहा था कि उस महिला के बचने की संभावना कम है। अमीर व्यक्ति को लगा कि कहीं इसी मासूम लड़के की बहन तो नहीं मर गई थी? तभी मासूम लड़के के हृदय में यह बात उठी होगी कि मैं माँ के हाथों बहन के लिए यह गुड़िया खरीदकर भेज दूँ, इसीलिए बेचारा पॉकेटमनी लेकर घूम रहा है। फिर अमीर बोलता है कि बेटा, तू पॉकेटमनी मुझे दे, शायद तेरी गिनती गलत होगी, इसे अब मैं गिनता हूँ। बच्चे ने पॉकेटमनी दे दी। उसके बाद बच्चे को पता लगे बिना व्यक्ति ने चुपके से कुछ पैसे उसमें डाल दिए। इस तरह अमीर व्यक्ति में संवेदना का जन्म होता है।

लोग कहते हैं कि वर्तमान अर्थयुग में जहाँ पैसे हों, वहाँ संवेदना प्रकट नहीं होती, परंतु हमारे जीवन में विवेक यदि प्रकट हो जाए तो पैसों से भी संवेदना प्रकट हो सकती है। विद्या से भी संवेदना प्रकट हो सकती है। ज्ञान से भी संवेदना प्रकट हो सकती है। हर क्षेत्र में संवेदना प्रकट हो सकती है। मॉल में उस अमीर अंकल ने लड़के के पर्स में पैसे डालकर संसार को मैसेज दिया कि अपने जीवन में थोड़ी संवेदना अवश्य अर्जित करनी चाहिए। इस छोटी सी कहानी का सार इतना ही है कि हर इनसान में संवेदना प्रकट होनी चाहिए। संवेदना के मूल में वेदना है, जो संवेदना की जननी है। संवेदनाओं का हर व्यक्ति अपने में एक स्वरूप है। इनसान एक सवेदनशील प्राणी है। सभी के भीतर संवेदना महसूस होती है, जो एक सामान्य प्रक्रिया है। यह इनसान के संस्कार और विचारों को अभिव्यक्त करती है, जब भी हमें कुछ महसूस होता है तो समझ लेना चाहिए कि हमारे अंदरूनी विचार ऐसे होते हैं, जैसे ही हम अपने विचार में परिवर्तन कर देते हैं तो हमारी संवेदना भी बदल जाती है। आप कभी भी यह प्रयोग करें, जब भी हमलोग कुछ महसूस करते हैं, उनके पीछे का कारण हमारा कोई संकल्प ही होता है। वही हमें ऐसा महसूस करवाता है। संसार के हर इनसान में सत्य को महसूस करने की हिम्मत और सुधार करने की नीयत हो तो इनसान हमेशा अपनी संवेदनशीलता से मानव का कल्याण करता रहेगा।

□

दूसरों के लिए चिंतित मनुष्य आदरणीय

संसार में सूर्य क्यों पूजनीय है ? क्योंकि वह सबके काम आता है। इसी तरह जो व्यक्ति सबके लिए जीता है, वह सूर्य की तरह पूजनीय हो जाता है। संसार में मानव भगवान् की बनाई अनमोल कृति है। हर व्यक्ति में अपार क्षमताएँ होती हैं। हमें अपनी क्षमता का उपयोग सिर्फ अपने लिए ही नहीं, बल्कि दूसरे की भलाई के लिए भी करना चाहिए। दूसरों के चेहरे पर मुसकान लाने के लिए हमें खुद ही पहल भी करनी होगी। दूसरों के दुःख को देख द्रवित ही नहीं, उसे दूर करने की पहल करनी होगी। स्वयं को खुशहाल बनाने व आनंदित होने के लिए दूसरे की पीड़ा को महसूस करना होगा। परहित के लिए सभी को कदम बढ़ाना होगा। सब मिलकर परोपकार करें तो समाज में दुःख का अंधियारा छँट जाएगा। दुनिया में परहित के लिए चिंतनशील व्यक्ति का सदैव गुणगान होता है। परोपकार करनेवाले को सभी याद करते हैं। नेक कार्य की बदौलत हम समाज में लोकप्रिय हो सकते हैं। समाज में एक-दूसरे की भलाई के लिए हमें सदैव तत्पर रहना होगा। परोपकारी बनने के लिए हृदय में त्याग व सहयोग की भावना जाग्रत् होनी चाहिए। यह तभी संभव है, जब हम परहित की राह पर कदम बढ़ाएँगे। परोपकारी बनने के लिए उदारता पहली शर्त है। इस भाव से ओतप्रोत होने के लिए हमें स्वप्रेरित होकर कदम बढ़ाना होगा। इसकी शुरुआत अपने घर के आसपास से ही की जा सकती है। पहल करें तो इसका असर दिखने लगेगा। दूसरे की मदद करने से समाज की छोटी-छोटी समस्याएँ स्वतः समाप्त हो जाती हैं। खुद को अच्छा बनाने के लिए दूसरों के हित की भी चिंता करनी होगी। कथनी व करनी की खाई को मिटाना होगा। उपकारी व्यक्ति से सभी स्नेहभाव रखते हैं। दूसरों का उपकार करनेवालों की मदद में बहुतेरे हाथ आगे बढ़ जाते हैं। दूसरों से सहयोग की अपेक्षा से पहले हमें उनके सहयोग में पहले कदम

बढ़ाना होगा। इसकी पहल अभी से करनी शुरू कर दें। समाज में बिना सहयोग के कोई भी कार्य पूरा नहीं होता।। इसकी शुरुआत हर किसी को संकल्पित होकर करनी होगी, तभी समाज में बदलाव दिखेगा।

एक राजा था, जिसे शिल्पकला अत्यंत प्रिय थी। राजा ने कई मूर्तियाँ अपने राजमहल में रखी थीं और स्वयं उनकी देखरेख करवाते थे। सभी मूर्तियों में उन्हें तीन मूर्तियाँ जान से भी ज्यादा प्यारी थीं। सभी को पता था कि राजा को उनसे अत्यंत लगाव है। एक दिन जब एक सेवक उन मूर्तियों की सफाई कर रहा था, तब गलती से उसके हाथों से उनमें से एक मूर्ति टूट गई। जब राजा को यह बात पता चली तो उन्हें बहुत क्रोध आया और उन्होंने उस सेवक को तुरत मृत्युदंड दे दिया। सजा सुनने के बाद सेवक ने अन्य दो मूर्तियों को भी तोड़ दिया। यह देखकर सभी को आश्चर्य हुआ। राजा ने उस सेवक से इसका कारण पूछा तो उसने कहा कि क्षमा कीजिए, महाराज! मूर्तियाँ अत्यंत नाजुक मिट्टी की बनी हैं, अमरता का वरदान लेकर तो आई नहीं हैं। आज नहीं तो कल टूट ही जातीं, अगर मेरे जैसे किसी प्राणी से टूट जाती तो उसे अकारण ही मृत्युदंड का भागी बनना पड़ता। मुझे तो मृत्युदंड मिल ही चुका है, इसलिए मैंने ही अन्य दो मूर्तियों को तोड़कर दो व्यक्तियों की जान बचा ली। यह सुनकर राजा की आँखें खुल गईं। उसे अपनी गलती का एहसास हुआ और उसने सेवक को सजा से मुक्त कर दिया। सेवक ने उन्हें साँसों का मूल्य सिखाया। राजा को समझ आ गया कि मुझसे कई गुना अच्छा तो यह सेवक है, जिसने मृत्यु के इतना समीप होते हुए भी परहित की सोची। राजा ने सेवक से पूछा कि अकारण मृत्यु को सामने पाकर भी तुमने ईश्वर को क्यों नहीं कोसा, और निडरता, संयम, समभाव तथा दूरदृष्टि के अच्छे गुणों के वहन की युक्ति क्या है? सेवक ने बताया कि आपके यहाँ काम करने से पहले मैं एक अमीर सेठ के यहाँ नौकर था। मेरा सेठ मेरे कार्यों से बहुत खुश रहता था, लेकिन जब भी कोई कटु अनुभव होता तो वह ईश्वर को बहुत गालियाँ देता था। एक दिन सेठ ककड़ी खा रहा था। संयोग से वह ककड़ी काफी कड़वी थी। सेठ ने वह ककड़ी मुझे खाने को दी। मैंने उसे बड़े चाव से खाया, जैसे वह बहुत स्वादिष्ट हो। सेठ ने मुझसे पूछा कि ककड़ी तो बहुत कड़वी थी, फिर भी तुम कैसे खा गए? मैंने कहा कि सेठजी, आप मेरे मालिक हैं और आप रोज स्वादिष्ट भोजन देते हैं, अगर एक दिन कुछ कड़वा भी दे दिए तो उसे स्वीकार करने में क्या हर्ज है? इनसान का जन्म, जीवनयापन तथा मृत्यु सब ईश्वर की देन हैं। असल में यदि हम समझ सकें तो जीवन में जो

कुछ भी होता है, सब ईश्वर की कृपा ही है। संसार में ईश्वर जो करता है, अच्छे के लिए ही करता है। धरती पर हर जीव और इनसान सुख-दु:ख को ईश्वर का प्रसाद समझकर संयम से ग्रहण करे तथा हर समय परहित का चिंतन करे तो ईश्वर उसे हमेशा प्रसन्न रखेगा।

इस संसार में वही सच्चा परहितकारी व्यक्ति है, जो प्रतिफल की भावना न रखते हुए परोपकार करता है। हमें यह कभी नहीं समझना चाहिए कि हम बिना सच्चाई के मानव कल्याण के लिए विचार करते हैं। कभी-कभी हम स्वयं को नहीं पहचानते हैं और अपने व्यक्तित्व और मन:स्थिति की बुराई और स्वयं की अवमानना करते हैं। गीता में भगवान् श्रीकृष्ण अर्जुन से कहते हैं कि शुभ कर्म करने वालों का न यहाँ और न ही परलोक में विनाश होता है। चाणक्य के अनुसार, जिन सज्जनों के हृदय में परोपकार की भावना जाग्रत् रहती है, उनके मन, विचार और कर्म की आपत्तियाँ दूर हो जाती हैं तथा पग-पग पर उन्हें यश की प्राप्ति होती है। संसार में परहित के विचार के समान उत्कृष्ट कोई कर्म-धर्म नहीं है। विज्ञान ने आज इतनी उन्नति कर ली है कि मरने के बाद भी हमारी नेत्रज्योति और अन्य कई अंग किसी अन्य व्यक्ति के लिए प्रकाश एवं जीवन को बचाने का काम कर सकते हैं। इनका जीवन रहते ही दान कर महान् उपकार के साथ यश-कीर्ति का संसार में उदाहरण बनें। यह विश्व तो अंतर्संबंधों से जुड़ा है, आप जो देते हैं, वही आपके पास वापस आता है। इनसान या किसी भी जीव का वध स्वयं का वध है। जीव पर की गई दया यानी परहितकारी विचार स्वयं पर की गई दया है। सुख व दु:ख के दाता ईश्वर नहीं होते हैं। यह हमारे कर्मों द्वारा ही दिए और लिये जाते हैं। अस्तित्व तो हमारे ही कर्मों की प्रतिध्वनि है। हम जो करते हैं, वह कई गुना होकर हमारे पास अच्छे या बुरे के रूप में लौटता है। परोपकार के द्वारा ईश्वर की समीपता प्राप्त होती है। इस प्रकार यह ईश्वर की प्राप्ति का एक सोपान भी है।

□

ध्यान सुंदर जीवन का मार्ग

हमारे मन में एक साथ असंख्य कल्पनाएँ और विचार चलते रहते हैं। इनसे मन-मस्तिष्क में कोलाहल-सा बना रहता है। हम नहीं चाहते हैं, फिर भी यह चलता रहता है। ध्यान अनावश्यक कल्पनाओं व विचारों को मन से हटाकर शुद्ध और निर्मल मौन में चले जाना है। मन और मस्तिष्क का मौन हो जाना ही ध्यान का प्राथमिक स्वरूप है। ध्यान में इंद्रियाँ मन के साथ, मन बुद्धि के साथ और बुद्धि अपने स्वरूप आत्मा में लीन होने लगती है। इनसान के अंदर ध्यान एक क्रिया है, जिसमें व्यक्ति अपने मन को चेतना की एक विशेष अवस्था में लाने का प्रयत्न करता है। ईश्वर के ध्यान का उपयोग कभी भी अपने स्वार्थ की पूर्ति के लिए नहीं करना चाहिए। हमारा अंत:करण पूरी तरह इच्छारहित और वासनाशून्य हो जाना चाहिए, तभी परम शांति मिलेगी। यह केवल ध्यान से ही संभव है। ईश्वर ने हर जीव को ध्यान प्रदान किया है, पर उसके उपयोग करने की इच्छा जीव की स्वयं की होती है। यह स्वतंत्रता ईश्वर ने जीव को दी है। ध्यान का उद्देश्य कोई लाभ प्राप्त करना हो सकता है या ध्यान करना अपने आप में एक लक्ष्य हो सकता है। ध्यान से अनेक प्रकार की क्रियाओं का बोध होता है। ध्यान का प्रयोग विभिन्न धार्मिक क्रियाओं के रूप में अनादिकाल से किया जाता रहा है। ध्यान से व्यक्ति को बेहतर समझने और देखने की शक्ति मिलती है। दूसरों की अपेक्षा आपके देखने और सोचने का दृष्टिकोण एकदम अलग होता है। बुद्धिमान से बुद्धिमान व्यक्ति भी गुस्सा, ईर्ष्या, लालच, झूठ और कामुकता से भरा हो सकता है, लेकिन ध्यानी व्यक्ति सही मायने में यम और नियम को साध लेता है। इसके अलावा ध्यान योग का महत्त्वपूर्ण तत्त्व है, जो तन, मन और आत्मा के द्वारा हमारी ऊर्जा केंद्रित करता है। ऊर्जा केंद्रित होने से मन और शरीर में शक्ति का संचार होता है एवं आत्मिक बल बढ़ता है। ध्यान से

वर्तमान को देखने और समझने में मदद मिलती है। वर्तमान में हमारे सामने जो लक्ष्य है, उसे प्राप्त करने की प्रेरणा और क्षमता भी ध्यान से प्राप्त होती है। ध्यान ही धर्म का सत्य है, बाकी सभी तर्क और दर्शन की बातें हैं, जो सत्य नहीं भी हो सकती हैं। सभी महान् लोगों ने ध्यान से ही सबकुछ पाया है। संसार में इसकी परवाह नहीं करनी चाहिए कि कितने हमारे खिलाफ हैं! ध्यान से उस कर्म के रास्ते पर चलना चाहिए, जो सत्य के साथ सही हो।

यह देह मिट्टी की है। इसलिए हमें इसका स्मरण भी नहीं रहता। यदि यह सोने की होती तो शायद हम इसके भीतर तक टटोलकर देखते कि जब यह सोने की है, तब न जाने इसके भीतर और कितने खजाने भरे पड़े होंगे, परंतु यह तो मिट्टी की है। इसलिए हम इसके भीतर नहीं जाते। इसके बाहर-ही-बाहर तलाश करते रहते हैं और बाहर कुछ मिलता नहीं है, क्योंकि बाहर तो कुछ है ही नहीं। जो भी है, वह भीतर ही है और परमात्मा ने उसे बहुत गहराई में दबाकर रखा है, अतः भीतर ही सारी खुदाई करनी होगी, वह भी बहुत गहरी, जिसका नाम है ध्यान। यही एकमात्र मार्ग है, जिस पर चलकर कठिन परिश्रम करते हुए अपने भीतर बहुत गहरे में उतरना होगा, तभी परमपिता परमेश्वर द्वारा इसके भीतर गहराई में छिपाकर जो अद्‌भुत खजाना रखा गया है, मिलेगा। गलती करना बुरी बात नहीं है, बुरा है तो उसके हो जाने के बाद उसे सुधारने की कोशिश न करना। गलत व्यक्ति कितना भी मीठा बोले, एक दिन आपके लिए 'बीमारी' बन जाएगा। अच्छा व्यक्ति कितना भी कड़वा लगे, एक दिन 'औषधि' का काम करेगा। जो काम करके आगे बढ़ना नहीं जानते, वे कान भरकर ही आगे बढ़ने की फिराक में रहते हैं। संसार में दो प्रकार के पेड़-पौधे होते हैं। पहला अपना फल स्वयं दे देते हैं, जैसे—आम, अमरूद, केला इत्यादि। दूसरा वह है, जो अपना फल छिपाकर रखते हैं, जैसे—आलू, अदरक, प्याज इत्यादि। जो फल अपने आप दे देते हैं, उन वृक्षों को सभी खाद-पानी देकर सुरक्षित रखते हैं और ऐसे वृक्ष फिर से फल देने के लिए तैयार हो जाते हैं, किंतु जो अपना फल छिपाकर रखते हैं, वे जड़ सहित खोद लिये जाते हैं, जिससे उनका वजूद ही खत्म हो जाता है। ठीक इसी प्रकार जो व्यक्ति अपनी विद्या, धन, शक्ति स्वयं ही समाजसेवा में, समाज के उत्थान में लगा देते हैं, उनका सभी ध्यान रखते हैं और वे मान-सम्मान पाते हैं। वहीं दूसरी ओर जो अपनी विद्या, धन व शक्ति स्वार्थवश छिपाकर रखते हैं, किसी की सहायता से मुख मोड़े रखते हैं, वे जड़ सहित खोद लिये जाते है, अर्थात् समय रहते ही भुला दिए जाते हैं। प्रकृति यह

कितना महत्त्वपूर्ण संदेश देती है, बस, समझने, सोचने और कार्य में परिणत करने की जरूरत है।

ध्यान का नियमित अभ्यास करने से आत्मिक शक्ति बढ़ती है। आत्मिक शक्ति से मानसिक शांति की अनुभूति होती है। मानसिक शांति से शरीर स्वस्थ अनुभव करता है। ध्यान से हमारे तन, मन और मस्तिष्क पूर्णतः शांति, तंदुरुस्ती और प्रसन्नता का अनुभव करते हैं। चिंता करने से उपजे रोगों का खात्मा होता है। शरीर में शांति होगी तो इनसान अपने को स्वस्थ अनुभव करेगा। उसके कार्य और व्यवहार में सुधार होगा। रिश्तों में तनाव की जगह प्रेम और सकारात्मक दृष्टिकोण होगा। खुद तक पहुँचने का एकमात्र मार्ग ध्यान ही है। ध्यान को छोड़कर बाकी सारे उपाय प्रपंच मात्र हैं। यदि आप ध्यान नहीं करते हैं तो आप स्वयं को पाने से चूक रहे हैं। स्वयं को पाने का अर्थ है हमारे होश पर भावनाओं और विचारों के जो बादल हैं, उन्हें पूरी तरह से हटा देना और निर्मल तथा शुद्ध हो जाना, फिर इनसान की चिंताएँ कम और समस्याएँ छोटी हो जाती हैं। ध्यान से चेतना को लाभ मिलता है। ध्यान से इनसान के भीतर सामंजस्यता बढ़ती है। जब भी आप भावनात्मक रूप से अस्थिर और परेशान हो जाते हैं तो ध्यान आपको भीतर से स्वच्छ, निर्मल और शांत करते हुए हिम्मत और हौसला बढ़ाता है। यदि ध्यान आपकी दिनचर्या का हिस्सा बन गया है तो यह आपके दिन का सबसे बढ़िया समय बन जाता है। इनसान को इससे आनंद की प्राप्ति होती है और संसार में जन्म लेना सफल हो जाता है। □

डर मनुष्य के जीवन का हिस्सा

संसार में डर हर इनसान की एक बुनियादी समस्या है। किसी-न-किसी रूप में इनसान में बैठा डर अनगिनत तकलीफों और समस्याओं को जन्म देता है। आपके पास अगर कुछ नहीं है तो जरूरत के वक्त अभाव का डर, अगर कुछ है तो उसे खोने का डर, स्वस्थ हैं तो बीमारी का डर, बीमार हैं तो मृत्यु का डर। इनसान को पल-पल डर सताता रहता है। फलतः व्यक्ति डर की कल्पनाओं में उलझता चला जाता है। साहसी लोग अकसर बेवकूफी भरी हरकतें करते हैं, जबकि डरे हुए लोग कुछ भी नहीं करते। संसार में नाम उसी का होता है, जो सबसे अलग कुछ करता है। वह मेहनत की कलम से नया इतिहास रचता है। एक कहावत है कि जो डर गया, सो मर गया, अगर आप निडर हैं तो जीवन को उसी तरह देखते हैं, जैसा वह है और जितना अच्छा संभव हो सकता है। एक हिस्ट्रीशीटर गुंडा हेयर कटिंग और शेविंग के लिए सैलून में गया और नाई से बोला कि अगर मेरी हेयर कटिंग व शेविंग ठीक से बिना कटे-छिले की तो मुँहमाँगे दाम के साथ इनाम भी दूँगा, लेकिन कहीं जरा भी कट-छिल गया तो तुम्हारी गरदन उड़ा दूँगा। डर के मारे बाजार के सभी नाइयों ने मना कर दिया, अंत में वह गुंडा एक गाँव के नाई के पास पहुँचा, जो काफी कम उम्र का लड़का था। नाई के छोटे बच्चे ने शर्त सुनकर कहा, ठीक है बैठो, मैं बनाता हूँ। उस लड़के ने काफी बढ़िया तरीके से गुंडे की हेयर कटिंग और शेविंग कर दी। गुंडे ने खुश होकर लड़के को दस हजार रुपए दे दिए और पूछा कि तुझे अपनी जान जाने का डर नहीं था? लड़के ने कहा कि डर कैसा, पहल तो मेरे हाथ में ही थी। गुंडे ने कहा कि पहल तुम्हारे हाथ में थी, का मतलब मैं नहीं समझा। लड़के ने हँसते हुए कहा कि उस्तरा तो मेरे हाथ में था, अगर आपको खरोंच लग भी जाती तो मैं तुरंत आपकी गरदन काट देता और आपको अपनी गरदन काटने का

मौका ही नहीं देता। बेचारा गुंडा जवाब सुनकर पसीने से लथपथ हो गया।

वस्तुतः निडर होने का मतलब यह कतई नहीं है कि आप जाकर दीवार से भिड़ जाएँ या दीवार में सिर मारें। निडर होने का मतलब है कि आप हर चीज को उसी रूप में देखें, जैसी वह है। साथ ही जीवन को इस तरह चलाएँ, जैसे उसे चलाया जाना चाहिए। अगर आप डरे हुए हैं तो आप अपने जीवन को उसके सहज रूप में नहीं चला सकते, अगर आप बहुत साहसी हैं तो भी आप अपने जीवन को उस तरह से नहीं चला सकते, जैसे उसे चलाया जाना चाहिए। अगर आप निडर हैं तो आप जीवन को उसी तरह देखते हैं, जैसा वह है और जितना अच्छा संभव हो सकता है, उतना करते हैं। मैं भी डर के सफर से गुजरा हूँ। डर का सबसे बड़ा कारण यह है कि आपने जरूरत से ज्यादा अपनी पहचान बना ली है। जब आप किसी चीज के साथ अपनी ज्यादा पहचान बना लेते हैं तो आप यह तय नहीं कर पाते कि कौन सी चीज आप हैं और कौन सी चीज आप नहीं हैं। डर बस, कष्टों का और मौत का होता है। डर से मुक्ति पाने के लिए यह जान लें कि हमारा डर वास्तविक नहीं, काल्पनिक है। काल्पनिक भय को कल्पना की शक्ति से खत्म कर सकते हैं। हम यदि डर की जगह साहस की कल्पना करने लगें, कमजोरी की बजाय ताकत की कल्पना करने लगें तो हम शक्तिशाली बन जाते हैं। जीवन में डर को डर की विरोधी भावनाओं से जीता जा सकता है। जहाँ साहस है, जहाँ उत्साह है, जहाँ वीरता है, जहाँ विश्वास है, वहाँ डर रह नहीं सकता। डर की विरोधी भावनाओं से अपने आप को कूट-कूटकर भर लीजिए, फिर देखिए कि डर आपका कुछ भी नहीं कर सकता। डर एक विचार है और साहस भी एक विचार है। डर के विचार को साहस के विचार से हराया जा सकता है। जीवन में निडर बन जाइए और विजय की भावना से अपने आपको सराबोर कीजिए। सांसारिकता को छोड़कर अपनी आत्मा की अमरता पर विश्वास कर आगे बढ़ जाएँ। इस दुनिया में मृत्यु से बड़ा कुछ भी नहीं और जब हम मरने से नहीं डरते तो फिर हम बाकी छोटी-छोटी बातों से क्यों डरते हैं?

डर में जीनेवाला मनुष्य कभी अपने जीवन का पूरा आनंद नहीं ले पाता। हार के आगे जीत है, यह तो हम सभी सुनते हैं। मन से हार के डर को दूर भगाकर ही हम कुछ नया कर सकते हैं। जीवन में हमारी असफलता ही हमें सफलता की ओर ले जाती है, जब हम सफलता के रास्ते पर चलते हैं तो हार या जीत मिलती है। यदि हम जीतते है तो दुनिया प्रणाम करती है। यदि हारते हैं तो जीवन को सबक मिलता

है। हार-जीत जीवन का एक हिस्सा है। इसलिए पूरे आत्मविश्वास के साथ जीवन में आगे बढ़ना चाहिए। जीवन में असफलता वह मसाला है, जो सफलता का स्वाद देता है। क्या हम डर की वजह से कुछ नया करना छोड़ दें? हार व गलतियाँ ही हमें बार-बार जीत के लिए प्रेरित करती हैं। किसी ने सही ही कहा है कि जो हारता है, वही जीतने का महत्त्व जानता है। यदि हम अपने मन की हार पर काबू पा लेते हैं तो जीवन के कठिन-से-कठिन लक्ष्य को प्राप्त कर दुनिया को जीत सकते हैं। साहस व आत्मविश्वास ही हमारे मन की हार को दूर करता है और ऊँचे लक्ष्य की ओर जाने के लिए प्रेरित करता है। लहरों के डर से नौका कभी पार नहीं होती, कोशिश करनेवालों की कभी हार नहीं होती। हमेशा डर से दूर होकर अपने जीवन के उच्च लक्ष्य को आगे बढ़कर प्राप्त करना चाहिए। जीवन में सभी लोग सफल होना चाहते हैं, लेकिन सफल वही लोग होते हैं, जो अपने मन से हार के डर को निकालकर पूर्ण आत्मविश्वास व साहस के द्वारा दिन-रात मेहनत कर दुनिया को मुट्ठी में कर लेते हैं। हमें अपनी मंजिल को पाने के लिए असफलतारूपी डर को भुलाकर सफलता की ओर आगे बढ़ना है, क्योंकि गलतियाँ व हार ही हमें जीवन में आगे बढ़ने के लिए प्रेरित करती हैं। जो बिना किसी भय के जीवन जीता है, वह सबसे सुखी इनसान माना जाता है।

□

क्षत्रिय दर्पण

सृष्टि में मानव सभ्यता के उदय और विकास के साथ कर्म के आधार पर क्षत्रिय का एक योद्धा के रूप में अवतरण हुआ। राष्ट्र, धर्म, वचन और समाज की रक्षा के साथ अन्याय के खिलाफ लड़ना इसमें कर्तव्य व संस्कार के साथ स्थापित है। अतीतकाल से क्षत्रिय समाज रक्षा और शासन का भार वहन करता रहा है। राजपूत का शब्दार्थ है राजा का पुत्र अथवा शासकों का वंशज। राजपूत का संबंध भी क्षत्रियों से है। प्रत्येक राजा प्रायः क्षत्रिय हुआ करते थे, अतः राजपुत्र का अर्थ क्षत्रिय माना गया। प्राचीन वर्ण व्यवस्थानुसार इसी राजपूत जाति का नाम क्षत्रिय है। 'मनुस्मृति' में कहा गया है कि शत्रु के साथ उचित व्यवहार, कुशलतापूर्वक राज्य का विस्तार तथा क्षत्रियत्व धर्म में विशेष आस्था रखना क्षत्रियों का परम कर्तव्य है। ये हमेशा ब्राह्मणों का आदर-सम्मान करने और उनके वचनों को ऊँचा मानने को प्राथमिकता देते रहे हैं। प्रजा का खयाल रखते हुए उनकी दुःख-पीड़ा स्वयं की तरह समझते हैं। ईश्वर का अवतार भी इस कुल में हुआ है। क्षत्रिय, अर्थात् राजपूत सनातन वर्ण व्यवस्था का वह स्तंभ है, जिसने भगवान् की भुजाओं से जन्म पाया है। 'गीता' में वीरता, तेज, धैर्य, युद्ध में चतुरता, युद्ध से न भागना, दान, सेवा, त्याग, शास्त्रज्ञान, कुशल शासन आदि क्षत्रिय के स्वाभाविक कर्तव्य कहे गए हैं। क्षत्रिय वंश के उद्भव का प्रारंभिक संकेत पुराणों से मिलने लगता है, जिनमें सूर्यवंश और चंद्रवंश ही क्षत्रिय वंश परंपरा के मूल स्रोत हैं। क्षत्रिय वंश में आदिदेव ब्रह्माजी से जनमे मरीचि, फिर इसी वंश के इक्ष्वाकु, मांधाता, हरिश्चंद्र, सगर, दिलीप, भगीरथ, ययाति, दशरथ और भगवान् राम जैसे प्रतापी राजा हुए हैं।

हर क्षत्रिय के लिए अनुकरणीय शब्द प्रभु श्रीराम ने युद्ध में रावण से कहे थे, "युद्ध जीतने के लिए शस्त्र व शास्त्र के साथ आध्यात्मिक शक्ति और धर्म भी

आवश्यक है।" क्षत्रिय कुल में विश्वामित्र जैसे महर्षि हुए। सूर्यवंश का केंद्र अयोध्या था, जो उत्तर प्रदेश के फैजाबाद जिले का परगना मात्र है और चंद्रवंश का केंद्र पूर्व में उत्तर प्रदेश के इलाहाबाद के नाम से प्रसिद्ध आज का प्रयागराज है। इन दोनों वंशों की सैकड़ों पीढ़ियों ने धर्म व न्याय के साथ शासन किया। क्षत्रिय कुल में जनमे राजा भरत के नाम से भारत देश का नाम है। इन क्षत्रियों के बीच आपस में एक बहुत बड़ा युद्ध हुआ था, जो 'महाभारत' के नाम से विख्यात है। इस महायुद्ध में क्षत्रिय जाति के कई वंश नष्ट हो गए। कलियुग में चक्रवर्ती सम्राट् वीर विक्रमादित्य हुए, जिन्होंने विक्रम संवत् प्रारंभ किया। देशरक्षा का भार वहन करनेवाली यह जाति बाद में आपस में लड़कर इतनी निर्बल हो गई कि देश की भूमि विदेशियों (शकों) के पैरों तले कुचली जाने लगी। क्षत्रिय कुल में पैदा हुए बुद्ध व महावीर से देश में नवीन धर्मों का उदय हुआ। अहिंसा इनके मुख्य विचार थे। इन मतों के प्रचार से देश के विचारकों में ऐसा परिवर्तन हुआ कि क्षत्रियत्व और भी निर्बल हो गया। राजपूतों द्वारा संस्थापित राजसिंहासन उनके अधिकार से निकल गए।

इससे पूर्व वशिष्ठ मुनि तथा अन्य ऋषि-मुनियों ने मिलकर आबू पर्वत पर एक यज्ञ का आयोजन किया था, जिसके अग्निकुंड से अग्नि वंश नाम के क्षत्रिय वंश का उदय हुआ। पँवार (परमार), चौहान, सोलंकी और परिहार नाम के राजपूत वंश इसी अग्निवंश की शाखाएँ हैं। वक्त बीतने के साथ अनेक शाखाएँ व उपशाखाएँ बनती गईं। कुछ अन्य उपाधिधारक क्षत्रिय हैं, जिनका भी सदियों पुराना इतिहास रहा है। भारत के मध्यकालीन और आधुनिक इतिहास में राजपूतों की वीरता, राष्ट्रभक्ति, न्याय, त्याग और बलिदान की गाथाएँ स्वर्ण अक्षरों में दर्ज हैं। लाखों वीर क्षत्रिय योद्धाओं ने मातृभूमि की रक्षा के लिए प्राणों की आहुति दे दी है। सिख समाज के दस गुरुओं में से नौ क्षत्रिय कुल के ही हैं। सिखों के दसवें गुरु गुरु गोविंद सिंह ने मातृभूमि की रक्षा के लिए अपने पूरे परिवार की आहुति दे दी थी। महाराणा प्रताप, शिवाजी, बाबू कुँवर सिंह आदि असंख्य राजपूत योद्धाओं ने राष्ट्रभक्ति में अपनी जान की बाजी लगा दी।

आजादी के 73 वर्ष बीत जाने के बाद भी भारत के गौरवशाली इतिहास के कर्मयोद्धा कहाँ खड़े हैं, इसकी समीक्षा करने की जरूरत है। इतिहास हमारा दर्पण है। जिस प्रकार हम दर्पण में खुद के चेहरे को देखकर अपने दाग को हटाते हैं और सुंदर दिखने की कोशिश करते हैं, उसी तरह अपने इस दर्पण के माध्यम से इतिहास की भूलों को सुधारते हुए अपनी पहचान स्थापित करने का संकल्प लेकर

एक शक्तिशाली, विकसित व राष्ट्र के निर्माण में महत्त्वपूर्ण भूमिका निभाने की जरूरत है। मेरा मानना है कि वर्तमान समय में क्षत्रिय समाज हर क्षेत्र में आगे की पंक्ति में खड़ा नहीं है, जिस सच्चाई को स्वीकार करने की जरूरत है। वक्त कहता है कि हम आपस में एक-दूसरे का पैर खींचने की सोच का त्याग कर हाथ थामने का ईमानदारी से प्रयास करें। अपने अंदर के अहं का त्याग करें। आपसी विवादों को खत्म करते हुए क्षमा के सुंदर मार्ग पर चलें। क्षत्रिय समाज के लोकप्रिय चेहरों से अन्य क्षेत्रों में या राजनीति में आज पीठ पीछे एक-दूसरे की आलोचना सुनने या देखने को मिलती रहती है। इसका कारण यह है कि वे जाने-अनजाने में स्वयं के सम्मान व ताकत को खोते जा रहे हैं, जिससे क्षत्रिय समाज भी कमजोर होता जा रहा है। आज समाज के दुःख व इसकी पीड़ा को बुद्धि-विवेक के साथ जिला, राज्य और राष्ट्र स्तर पर मजबूती से आवाज उठानेवाला नायक कुछ अपवाद छोड़कर नहीं दिख रहा है। इतिहास हमें शिक्षा देता है कि समाज के सभी लोग हमारे लिए हर कालखंड में प्रिय रहे हैं। हमने एक-दूसरे पर विश्वास किया है। आज उन्हीं पूर्वजों के मार्ग पर चलकर समाज के सभी लोगों के विश्वास, सहयोग भरोसे पर हम खरे उतरें। यह सच्चे क्षत्रिय का परम धर्म और कर्तव्य है। क्षत्रिय भाइयों से अंत में कहूँगा कि सिर्फ साँसें चलते रहने को ही जिंदगी नहीं कहते। अतः आँखों में ख्वाब और दिल में उम्मीदें लिये फिर से दृढ़ सकल्प के साथ अपने पूर्वजों के मार्ग पर चलकर क्षत्रिय समाज का सूरज उदय करना है, जिसके प्रकाश से भारत विश्व में प्रेम, भाईचारा और प्रगति के साथ महाशक्ति के शिखर पर स्थापित हो जाए।

□

जीवन के पथ में ज्ञान

जीवन के पथ में ज्ञान संभावनाओं का सृजन कर समर्थवान बनाता है। जीवन तब समाप्त हो जाता है, जब आप सपने देखना बंद कर देते हैं। आशा तब समाप्त हो जाती है, जब आप विश्वास करना बंद कर देते हैं। प्रेम तब समाप्त हो जाता है, जब आप समर्पण करना बंद कर देते हैं। इसलिए सपने देखें, साथ ही यह जान लें कि हकीकत के करीब ही जीवन वास्तव में खूबसूरत है। जाने-अनजाने में बहुत कुछ जिंदगी के सफर में सीख मिलती रहती है, जो पुस्तकों में दर्ज नहीं होती है। मैंने एक समूह के साथ पुलिस सेवा में आने पर कानूनी एवं व्यावहारिक पुलिसिंग ज्ञान ट्रेनिंग के रूप में प्राप्त किया। उसके उपरांत जनता की सुरक्षा और कानून की रक्षा के लिए पदस्थापना हुई। जनता और अपराधियों के बीच कई घटनाएँ चुनौती के रूप में सामने आईं। उन चुनौती पर विजय के साथ नई सीख ने कार्यक्षमता को मजबूती प्रदान करते हुए बेहतर पुलिस अधिकारी के रूप में मार्ग प्रशस्त किया। महान् विचारक चाणक्य के अनुसार जीवन समय पर व्यक्ति को स्वत: ही बहुत सारी बातें सिखा देता है। बचपन से लेकर वृद्धावस्था तक व्यक्ति को प्राय: कई तरह के अनुभव प्राप्त होते हैं। उन अनुभवों को हमें दूसरों को बाँटना चाहिए, ताकि भविष्य की धरोहर युवा पीढ़ी उन अनुभवों से लाभान्वित हो सके। साथ ही हमारे सामाजिक बदलाव के कठोर निर्णय, हमारे संस्कार, संस्कृति और कठिनाई से जीवन जीने की सच्चाई तथा ईमानदारी आनेवाली पीढ़ी को सुदृढ़ जीवन-शैली की ओर आगे बढ़ा सकें। हम इक्कीसवीं सदी में प्रवेश कर चुके हैं। आज हम सभी शायद जीवन की कठिन घड़ी से जूझ रहे हैं। हमारी पुरानी पीढ़ी भी विभिन्न तरह की घटनाओं से रू-ब-रू होती आई होगी। आज एक पड़ाव पर बीच की पीढ़ी और युवावस्था की ओर बढ़ती पीढ़ी कठिन परिस्थितियों से निबटने की

चुनौती को स्वीकार कर चुकी है। यही अनुभव हमें सुखद जीवन जीने की सच्चाई बताते हुए कठिनाइयों से बाहर निकालकर जीवन को बेहतर बनाता है, जब भी कोई व्यक्ति अपने किसी कार्य में सफलता हासिल करता है तो उसका आत्मविश्वास बढ़ जाता है। इससे ज्ञान की एक नई ऊर्जा का निर्माण होता है, परंतु अगर आत्मविश्वास में कमी हो तो वह कठिन परिस्थितियों का मुकाबला नहीं कर सकता। जीवन के पथ में ज्ञान दिव्य ज्योति का अलौकिक प्रकाश होता है, जो एक विकसित राष्ट्र, समाज और व्यक्ति का निर्माण कर सकता है।

वक्त के साथ जिंदगी के सफर में गुरुकुल जैसी शिक्षा और ज्ञान की बातें सीखने को मिलती हैं। किसी कंजूस के लिए धन का भला क्या उपयोग, किसी दुष्ट के लिए दिव्य ज्ञान का क्या उपयोग, अच्छे चरित्र से रहित किसी व्यक्ति के लिए सुंदरता का क्या उपयोग और विपत्ति के समय मुँह मोड़ लेनेवाले मित्र का क्या उपयोग? ये सब अर्थहीन हैं। किसी महत्त्वपूर्ण पद पर बैठे व्यक्ति को कुछ लोग उसके चारों ओर से झुंड बनाए घेरे रखते हैं और उसका मित्र होने का झूठा दिखावा करते हैं, परंतु जब वह व्यक्ति पद और धन खो देता है, तब उसके रिश्तेदार तक भी उससे दूरी बना लेते हैं। कोई मित्र सच्चा है या झूठा, इस बात को विपत्ति के समय ही जाना-समझा जा सकता है। किसी व्यक्ति का परीक्षण उसके द्वारा उन स्थानों पर किए जानेवाला आचरण होता है, जहाँ उसे कोई नहीं जानता है। किसी स्त्री की निष्ठा की परीक्षा पुरुष का धन समाप्त हो जाने पर होती है। राजा हो या व्यापारी, उसकी धन एकत्र करने की महत्त्वाकांक्षा वैसे ही कभी तृप्त नहीं होती, जैसे किसी भड़कती हुई आग में ईंधन चाहे जितना भी डाला जाए, उसे तृप्त नहीं किया जा सकता तथा नदियों से समुद्र में चाहे कितना भी पानी क्यों न जाए, परंतु उसे भरा नहीं जा सकता। दुनिया में दुष्ट व्यक्ति का पतन उसी प्रकार होता है, जिस प्रकार नदी के किनारे पर स्थित वृक्षों को नदी की धारा अपने साथ बहा ले जाती है। इस सृष्टि में सबसे उत्कृष्ट पुरुष वे हैं, जो अपने दायित्व का पालन करते हुए परिश्रम द्वारा अर्जित वस्तुओं से अपना भरण-पोषण कर संतुष्ट रहते हैं। महान् व्यक्तित्व के हृदय में ज्ञान का वास्तविक सच छुपा होता है, अत: हर इनसान को महान् पुरुषों द्वारा अपनाए गए रास्ते को ही एक मार्ग के रूप में स्वीकार किया जाना चाहिए।

किसी की बुद्धि तभी उपयोगी होती है, जब वह दूसरे के भावों और इशारों को समझने में सक्षम हो। जीवन में किसी व्यक्ति को वह जगह छोड़ देनी चाहिए, जहाँ कोई भी उसका आदर या सम्मान नहीं करता है। इस धरती पर निद्रा से नींद

को जीतना, आग में घी डालकर बुझाना और शराब से व्यक्ति की प्यास को बुझाना असंभव है। रोना शिशु की ताकत है तो मूर्ख की ताकत उसकी चुप्पी में निहित होती है तथा चोर की ताकत झूठ में निहित है। अतीत काल में दिखता है कि अच्छे कार्यों का बदला अच्छाई से और हिंसा का बदला हिंसा से चुकाया जाता है। अच्छा व्यक्ति दुष्टों का संग पाकर उसी प्रकार मिट जाता है, जिस प्रकार धूल के साथ मिलकर शुद्ध पानी मैला हो जाता है। शिक्षा व ज्ञान का महत्त्व धरती के हर कालखंड में रहा है, आज भी है और कल भी रहेगा। यह सत्य है कि शिक्षा किसी कुरूप को भी सुंदर बना देती है। शिक्षा एक अच्छी संरक्षित संपत्ति है। एक व्यक्ति के घर के अंदर कई चीजें होती हैं, जिन्हें उससे लूटा जा सकता है; परंतु शिक्षा एक ऐसी पूँजी है, जिसे कभी भी उस व्यक्ति से छीना नहीं जा सकता। किसी व्यक्ति की पीठ के पीछे निभाई जानेवाली मित्रता ही वास्तविक मित्रता है। इनसान के जीवन में जीत एक उपलब्धि होती है, जो खुशी व आनंद की अनुभूति देती है; परंतु हार सुधार की सीख का मार्ग प्रशस्त करती हुई पुनः विजय के मार्ग पर चलकर विजेता बनाती है। अंत में कहूँगा कि सबकुछ पा लेने की बेचैनी और खो देने का डर, बस इतना ही है जिंदगी का सफर।'

□

मनुष्य में इनसानियत

सवाल जहर का नहीं था, वह तो पी गया। तकलीफ लोगों को तब हुई, जब जहर पीकर भी जी गया। केवल वही व्यक्ति बुद्धिमान होता है, जो अपने पाँव को मजबूती से रखने के बाद ही दूसरा पाँव बढ़ाता है। किसी नई परिस्थिति को अच्छी तरह से समझे बिना वर्तमान स्थिति का त्याग नहीं करना चाहिए। जो व्यक्ति अपने प्रयासों के माध्यम से सफलता पाने की इच्छा रखता है और जीवन में कोई महान् लक्ष्य पाना चाहता है, उसे हमेशा अच्छे लोगों के साथ मेल-मिलाप रखना चाहिए। व्यक्ति की जड़ों को खोखला करनेवाले रिश्तेदार से बेहतर वह शत्रु है, जो खुलेआम शत्रुता प्रकट करता है। सच्चा मित्र वह होता है, जो अपने मित्र के हित के लिए काम करता हो। इनसान का संस्कार और जीवन में किया हुआ अच्छा और बुरा कार्य उसकी जीवनरूपी किताब का अनमोल पन्ना होता है, जब भी इनसान उस पन्ने को पलटता है तो हर बार इनसानियत जाग्रत् होती है। जिंदगी की यात्रा में पुस्तक के ये पन्ने वर्तमान पल में खुशी और डर पैदा करते हुए उस पल को स्मरण करा देते हैं। इस जीवन की डोर में साँसों के ताने-बाने हैं। दुःख की थोड़ी सी सिलवट है तो सुख के कुछ सुहाने फूल हैं। आज का नजारा देख भयभीत दुनिया के इनसान जरा सोचें, आगे क्या होगा? भविष्य का क्या ठिकाना है? ऊपर बैठा सिर्फ वह बाजीगर इनसान के भाग्य में क्या है, यह जानता है। अपने दृढ़ संकल्प के साथ वर्तमान एकांत ही जीवन का सुंदर मार्ग है और एकांतवास ही जीवन का सुंदर कल है। आप चाहे जितना भी जतन करें दामन और घर भरने का, झोली में वही आएगा, जो भाग्य में आपके नाम के दाने हैं।

दो ऐसी सत्य कथाएँ सुनाता हूँ, जिन्हें पढ़ने के बाद शायद आप भी अपनी जिंदगी जीने का अंदाज बदलना चाहेंगे—

पहली कहानी यह है कि दक्षिण अफ्रीका का राष्ट्रपति बनने के बाद एक बार नेल्सन मंडेला अपने सुरक्षाकर्मियों के साथ एक रेस्तराँ में खाना खाने गए। सबने अपनी-अपनी पसंद का खाना ऑर्डर किया और खाना आने का इंतजार करने लगे। उसी समय मंडेला की सीट के सामनेवाली सीट पर भी एक व्यक्ति अपने खाने का इंतजार कर रहा था। मंडेला ने अपने सुरक्षाकर्मी से कहा कि उसे भी अपनी टेबल पर बुला लो। खाना आने के बाद सभी खाने लगे। वह आदमी भी अपना खाना खाने लगा, उसके हाथ खाते हुए काँप रहे थे। खाना खत्म कर वह आदमी सिर झुकाकर रेस्तराँ से बाहर निकल गया। उस आदमी के जाने के बाद मंडेला के सुरक्षा अधिकारी ने मंडेला से कहा कि वह व्यक्ति शायद बहुत बीमार था। खाते वक्त उसके हाथ लगातार काँप रहे थे और वह खुद भी काँप रहा था। मंडेला ने कहा कि नहीं, ऐसा नहीं है। वह उस जेल का जेलर था, जिसमें मुझे कैद कर रखा गया था, जब कभी मुझे यातनाएँ दी जाती थीं और मैं कराहते हुए पानी माँगता था तो यह मेरे ऊपर पेशाब करता था। मंडेला ने कहा कि मैं अब राष्ट्रपति बन गया हूँ। उसने समझा कि मैं भी उसके साथ शायद वैसा ही व्यवहार करूँगा, पर मेरा चरित्र ऐसा नहीं है। मुझे लगता है कि बदले की भावना से काम करना जहाँ विनाश की ओर ले जाता है, वहीं धैर्य, सहिष्णुता और क्षमा की मानसिकता हमें विकास की ओर ले जाती है।

दूसरी कहानी यह है कि मुंबई से बेंगलुरु जा रही ट्रेन में सफर के दौरान टी.टी.ई. ने सीट के नीचे छिपी लगभग तेरह-चौदह साल की एक लड़की से कहा, "टिकट कहाँ है?"

काँपती हुई लड़की बोली, "नहीं है साहब।"

वह बोला कि "तुम गाड़ी से उतरो।"

"इसका टिकट मैं दे रही हूँ।" पीछे से एक सहयात्री ऊषा भट्टाचार्य की आवाज आई, जो पेशे से प्रोफेसर थीं। ऊषाजी पूछती हैं, "तुम्हें कहाँ जाना है?" लड़की बोलती है कि "पता नहीं मैम।" तब ऊषाजी बोलीं, "तब मेरे साथ चलो, बेंगलुरु तक।" ऊषाजी लड़की का नाम पूछती हैं तो वह 'चित्रा' बताती है। बेंगलुरु पहुँचकर ऊषाजी ने चित्रा को अपनी जान-पहचान की एक स्वंयसेवी संस्था को सौंपकर अच्छे स्कूल में एडमिशन करवा दिया। जल्द ही ऊषाजी का ट्रांसफर दिल्ली हो गया, जिसके कारण चित्रा से संपर्क टूट गया। कभी-कभार केवल फोन पर बात हो जाया करती थी। करीब बीस साल बाद ऊषाजी को एक लेक्चर के

लिए सेन फ्रांसिस्को (अमेरिका) बुलाया गया। लेक्चर के बाद जब वह होटल का बिल देने रिसेप्सन काउंटर पर गईं तो पता चला कि पीछे खड़े एक खूबसूरत दंपती ने बिल चुका दिया था। उषाजी ने पूछा, "तुमने मेरा बिल क्यों भरा?" वह बोली कि "मैम, यह मुंबई से बेंगलुरु तक के रेल टिकट के सामने कुछ भी नहीं है", तब उषाजी बोलीं कि "अरे, तुम चित्रा हो!"

चित्रा और कोई नहीं, बल्कि इन्फोसिस फाउंडेशन की चेयरमैन सुधा मूर्ति थीं, जो इन्फोसिस के संस्थापक श्री नारायण मूर्ति की पत्नी हैं। इससे स्पष्ट है कि कभी-कभी आपके द्वारा की गई सहायता किसी का जीवन बदल सकती है।

कुदरत का कहर भी जरूरी था, वरना हर कोई खुद को ईश्वर समझ रहा था। जो कहते थे कि मरने तक की फुरसत नहीं है, वे आज मरने के डर से घर में बैठे हैं। कभी इतने मशगूल थे अपनी जिंदगी की उलझनों में कि वक्त ही नहीं था अपनों के लिए, लेकिन जरा सी जमीन क्या खिसकी कि सबको ईश्वर याद आ गए। ऐसा भी कभी आएगा वक्त, किसी को पता नहीं था। यदि जीवन में कुछ कमाना है तो बिना स्वार्थ जरूरतमंदों को सहायता प्रदान कीजिए। हौसला और घोंसला मत छोड़िए, बाकी सब ठीक है और ठीक ही रहेगा। घर में रहें, सुरक्षित रहें। अंत में इस एक पंक्ति पर एकांतवास में ईमानदारी से सोचिएगा और चिंतन कीजिएगा, "बीते हुए कल का अफसोस और आनेवाले कल की चिंता, जिंदगी में दो ऐसे चोर हैं, जो हमारी आज की खूबसूरती को चुरा ले जाते हैं।"

□

दान सृष्टि में सबसे बड़ा पुण्य

दान सृष्टि का एक ऐसा कार्य है, जिसके द्वारा हम न केवल धर्म का पालन करते हैं, बल्कि समाज एवं प्राणिमात्र के प्रति अपने कर्तव्यों का पालन भी करते हैं। आज कोरोना महामारी में बड़े पूँजीपति हों या सामान्य इनसान, दिल से राष्ट्र और मानवता की रक्षा के लिए दान कर रहे हैं। दान का शाब्दिक अर्थ है—'देने की क्रिया।' हिंदू धर्म सहित सभी धर्मों में दान की बहुत महिमा बताई गई है। आधुनिक संदर्भों में दान का अर्थ किसी जरूरतमंद को सहायता के रूप में कुछ देना है, जो पुण्य का कार्य है। आज वक्त की जरूरत है कि हर इनसान स्वयं की आत्मसंतुष्टि के साथ जरूरतमंदों की खुशी बने। जिस प्रकार आकाश से गिरा हुआ जल किसी-न-किसी रास्ते से होकर समुद्र में पहुँच ही जाता है, उसी प्रकार निस्स्वार्थ भाव से की गई किसी की सेवा और दान किसी-न-किसी रास्ते से ईश्वर तक पहुँचकर पुनः उसके पास लौट आता है। दुनिया में खूबसूरत होते हैं वे हाथ, जो किसी के लिए मुश्किल वक्त में सहारा बन जाते हैं। खूबसूरत होता है वह जजबात, जो दूसरों की भावनाओं को समझ जाता है। खूबसूरत होता है वह दिल, जो किसी के दुःख में शामिल होता है। खूबसूरत होते हैं वे आँसू, जो किसी और के गम में बह जाते हैं और खूबसूरत है वह जुबाँ, जिस पर दूसरों के लिए दुआ आती रहती है। इनसान के जीवन की चादर में साँसों के ताने-बाने दान की डोर से बँधे हैं। आपके जीवन में दुःख की थोड़ी सी सिलवट तो सुख के कुछ फूल खिले हैं। क्यों सोचते हैं कि आगे क्या होगा, कल का ठिकाना कहाँ होगा, यह सब ऊपर बैठा ईश्वर देख रहा है। आप चाहे जितना भी जतन करें, भर लें घर सोने-हीरे से, झोली में वही बचेगा, जो आपने दान में दिया है। दानधर्म का नियम है कि एक हाथ से दिया गया दान हजारों हाथों से लौटकर आता है। जो हम देते हैं, वही हम पाते हैं।

राजा हरिश्चंद्र अयोध्या के प्रसिद्ध सूर्यवंशी राजा थे, जो सत्यव्रत के पुत्र थे। वे अपनी सत्यनिष्ठा के लिए अद्वितीय हैं। वे भगवान् राम के पूर्वज थे। वे अपने सत्यरूपी धर्म का पालन करने और वचनों को निभाने के लिए राज-पाट छोड़कर पत्नी और बच्चे के साथ जंगल चले गए। वहाँ भी उन्होंने विषम परिस्थितियों में धर्म का पालन किया। हुआ यह था कि ऋषि विश्वामित्र ने राजा हरिश्चंद्र के धर्म की परीक्षा लेने के लिए उनसे दान में उनका संपूर्ण राज्य माँग लिया था। राजा हरिश्चंद्र विश्वामित्र को संपूर्ण राज्य सौंपकर जंगल में चले गए। दान में राज्य लेने के बाद जब विश्वामित्र उनसे दक्षिणा भी माँगने लगे, तब इस पर हरिश्चंद्र ने अपनी पत्नी व पुत्र सहित स्वयं को बेचने का निश्चय किया और वे काशी चले गए, जहाँ पत्नी व बच्चों को एक ब्राह्मण को बेचा व स्वयं को चांडाल के यहाँ बेचकर मुनि की दक्षिणा पूरी की। चांडाल के आदेश से हरिश्चंद्र श्मशान में कर वसूली का काम करने लगे। इसी बीच पुत्र रोहित की सर्पदंश से मौत हो जाती है। पत्नी श्मशान पहुँचती है, जहाँ कर चुकाने के लिए उसके पास फूटी कौड़ी भी नहीं रहती। हरिश्चंद्र अपने धर्म का पालन करते हुए कर की माँग करते हैं। अपने पुत्र के कफन से आधा भाग कर के रूप में वसूल लेते हैं। ऐसी विषम परिस्थिति में भी राजा का धर्मपथ नहीं डगमगाता है, फिर भी विश्वामित्र अपनी अंतिम चाल चलते हुए हरिश्चंद्र की पत्नी पर डायन का आरोप लगाकर उसकी हत्या करने का कार्य हरिश्चंद्र को सौंपते हैं। इस पर हरिश्चंद्र आँखों पर पट्टी बाँधकर जैसे ही वार करते हैं, स्वयं ईश्वर प्रकट होकर उन्हें बचाते हैं। इसके बाद विश्वामित्र भी हरिश्चंद्र के सत्यपालन से प्रसन्न होकर उन्हें सारा साम्राज्य वापस कर देते हैं। राजा बलि भी दान के मामले में विष्णु को जीत लेते हैं। राजा कर्ण, राजा विक्रमादित्य इत्यादि अनेक महापुरुषों ने दान देकर अपने काल में कीर्तिमान बनाया है।

'श्रीरामचरितमानस' में गोस्वामी तुलसीदासजी कहते हैं कि परहित के समान कोई धर्म नहीं है। 'गीता' में भी लिखा है कि कर्म करो, फल की चिंता मत करो। हमारा अधिकार केवल अपने कर्म पर है, उसके फल पर नहीं। हर क्रिया की प्रतिक्रिया होती है, यह तो संसार एवं विज्ञान का नियम है। इसलिए उन्मुक्त हृदय से श्रद्धापूर्वक एवं सामर्थ्य के अनुसार किया गया दान बेहतर समाज के निर्माण के साथ-साथ स्वयं के भी व्यक्तित्व निर्माण में सहायक सिद्ध होता है। सृष्टि के नियमानुसार उसका फल तो कालांतर में निश्चित ही हमें प्राप्त होगा। आज के परिप्रेक्ष्य में दान की महिमा तभी होती है, जब यह निस्स्वार्थ भाव से किया जाता है।

अगर कुछ पाने की लालसा में दान किया जाए तो यह व्यापार बन जाता है। यहाँ समझनेवाली बात यह है कि देना उतना जरूरी नहीं होता, जितना कि देने का भाव। अगर हम किसी को कोई वस्तु दे रहे हैं, लेकिन देने का भाव, अर्थात् इच्छा नहीं है तो उस दान का कोई अर्थ नहीं है। इसी प्रकार जब हम दान देते हैं और उसके पीछे यह भावना होती है कि इससे पुण्य मिलेगा या फिर परमात्मा इसके प्रत्युत्तर में कुछ देगा, तो हमारी नजर लेने पर है, देने पर नहीं, अतः यह एक सौदा हुआ।

दान का अर्थ होता है देने में आनंद, उदारता का भाव, प्राणिमात्र के प्रति प्रेम एवं दया का भाव, किंतु जब इन भावों के पीछे कुछ पाने का स्वार्थ छिपा हो तो क्या वह दान रह जाता है? यह यक्ष प्रश्न है। दान देने के इस पक्ष को हम समझें कि जब हम किसी को कोई वस्तु देते हैं तो उस वस्तु पर हमारा अधिकार नहीं रह जाता, क्योंकि वह वस्तु पानेवाले के आधिपत्य में आ जाती है, अतः देने की इस क्रिया से हम कुछ हद तक अपने मोह पर विजय प्राप्त करने की कोशिश करते हैं। दान देना हमारे विचारों एवं हमारे व्यक्तित्व पर एक मनोवैज्ञानिक प्रभाव डालता है। इसलिए हमारी संस्कृति हमें बचपन से ही देना सिखाती है, न कि लेना। हमें अपने बच्चों के हाथों से दान करवाना चाहिए, ताकि उनमें यह संस्कार बचपन से ही आ जाए। दान धन का ही हो, यह कतई आवश्यक नहीं। भूखे को रोटी, बीमार का उपचार, किसी व्यथित व्यक्ति को अपना समय, उचित परामर्श, आवश्यकतानुसार वस्त्र, सभी प्रकार के सहयोग, विद्या आदि का जब हम सामनेवाले की जरूरत को समझते हुए दान देते हैं और बदले में कुछ पाने की अपेक्षा नहीं करते तो ये सभी दान होते हैं। दान एक हाथ से देने पर अनेक हाथों से लौटकर हमारे ही पास वापस आता है। शर्त यह है कि इसे निस्स्वार्थ भात से श्रद्धापूर्वक समाज की भलाई के लिए किया जाए। जिस तरह इनसान की मृत्यु सत्य है, उसी तरह दान पुण्य का अनमोल खजाना है। □

एक प्रेरक उदाहरण 'साहस'

इतिहास के पन्नों एवं पुरानी कहानियों में एक संदेश छिपा होता है, जो वर्तमान के साथ आनेवाली पीढ़ियों को संघर्ष में विजय पाने की हिम्मत और साहस देता है। इटली में एक 5 स्टार होटल के मालिक ने बिल्डिंग से कूदकर अपनी जान दे दी, क्योंकि उसका पूरा खानदान कोरोना वायरस से मर गया। देखा मेरे दोस्तो, यह इतनी बड़ी दौलत कोई काम न आ सकी। इसलिए अब भी समय है कि हमलोग सँभल जाएँ। गरीबों के लिए कुछ दान करना पुण्य कार्य होता है। हिम्मत और साहस से विजय-पथ का मार्ग प्रशस्त होता है। जापान में एक पुरानी कथा है। एक छोटे से राज्य पर एक बड़े राज्य ने आक्रमण कर दिया। उस राज्य के सेनापति ने राजा से कहा कि आक्रमणकारी सेना के पास बहुत संसाधन हैं। हमारे पास सेनाएँ कम हैं, संसाधन कम हैं, जिससे हम जल्दी ही हार जाएँगे, अतः बेकार में अपने सैनिक कटवाने का कोई मतलब नहीं। इस युद्ध में हम निश्चित हार जाएँगे और इतना कहकर सेनापति ने अपनी तलवार नीचे रख दी। इससे राजा बहुत घबरा गया और सोचने लगा कि अब क्या किया जाए? फिर, वह अपने राज्य के एक बूढ़े फकीर के पास गया और सारी बातें बताईं। फकीर ने कहा कि उस सेनापति को फौरन हिरासत में ले लो और जेल भेज दो। नहीं तो हार निश्चित है। यदि सेनापति ऐसा सोचेगा तो सेना क्या करेगी? आदमी जैसा सोचता है वैसा ही हो जाता है। राजा ने कहा कि फिर युद्ध कौन करेगा? फकीर ने कहा कि मैं करूँगा। वह फकीर बूढ़ा था। उसने कभी कोई युद्ध नहीं लड़ा था; और-तो-और, वह कभी घोड़े पर भी नहीं चढ़ा था। राजा ने सोचा कि उसके हाथ में सेना की बागडोर कैसे दे दें, लेकिन कोई दूसरा चारा न था। वह बूढ़ा फकीर घोड़े पर सवार होकर सेना के आगे-आगे चला। रास्ते में एक पहाड़ी पर एक मंदिर था। फकीर सेनापति वहाँ रुका और सेना से कहा

कि पहले मंदिर के देवता से पूछ लेते हैं कि हम युद्ध में जीतेंगे कि हारेंगे ? सेना हैरान होकर पूछने लगी कि देवता कैसे बताएँगे और बताएँगे भी तो हम उनकी भाषा कैसे समझेंगे ? बूढ़ा फकीर बोला कि ठहरो, मैंने आजीवन देवताओं से संवाद किया है। मैं कोई-न-कोई हल निकाल लूँगा। फिर फकीर अकेले ही पहाड़ी पर चढ़ा और कुछ देर बाद वापस लौट आया। फकीर ने सेना को संबोधित करते हुए कहा कि मंदिर के देवता ने मुझसे कहा है कि यदि रात में मंदिर से रोशनी निकलेगी तो समझ लेना कि दैवीय शक्ति तुम्हारे साथ है और युद्ध में अवश्य तुम्हारी जीत होगी। सभी सैनिक साँस रोके रात होने की प्रतीक्षा करने लगे। रात हुई और उस अँधेरी रात में मंदिर से प्रकाश छन-छनकर आने लगा। सभी सैनिक जयघोष करने लगे और वे युद्ध स्थल की ओर कूच कर गए। 21 दिन तक घनघोर युद्ध हुआ और सेना विजयी होकर लौटी। रास्ते में वह मंदिर पड़ता था, जब मंदिर पास आया तो सेनाएँ उस बूढ़े फकीर से बोलीं कि चलकर उस देवता को धन्यवाद दे दिया जाए, जिनके आशीर्वाद से यह असंभव-सा युद्ध हमने जीता है। सेनापति बोला कि कोई जरूरत नहीं। सेना बोली, बड़े कृतघ्न मालूम पड़ते हैं आप! जिनके प्रताप व आशीर्वाद से हमने इस भयंकर युद्ध को जीता, उस देवता को धन्यवाद भी देना आपको मुनासिब नहीं लगता ? तब उस बूढ़े फकीर ने कहा, वह दीपक मैंने ही जलाया था, जिसकी रोशनी दिन के उजाले में तो तुम्हें नहीं दिखाई दी, पर रात्रि के घने अँधेरे में तुम्हें दिखाई देने लगी। तुम जीते, क्योंकि तुम्हें जीत का खयाल निश्चित हो गया।

तात्पर्य यह है कि विचार अंतत: वस्तुओं में बदल जाता है। विचार अंतत: घटनाओं में बदल जाता है। मोदीजी ने पूरे देश के लोगों से दीया जलवाकर वस्तुत: उपरोक्त प्रक्रिया का ही प्रयोग किया है, क्योंकि यह निश्चित है कि बाह्य संसाधनों के बल पर कोरोना से आप नहीं जीत सकते। अमेरिका एवं यूरोपियन देशों का उदाहरण आपके सामने है। अमेरिका एवं यूरोपियन देश ताकतवर होते हुए भी डरे हुए देश हो गए हैं। इतिहास गवाह है, वे इसलिए कोई युद्ध अपनी धरती पर नहीं लड़ना चाहते कि उनके लोग मारे जाएँगे। आधुनिक काल के इतिहास में यह पहला युद्ध है, जिसे उनको अपनी धरती पर लड़ना पड़ रहा है। वे ऐसे मुल्क हैं, जहाँ एक बार 6 घंटे बिजली आपूर्ति ठप हो गई थी तो सैकड़ों लोग डिप्रेशन से मर गए थे। अत: हे भारत के अदम्य जिजीविषा से भरे हमारे बहनो एवं भाइयो! हम यह युद्ध आधा जीत चुके हैं। हमारे यहाँ कोरोना पीड़ितों की मृत्यु दर कम है। वही मृत्यु को प्राप्त हो रहे हैं, जिन्हें कोई अन्य बीमारी है या जो जीवन से निराश हो चुके हैं।

आज कोरोना से लड़ रहे सभी सरकारी डॉक्टर, उनकी टीम, अन्य सहयोगी व्यक्ति, संगठन एक मिसाल पेश कर रहे हैं। अपनी जान की परवाह किए बिना मानवता की रक्षा में दिन-रात लगे हैं। साथ ही धन्य हैं पुलिसकर्मी और उनका कर्तव्य। आपका कार्य स्वर्ण अक्षरों से अंकित होना चाहिए। कुछ लोग पुलिस पर कर्तव्य के दौरान पत्थर फेंककर मारते हैं, प्रतिकार करते हैं और कभी-कभी गोली भी मारते हैं। थोड़ी भी इनसानियत यदि है तो खुद शर्म आनी चाहिए ऐसे लोगों को। कुछ लोग कहते थे कि चौराहों पर कमाई के लिए खड़ी होती है पुलिस। आज तो सारे चौराहे और गली वीरान हैं, फिर भी संकल्प के साथ कर्तव्य पथ पर पुलिस आज भी वहीं खड़ी है। वर्तमान समय की गंभीरता को देखते हुए पूरी जिम्मेदारी के साथ पुलिसकर्मी डटे हैं, क्योंकि इन्होंने अंतिम साँस तक डटे रहने के संकल्प की शपथ सेवा में आने के समय ली थी। पुलिस के प्रति लोगों की सोच बदले एवं राष्ट्र की एकता-अखंडता के साथ विकसित एवं शक्तिशाली भारत बनाने का दृढ़ संकल्प लेकर हम सभी एक-दूसरे के प्रति भरोसे के साथ कार्य करें। हे भारत के महामानव! आपका कोरोना कुछ नहीं बिगाड़ेगा और आपके लिए यह मात्र सीजनल फ्लू जैसा बनकर रह जाएगा। बस, कुछ सावधानियाँ बरतें। सामाजिक दूरी बनाए रखें। गाइडलाइन को फॉलो करें। प्रधानमंत्रीजी ने वीडियो संदेश में लंबी लड़ाई के लिए तैयार रहने को कहा है, अतः अपने आत्मविश्वास को मजबूत करें, क्योंकि अभी बहुत कुछ करना है।

□

दीपक जीवन का स्रोत

दीपक का प्रकाश जीवन में उल्लास, खुशी, शक्ति, विजय, पवित्रता, ज्ञान, आनंद और शुभकामनाओं का प्रतीक माना जाता है। आत्मा को 'स्वयंज्योति', 'स्वयंप्रकाश' कहा जाता है। मान्यताएँ हैं कि शरीर को छोड़कर भी आत्मा अदृश्य प्रकाश रूप में विराजमान होती है। हम सभी ईश्वर के ध्यान में मन व आत्मा को निर्देशित करते हैं कि मुझे अंधकार से प्रकाश की ओर ले जाओ। मिट्टी, आकाश, जल, अग्नि और वायु, इन पाँच तत्त्वों से ही सृष्टि का निर्माण हुआ है। दीपक जलाने का मतलब होता है अपने जीवन में अंधकार हटाकर प्रकाश फैलाना। ऐसा करने से अग्निदेव प्रसन्न होते हैं और जीवन में आनेवाली कई तरह की परेशानियों से बचाते हैं। दीपक जलाने से घर में सकारात्मक ऊर्जा का वास होने के साथ ही घर का वातावरण संतुलित रहता है। इससे आत्मबल और आत्मविश्वास बढ़ता है। नकारात्मक शक्तियाँ खत्म होती हैं और इनसान रोगों से दूर रहता है। दीपक जलाने से घर के हानिकारक बैक्टीरिया खत्म होते हैं और दीपज्योति आरोग्य बनाने में मदद करती है। ऐसा कहा जाता है कि दीपक जलाने से वातावरण में भी सकारात्मकता आती है। इसके अलावा दीपक की जलती लौ व्यक्ति को जीवन में आगे बढ़ने का संदेश देती है। हर रोज घर में पूजास्थान के पास घी का दीपक जलाकर रखने से धन की वृद्धि के साथ सुख व शांति की प्राप्ति और स्वास्थ्य संबंधी समस्याएँ भी दूर हो जाती हैं। भगवान् शिव के तीन नेत्र हैं, पहला सूर्य दाहिना नेत्र, चंद्रमा वाम नेत्र और तीसरा नेत्र अग्नि है। दीपक अग्नि का प्रतीक है। दीपक भारतीय संस्कृति और जीवन में इस प्रकार घुला-मिला है कि जब भी हम किसी देवता का पूजन करते हैं तो पूजा का सबसे खास हिस्सा दीपक होता है। धार्मिक मान्यताओं के अनुसार धनतेरस के दिन यम का दीया जलाने से अकाल मृत्यु का डर नहीं रहता है। कहा

जाता है कि धनतेरस के दिन यम का दीया जलाने से यमराज खुश हो जाते हैं और इस दीये के कारण यम की यातनाएँ भी कम हो जाती हैं। ऐसे में इस दिन सभी को यम का दीया जरूर जलाना चाहिए। पौराणिक मान्यताओं के अनुसार, दीवाली के दिन दीपक जलाकर धन-संपदा और शांति के लिए माँ लक्ष्मी की पूजा-अर्चना की जाती है।

विज्ञान के अनुसार सूर्य स्थिर है और पृथ्वी चलती है। सूर्य एक समय में पृथ्वी के आधे भाग को प्रकाश देता है और शेष को अंधकार। सूर्य मूलत: ताप और प्रकाश का संवाहक है। जीवन के उद्भव के लिए एक ही कोशिश में प्रकाश और अंधकार का अवांतर से बना रहना अनिवार्य है। सूर्य इसीलिए धरती को एक साथ प्रकाश और अंधकार से संतुलित किए रहता है। ज्योति, अग्नि और उजाले का प्रतीक दीपक कितना पुरातन है, इसके विषय में निश्चित रूप से कुछ नहीं कहा जा सकता। गुफाओं में भी दीपक मनुष्य के साथ था। भारत में दीपक का इतिहास प्रामाणिक रूप से 5000 वर्ष पुराना है। खुदाइयों में उस समय के मिट्टी के पके दीपक मिले हैं। आज कुछ राष्ट्रों का अपने क्षेत्र का विस्तार व प्रभाव मानव की सभ्यता, संस्कृति एवं जीवन के अस्तित्व पर ही प्रश्नचिह्न खड़ा कर रहा है। विगत दो महायुद्धों में करीब दस करोड़ लोगों की मृत्यु हुई। विश्वविख्यात वैज्ञानिक आइंस्टीन से एक बार किसी पत्रकार ने पूछा कि तीसरे महायुद्ध में पृथ्वी का क्या होगा? इस पर आइंस्टीन ने कहा कि तीसरे महायुद्ध के बारे में तो नहीं बता सकता, परंतु चौथे महायुद्ध के बारे में अवश्य बता सकता हूँ। पत्रकार के पूछने पर आइंस्टीन ने उत्तर दिया, "चौथा महायुद्ध होगा ही नहीं, क्योंकि तीसरे महायुद्ध में इतना विनाश होगा कि चौथे महायुद्ध के लिए कोई बचेगा ही नहीं। ऐसी आधुनिक जीवन पद्धति, नित्य नए आविष्कार एवं उत्कृष्ट शिक्षा किस काम की, जिसमें मानव की सभ्यता एवं जीवन ही विनाश के कगार पर खड़ा हो।"

भौतिक जगत् में मानव ने चाहे जितनी प्रगति कर ली हो, किंतु सात्विक चिंतन, भावनात्मक एकता और आध्यात्मिक ज्ञान के अभाव में खुद मानव पर ही विनाश का आज भीषण खतरा बना हुआ है। 'श्रीमद्भगवद्गीता' के अनुसार ज्ञान का अर्थ पंडिताई या पुस्तकीय विद्या नहीं हैं। ज्ञान का अर्थ है सद्गुण। भारतीय संस्कृति के मूल में ऐसे ही उदात्त विचारों की रसधारा विद्यमान है। अत: भारतीय संस्कृति एवं विचार से वर्तमान युग की प्रतिस्पर्धा एवं विषम परिस्थितियों में अंततोगत्वा ऐसी मानव सभ्यता का उदय हो, जिसमें जाति, धर्म, संप्रदाय एवं देश की सीमाओं को

तोड़कर समूची मानव जाति में एकरूपता, परस्पर प्रेम, करुणा, सहिष्णुता आदि सँजोए उच्च मानव धर्म का प्रादुर्भाव हो, तभी यह पृथ्वी इनसान के जीने योग्य बन सकेगी और हमें अपने आप को मानव कहे जाने पर गर्व होगा। दीपक से दीपक तभी जलते हैं, जब दूसरे दीपक में भी तेल और बाती हो। हमारे जीवन में भी दीपक तभी जलते हैं, जब हम स्वयं जलने के लिए तैयार हों। कहा जाता है कि दीपक तभी जलता है, जब दूसरे दीपक का प्रकाश उसमें प्रवेश करता है। इसलिए हमारी जो बंद आँखें हैं और कुंठित मानसिकता है, इन्हें तोड़कर अपने चारों ओर के परिवेश में जले दीपक से प्रकाश ग्रहण कर अपने बुझे हुए दीपक को जलाने की आवश्यकता है, ताकि हमारी आँखों में प्रकाश आ सके और हमारा अंत:करण प्रकाशित हो सके। भारत के यशस्वी प्रधानमंत्री श्री नरेंद्र मोदीजी ने कहा है कि 5 तारीख को 9 बजे 9 मिनट के लिए दीया जलाना है, क्योंकि इससे हमारी इच्छाशक्ति और आत्मबल मजबूत होगा। इसका एक और कारण है। इस दिन आमद एकादशी है, जब मेघनाद का वध नहीं हो पा रहा था तो इसी आमद एकादशी को भगवान् राम ने घी के दीपक जलाकर ऊर्जापुंज का निर्माण कर मेघनाद का वध किया था। यह एकादशी विजय की प्रतीक है। युग-युगांतर से सृष्टि में इनसान के जीवन का यही विधान है। जिंदगी ही समस्या है और जिंदगी में दीपकरूपी ज्ञान और खुशी का प्रकाश ही इसका निदान है।

□

वर्तमान कलियुग में सतयुग

हर इनसान वर्तमान में हर पल का आनंद लेते हुए दिनचर्या व्यतीत कर रहा है। समय का चक्र देखिए, आज ऐसा लग रहा है कि 'कलियुग में सतयुग' आ गया है। इनसान का कितना सादा जीवन हो गया है। सादा भोजन दाल, रोटी, कुछ कपड़े और एक घर, बस, इतना ही काफी लग रहा है। थोड़े में भी आनंद आ रहा है। सुबह दुर्गापूजा, फिर रामायण, महाभारत, कभी-कभी समाचार, धर्मग्रंथ व कुछ पुस्तकें पढ़ना, शाम को हवन, आरती फिर महाभारत, रामायण। समाज के सारे घरों के सदस्यों का यही रुटीन हो गया है। सब मिलकर काम करते हैं। भाग-दौड़ की जिंदगी में ठहराव आ गया है। पुरानी बातों को याद कर चर्चा तथा हर अच्छे-बुरे कर्म की समीक्षा हर इनसान कर रहा है। पाप और पुण्य की समझ इनसान में बढ़ रही है। ईश्वर से इनसान करीब आ रहा है। शांति, संतोष, उच्च विचार सबके मन में उत्पन्न हो रहा है। सोना, चाँदी, धन, सुंदर ड्रेस कोई काम नहीं आ रहा। थोड़े में गुजारा हो रहा है। यही तो है संतोष धन। सबकुछ था, बस, यही तो इनसान के पास नहीं था। जो एकांत घर में जीवन व्यतीत करने पर प्राप्त हुआ। दुनिया में इनसान ने जिंदगी को मशीन बना दिया था। लालच के वश में सबकुछ हासिल करने का युद्ध स्वयं से लड़ता था। शांति व सुकून से कोसों दूर हो गया था। जो इनसान नग्न आँखों से काफी दूर सूर्य, चाँद और सितारे तक को देखता है, आज एक सूक्ष्म वायरस को वह देख नहीं सका। उस कोरोना वायरस ने मनुष्य को इनसान बना दिया। संतोष-सुकून दिया। लालच-लोभ और ख्वाब को कम किया। राजा हो या रंक, सबको एक नजर से देखा। जिसके विशाल साम्राज्य में ही सूर्य उदय भी और अस्त भी होता था, उसके राजा, प्रधानमंत्री और स्वास्थ्य मंत्री पर भी इसने दया नहीं की। इंसाफ और न्याय को सत्य से परिभाषित कर इसने अंधे का ढोंग रचकर बैठी दुनिया को

सबकुछ दिखा दिया। आज समाज में जिस इनसान के पास धन है, वह दुनिया की यात्रा नहीं कर सकता। धन्य हो कोरोना! इनसान में मृत्यु का डर पैदा कर जीवन का महत्त्व इनसान को सिखा दिया।

जीवन एक कला है और मनुष्य अपने जीवन का कलाकार भी है और कला का उपकरण भी। जो जैसा अपने को बनाता है, वैसा ही अपने को पाता है। स्मरण रहे कि मनुष्य बना-बनाया पैदा नहीं होता। जन्म से तो हम अनगढ़े पत्थरों की भाँति ही पैदा होते हैं, फिर जो कुरूप या सुंदर मूर्तियाँ बनती हैं, उनके स्रष्टा हम खुद ही होते हैं। संसार में अलग-अलग रंग, रूप, गुण और आचार-विचारवाले व्यक्ति दिखाई देते हैं। संसार में दैत्य यानी अत्याचारी, आतंकवादी भी दृष्टिगोचर होते हैं। इस दिखाई देनेवाली भिन्नता के बीच में आप कौन हैं, जरा इस पर विचार कर देखें और यदि आप अपने आप को सही रूप में पहचान लेंगे तो मौन हो जाएँगे। आप यह भी समझ जाएँगे कि उस परम तत्त्व का प्रतिपादन वाणी के द्वारा संभव नहीं है। वह तो अनिर्वचनीय है और ईश्वर मार्ग के अनुसरण तथा ईश्वर के भजन के द्वारा व्यक्ति का अंतःकरण शुद्ध होता है। ईश्वर प्रारंभिक और अंतिम सत्य है। माटी का शरीर है, खेल सके तो खेल। बाजी रब के हाथ में, पूरा विज्ञान फेल। जिस मित्र को देख नहीं सकते, उसकी आवाज से ही खुश रहें। जिसको पा नहीं सकते, उसको सोचकर ही खुश रहें। बीता हुआ कल जा चुका है, उसकी मीठी याद में ही खुश रहें। आनेवाले कल का पता नहीं, उसके इंतजार में ही खुश रहें। हँसता हुआ बीत रहा है पल, आज में ही खुश रहें। जिंदगी है छोटी, हर हाल में खुश रहें। बारंबार सोचें कि यदि आँसू न होते तो आँखें इतनी खूबसूरत न होतीं, दर्द न होता तो खुशी की कीमत न होती, कोरोना न होता तो आज संतोष नहीं मिलता, अगर मिल जाता सबकुछ केवल चाहने ही से तो दुनिया में 'ऊपरवाले' की जरूरत ही न होती, अतएव, आप फिर से प्रयास करने से मत घबराएँ, क्योंकि इस बार शुरुआत शून्य से नहीं, अनुभव से होगी।

□

एकांत जीवन ज्ञान का अमृत

शक्ति और धन जीवन के फल हैं, लेकिन परिवार, मित्र और समाज जीवन की जड़ हैं। हम फल के बिना रह सकते हैं, लेकिन जड़ के बिना कभी नहीं। इनसान का हौसला बुलंद हो तो मुट्ठी में जीत है। खुशी, आनंद और मन की चाहत के साथ मुश्किलें एवं मुसीबतें भी हर इनसान के साथ हैं। वर्तमान वक्त में दुनिया में इनसान समाज से अलग रहने पर विवश है, वैसे इनसान एक सामाजिक प्राणी है और समाज में रहता है। इनसान ने हर युग में पशु हो या चिड़िया हो, पिंजरे में कैद रखा है। वही इनसान आज स्वयं घररूपी पिंजरे में कैद हो गया है। मेरे मन में एकांतवास में विचार आया कि हम सभी लोग किसी इनसान से विवाद होने पर शामिल लोगों के अलावा पूरे परिवार को या मित्र को केस (कांड या प्राथमिकी) में नाम दर्ज करा देते हैं। साक्ष्य में गवाह आपके अपने लोग होते हैं और उस साक्ष्य के आधार पर जो घटना में शामिल नहीं होते हैं, वे भी कारा का दंड भोगने लगते हैं। आज स्वयं घर में कैद होने पर हर तरह से बेचैन और मानसिक पीड़ा में हैं, अतः जरा उन निर्दोष लोगों पर एक बार हृदय से विचार कर सत्य-असत्य की समीक्षा करते हुए भविष्य में सत्य को प्रस्तुत करने का संकल्प लें। आज एक सूक्ष्म कोरोना वायरस ने मानव सभ्यता को संकट में डाल दिया है। मेरे मन में एक प्रश्न आया है कि आज उत्पन्न संकट के लिए उत्तरदायी कौन है, प्रकृति या खुद मानव? उत्तर जब स्वयं में या समाज में ढूँढ़ता हूँ तो उत्तर में स्वयं इनसान दृष्टिगोचर होता है। कारण यह है कि आज मानव आधुनिक सुख-सुविधायुक्त जीवन-शैली के लिए नित्य नए आविष्कार कर रहा है। साथ ही कई राष्ट्र अपने शक्ति-प्रभाव के लिए परमाणु हथियार सहित कई जैविक हथियारों का परोक्ष या अपरोक्ष रूप से आविष्कार कर मानव सभ्यता को खतरे में डाल रहे हैं। अतीत के धर्मग्रंथों और

इतिहास को दर्पण के रूप में देखता हूँ तो दृष्टिगोचर होता है कि ऋषि-महात्मा और कुछ उत्कृष्ट व्यक्तित्व समाज से अलग जंगल की कुटिया में ध्यान लगाकर मानव का कल्याण करते थे। आज भी ऐसे कुछ व्यक्तित्व धरती पर हैं। वर्तमान जिंदगी के कई रूप देखने को मिल रहे हैं। इनसान की जिंदगी लूडो के खेल जैसी हो गई है। लूडो का एक नियम है कि जो गोटी घर में है, उसे कोई मार नहीं सकता। आज हमारी जिंदगी में भी यही नियम लागू हो रहा है और इस नियम से घर में रहना मानव कल्याण के लिए अमृत समान हो गया है।

जीवन में कभी सुख तो कभी दुःख विवशता की परिस्थिति उत्पन्न कर देता है। इसलिए हम सभी को वर्तमान में घर में रहने की भीष्म प्रतिज्ञा करके समय पर सब छोड़ देना चाहिए। वर्तमान एकांत जीवन-शैली से कुछ ज्ञान की प्रेरणा ग्रहण करें। महान् लेखक टॉलस्टॉय की एक कहानी है 'शर्त'। इस कहानी में दो मित्रों में आपस में शर्त लगती है कि यदि उसने एक माह एकांत में बिना किसी से मिले, बिना बातचीत किए एक कमरे में बिता दिया तो उसे 10 लाख नकद वह देगा। इस बीच यदि वह शर्त पूरी नहीं करता तो हार जाएगा। पहला मित्र यह शर्त स्वीकार कर लेता है। उसे दूर एक खाली मकान में बंद करके रख दिया जाता है। बस, दो जून का भोजन और कुछ किताबें उसे दी गईं। उसने जब वहाँ अकेले रहना शुरू किया तो एक-दो दिन पुस्तकों से मन बहल गया, फिर वह खीझने लगा। उसे बताया गया था कि थोड़ा भी बरदाश्त से बाहर हो तो वह घंटी बजाकर संकेत दे सकता है। उसे वहाँ से निकाल लिया जाएगा। जैसे-जैसे दिन बीतने लगे, उसे एक-एक घंटा युगों-सा लगने लगा। वह चीखता-चिल्लाता, लेकिन शर्त का खयाल कर किसी को नहीं बुलाता। वह अपने बाल नोचता, रोता, गालियाँ देता, तड़प जाता, मतलब अकेलेपन की पीड़ा उसे भयानक लगने लगी, पर वह शर्त की याद कर अपने को रोक लेता। कुछ दिन और बीते तो धीरे-धीरे उसके भीतर एक अजीब शांति प्रकट होने लगी, अब उसे किसी की आवश्यकता का अनुभव नहीं होने लगा। वह बस, मौन बैठा रहता। एकदम शांत, उसका चीखना-चिल्लाना भी बंद हो गया। इधर, उसके दोस्त को चिंता होने लगी कि एक माह के दिन-पर-दिन बीत रहे हैं, पर उसका दोस्त है कि बाहर ही नहीं आ रहा है! माह के अब अंतिम दो दिन शेष थे। इधर उस दोस्त का व्यापार चौपट हो गया, वह दिवालिया हो गया। उसे अब चिंता होने लगी कि यदि उसके मित्र ने शर्त जीत ली तो इतने पैसे वह उसे कहाँ से देगा? इसी चिंता में वह उसे गोली मारने की योजना बनाता है और उसे मारने के लिए जाता है। जब

वह वहाँ पहुँचता है तो उसके आश्चर्य का ठिकाना नहीं रहता। वह दोस्त शर्त के एक माह के ठीक एक दिन पहले वहाँ से चला जाता है और एक खत अपने दोस्त के नाम छोड़ जाता है। खत में लिखा होता है—'प्यारे दोस्त, एक महीने में मैंने वह चीज पा ली है, जिसका कोई मोल नहीं चुका सकता। मैंने अकेले में रहकर असीम शांति का सुख पा लिया है और मैं यह भी जान चुका हूँ कि हमारी जरूरतें जितनी कम होती जाती हैं, उतना ही हमें असीम आनंद और शांति मिलती है। मैंने इन दिनों परमात्मा के असीम प्यार को जान लिया है। इसीलिए मैं अपनी ओर से यह शर्त तोड़ रहा हूँ, अब मुझे तुम्हारी शर्त के पैसे की कोई जरूरत नहीं।' इस उदाहरण से समझें कि लॉकडाउन की इस परीक्षा की घड़ी में खुद को झुँझलाहट, चिंता और भय में न डालें। उस परमात्मा से ध्यान-पूजा और धार्मिक ग्रंथ द्वारा निकटता को महसूस करें, जिसने सृष्टि का निर्माण किया है। साथ ही जीवन को नए दृष्टिकोण से देखने का प्रयत्न कीजिए। इसमें भी कोई मानव कल्याण की अच्छाई छिपी होगी, यह मानकर सबकुछ भगवान् को समर्पित कर दें। ईश्वर की कृपा पर विश्वास कीजिए, अच्छा ही होगा। लॉकडाउन का पालन करते हुए स्वयं परिवार के साथ सुरक्षित रहें। साथ ही समाज और राष्ट्र को सुरक्षित रहने के लिए प्रेरित करते रहें। लॉकडाउन की समाप्ति की घोषणा के बाद संकल्प लेकर जी-तोड़ मेहनत स्वयं व परिवार के लिए तथा देश की गिरती अर्थव्यवस्था को सुधारने के लिए करनी है, ताकि देश एक महाशक्ति बने और हर भारतीय का खुशहाल व हँसता हुआ चेहरा विश्व में शान के साथ देश की पहचान बने।

□

वक्त पर ज्ञान लक्ष्मण रेखा

लक्ष्मण रेखा लाँघने का अर्थ खुद को संकट में डालना, परिवार को डालना, देश को डालना और मानव जाति को संकट में डालना है। हालत तो मेरी नहीं है, उत्साह नहीं है, उमंग नहीं है, भय का माहौल है और मानव जाति पर विपत्ति आन पड़ी है। संकट की इस स्थिति में समझ में नहीं आ रहा कि क्या लिखूँ, स्वागत करूँ, बधाई दूँ, शुभकामनाएँ दूँ। उचित वक्त नहीं है और मन नहीं कर रहा उत्सव मनाने का। बस, ईश्वर से यही प्रार्थना करता हूँ कि यह विपत्ति शीघ्र ही दूर हो, सभी इनसान स्वस्थ रहें, दीर्घायु हों और हाँ, सरकार द्वारा निर्धारित आदेश-सुझाव तक घर पर ही रहें। कोरोना महामारी रोकने के लिए इस कठिन घड़ी में हम सब की भी जिम्मेदारी बनती है कि हम सब मिलकर लोगों को समझाएँ और लोगों को घर के अंदर रहने का स्पष्ट रूप से संदेश दें। उन्हें यह बताएँ कि आज की स्थिति में उनका घर में रहना अत्यंत आवश्यक है। यह जिम्मेदारी सिर्फ सरकार और प्रशासन की नहीं, हम सभी जागरूक लोगों की है, क्योंकि हम भी देश के एक नागरिक हैं और जिम्मेदार नागरिक हैं। हम सब देश के विकास व उन्नति के एक मजबूत स्तंभ हैं। हम सभी जागरूक लोगों की जिम्मेदारी औरों से कहीं ज्यादा हो जाती है। इसलिए इस दिशा में हम सब की भूमिका महत्त्वपूर्ण होनी चाहिए और यह दृष्टिगोचर भी होनी चाहिए। मुझे उम्मीद है कि हमारे समाज के नासमझ बंधु घर के बाहर जो घूम रहे हैं, उनको समझाकर घर भेजने की दिशा में अपनी महत्त्वपूर्ण भूमिका हम जरूर निभाएँगे। भोजपुरी में कहावत है कि भगवान् के डंडे में दम होता है, आदमी के डंडे में नहीं। बड़े-बड़े बम, असलहा, मिसाइल सब धरे-के-धरे रह गए। वायरस ने परमाणु बम से युद्ध करनेवालों का घंटा बजा दिया। अब मनुष्य अपने को पृथ्वी का बुद्धिमान व्यक्ति न समझे, प्रकृति के लिए सब एक समान हैं।

द्वापर के समय की एक घटना आपको याद दिलाता हूँ। विदुर को लगातार अपने गुप्तचरों से दुर्योधन के द्वारा किए जानेवाले षड्यंत्रों और तैयारियों की सूचना मिल रही थी। पांडवों को वारणावत जाने से रोकना विदुर के वश में नहीं था, परंतु वे उनकी सुरक्षा तो कर ही सकते थे। वे लगातार उनकी सुरक्षा के उपाय सोचते रहते। वारणावत जाने के पहले पांडव माता कुंती सहित महात्मा विदुर को प्रणाम करने आए। विदुर ने अवसर देखकर युधिष्ठिर से पूछा, "वत्स, यदि जंगल में भीषण आग लग जाए तो जंगल के कौन से जानवर सुरक्षित रहेंगे?" युधिष्ठिर ने उत्तर दिया, "तात, जंगल में आग लगने पर स्वच्छंद और निर्भय घूमनेवाले शेर, चीते, हाथी और सबसे तेज भागनेवाले हिरन आदि सारे जानवर जंगल की आग में जलकर राख हो जाएँगे, परंतु बिलों में रहनेवाले चूहे सुरक्षित रहेंगे। दावानल के शांत होने पर वे पुनः बिलों से बाहर निकलकर शांतिपूर्ण जीवन व्यतीत करेंगे," "वत्स युधिष्ठिर, तुम्हारे उत्तर से मैं निश्चिंत हुआ। मेरी समस्त चिंताएँ दूर हुईं। जाओ, सुरक्षित रहो। यशस्वी भवः।" विदुर ने आशीर्वाद दिया।

कोरोना वायरस भी एक भयानक आग के समान है, जो लगातार सारी सीमाएँ लाँघ रहा है। जो लोग अपने घरों में रहेंगे, वे सुरक्षित रहेंगे। आज कोरोना वायरस ने एक झटके में घुटनों पर ला दिया समस्त मानव जाति को। उड़े जा रहे थे, उड़े जा रहे थे। कोई चाँद पर कब्जे की तैयारी कर रहा है तो कोई मंगल पर। कोई सूरज को छूने की कोशिश कर रहा है तो कोई अंतरिक्ष में आशियाँ ढूँढ़ रहा है। चीन पड़ोसी देशों की जमीन हड़पने की तैयारी में तो रूस और अमेरिका परमाणु शक्ति के नशे में पूरे विश्व को ध्वस्त करने की कोशिश में लगे हैं। कहीं धर्म के नाम पर नरसंहार चल रहा है तो कहीं जाति के नाम पर भेदभाव। छोटे-छोटे बच्चों से बलात्कार किए जा रहे हैं। मानवता तो जैसे समाप्त हो चुकी है। ईश्वर ने इनसान को एक संदेश दिया है—"मैंने तो तुम लोगों को रहने के लिए इतनी खूबसूरत धरती दी थी, तुम लोगों ने इसे बरबाद करके नरक बना दिया। मेरे लिए तो आज भी सब एक छोटे से, प्यारे से परिवार की तरह हो। मुझे नहीं पता कि कहाँ चीन की सीमा खत्म होकर भारत की सीमा शुरू होती है। मुझे नहीं पता कि कहाँ ईरान है, कहाँ इटली और कहाँ जर्मनी। ये सब तुम लोगों ने बनाया है। मुझे नहीं पता कि कौन ईसाई है, कौन मुसलिम, कौन हिंदू, कौन यहूदी, कौन बौद्ध और कौन जैन है। मुझे नहीं पता कि कौन ऊँची जाति का है तो कौन नीची जाति का। मैंने तो सिर्फ इनसान बनाया था; फिर क्यों तुम आपस में बिना कारण लड़ते रहते हो, क्यों एक-दूसरे को मारते हो?

प्यार से नहीं रह सकते क्या? जानते हो कि सब छोड़कर मेरे पास ही आना है। तब भी धोखा, छीना-झपटी, नोचा-खसोटी, कत्लेआम मचा रखा है। अभी तो मैंने तीसरा नेत्र थोड़ा सा ही खोला है। सँभल जाओ और सुधर जाओ, फिर मत कहना कि मैंने मौका नहीं दिया। एक बार वसुधैव कुटुंबकम् की तरह रहकर तो देखो, सब ठीक हो जाएगा।

□

स्वयं की सुरक्षा जीत है

मानव सभ्यता आज उत्पन्न कोरोना बीमारी से युद्ध लड़ रही है। इस युद्ध में पुलिसकर्मी अपने परिवार को छोड़कर विषम परिस्थिति में दृढ़ संकल्प के साथ अपने कर्तव्य पथ पर एक मिसाल पेश कर रहे हैं। पुलिस की सिर्फ नकारात्मक छवि नहीं है। आज जब सभी अपने-अपने घरों में हैं, तब वही पुलिस आज आपकी सुरक्षा में जान जोखिम में डालकर हर स्थान, हॉस्पिटल एवं सड़क पर है। सैल्यूट है उन सभी पुलिसकर्मियों व कर्मयोगियों को, साथ ही चिकित्सकों, मीडिया एवं इससे जुड़े अन्य लोगों को। आम लोगों से अनुरोध है कि नियमों और कानूनों का पालन करें। जिस बाजार, स्थान में भीड़ है, वहाँ से दूर रहें, घर पर रहें, सुरक्षित रहें। लॉकडाउन आपके जीवन की रक्षा के लिए है। इसका पालन करें और करवाएँ। आत्मसंयम से ही होगी आत्मसुरक्षा और मानव सेवा। आज पूरी मानवता एक ऐसे विषाणु के प्रकोप से जूझ रही है, जो हमारे स्वास्थ्य और जीवन के लिए नया खतरा होने के साथ-साथ हमारी अर्थव्यवस्था को दशकों पीछे धकेलने की क्षमता रखता है। एक ऐसा वायरस, जिसके प्रसार की श्रृंखला को यदि अतिशीघ्र ही तोड़ा नहीं गया तो यह जंगल की आग की तरह फैलकर हमारे पूरे समाज को अपनी चपेट में लेते हुए अपूर्व जनहानि का कारण बन सकता है। घर के हर सदस्य को संक्रमित कर बहुत बीमार कर सकता है, फिर रेस्पॉन्ड करने के हमारे सब साधन-संसाधन कम पड़ जाएँगे और यह अकल्पनीय रूप से भयावह स्थिति होगी, क्योंकि एक बार यदि यह वायरस समाज में पैर जमाने में सक्षम हो गया तो इसके सोर्स, यानी प्रारंभिक बिंदु को चिह्नित कर उसे अलग-थलग करना असंभव हो जाएगा और तब इसे किसी प्रकार से रोक पाना शायद संभव न हो। चीन और इटली के उदाहरण हमारे सामने हैं। परिणाम होगा हजारों मौतें या शायद इससे भी अधिक।

परिस्थिति बहुत गंभीर है, जो और भी भयावह हो सकती है।

यदि हम मानवता से प्यार करते हैं, यदि हम अपने लोगों व राष्ट्र से प्यार करते हैं और यदि हम वास्तव में खुद से प्यार करते हैं तो हमें अपने विवेक को जगाना होगा। साथ ही अपने मानव प्रेम को उभारना होगा और अपनी राष्ट्रभक्ति का परिचय देते हुए सरकार, पुलिस प्रशासन तथा स्वास्थ्य व चिकित्सा विभाग द्वारा जारी दिशा-निर्देशों और आदेशों का अक्षरश: पालन सुनिश्चित करना होगा। आज की परिस्थितियों में यह हम सभी विवेकशील और समर्पित नागरिकों का प्रथम कर्तव्य है कि यह समझें कि हमारे पूर्ण और सार्थक सहयोग के बिना हमारी सरकार व प्रशासनिक संस्थाओं के भगीरथ प्रयास सफल नहीं होंगे। तब हमारे डॉक्टर, अन्य मेडिकल स्टाफ और पुलिस प्रशासन, जो लोगों को बचाने के लिए अपने और अपने परिवार के जीवन की परवाह न करते हुए दिन-रात नागरिकों के उपचार व सुरक्षा में लगे हुए हैं, उनका यह समर्पण और त्याग भी व्यर्थ चला जाएगा। यदि इस भयावह स्थिति से अपने आप को और अपने समाज को बचाना है तो यह सर्वप्रथम अपेक्षित है कि अपने घरों से बाहर नहीं निकलें और अन्य लोगों से नहीं मिलें। यह विषाणु व्यक्तियों अथवा पदार्थों से हुए स्पर्शीय संपर्क अथवा समीपता से फैलता है। इसलिए ऐसे वायरस को रोकने के लिए यह अनिवार्य रूप से और नितांत आवश्यक है कि अन्य व्यक्तियों से सुरक्षित दूरी बनाए रखें। अनावश्यक रूप से अन्य पदार्थों/सतहों को नहीं छुएँ। यह घर में रहकर ही संभव है। आत्मनियंत्रण की आवश्यकता है। स्वच्छता की आवश्यकता है। विभिन्नता में एकता लिये हुए हमारी सनातन संस्कृति के सूफी और पीर-फकीरों की तरह, जैन, बौद्ध और वैदिक साधु पुरुषों की तरह सादा, त्यागमय और प्रेममय जीवन जीने की शैली को आज जीवन में उतारने की आवश्यकता है।

यह समय है अनुशासित व स्वच्छतायुक्त जीवन जीने का, अनावश्यक संग्रह नहीं करने का, कानून का स्वत: अंत:प्रेरणा से पालन करने का और एक प्रबुद्ध व जिम्मेदार नागरिक के रूप में पुलिस प्रशासन, स्वास्थ्य व चिकित्सा विभाग द्वारा जारी निर्देशों का पूर्णरूपेण अक्षरश: पालन करने का। भारतवासियों की सदा से विशेषता रही है कि गंभीर-से-गंभीर व विषम परिस्थिति या संकट में एकतासूत्र में बँधे रहे हैं और कटिबद्ध होकर भीषण-से-भीषण शत्रु या आपदा पर विजय प्राप्त की है। आइए, अंतर्मुखी होकर परिस्थिति को समझते हुए व्यवहार को मर्यादित करें, आवश्यकताओं को सीमित करें, शासन तंत्र से सहयोग करें और संकल्प लें कि

मानव जाति, राष्ट्र की सेवा और अपने जनों की सुरक्षा के लिए हम एकजुट होकर संयम और सावधानीपूर्वक इस विपत्ति का सामना करेंगे तथा इसे परास्त कर समूचे विश्व के सामने उत्कृष्ट नागरिक और संवेदनशील मानव का अप्रतिम उदाहरण प्रस्तुत करेंगे। हमें समझना होगा कि इस समय घर पर रहकर ही हम मानव जीवन की रक्षा और मानवता की सुरक्षा कर सकते हैं। इस पर विजय सुनिश्चित करने के लिए पुलिसकर्मी अपने जीवन की परवाह न करते हुए दिन-रात इस परोपकाररूपी यज्ञ में लगे हुए हैं। यह आहुति हमारा न्यूनतम कर्तव्य है और मानवीय उत्तरदायित्व भी है। मेरा आप सभी से विनम्र निवेदन है कि संयम के साथ स्वच्छ घर में मन से पूरे हर्ष और जोश के साथ माँ शक्तिरूपी जगदंबा की पूजा तथा संकटमोचक रामभक्त तुलसीदास की हनुमान चालीसा और सुंदरकांड का पाठ अपने पूरे परिवार के साथ करें। अन्य धर्मों के भाई भी घर में नमाज, गुरुग्रंथ का पाठ करते हुए मानव सभ्यता की रक्षा के लिए प्रार्थना करते रहें। साथ ही अपने को सनातन संस्कृति का भारतीय होने पर गर्व करें।

□

उपदेश जीवनरक्षक एवं प्रेरणास्रोत

इस दुनिया में हर इनसान को मालूम है कि जीवनयात्रा में 'वक्त और साँस' बहुत कीमती हैं, जो एक बार चली गईं तो लौटकर कभी वापस नहीं आती हैं। हर इनसान के जीवन में मुसकराहट, अपनापन, सुख, आनंद, अच्छे उपदेश, विचार और कार्य जो समाज में जीवंत रहते हैं, ये सब उसकी स्वयं की बहुमूल्य संपत्ति हैं। इनका जी भरकर उपयोग इनसान हर वक्त करता है और उसके लोग करते हैं। आज पूरा विश्व कोरोना से भयभीत है। कोरोना से युद्ध लड़ना सबसे आसान और सबसे कठिन भी है। घर बैठ गए तो जीत गए और बाहर निकले तो हार गए। जीत-हार स्वयं के हाथ में है। शायद दुनिया के इतिहास में यह पहला युद्ध होगा, जिसे घर बैठकर जीतना है। इनसान की जिंदगी में चुनौतियाँ हर किसी के हिस्से नहीं आतीं, क्योंकि किस्मत भी किस्मतवालों को ही आजमाती है। कोई भी दुःख मनुष्य के साहस से बड़ा नहीं होता है। यह सत्य है कि जिंदगी में हारा वही, जो साहस और रणनीति से लड़ा नहीं। हर इनसान खुद की जिम्मेदारी समझे। सरकार के हर निर्देश-आदेश का पालन करे। सभी का कर्तव्य है कि स्वयं की रक्षा, परिवार की रक्षा, मानव सभ्यता की रक्षा दृढ़ संकल्प के साथ करें। दुनिया के लिए आप एक व्यक्ति हैं, मगर परिवार के लिए पूरी दुनिया हैं। दुनिया में हर इनसान की जिंदगी की पहली रेस होगी, जिसमें रुकनेवाला ही जीतेगा। बड़े दौर भी गुजरे हैं जिंदगी के, यह दौर भी गुजर जाएगा, थाम लें अपने पाँवों को घरों में, कोरोना का यह मंजर भी थम जाएगा। इस मुश्किल समय में यह भी ध्यान रहे कि पड़ोस में कोई गरीब परिवार भोजन व आवश्यक चीज से वंचित न रहे।

आज कोरोना से विकसित यूरोपियन देशों सहित अमेरिका अपनी जनता के साथ मिलकर मजबूती से मुकाबला कर रहे हैं। हम सभी भारत माँ की लगभग एक

सौ तीस करोड़ संतानें भी सरकार के साथ दृढ़ संकल्पित होकर कोरोना से लड़ रहे हैं और हम जीतेंगे। हमें ईश्वर और महापुरुषों के बताए मार्ग भी शक्ति और ऊर्जा प्रदान कर रहे हैं। द्वापर के वक्त कुरुक्षेत्र के मैदान में महाभारत युद्ध में अपने पिता द्रोणाचार्य के धोखे से मारे जाने पर अश्वत्थामा बहुत क्रोधित हो गए। उन्होंने पांडव सेना पर एक बहुत ही भयानक 'नारायण अस्त्र' छोड़ दिया। इसका कोई भी प्रतिकार नहीं कर सकता था। यह जिन लोगों के हाथ में हथियार हो और लड़ने के लिए कोशिश करता दिखे, उस पर अग्नि बरसाता था और तुरंत नष्ट कर देता था। भगवान् श्रीकृष्ण ने सेना को अपने-अपने अस्त्र-शस्त्र छोड़कर चुपचाप हाथ जोड़कर खड़े रहने का आदेश दिया और कहा कि मन में युद्ध करने का विचार भी न लाएँ, क्योंकि यह उन्हें भी पहचानकर नष्ट कर देता है। 'नारायण अस्त्र' धीरे-धीरे अपना समय समाप्त होने पर शांत हो गया। इस तरह पांडव सेना की रक्षा हो गई। इस प्रसंग का औचित्य समझें। हर जगह लड़ाई सफल नहीं होती। प्रकृति के प्रकोप से बचने के लिए हमें भी कुछ समय के लिए सारे काम छोड़कर चुपचाप हाथ जोड़े मन में सुविचार रखते हुए एक जगह ठहर जाना चाहिए, तभी हम इसके कहर से बचे रह पाएँगे। कोरोना भी अपनी समयावधि पूरी कर शांत हो जाएगा। श्रीकृष्ण का बताया हुआ यह उपाय है, जो कभी व्यर्थ नहीं जाएगा।

अब आपको एक और महान् विद्वान् की भावनाओं और उपदेशों से अवगत कराता हूँ। महामारी के समय आचार्य चाणक्य द्वारा कही गई इन पाँच बातों को कभी नहीं भूलना चाहिए। चाणक्य की इन बातों को ध्यान में रखें। पहला यह कि विपदा आने पर गंभीरता से कार्य करना चाहिए। राष्ट्र की रक्षा के लिए जिम्मेदार नागरिक की भूमिका को नहीं भूलना चाहिए। दूसरा यह है कि संकट को रोकने के लिए व्यक्ति को भेदभाव से रहित होकर राष्ट्र की रक्षा के लिए सहयोग करना चाहिए और दूसरे लोगों को भी प्रेरित करना चाहिए। तीसरी बात यह है कि मनुष्य सामाजिक प्राणी है। समाज से ही उसका अस्तित्व है। संकट को रोकने के लिए जागरूक व्यक्तियों को पूरी निष्ठा और सहकारिता की भावना से कार्य करना चाहिए। चौथे उपदेश के अनुसार प्रत्येक विपदा एक जैसी नहीं होती है। इसका स्वरूप अलग-अलग भी हो सकता है। इसलिए विपदा के स्वरूपों को समझते हुए उसकी रोकथाम के उपायों का पालन करना चाहिए। अंतिम पाँचवीं बात यह है कि किसी भी संकट से उबरने के लिए आत्मविश्वास का बना रहना बहुत ही जरूरी है। बड़े-बड़े युद्ध संसाधनों से नहीं, बल्कि आत्मविश्वास से जीते गए हैं। इसलिए

संकट के समय धैर्य और आत्मविश्वास ही व्यक्ति की सबसे बड़ी पूँजी होती है।

उपरोक्त उपदेशों पर स्वयं चिंतन-मनन कर अमल करें और कराएँ। भारतीय रेल, सड़क मार्ग और यात्री जहाज कभी युद्धकाल में भी नहीं रुके, लेकिन आज रोकना पड़ा। कृपया परिस्थितियों की गंभीरता समझिए और घर में ही रहिए। जीवनयात्रा के क्रम में दोस्त, पुस्तक, रास्ता, कर्म और सोच गलत हों तो हम गुमराह हो जाते हैं और सही हों तो जिंदगी को स्वर्ग की अनुभूति होती है। स्वयं घर में रहकर ही इस कोरोना महामारी से जीत सकते हैं। खुली सड़कें और घर में पूरा परिवार देखा है, बरसों बाद आज पहलेवाला इतवार देखा है। आज हर घर स्वर्ग है। तू जिंदा है तो जिंदगी की जीत में यकीन कर, अगर कहीं है स्वर्ग तो उतार ला जमीन पर। आज के वक्त में मैं दुनिया के हर इनसान से कहूँगा कि तुमसे मिलना जरूरी नहीं, तुम्हारा होना जरूरी है।

□

जीवन में आलोचक

हर इनसान में अच्छाई और बुराई मौजूद होती हैं और हर इनसान से अच्छा-बुरा जाने या अनजाने में हो ही जाता है। इससे धरती पर कोई भी इनसान अछूता नहीं है। यदि कोई कहे कि मुझसे जीवन में कभी कोई गलत काम नहीं हुआ है तो वह झूठ बोल रहा है। आपके हर कार्य की समीक्षा प्रशंसक या आलोचक आपके बीच मौजूद रहकर करते रहते हैं। आप स्वयं भी इस पंक्ति में शामिल हैं। कुछ लोग तो ईश्वर की भी कभी-कभी आलोचना कर देते हैं। आलोचना में है आपकी जिंदगी बदलने की ताकत। जीवन में आलोचक ही कराते हैं सही-गलत कार्य की पहचान, जिससे हम सभी वास्तविकता से अवगत होते हैं और इससे पीड़ा की भी अनुभूति होती है। कबीर दासजी ने भी कहा है कि 'निंदक नियरे राखिए।' जीवन में आलोचक बहुत जरूरी है, क्योंकि आलोचक ही आपको सही और गलत कार्य करने के बारे में दृष्टि देते हैं। ईश्वर सर्वज्ञ हैं। बहुत से व्यक्ति कई कार्य तो करते हैं, लेकिन किसी-किसी स्तर पर वे गलत कर बैठते हैं। इसलिए जीवन में आलोचकों का होना जरूरी है। जब आप किसी व्यक्ति की आलोचना को धैर्यपूर्वक सुनते हैं तो इससे आपको अच्छा श्रोता बनने में मदद मिलती है। इससे आप सामनेवाले व्यक्ति के नजरिए का विश्लेषण करते हैं और अलग-अलग एंगल से बात को समझने का प्रयास करते हैं। इससे आपको कई नई बातें सीखने का मौका मिलता है, जो आपकी जिंदगी के लिए बहुत महत्त्वपूर्ण हैं। आलोचना के कारण आपको अपने अंदर झाँकने का मौका मिलता है। आपको महसूस होता है कि दुनिया में कितने प्रकार के विचार मौजूद हैं। इससे आप अपनी कमजोरियों के बारे में जान पाते हैं और उन्हें अपनी ताकत में बदलने का प्रयास शुरू कर देते हैं। जब कोई व्यक्ति आपके भले के लिए आलोचना करता है तो आपके अंदर विनम्रता बढ़ने लगती है

और आप पोजीटिव बनते हैं। एक सच्चा मेहनतकश इनसान तालियों से खुश नहीं होता और न ही लोगों की गालियों का बुरा मानता है, बल्कि उन बुराइयों और लोगों की गालियों और आलोचनाओं से सीखकर खुद को और निखारता है। इससे वह सदैव आगे की ओर बढ़ता रहता है, क्योंकि हर कार्य क्षेत्र में चाहनेवालों के साथ-साथ आलोचक मिलना भी सत्य है, जिसे बदला नहीं जा सकता और न ही उसे बदलने का प्रयास करना चाहिए। इसीलिए अपने आप को निखारने और सँवारने के साथ-साथ जनहित का कार्य करें। निरंतर उन आलोचकों को भी दिल से धन्यवाद करें, जिनके कारण आप अपने अंदर बदलाव ला सके और जिनसे आप बेहतर से बेहतरीन बन पाए।

बिहार पुलिस एसोसिएशन के अध्यक्ष पद पर निर्वाचित होने के बाद मैंने महसूस किया कि अपने सदस्यों के सामूहिक हित के लिए मैंने जो प्रयास किए, यदि वे सफल नहीं हो पाए तो आलोचना की झड़ी लग जाएगी, क्योंकि आपके प्रयास की समीक्षा नहीं होती। किसी इनसान के आप कई काम कर दें, लेकिन एक काम आप नहीं कर पाएँ तो वह व्यक्ति भी आपका आलोचक बन सकता है। आलोचक का होना जीवन में उतना ही महत्त्वपूर्ण है, जितना उन लोगों का, जो आपके लिए तालियाँ बजाते हैं। आलोचना कभी-कभी काफी पीड़ादायक होती है। पीठ पीछे आलोचना काफी सुनने को मिलती है। दोस्तो! बुराई को बुराई से न तो खत्म किया जा सकता है, न ही कम किया जा सकता है और न ही इससे किसी के जीवन में आप बदलाव ला सकते हैं। ये शब्द मेरे व्यक्तिगत अनुभव हैं। गंदगी से गंदगी साफ नहीं होती, परंतु हीरे से हीरे को काटा जा सकता है। मेरे दोस्तो! आपका जीवन अमूल्य है। इसको इतना खूबसूरत बनाएँ, ताकि सभी इसमें खुद को महसूस कर सकें और आपका जीवन आनेवाली पीढ़ियों के लिए एक मिसाल बनकर उन्हें आगे बढ़ने के लिए प्रोत्साहित कर सके। दोस्तो! यह सच है कि ज्यादातर लोग आलोचना सुनना पसंद नहीं करते, लेकिन यह भी सच है कि बहुत से ऐसे लोग होते हैं, जो आलोचना को दूसरों से बेहतर तरीके से हैंडल करते हैं, फिर चाहे आलोचना दोस्तों या परिवार के सदस्यों ने ही की हो, वे इसे पर्सनल अटैक मानने के बजाय अपनी गलतियाँ सुधारने और सीखने का एक मौका मानकर अपनी जिंदगी को बेहतर बनाते हैं। कभी-कभी लगता है कि हम जो कर रहे हैं, वही बेस्ट है। हम अपने नजरिए से ही चीजों को देखने की कोशिश करते हैं। आलोचना से हमारा नजरिया बदल जाता है और हम वे चीजें भी देख पाते हैं, जिनके बारे में हमने सोचा भी नहीं था।

आपको जानकार आश्चर्य होगा कि वाल्ट आलोचना के कारण ही काफी सफल व्यक्ति बने। डिज्नी कंपनी के निर्माता वाल्ट डिज्नी एक साधारण व्यक्ति के रूप में काम करते थे। उन्हें भी अपने जीवन में बहुत से उतार-चढ़ाव देखने पड़े। एक समाचार-पत्र के संपादक ने उन्हें यह कहकर निकाल दिया था कि उनके पास अच्छे आइडिया और कल्पनाओं का अभाव है। अपनी इस आलोचना से वाल्ट घबराए नहीं, बल्कि खुद में इतना सुधार किया कि आगे चलकर वाल्ट डिज्नी कंपनी के संस्थापक बने और हजारों अरब रुपए का साम्राज्य खड़ा कर दिया। यदि हर समय लोग आपकी हाँ-में-हाँ मिलाते जाएँ तो आपके अंदर अभिमान आ सकता है, लेकिन अगर आप अपनी आलोचना सुनना जानते हैं तो आप कभी भी हवा में नहीं उड़ पाएँगे। आप जान पाएँगे कि आपसे भी गलतियाँ हो सकती हैं और आप परफेक्ट नहीं हैं। हर इनसान से यह कहूँगा कि प्रशंसा से पिघलना मत, आलोचना से उबलना मत, निस्स्वार्थ भाव से कर्म करिए, क्योंकि इस 'धरा' का, इस 'धरा' पर, सब धरा रह जाएगा।

किसी ने सच ही कहा है कि लोगों के साथ आमतौर पर समस्या यही होती है कि वे झूठी प्रशंसा के द्वारा बरबाद हो जाना तो पसंद करते हैं, परंतु वास्तविक आलोचना द्वारा सँभल जाना नहीं। प्रत्येक व्यक्ति द्वारा की गई निंदा सुन लीजिए पर अपना निर्णय सुरक्षित रख लीजिए, परंतु हमेशा अपनों के बीच छुपे कुछ ऐसे आलोचकों से सतर्क और सावधान रहें। वे आपकी हर अच्छाई में बुराई खोजकर आपको सामाजिक रूप से कमजोर करने को प्रयासरत रहते हैं। आपके जीवन से खुशीरूपी कोहिनूर को छीनना चाहते हैं। वे चप्पल की तरह होते हैं, जो चलते हैं तो साथ में, पर पीछे से कीचड़ उछालते हैं। अपने खिलाफ आलोचना मैं अकसर खामोशी से सुनता हूँ। जवाब देने का हक मैंने वक्त को दे रखा है। आलोचना में छिपा हुआ सत्य और प्रशंसा में छिपा झूठ यदि मनुष्य समझ जाए तो आधी समस्याओं का समाधान अपने आप हो जाएगा। आलोचकों से कहना चाहूँगा कि इनसान के जिस्म का सबसे खूबसूरत हिस्सा दिल है और अगर वही साफ न हो तो आपका चमकता चेहरा किसी काम का नहीं है। जिसमें हिम्मत है, वही मौसम के सितम सहता है, पत्ते गिरते रहते हैं, मगर पेड़ खड़ा रहता है।

□

ईश्वर की भक्ति अनमोल खजाना

जीवन में ऐसी भक्ति करें कि स्वयं के साथ परिवार, गुरु और परमात्मा आपसे खुश रहें। ऐसे जीएँ कि प्रभु को पसंद आ जाएँ, क्योंकि दुनियावालों की पसंद बदलती रहती है। जीवन में भक्ति पथ पर चलने के लिए वृद्ध होने का इंतजार मत कीजिए, क्योंकि मुरझाए हुए फूल तो प्रतिमा पर भी नहीं चढ़ाए जाते हैं। हर धर्म का हर इनसान कहता है कि ईश्वर की कृपा अपरंपार है। वह कृपा जीवन का अनमोल खजाना है। हर किसी के भक्तिमय दिल एवं उम्मीद की पुकार उनतक पहुँचती है। जब सोनपुर की गंडक नदी में गज का पैर मगर द्वारा पकड़ा गया तो असहाय गज की पुकार हरि, यानी ईश्वर तक पहुँचती है और ईश्वर गज को बचाते हैं। उसी तरह भरी सभा में द्रौपदी के चीरहरण के समय प्रभु को पुकारने पर ईश्वर की कृपा से दु:शासन की बाजुओं की ताकत का अहंकार टूटता है और द्रौपदी का चीरहरण नहीं हो पाता। सुखमय एवं आनंदमय जीवन का मूल स्रोत अपने अंदर ईश्वर की कृपा है। स्वयं के अंदर ईश्वर की मौजूदगी का आंतरिक सुख ही वास्तविक सुख है। हम अपने जीवन में जब भी किसी कार्य को करने की योजना बनाते हैं तो निर्णय लेने की क्षमता हममें ईश्वर द्वारा स्वविवेक उत्पन्न करने से होती है। ईश्वर के उपकार और कृपा से इनसान शक्तिशाली होता है। मनुष्य के मन पर कर्मों का भार है। इनसान जब तक कर्मों की दीवारों को तोड़ने में समर्थ नहीं होगा, तब तक वह न सत्य को, न आनंद को, न आत्मा को और न ही अपने अंदर मौजूद ईश्वर को जान सकता है। सत्य की खोज ही जीवन की खोज है। ईश्वर हम सब के दिलों में हैं और जो खोजते हैं, वे उन्हें पा लेते हैं। आत्मा को जानने से ही परमात्मा को जाना जा सकता है। यही सनातन धर्म का सत्य है। जिन्होंने अपने चित्त को सारे बंधनों से स्वतंत्र किया है, केवल वे ही आत्माएँ स्वयं को, सत्य को और ईश्वर को

जानने में समर्थ हो पाती हैं। मँझधार में फँसे वक्त रोते मन के आँसू को सिर्फ ईश्वर ही सुन सकता है।

एक वाकया बताता हूँ। रात के ढाई बजे तक एक सेठ को नींद नहीं आ रही थी। वह घर में चक्कर-पर-चक्कर लगाए जा रहा था, पर चैन की नींद नहीं आ रही थी। आखिर थककर नीचे उतर आया। उसने कार निकाली और शहर की सड़कों पर चल पड़ा। रास्ते में एक मंदिर दिखा। सोचा, थोड़ी देर इस मंदिर में जाकर भगवान् के पास बैठता हूँ और प्रार्थना करता हूँ तो शायद शांति मिल जाए। वह सेठ मंदिर के अंदर गया तो देखा कि एक दूसरा आदमी पहले से ही भगवान् की मूर्ति के सामने बैठा था, मगर उसका उदास चेहरा आँखों से करुणा दरशा रहा था। सेठ ने पूछा, "क्यों भाई, इतनी रात को मंदिर में क्या कर रहे हो?" उस आदमी ने कहा, "मेरी पत्नी अस्पताल में है, सुबह यदि उसका ऑपरेशन नहीं हुआ तो वह मर जाएगी और मेरे पास ऑपरेशन के लिए पैसे नहीं हैं।" उसकी बात सुनकर सेठ ने जेब में जितने रुपए थे, वे उस आदमी को दे दिए। अब गरीब आदमी के चेहरे पर चमक आ गई। सेठ ने अपना विजिटिंग कार्ड दिया और कहा कि इसमें फोन नंबर और पता भी है, जरूरत हो तो निस्संकोच बताना। उस गरीब आदमी ने कार्ड वापस दे दिया और कहा, "मेरे पास उसका पता है, जिस कारण इस पते की जरूरत नहीं है सेठजी!" आश्चर्य से सेठ ने कहा कि किसका पता है भाई? उस गरीब आदमी ने कहा कि जिसने रात को ढाई बजे आपको यहाँ भेजा, उसका। इतने अटूट विश्वास से सारे कार्य पूर्ण हो जाते हैं। किसी का बरतन खाली है, इसका मतलब यह नहीं कि वह माँगने चला है। यह भी हो सकता है कि सबकुछ बाँटकर आया हो। इनसान के जीवन में बिना ईश्वर की कृपा से सवेरा हो नहीं सकता, बस, रात ही होती है हर रात के बाद।

इनसान को मंदिर में भगवान् के दर्शन सदैव खुली आँखों से करने चाहिए, निहारना चाहिए। दर्शन के बाद जब बाहर आकर बैठें, तब नेत्र बंद करके जो देखा है, उस स्वरूप का ध्यान करें। घर में यह नियम बनाइए कि जब भी आप घर से बाहर निकलें तो घर में मंदिर के पास दो घड़ी खड़े रहकर प्रभु के दर्शन कर उनका आशीर्वाद जरूर लें। आप भले ही लाखों की घड़ी हाथ में क्यों न पहने हों, पर 'समय' तो प्रभु के ही हाथ में है, जो मनुष्य की जिंदगी का एक अहम वरदान है। यह एक पंक्ति बहुत कुछ कहती है, मुँह की बात सुने हर कोई, दिल के दर्द को जाने कौन? आवाजों के बाजारों में खामोशी पहचाने कौन? ईश्वर ही हैं, जो हर दर्द व

खामोशी को जान जाते हैं, जो उनसे जुड़ता है। मनुष्य जीवन का उद्‌देश्य परमात्मा के बारे में जानना है। जानने के लिए मनुष्य के मन में सबसे पहले बलवती इच्छा होनी चाहिए! वह इच्छा तब तक नहीं आएगी, जब तक मनुष्य का हृदय पवित्र नहीं होगा। दूसरों की सेवा और परोपकार से हृदय पवित्र होता है। अपने लिए तो हर कोई जीता है, लेकिन जो दूसरों के लिए भी जीता है, उसको हमेशा याद किया जाता है। खाने के लिए दो वक्त की रोटी, तन के लिए जरूरी कपड़े और रहने के लिए एक मकान मनुष्य की न्यूनतम आवश्यकता है। जिनको ये नसीब नहीं, वे मदद के तलबगार हैं। जिनके पास इससे ज्यादा है, उन्हें समाज के जरूरतमंदों का मददगार बनना चाहिए। माया को जीतकर ही ईश्वर को पाया जा सकता है, पर इस संसार में ऐसा कोई भी नहीं है, जो माया को जीत सके, क्योंकि माया ईश्वर की ही शक्ति है, अतः अनंत है। गीता में अर्जुन भी यही कहते हैं कि कृष्ण, आपकी कृपा से ही ज्ञान हुआ। जो जीवात्मा ईश्वर में शरणागत हो गया, वह अपने चरम लक्ष्य को प्राप्त कर लेता है। ईश्वर की कृपा का कोई मूल्य देना चाहे तो असंभव है, क्योंकि जो वस्तु ईश्वर देते हैं, वह दिव्य है। ईश्वर वह नहीं देता, जो आपको अच्छा लगता है। ईश्वर वह देता है, जो आपके लिए अच्छा होता है। ईश्वर हममें से हर एक को ऐसे प्यार करता है, जैसे केवल हमारा ही अस्तित्व हो। कोई व्यक्ति ईश्वर की भक्ति करने से इनकार करके वैसे ही ईश्वर की महिमा को मिटा नहीं सकता, जैसे कोई मूर्ख अपने कमरे की दीवार पर अँधेरा लिखकर सूरज के उजाले को मंद नहीं कर सकता। मुट्‌ठी भर ही चाहिए तो सिकंदर हो जाओ, कायनात चाहिए तो कबीर हो जाओ। अंत में कहूँगा कि जिसको ईश्वर में आस्था है, उसका उलझनों में भी रास्ता है।

□

बिहार पुलिस एसोसिएशन की शताब्दी

शताब्दी वर्ष का सफर पुलिस एसोसिएशन के अतीत व वर्तमान के साथ भविष्य का मार्ग प्रशस्त करता है। मानव सभ्यता के इतिहास को दर्पण के रूप में देखेंगे तो दृष्टिगोचर होगा कि मानव जाति में अपने अतीत को जानने एवं समझने की जिज्ञासा होती है। भारत गुलामी की जंजीरों में जकड़ा ब्रिटिश हुकूमत द्वारा अत्याचार व बर्बरता को झेल रहा था। उस वक्त देश में कनीय पुलिसकर्मियों में अधिकतर भारतीय थे, जिनकी आर्थिक स्थिति काफी खराब थी। उनकी मूलभूत समस्या की अनदेखी हो रही थी। कुछ पुलिसकर्मी भारत की आजादी की लड़ाई में शामिल होने लगे, जिससे आजादी के आंदोलन को एक नई ऊर्जा मिली। इसकी जानकारी जब इंग्लैंड की सरकार को मिली तो वह चिंतित होकर बोली कि पुलिसकर्मी एक संगठन बनाकर अपनी समस्या को रखें। विश्व के मंच पर जब पुलिस के इतिहास के पन्ने पलटते हैं तो भारत की धरती पर अनुशासन के इस विभाग में 20 मई, 1920 को कलकत्ता के हावड़ा मैदान में देश भर से जुटे पुलिसकर्मियों द्वारा पुलिस एसोसिएशन की नींव रखकर इसकी स्थापना की गई। प्रारंभिक दौर में पुलिस की सभी पंक्तियों के लिए पुलिसकर्मियों की समस्या के समाधान एवं कल्याणकारी कार्यों के लिए यह संगठन बना था। 15 जनवरी, 1921 को बिहार तथा उड़ीसा प्रांत के कनीय पुलिस पदाधिकारियों की एक सभा पटना में आयोजित की गई। 26 मई, 1921 को पूरे भारतवर्ष के पुलिसकर्मियों की एक विशेष सभा का आयोजन किया गया। उस सभा में 'ब्रिटिश इंडिया पुलिस एसोसिएशन' के गठन का संकल्प लिया गया। भारत के तत्कालीन मद्रास प्रांत को छोड़कर सभी प्रांत के प्रतिनिधियों ने इसमें भाग लिया। सभा में यू.पी. पुलिस एसोसिएशन के तत्कालीन अध्यक्ष अभियोजन निरीक्षक लाला सरयू प्रसाद को

उस विशेष सत्र का अध्यक्ष चुना गया। बिहार तथा उड़ीसा पुलिस एसोसिएशन के आरक्षी निरीक्षक आर. गाडफ्रे उस सत्र के उपाध्यक्ष चुने गए। महामंत्री और कोषाध्यक्ष पद मध्य भारत के पुलिस सदस्यों को दिए गए। वर्ष 1924 में ब्रिटिश हुकूमत द्वारा औपचारिक तौर पर पुलिस एसोसिएशन को मान्यता प्रदान की गई। 1936 में उड़ीसा को अलग राज्य का दर्जा मिलने के बाद 'बिहार पुलिस एसोसिएशन' अस्तित्व में आया। समय के साथ एसोसिएशन के उद्धारक अपने सदस्यों के लिए कल्याणकारी कार्य करते रहे हैं। तेरह माह का वेतन, मकान भत्ता, वाहन, वरदी भत्ता की बढ़ोतरी सहित अनेक उपलब्धियाँ एसोसिएशन के नाम हैं। एसोसिएशन के प्रति सदस्यों की निष्ठा संघ की मूल शक्ति है। आज भी पुलिस एसोसिएशन अपने पूर्वज सदस्यों, जो समय के साथ पुलिस एसोसिएशन को सींचते और मजबूत बनाते रहे, उन्हें हृदय से नमन और आभार व्यक्त करता है। साथ ही आज के वर्तमान वक्त में पूरे देश के सभी राज्यों में पुलिस संगठन की माँग करता है। पुलिस एसोसिएशन में समय के साथ पदधारकों की संख्या बढ़ती गई। वर्तमान में अध्यक्ष, महामंत्री के अलावा दो उपाध्यक्ष, दो संयुक्त सचिव और एक कोषाध्यक्ष का पद है। जिला इकाई में पाँच पद होते हैं। तीन वर्षों पर पारदर्शिता से चुनाव मंडल का गठन करके मतदान होता है। इस बार चार वर्षों के कार्यकाल का प्रस्ताव आमसभा से पास हुआ है। 5 फरवरी, 2011 से मैं (मृत्युंजय कुमार सिंह) चुनाव में विजयी होकर प्रदेश अध्यक्ष हूँ।

त्याग, बलिदान, संघर्ष, वीरता, योग्यता, कर्मठता, कानून की रक्षा, जनता की सुरक्षा व कर्तव्य के साथ धैर्य एवं सहनशीलता के कीर्तिमान रचयिता केवल कर्मयोगी पुलिसकर्मी हैं। आज की तारीख में पुलिसकर्मी पत्थर, गोली और गाली खाकर भी अपने कर्तव्य के पथ पर गतिमान हैं। इतनी सारी विशेषताएँ व गुण किसी दूसरे सरकारी विभाग के कर्मियों में विद्यमान नहीं हो सकते हैं। पुलिस का औचित्य सरकार, न्यायालय और समाज के बीच समन्वय बनाकर सच्ची निष्ठा के साथ कर्तव्य का पालन करने में है। यह पुलिस की मूल कर्तव्य शैली है। आज देश में कुछ घटनाएँ होते ही पुलिस पर मीडिया हो या आमजन अथवा प्रबुद्ध लोग, आवाज उठाने लगते हैं और पुलिस को कठघरे में खड़ा कर देते हैं। घटनाएँ रोकना पुलिस का कर्तव्य है, परंतु आवाज उठानेवाले को भी तो एक जवाबदेह भारतीय होने के नाते ऐसी सूचना देकर पुलिस को सपोर्ट करना चाहिए, लेकिन घटना का उद्‌भेदन होने पर पुलिस की पीठ थपथपाने की घटनाएँ कम

देखने को मिलती हैं। हर घटना को रोकना लोग पुलिस का कार्य समझते हैं। हम भी इसे अपना कार्य मानते हैं, परंतु बहादुरी के साथ जान को जोखिम में डालकर कार्य करनेवाले पुलिस का सम्मान तो होना ही चाहिए। देश में कभी-कभी ऐसा दिखता भी है, परंतु यह सच्चाई है कि वीरता के साथ कार्य करते शहीद हुए पुलिसवाले का परिवार पुलिस विभाग या समाज से कद्र व प्रतिष्ठा की कमी से परेशानी महसूस करता है।

यह सत्य है कि पुलिस न्याय के लिए नहीं, एक्शन के लिए एवं साक्ष्य इकट्‌ठा कर न्यायालय को सौंपने के लिए है। न्याय सुनिश्चित करना न्यायलय का काम है। हमारे बहुत सारे मित्र पुलिस उपाधीक्षक या थानाध्यक्ष होंगे या रहे होंगे, जो इससे अवगत हैं। पुलिस की त्वरित काररवाई अपराधियों में खौफ पैदा करती है। यह घटनाएँ रोकने में तथा साक्ष्य नष्ट होने से बचाने में भी मदद करती है। साथ ही पीड़ित और जनता में विश्वास को मजबूती प्रदान करती है। आमजन को मालूम होना चाहिए कि पुलिस भगवान् नहीं कि सभी घटनाओं को रोक ले, पर दमदार पुलिसिया काररवाई अपराधियों के ऊपर मजबूत छाप छोड़ती है, जिसका प्रभाव अन्य अपराधियों पर भी पड़ता है। न्याय तो अंतिम पायदान है, जो एक निर्धारित प्रक्रिया से गुजरकर ही पीड़ित को निश्चित निर्णय से रू-ब-रू कराता है, परंतु एक्शन प्रथम और सबसे दमदार क्रिया है। अब पुलिस का एक्शन सिर्फ फिल्मों में देखने को मिल रहा है, रियल लाइफ में नहीं। इसके पीछे कारण क्या है, इसे समझना और इसमें सुधार करना जरूरी है। यह प्रश्न भी मुँह बाए खड़ा है कि इसमें सुधार करेगा कौन? पुलिस मुख्यालय या सरकार या दोनों? पुलिस की निचली पंक्ति को मजबूती के साथ कार्य करने का फ्रीडम देना होगा। कुछ छोटी-मोटी गलतियों और भूल को इग्नोर करना होगा। यह सच्चाई है कि जो कार्य करेगा, उसी से गलती होगी, परंतु आज की तारीख में गलती छोटी भी हो तो वरीय अधिकारी अपने से कनीय पुलिसकर्मी को सजा देने में अपनी शान समझते हैं। अतीत के वर्षों में यह बात नहीं थी। पुलिस के सुस्त होने का कारण चाहे जो भी हो, दूर तो करना ही होगा। जिले में नीचे की पंक्ति के पदाधिकारियों के बीच पुलिस अधीक्षक को एक बेहतर परिवार के अभिभावक का चेहरा दिखाना चाहिए। साथ ही किसी घटना या कर्तव्य के मुद्दे पर अंतिम परिणाम तक साथ देना होगा। कोई घटना हुई या हंगामा हुआ, फिर दबाव बना तो तुरंत पुलिस अधीक्षक नीचे की पंक्ति के पुलिसकर्मी का साथ

छोड़कर काररवाई कर देते हैं और बोलते हैं कि हंगामा शांत होने पर सब ठीक कर देंगे। इस स्थिति को बदलना होगा। यदि पुलिसवाला अपने कर्तव्य के प्रति सत्य के साथ या करीब है तो उसके साथ खड़ा होना पड़ेगा। पुलिस मुख्यालय हो या सरकार हो अथवा मीडिया, उसे सत्य के साथ हर परिस्थिति में खड़ा रहना होगा। यदि सपोर्ट नहीं मिलेगा तो कार्य में कुछ अभाव कनीय पुलिस में दिखेगा। अपनी जान को जोखिम में डालकर तब कुछ कनीय पुलिसकर्मी कठिन कार्यों को करने से हिचकेंगे।

आज की तारीख में बिहार हो या देश का कोई और कोना, हजारों-हजार पुलिसवाले बिना गलती के भी वरीय पुलिस अधिकारियों के अहं के चलते गुनहगार बनकर सजा के हकदार हो जाते हैं। बहुत सारे बहादुर, कर्मठ पुलिस अधिकारी सरकार या पुलिस मुख्यालय के गलत आदेश पर दंड भोगते रहते हैं। ऐसे आदेशों में धरातल पर उतरकर समीक्षा के उपरांत बदलाव की जरूरत है। इससे कानून और जनता के हित में पुलिसिंग बेहतर होगी। राजनेता की लोकप्रियता कितनी भी क्यों न हो, जो जनता उनको चुनती है, उसी जनता के बीच वे बिना पुलिस के नहीं घूम-फिर सकते हैं। वे भी पुलिस की पीड़ा या समस्या से अवगत होकर कभी भी पुलिस की मूलभूत समस्याओं में सुधार, समाधान, बदलाव के लिए सदन में प्रश्न उठाकर निदान नहीं करते। उनको भी आगे आने की जरूरत है। लोकतंत्र की मजबूती, कानून की रक्षा और जनता की सुरक्षा के साथ एक विकसित गाँव, राज्य और देश के लिए आधुनिक रूप से सुसज्जित पुलिस की जरूरत है। कानून को इतना सख्त बनाओ कि कोई उसे तोड़ने की सोच न सके। यदि तोड़े तो सजा के बाद कभी फिर से यह करने की सोचे नहीं। विकसित देश में न कोई रेडलाइट तोड़ता है, न कोई गलत जगह गाड़ी पार्क करता है। घर कई-कई किलोमीटर तक नहीं होता, फिर भी कोई किसी के घर में घुसकर लूटता नहीं है। कहीं पुलिस दिखाई नहीं देती, फिर भी कानून का राज है। जानते हैं क्यों, क्योंकि वहाँ कोई कानून नहीं तोड़ता और यदि तोड़ता भी है तो किसी कीमत पर बच नहीं सकता। हमारे यहाँ तो पीड़ित हो या गुनहगार, हर कोई पैरवी-जुगाड़ में लग जाता है। आज की तारीख में बिहार पुलिस एसोसिएशन हर पीड़ित व परेशान पुलिसकर्मी की आवाज है। काफी सदस्यों को पुलिस एसोसिएशन से लाभ प्राप्त होता रहता है। हर जिला इकाई में एसोसिएशन के पदधारक अपने सदस्यों की समस्याओं के समाधान के लिए प्रयासरत रहते हैं।

पुलिस एसोसिएशन में सदस्य और पदधारक एक-दूसरे के कवच और शस्त्र हैं। आज भी बिहार पुलिस एसोसिएशन का केंद्रीय कार्यालय 2 मेंगलस रोड (शहीद सप्तमूर्ति सचिवालय मुख्य द्वार) में अतीत की यादों, वर्तमान की चुनौतियों और भविष्य की योजनाओं के साथ हिमालय की तरह आस्था व विश्वास के एक भवन के रूप में विराजमान है। आएँ, हम सभी ऊपर लिखी बातों को पढ़कर अपनी सोच बदलें और बेहतर पुलिसिंग के सकारात्मक सहयोगी बनें।

□

जीवन में गुरु का महत्त्व

मूलतः गुरु वह होता है, जो ऐसा ज्ञान दे, जिससे एक योग्य व सफल इनसान का सृजन हो। एक बच्चे की माँ उसकी प्रथम गुरु होती है। जन्म के साथ ही ज्ञान का बोध माँ से प्रारंभ होता है। इसके बाद पिता, परिवार, शिक्षक एवं समाज होता है। जीवन में गुरु की बड़ी महिमा होती है। गुरु रोशनी के समान है, जो अंधकारपूर्ण जीवन में प्रकाश लाता है। ज्ञान गुरु का प्रसाद है। आजकल समाज में सांसारिक, पारिवारिक एवं हर क्षेत्र में ज्ञान देनेवाले व्यक्ति को गुरु कहा जाता है। शिक्षा देनेवाला ही केवल गुरु नहीं होता, बल्कि हर वह व्यक्ति, जो कठिन परिस्थितियों में आपका सही मार्गदर्शन करे, वह भी गुरु है और उसका भी गुरु के समान सम्मान करना चाहिए। जब मैं बचपन में क्रिकेट खेलता था या अन्य किसी खेल में जो सिखाता था, मैं उसे भी गुरु की श्रेणी में मानता था। पुलिस सेवा में आने पर प्रारंभ में पुलिसिंग कैसे करें, जिन्होंने सिखाया, उनको आज भी गुरु के रूप में याद करता हूँ। परोपकार करनेवाले व्यक्ति को भी गुरु के समान दर्जा देना चाहिए। परोपकारी व्यक्ति हमेशा सही मार्ग दिखाते हैं। ऐसे गुणवान व्यक्ति को भी हमेशा गुरु मानना चाहिए। ऐसा व्यक्ति जो नौकरी या व्यापार में आपकी हमेशा सहायता करता हो, वह भी गुरु की श्रेणी में आता है। ऐसे व्यक्ति की सलाह हमेशा माननी चाहिए। हिंदू धर्म में गुरु का दर्जा भगवान् से भी ऊपर माना गया है। भगवान् कौन हैं, हमें गुरु ने बताया। गुरु हमें ज्ञान का प्रकाश देकर सही राह दिखाते हैं। गुरु हमें सही और गलत को परखने की सीख देते हैं, जो जीवन भर काम आती है। गुरु के अलावा जीवन में कई तरह के ऐसे लोग होते हैं, जो हमें सही राह दिखाते हैं। संकट के समय मददगार साबित होने वाले इन लोगों का दर्जा भी गुरु से कम नहीं होता। गुरु का जीवन में होना विशेष मायने रखता है। गुरु हमारे अंदर बुराई और दुर्गुणों को

ज्ञान देकर हटाता है। गुरु के बिना हमारा जीवन अंधकारमय होता है। अँधेरे में हम कोई चीज टटोलते हैं और नहीं मिलती है, जबकि गुरु से बिना टटोलनेवाली जिंदगी बन जाती है। जिस व्यक्ति के जीवन में गुरु नहीं मिला, उसके जीवन में दुःख-ही-दुःख होगा। वह एक सहज जीवन नहीं जी सकता। गुरु हमें अंधकार से प्रकाश की ओर ले जाता है। हमें जीवन जीने का सही रास्ता बताता है, जिस पर चलकर जीवन को सँवारा जा सकता है और एक नई ऊँचाई को छुआ जा सकता है। इसलिए गुरु हमारे लिए किसी मूल्यवान् वस्तु से ज्यादा महत्त्वपूर्ण होते हैं। माता-पिता गुरु रूप में तो हर किसी के होते हैं, लेकिन गुरु का होना जीवन का खूबसूरत मार्ग बदलने की तरह होता है। गुरु इस संसार में इनसान का सबसे शक्तिशाली अंग होता है। ईश्वर के अवतार श्रीराम के गुरु महर्षि विश्वामित्र ने शिक्षा देकर दुनिया में उन्हें श्रेष्ठ बनाया। अर्जुन को द्रोणाचार्य ने सर्वश्रेष्ठ धनुर्धारी बनाया तो एकलव्य गुरु की मूर्ति बनाकर श्रेष्ठ धनुर्धारी बना, परंतु गुरु द्रोणाचार्य ने छल किया। कोई चीज सीखने के लिए गुरु के बिना अध्ययन नहीं किया जा सकता है। अलग-अलग चीजें सीखने के लिए अलग-अलग गुण के गुरुओं की जरूरत होती है। निशानेबाजी सीखने के लिए निशानेबाज गुरु का होना जरूरी है। ड्राइवर बनने के लिए ड्राइवर गुरु की जरूरत होती है। डॉक्टर बनने के लिए डॉक्टर गुरु के पास जाना पड़ेगा, यानी जिस कार्यक्षेत्र में कुछ करना या सीखना है, उस क्षेत्र का अनुभवी कोई गुरु होगा, तभी उस क्षेत्र में वह इनसान सफल होगा। गुरु मिलने मात्र से नहीं होता है। गुरु के प्रति हृदय में श्रद्धा होनी चाहिए। जब हृदय में श्रद्धा होगी, तब आप उस कार्य की समस्त बारीकियाँ सीख सकते हैं। गुरु पूर्णरूपेण आपको पारंगत कर देगा।

जो व्यक्ति हमेशा धर्म और अध्यात्म के कार्यों में लिप्त रहता हो, उसे भी गुरु के बराबर का दर्जा देना चाहिए। अगर धर्मात्मा व्यक्ति कभी कोई सलाह दे तो उसे भी गुरु के समान समझकर उसकी आज्ञा का पालन करना चाहिए। भारतीय संस्कृति में गुरु को ब्रह्मांड के प्रमुख देवता ब्रह्मा, विष्णु और महेश के समान पूजनीय माना गया है। पुराणों में कहा गया है कि गुरु ब्रह्मा के समान होते हैं और मनुष्य योनि में किसी एक विशेष व्यक्ति को गुरु बनाना बेहद जरूरी है, क्योंकि गुरु अपने शिष्य का सृजन करते हुए उसे सही राह दिखाता है। इसलिए गुरु पूर्णिमा के दिन बहुत से लोग अपने ब्रह्मलीन गुरु या संतों के चरण एवं उनकी चरणपादुका की पूजा-अर्चना करते हैं। गुरु के प्रति समर्पण भाव गुरु पूर्णिमा के दिन देखा जा सकता है। पौराणिक गाथाओं एवं शास्त्रों की मानें तो अनेक ग्रंथों की रचना करनेवाले वेदव्यासजी को

सभी मानव जाति का गुरु माना गया है। इनसान के जीवन के सफर में कभी-कभी धूर्त एवं कपटी गुरु से भी मुलाकात हो जाती है। आकर्षक वाणी से लोग उसके चंगुल में आ जाते हैं, जब इनसान किसी संकट में होता है और अगले किसी इनसान से उसकी हानि का भय हो तो धूर्त और कपटी लोग गुरु के रूप में अगले को उस तरह का ज्ञान देगा कि उससे पहले को हानि हो। ऐसा कपटी गुरु उसकी प्रतिष्ठा से जुड़ी चीजों को उलझाने की कोशिश करेगा। ऐसे गुरु का लिबास ओढ़े धूर्त-कपटी गुरु से समाज को बचना चाहिए। ऐसे धूर्त गुरु पूजा, मंत्र, ज्ञान आदि की जानकारी के नाम पर लोगों को ठगते हैं। धूर्त और कपटी गुरु पूरा ज्ञान अपने शिष्य को नहीं देता है। अधूरा ज्ञान न उसके लिए ही लाभदायक होता है और न दूसरे के ही जीवन को सँवार सकता है। गुरु चुनते समय हमें सच्चे गुरु की तलाश करनी चाहिए। कपटी गुरु से हम सच्चे हुनर को नहीं प्राप्त कर सकते हैं। गुरु को कभी भी धूर्त-कपटी नहीं होना चाहिए। यदि शिष्य पूरी तरह से गुरु के प्रति समर्पित रहता है और सहज भाव में विद्या-ज्ञान लेना चाहता है तो उसे पूर्ण तल्लीन होकर पूर्ण ज्ञान देना चाहिए, तभी गुरु-शिष्य की प्राचीन परंपरा को कायम रखा जा सकता है। गुरु-शिष्य की परंपरा सदियों से चली आ रही है। इस शुद्ध परंपरा का पालन करनेवाला ही सच्चा गुरु व शिष्य कहलाएगा, तभी दोनों का जीवन सार्थक होकर गौरवशाली बन सकता है। गुरु को अपनी मर्यादा का पालन करते रहना चाहिए। शिष्य गुरु के प्रति समर्पित होकर ज्ञान की शिक्षा लेता है तो वह महान् लक्ष्य को हासिल कर लेता है। कोई बाधा उसे नहीं रोक सकती है। 'गुरु' शब्द में 'गु' का अर्थ है 'अंधकार' और 'रु' का अर्श है 'प्रकाश', अर्थात् गुरु का शाब्दिक अर्थ हुआ 'अंधकार से प्रकाश की ओर ले जानेवाला मार्गदर्शक'। सही अर्थों में गुरु वही है, जो अपने शिष्यों का मार्गदर्शन करे और शिष्य को आगे बढ़ने के लिए प्रेरित करता रहे। हमारे देश में गुरु और शिष्य का रिश्ता बड़ा ही पवित्र है एवं गुरु को देवतुल्य माना गया है।

□

भविष्य के गर्भ में जन्म लेता नया विश्व

आज की वर्तमान गंभीर समस्या पूरे विश्व को किस मार्ग पर चलने को प्रेरित करेगी, यह भविष्य के गर्भ में एक जटिल प्रश्न के रूप में जन्म लेगा। इसका उत्तर अभी बताना जल्दबाजी होगी। कोरोना से लड़ रहे युद्ध में उलझी दुनिया काफी चिंतित है। कोरोना महामारी पूरे विश्व को अंधकार में धकेल रही है। हर सरकार परेशान हो गई है। वर्तमान की यह जटिलता भविष्य के कई प्रश्नों को जन्म दे रही है। कोरोना एक महामारी या तीसरे विश्वयुद्ध की शुरुआत है, इसे समझने के लिए हमें कुछ बातों पर गौर करने की जरूरत है, क्योंकि जैसे-जैसे समय बीतता जा रहा है, इसकी भयावहता कई देशों में तनाव पैदा कर रही है। कई देश चीन से व्यापार करने पर पुनः समीक्षा के मूड में आ गए हैं। वैश्विक महामारी बनकर पूरे विश्व में छाए कोरोना का फैलना या फैलाना ऐसा मुद्दा बन चुका है, जिसे अमेरिका ने यू.एन.ओ. में उठाया, लेकिन चीन के वीटो के कारण उस मुद्दे पर बहस को टाल दिया गया। इससे पहली बार यूरोप को मालूम हुआ कि वीटो के गलत इस्तेमाल होने का मतलब क्या होता है? आज उन्हें लगने लगा है कि वीटो पावर का यह खेल यू.एन.ओ. में नहीं होना चाहिए। भारत की समस्या को आज तक अमेरिका और यूरोप ने समझने की कोशिश नहीं की थी। भारत के कई प्रस्तावों पर चीन द्वारा वीटो लगाया गया। पहली बार अमेरिका व यूरोपियन देशों को लगा है कि अपने फायदे के लिए गलत लोगों का साथ देना आस्तीन में साँप पालने जैसा है। अब इसे खत्म करना बिल्कुल युद्ध लड़ने जैसा है।

आज तीसरे विश्वयुद्ध की सुगबुगाहट शुरू हो गई है। किसी भी युद्ध से पहले पटकथा तैयार होती है, जैसे कि प्रथम एवं द्वितीय विश्वयुद्ध के समय तैयार हुई थी। कोरोना पर हम नजर डालें तो चीन ने इस बीमारी की ऐसी पिक्चर विश्व में फैलाई,

जिससे लग रहा है कि मानव के अंत की शुरुआत हो गई हो; परंतु विश्व के डॉक्टर और वैज्ञानिक कोरोना की दवाई पर शोध प्रारंभ कर चुके हैं और जल्द इसकी दवाई बना लेंगे। वर्तमान समय में चीन एक पैनिक माहौल बनाने में कामयाब रहा। विश्व को भ्रमित करने के लिए उसने अपना शेयर मार्केट गिरा दिया, जिससे पूरे विश्व में हड़कंप मच गया, जो वह चाहता था, उसने किया। यूरोपियन इन्वेस्टर ने अपने शेयर मार्केट में बेचने शुरू कर दिए और शेयर वैल्यू इतनी नीचे चली गई, जैसा अमेरिकन और यूरोपियन इन्वेस्टर ने सोचा भी नहीं था। वे चीन की महामारी के नाम पर फैलाए गए चक्रव्यूह में ऐसे फँसे कि पूरा यूरोप, जर्मनी, जापान और अमेरिका के इनवेस्टर अपने शेयर कौड़ियों के भाव बेचकर सड़क पर आ गए। उन्हीं शेयरों को देश की आर्थिक बरबादी का डर दिखाकर चीनी सरकार ने पैकेज लाकर खरीद डाला और एक ही झटके में अपने देश की विदेशी कंपनियों पर अपना आधिपत्य स्थापित कर डाला। इसको जब तक अमेरिका और यूरोप ने समझा, तब तक उनकी अर्थव्यवस्था जड़ से चरमरा गई। आज अमेरिका सबसे ज्यादा मेहनत कर चीन के दोहरे चरित्र की चाल को विश्व के सामने लाने का प्रयास कर रहा है। अमेरिका जानता है कि चीन ने उसे कहाँ-से-कहाँ पहुँचा दिया है! चीन और विश्व स्वास्थ्य संगठन के गठजोड़ का नतीजा है कि वह इस महामारी से पूरे विश्व को आर्थिक रूप से कमजोर करने की ओर ले गया।

अगर आप चाहते हैं कि हमारा देश वर्तमान समय में कोरोना महामारी और विश्वव्यापी आर्थिक षड्यंत्र से बाहर निकले तो इसमें सभी भारतीयों को स्वच्छ मन-चित्त से राष्ट्र के प्रति समर्पण और सरकार के निर्देशों का पालन करने का संकल्प लेना होगा। सरकार राष्ट्रहित और जनता के हित में लघु, कुटीर और घरेलू उद्योगों का बढ़ावा दे और आर्थिक सहयोग करे। राष्ट्र पर संकट आने पर हम हर बार लड़कर विजेता बने हैं। आज हम सब भारतीय भी देश में भ्रष्टाचार को जड़ से खत्म करने की कसम खाएँ और कहीं भी दृष्टिगोचर भ्रष्ट व्यवस्था से नफरत करना शुरू करें। सरकारी सिस्टम ही नहीं, देश के हर सिस्टम में पारदर्शिता बढ़ाने के लिए सहयोग के साथ वचनबद्ध बनें। हम सभी अपने बच्चों को बचपन से राष्ट्रभक्ति, प्रेम, भाईचारा और मेहनत करना सिखाएँ। उन्हें समझाएँ कि कोई भी सफलता उन्हें अपनी योग्यता से मिलनी चाहिए। सफलता रिश्वतखोरी को बढ़ावा देकर न मिले और न ही किसी का हक मारकर प्राप्त हो। देश में वर्तमान एवं आने वाले समय में ईमानदार राजनेता, निष्पक्ष और मेहनतकश पुलिस, डॉक्टर,

इंजीनियर, वैज्ञानिक सहित हर क्षेत्र में ईमानदार व्यक्तित्व पैदा हों, जो अपनी मेहनत के बल पर वैक्सीन, दवाइयाँ, इनसान के उपयोग से जुड़ी हर वस्तु और उपकरण की खोज करें। न्याय के साथ कानून का राज हो, जिससे देश में खुशहाली हो और देश अपने बलबूते पर समस्याओं का सामना कर पाए। मेरे दोस्तो, यह लॉकडाउन हमें बहुत कुछ सीखने के लिए प्रोत्साहित कर रहा है। हमें आज अपने आप को और अपने बच्चों को सबसे पहले भारतीय बनाने की शुरुआत करनी होगी। हमेशा अपनी रगों में अनेकता में एकता और प्रेम का लहू दौड़ाना होगा। हम कितने भी बड़े अधिकारी, बिजनेसमैन, नेता क्यों न हों, अपने कार्यालय में आए हर व्यक्ति का अपनी सीट से अच्छे शब्दों से अभिनंदन करें और उसका काम कर ईमानदार व्यवस्था कायम करें। कोरोना वायरस लैब में बनाया गया बाइलोजिकल हथियार हो या जंतु से मानव में फैलनेवाला वायरस या आर्थिक वायरस हो, इस गंदे वायरस की शुरुआत विश्व की मानव सभ्यता में हो चुकी है, जिसका सामना हम सभी को हर क्षेत्र में मजबूती से करना है। अत: आएँ, हम सभी कदम-से-कदम मिलाकर एक नया सभ्य समाज बनाएँ। मुझे यकीन है कि हम यह कर सकते हैं। भारतीय संस्कृति और इतिहास में प्रामाणिकता के रूप में दृष्टिगोचर है कि हर संकट से हमने अपने दृढ़ संकल्प के साथ हर कालखंड में विजय पताका लहराई है। अंत में कहूँगा कि जिसने दर्द का विषपान किया हो, उसी की हँसी निष्पाप होती है।

□

समस्याओं के भँवर में उलझा इनसान

इनसान के जीवन में खुशी के साथ कई समस्याएँ भी उस बाँसुरी की तरह हैं, जो कई छेदों के साथ खाली है। जब उपयोग करते हैं तो बाँसुरी मधुर व जादुई धुन पैदा करती है। आज हर शख्स को उस बाँसुरी की धुन व उस गुरुमंत्र की तलाश है, जिनसे जिंदगी में नित्य उत्पन्न विभिन्न समस्याओं के भँवर में उलझने का समाधान हो जाए। सरकार हो या इनसान, हर कोई समस्याओं के भँवर में युद्धरत है। वर्तमान समय में पूरे विश्व की मानव सभ्यता कोरोना महामारी के रूप में उत्पन्न समस्या से चिंतित एवं भयाक्रांत है। केंद्र एवं राज्य सरकारें अपनी जनता के प्राणों की रक्षा के लिए प्रयासरत हैं। साथ ही जनता भूखी नहीं रहे, इसके लिए अनेक पैकेज व योजनाओं की घोषणाएँ कर रही हैं। कुछ दिन पूर्व समाचार देख रहा था तो उसमें बताया जा रहा था कि लद्दाख में चीन ने निर्धारित एल.ए.सी. के निकट पाँच सौ मीटर में अपना कैंप लगाकर सैनिकों की बड़ी तादाद उपस्थित कर दी है। भारत इस नई उत्पन समस्या को लेकर चिंतित और इसके समाधान के लिए प्रयासरत है। इस तरह सरकार, समाज या परिवार बराबर नित्य समस्याओं का सामना करते रहते हैं। किसी भी समस्या को पूर्णतया सुलझाने के लिए हमें आरंभ में उसका मूल कारण समझना चाहिए। समस्या के मूल तक पहुँचकर जब उसके उचित और पूर्ण निदान का प्रयास किया जाता है, तभी वास्तविक उपाय तक पहुँचा जा सकता है। आधुनिक विज्ञान के अनुसार दुनिया में किसी भी इनसान में समस्या का कारण अति महत्त्वाकांक्षा, सामाजिक, शारीरिक अथवा मानसिक प्रवृत्ति होती है। हर बच्चा अपनी पूरी क्षमता व बुद्धि से शिक्षा ग्रहण कर रहा है, जब यही बच्चे पढ़ाई के अंतिम पड़ाव के करीब होते हैं तो बेहतर नौकरी कैसे प्राप्त हो, उनके मन में यह समस्या विचरण करने लगती है, क्योंकि जिस अनुपात में बच्चे शिक्षा प्राप्त कर

डिग्री प्राप्त कर रहे हैं, उस अनुपात में नौकरी उपलब्ध नहीं हैं। इसका कारण तेजी से बढ़ती जनसंख्या है। आज समाज में सैकड़ों एक साथ पढ़ते हैं। उनमें आर्थिक संपन्नता, जीवन-शैली, परिवेश एवं योग्यता में समानता रहती है, परंतु बच्चे नौकरी में चयनित नहीं हो पाते या उच्च पद पर नहीं पहुँच पाते हैं। आज गरीबी की सत्यता के साथ धरातल पर समीक्षा कर कानून बनाना समय की माँग है। इनसान के जीवन में समस्या आती रहती है। हम उस समस्या को ठीक से समझें, तब निदान के लिए प्रयास करें।

एक लोककथा प्रचलित है। कथा के अनुसार एक व्यक्ति के जीवन में समस्याएँ बहुत अधिक थीं। बचपन से ही उसे परेशानियों का सामना करना पड़ रहा था। पिता का देहांत हो चुका था और बचपन में ही माता, भाई-बहनों के पालन-पोषण की जिम्मेदारी उसके ऊपर आ गई थी। बड़े होने पर उस व्यक्ति का विवाह हुआ, लेकिन शादी के बाद उसकी समस्याएँ और अधिक बढ़ गईं। उसके जीवन में एक परेशानी खत्म होती तो दूसरी आ जाती थी। एक दिन वह एक प्रसिद्ध संत के पास गया और संत से कहा कि मुझे अपना शिष्य बना लें। मैं परेशान हो गया हूँ, बहुत दुःखी हूँ। संत ने कहा कि ठीक है, तुम मेरे शिष्य बन जाओ और मुझे बताओ कि क्या समस्या है? शिष्य ने कहा कि गुरुजी, एक समस्या खत्म नहीं होती कि दूसरी सामने आ जाती है, इस कारण मैं बहुत दुःखी रहता हूँ। किसी भी काम में सफलता नहीं मिल पाती है। गुरु ने कहा कि ठीक है, मैं तुम्हारी समस्याओं का हल बता दूँगा। अभी तुम मेरे साथ चलो। गुरु नए शिष्य को लेकर नदी किनारे गए। किनारे पर पहुँचकर गुरु ने कहा कि हमें यह नदी पार करनी है, यह बोलकर वहीं खड़े हो गए। शिष्य भी गुरु के साथ खड़ा हो गया। कुछ देर बाद शिष्य ने कहा कि गुरुदेव, हमें नदी पार करनी है तो हम यहाँ क्यों खड़े हैं? गुरु ने जवाब दिया कि हम इस नदी के सूखने का इंतजार कर रहे हैं, जब यह सूखेगी, हम इसे आसानी से पार कर लेंगे। शिष्य को आश्चर्य हुआ। वह बोला, गुरुजी, यह कैसी बात कर रहे हैं? नदी का पानी कैसे और कब सूखेगा? हमें नदी को इसी समय पार कर लेना चाहिए। संत ने कहा कि मैं तुम्हें यही बात समझाना चाहता हूँ। जीवन में भी समस्याएँ तो आती ही रहेंगी। हमें रुकना नहीं है, लगातार आगे बढ़ते रहना है, तभी तो हम उन्हें हल कर पाएँगे। आगे बढ़ते रहेंगे तो समस्याओं के हल मिलते जाएँगे, अगर रुक जाएँगे तो एक भी बाधा पार नहीं हो पाएगी। शिष्य को गुरु की बात समझ में आ गई और उस दिन के बाद उसकी सोच बदल गई।

आप किसी चुनौती का किस तरह से सामना करते हैं, यही आपकी सफलता और खुशी का राज खोलता है। अगर आप भी किसी समस्या के हल को ढूँढ़ने में अटके हुए हैं तो पहले इसे समझने और इसे छोटे-छोटे भागों में बाँटने की कोशिश करें। तय करें कि उस समस्या को लॉजिकली सुलझाना है या फिर आप पहले यह समझना चाहते हैं कि इसका परिणाम आपके जीवन पर कैसा प्रभाव डालेगा? अनुभवी व सत्यनिष्ठ लोगों के साथ मिलकर एक अलग ही रणनीति अपनाकर अपनी समस्या को सुलझाने के क्रिएटिव रास्तों की तलाश करें। अपनी समस्या को पहचानते वक्त आपसे जितना बन सके, समझदारी दिखाने की कोशिश करें, अगर यह किसी पर्सनल वजह से हो रही है तो अपनी समस्या के इस असली कारण को पहचानने के लिए भी स्वयं के साथ एकदम ईमानदार रहें। जीवन में आपके पास सुलझाने के लायक बहुत सारी समस्याएँ हो सकती हैं और आपको पहले यह तय करना है कि कौन सी समस्या को पहले सुलझाया जाए। किसी एक समस्या का हल आपको दूसरी समस्याओं में होनेवाले तनाव से बचा सकता है। अपने साथ में एक और वैकल्पिक प्लान लेकर चलें, ताकि आप सिर्फ किसी समस्या के समाधान के एक ही मार्ग पर न अटके रह जाएँ। देश, समाज या इनसान में जरूरी नहीं है कि हर समस्या का समाधान हो ही जाए। कई समस्याओं के समाधान में बड़ी कीमत भी चुकानी पड़ सकती है, उसका भी विश्लेषण करना चाहिए। कहीं ऐसा न हो कि समस्या का समाधान तो हो जाए, परंतु आप इतना कुछ खो दें, जिससे मूल वजूद ही दुनिया में धूमिल हो जाए। हमें जीवन के कठिन समय में तुरंत प्रतिक्रिया नहीं देनी चाहिए, बल्कि उसे समझकर जवाब देना चाहिए। याद रखें कि जो लोग खुश हैं, वे इसलिए खुश नहीं हैं कि उनके जीवन में सबकुछ ठीक है, बल्कि इसलिए खुश हैं कि वे समाज की स्थिति की समीक्षा कर अपने को हर समस्या में संतुलित रखते हैं। समस्या से ज्यादा बड़ी समस्या है, उसके प्रति तुरंत दी जानेवाली प्रतिक्रिया। किसी भी समस्या का समाधान बिना परिस्थितियों की समीक्षा, राष्ट्र-समाज, परिवार के लाभ व हानि की समीक्षा या बिना धरातल की सच्चाई को समझे नहीं करना चाहिए। अंत में कहूँगा कि कभी खुशी की आशा, कभी मन की निराशा, कभी खुशियों की धूप, कभी हकीकत की छाँव, कभी समझौते के साथ, कभी कुछ खोकर भी जीने की आशा, शायद यही है जीवन की समस्याओं की परिभाषा।

□

मन की चंचलता

जीवन का सबसे कठिन दौर वह नहीं होता है, जब कोई आपको समझता नहीं है, बल्कि वह होता है, जब आप अपने चंचल मन को वश में नहीं रखते हैं। दुनिया में हर इनसान का मन क्रियाशील और चंचल होता है। हम जब कहीं बैठे हैं, तब भी हमारा मन आराम नहीं करता। वह भूत, वर्तमान और भविष्य में डुबकी लगाकर आनंद विभोर होता रहता है। यह हर इनसान में होता है, चाहे वह अमीर हो या गरीब, नेता हो या जनता, किसान हो या व्यापारी, चोर हो या सिपाही यानी धरती पर हर इनसान के अंदर मौजूद मन विचरण करता रहता है। यह कभी सुख तो कभी दुःख का एहसास कराता रहता है। कभी वर्तमान की तो कभी भविष्य की योजनाओं की रूपरेखा का ताना-बाना बुनता रहता है। मन दुनिया में सबसे तेज दौड़ लगाता है। विज्ञान इसको चुनौती नहीं दे सकता। सेकंड में मन कई बार सूर्य की परिक्रमा कर सकता है। दुनिया के अनेक देशों की यात्रा कर लेता है। सुखद पलों की आनंदमय अनुभूति दोहराता रहता है। साथ ही दुःखद और बुरे का भी एहसास कराता रहता है। हर इनसान के अंदर मन की चंचलता जीवन से जुड़ी अतीत, वर्तमान के साथ भविष्य की संभव और असंभव सोच की एक कहानी है। किसी ने एक महात्मा से पूछा कि इस दुनिया में आपका अपना कौन है? ज्ञानी महात्मा ने हँसकर कहा कि 'मन' अगर यह सही है तो सभी अपने हैं, वरना कोई अपना नहीं है। मन ही अपना और गैरों की समीक्षा करता रहता है। मन संतुष्टि और असंतुष्टि के बीच सफर करता रहता है। मन की एक पूर्ति हुई तो मन में दस की इच्छा उत्पन्न होती है। दस पूरी हुई तो सहस्त्रों की इच्छा होती है। सहस्त्र पूरी होने के आगे भी इच्छाओं का अंबार खड़ा है। मन में हमेशा इच्छाओं, कल्पनाओं की दुनिया की अभिलाषाएँ जन्म लेती रहती हैं। यह मन के अंदर की तपिश (ऊर्जा)

का असर होता है। मन में काँटों के बीच हर तरह के फूल खिलते रहते हैं। एक कहानी आपको बताता हूँ। एक आदमी ने एक भूत को पकड़ा और उसे बेचने के लिए शहर गया। संयोगवश उसकी मुलाकात एक सेठ से हुई। सेठ ने उससे पूछा कि 'भाई, यह क्या है?' उसने जवाब दिया, 'यह एक भूत है। इसमें अपार बल है। कितना भी कठिन कार्य क्यों न हो, यह एक पल में निबटा देता है। यह कई वर्षों का काम मिनटों में कर सकता है।' सेठ के मन में भूत की प्रशंसा सुनकर लालच आ गया और उसकी कीमत पूछी। उस आदमी ने कहा कि कीमत बस, पाँच सौ रुपए है। कीमत सुनकर सेठ ने हैरानी से पूछा कि केवल पाँच सौ रुपए? उस आदमी ने कहा कि सेठजी! जहाँ इसके असंख्य गुण हैं, वहाँ एक दोष भी है, अगर इसे काम न मिले तो मालिक को खाने दौड़ता है। सेठ ने मन-ही-मन में विचार किया कि मेरे तो सैकड़ों व्यवसाय हैं, विलायत तक कारोबार है। यह भूत मर जाएगा, पर काम खत्म नहीं होगा। यह सोचकर उसने भूत खरीद लिया। भूत तो भूत ही था। उसने अपना चेहरा फैलाया और बोला—काम! काम! काम! काम। सेठ भी तैयार ही था, तुरंत दस काम बता दिए, पर भूत उसकी सोच से कहीं अधिक तेज था। इधर मुँह से काम निकलता, उधर पूरा होता! अब सेठ घबरा गया। संयोग से एक संत वहाँ आए। सेठ ने विनयपूर्वक उन्हें भूत की पूरी कहानी बताई। संत ने हँसकर कहा कि आप जरा भी चिंता मत करो। एक काम करो। उस भूत से कहो कि एक लंबा बाँस लाकर आपके आँगन में गाड़ दे। बस, जब काम हो तो काम करवा लो और कोई काम न हो तो उसे कहो कि वह बाँस पर चढ़ा और उतरा करे। तब आपके काम भी हो जाएँगे और आपको कोई परेशानी भी नहीं रहेगी। सेठ ने ऐसा ही किया और सुख से रहने लगा। यह मन ही वह भूत है। यह सदा कुछ-न-कुछ करता रहता है। एक पल भी खाली बिठाना चाहो तो खाने को दौड़ता है। श्वास ही बाँस है। श्वास पर नाम-जप का अभ्यास ही बाँस पर चढ़ना-उतरना है। आप भी ऐसा ही करें, जब आवश्यकता हो, मन से काम लें, जब काम न रहे तो श्वास में नाम जपने लगें। तब आप भी सुख से रहने लगेंगे। एक व्यक्ति के मन में प्रश्न उत्पन्न होता है तो वह बुद्ध से पूछता है कि सवेरा तो रोज ही होता है, परंतु शुभप्रभात क्या होता है? बुद्ध ने बहुत ही सुंदर जवाब दिया। जीवन में जिस दिन आप अपने अंदर की बुराइयों को समाप्त कर मन में उच्च विचार तथा अपने मन से आत्मा को शुद्ध कर दिन की शुरुआत करते हैं, वही शुभप्रभात होता है। इसी तरह जीव के जन्म से शुभप्रभात होता है। जन्म के साथ ही जब इनसान छोटी उम्र में होता है, उस वक्त से ही मन अपना कार्य

प्रारंभ कर सबकुछ पाने की अभिलाषाएँ मस्तिष्क में उत्पन्न करने लगता है। इनसान की उम्र के साथ मन भी साथ-साथ सफर करने लगता है। मन में क्रियाएँ भी जन्म लेती रहती हैं, जो इनसान के जीवन की यात्रा में संभव नहीं होती हैं। मन में वैसी कल्पनाओं की भी अभिलाषा उत्पन्न होती है, जो अभी दुनिया में कहीं दृष्टिगोचर नहीं है। यह इनसान के शरीर में पीड़ादायक होती है। समाज में हर कोई हर पल नई सोच मन में उत्पन्न करता रहता है, जो हितकारी भी होता है और हानिकारक भी। कोई मुखिया है तो उसके मन में विधायक बनने की अभिलाषा और कोई विधायक है तो मंत्री की अभिलाषा, कोई मंत्री है तो मुख्यमंत्री बनने की अभिलाषा, कोई मुख्यमंत्री है तो प्रधानमंत्री की अभिलाषा, प्रधानमंत्री है तो दुनिया का शक्तिशाली नेता बनने की अभिलाषा मन में विचरण करती रहती है। मन ही सुख-दुःख का मूल कारण बनकर हर इनसान में मौजूद है। उस पर नियंत्रण करना ही सफल और सुखद जीवन का मूल मंत्र है। अनेक ऋषि व महात्मा मन को अपने वश में कर ईश्वर नाम का जाप-तप कर समाज को उपदेश देते रहते हैं। कोई इनसान संकल्प के साथ अपने मन को वश में कर जीवनयात्रा पर गतिमान रहेगा तो वह दुनिया का सुखी इनसान होगा। इनसान का मन यदि संतुलित रहे तो वह हर मुश्किल पर विजय पा सकता है। आप मन को संकल्पित कर क्षमा से क्रोध को जीतें, भलाई से बुराई को जीतें, दरिद्रता को दान से जीतें, सत्य से असत्य को जीतें, पाप को पुण्य से जीतें और समाज के प्रेरणास्रोत बनें। अंत में कहूँगा कि जीवन बहुत छोटा है, इसे ठीक से जीएँ, प्रेम दुर्लभ है, इसे पकड़कर रखें। क्रोध बहुत खराब है, इसे दबाकर रखें। भय बहुत भयानक है, इसका सामना करें। स्मृतियाँ बहुत सुखद हैं, इन्हें सँजोकर रखें। अगर आपके पास 'मन' की शांति है तो समझ लें कि इस दुनिया में आपसे अधिक भाग्यशाली कोई नहीं है।

□

बदलना तय है हर चीज का इस संसार में

बस, इंतजार करते रहें। जिंदगी के सफर में जिन्होंने कल तक हर कदम पर साए की तरह साथ देने के वादे किए थे, आज वे सफर में साथ नजर नहीं आते हैं। प्रश्न यह है कि क्या समाज का नजरिया बदलता है? एक पंक्ति याद आ गई, कोई मुझसे पूछ बैठा, "बदलना किसको कहते हैं? सोच में पड़ गया हूँ, मिसाल किसकी दूँ? मौसम की या अपनों की?" इस संसार में प्रत्येक व्यक्ति को लोगों के सहयोग की आवश्यकता पड़ती है। यह सत्य है कि एक-दूसरे के सहयोग से ही मनुष्य उन्नति करता है, परंतु स्वार्थी प्रवृत्ति के लोग केवल अपने हित की चिंता करते हैं। उनके हृदय में संपूर्ण समाज के उत्थान की भावना उत्पन्न नहीं होती। ऐसे व्यक्ति समाज की सेवा के अयोग्य होते हैं। समाज में उनका कोई योगदान नहीं होता। समाजसेवा के लिए त्याग एवं परोपकार की भावना का होना आवश्यक है। ऋषि-मुनियों के हमारे देश में मानव समाज को आरंभ से ही परोपकार का संदेश दिया जाता रहा है। वास्तव में परोपकार ही समाजसेवा है।

एक बादशाह की आदत थी कि वह भेस बदलकर लोगों की खैर-खबर लिया करता था। एक दिन अपने वजीर के साथ गुजरते हुए वह शहर के किनारे पर पहुँचा तो देखा कि एक आदमी गिरा पड़ा है। बादशाह ने उसको हिलाकर देखा तो वह मर चुका था। लोग उसके पास से गुजर रहे थे। बादशाह ने लोगों को आवाज दी, लेकिन कोई भी उसके नजदीक नहीं आया, क्योंकि लोग बादशाह को पहचान न सके। बादशाह ने वहाँ रह रहे लोगों से पूछा कि क्या बात है, इसको किसी ने क्यों नहीं उठाया? लोगों ने कहा कि यह बहुत बुरा और गुनहगार इनसान है। बादशाह ने कहा कि क्या यह 'इनसान' नहीं है? फिर राजा ने उस आदमी की लाश उठाकर

उसके घर पहुँचा दी और उसकी पत्नी को लोगों के रवैए के बारे में बताया। उसकी पत्नी अपने पति की लाश देखकर रोने लगी और कहने लगी—"मैं गवाही देती हूँ कि मेरा पति बहुत नेक इनसान है।" इस बात पर बादशाह को बड़ा ताज्जुब हुआ और उसने पूछा, "यह कैसे हो सकता है? लोग तो इसकी बुराई कर रहे थे; और तो और, इसकी लाश को हाथ तक लगाने को भी तैयार न थे!" उसकी बीवी ने कहा, "मुझे भी लोगों से यही उम्मीद थी। दरअसल, हकीकत यह है कि मेरा पति हर रोज शहर के शराबखाने में जाता, शराब खरीदता और घर लाकर नालियों में डाल देता और कहता कि चलो कुछ तो गुनाहों का बोझ इनसानों से हलका हुआ, फिर रात में इसी तरह एक बुरी औरत यानी वेश्या के पास जाता और उसको एक रात की पूरी कीमत देकर कहता कि अपना दरवाजा बंद कर ले, ताकि कोई तेरे पास न आए। इसके बाद घर आकर कहता कि खुदा का शुक्र है, आज उस औरत और नौजवानों के गुनाहों का मैंने कुछ बोझ हलका कर दिया। लोग उसको उन जगहों पर जाता देखते थे। मैं अपने पति से कहती थी कि याद रखो, जिस दिन तुम मर गए, लोग तुम्हें नहलाने तक नहीं आएँगे और न तुम्हारी अरथी को कंधा देने आएँगे। वह हँसते और मुझसे कहते कि घबराओ नहीं, तुम देखोगी कि मेरी अरथी बादशाह और नेक लोग उठाएँगे।" यह सुनकर बादशाह रो पड़ा और कहने लगा कि मैं बादशाह हूँ, कल मैं इसको नहलाऊँगा, इसकी अरथी को कंधा दूँगा और इसका दाह-संस्कार भी करवाऊँगा।

आज हम कुछ देखकर या दूसरों से कुछ सुनकर अहम फैसले कर बैठते हैं, मगर हम दूसरों के दिलों के भेद जान जाएँ तो हमारी जबान गूँगी हो जाए। किसी को गलत समझने से पहले देख लिया करें कि वह ऐसा है भी कि नहीं? हमारे सही या गलत कहने से सही गलत नहीं हो जाएगा और जो गलत है, वह सही कभी नहीं होगा। हम दूसरों के बारे में फैसला करने में महज अपना वक्त जाया कर रहे हैं। बेहतर यह है कि अपना कीमती वक्त किसी की बुराई करने की बजाय अच्छी सोच के साथ परोपकार में लगाएँ।

इनसान को अपने जीवन में अच्छे कार्यों के साथ कभी भी दोस्ती में भरोसे को कुटिल बुद्धि के साथ भ्रमित नहीं करना चाहिए। दोस्ती में कृष्ण और सुदामा बनना चाहिए। दोस्ती में क्वांटिटी से ज्यादा क्वालिटी पर ध्यान देना चाहिए। उसे ही अपनाना चाहिए, जिसकी आपके प्रति नीयत साफ, नीति स्पष्ट और निष्ठा अटल रहे। जिसके विचार, संदेश एवं लफ्जों में हमें अक्स के साथ प्रेरणा मिलती

है, जीवन में बड़े नसीब से संसार में ऐसा कोई ईश्वर का अवतार या आदर्श पुरुष सबको मिलता है। संसार में मनुष्य का अपना एक धर्म है, जिसका अर्थ है सत्य का आचरण। संसार में कर्तव्यपालन को भी धर्म कहते हैं। मनुष्य जिन श्रेष्ठ गुणों को धारण कर सकता है, उनको धारण करना भी धर्म कहलाता है। जो निंदनीय गुण होते हैं, उनको जीवन में स्थान नहीं देना चाहिए, क्योंकि ये मनुष्य को धर्मपालन से दूर करते हैं। मनुष्य जिन गुणों का ग्रहण, धारण व आचरण करता है, उन्हें अपने आदर्श, विचार और अपनी बुद्धि से अर्जित ज्ञान के आधार पर सोच-विचारकर करता है। मनुष्य से इतर पशु आदि किसी योनि की आत्मा को चिंतन-मनन कर सत्य व ज्ञानपूर्ण अपने कर्तव्यों का निर्धारण करने की सामर्थ्य नहीं है। वे वही करते हैं, जिसका ज्ञान परमात्मा ने उनकी आत्मा में दे रखा है। सभी पशु व पक्षियों के कर्म प्रायः ईश्वर के द्वारा नियत हैं, अतः वे या तो वनों में विचरण करते हैं या अपने मनुष्यरूपी स्वामियों के घरों पर बँधे रहते हैं और उनसे जो काम लिया जाता है, उसे वे करते हैं। ये सभी पशु हमें यह शिक्षा देते हैं कि इन्होंने पूर्वजन्म में कुछ अनुचित व अशुभ किया था, जिस कारण परमात्मा ने इन्हें सजा व दंड के रूप में पशु आदि योनि में जन्म दिया है। सत्य वाणी व धर्म ही मनुष्यों को अभ्युदय एवं निःश्रेयस प्रदान करता है। हर इनसान के ईश्वर के कुछ अवतार एवं महापुरुष आदर्श होते हैं। जीवन में हमेशा लोगों का मूल्यांकन करें, फिर अंतरात्मा से पूछकर निर्णय करें। हर इनसान अपने जीवन का सी.ई.ओ. होता है।

□

सफलता की कोई शॉर्टकट राह नहीं

सफलता पाने के लिए जरूरी नहीं कि लंबी-लंबी छलाँग ही लगाई जाए। जीवन में छोटे-छोटे कदमों से निरंतरता के साथ बढ़ने पर भी सफलता की मंजिल पर पहुँचा जा सकता है। कठिन परिस्थितियों में संघर्ष करने पर सफलता के लिए एक बहुमूल्य खजाना प्राप्त होता है, जिसका नाम है आत्मबल। इसे आप स्वयं के अंदर हमेशा जीवंत रखें। सफलता क्या है ? इसका कोई निश्चित उत्तर नहीं हो सकता, क्योंकि हर इनसान की सफलता की परिभाषा दूसरों से भिन्न होती है। इसलिए हर किसी की सफलता की व्याख्या अलग-अलग होती है। कुछ के लिए यह मन की एक अवस्था है, कुछ के लिए भौतिक सुख, कुछ के लिए एक निश्चित पद को पाना और कुछ के लिए समाज में कुछ बड़ा कर नाम और शोहरत कमाना। मेरे विचार से सफलता कभी पूर्ण नहीं होती, बल्कि यह काल और व्यक्ति सापेक्ष होती है। यह सिर्फ एक अल्पविराम है, पूर्णविराम नहीं। यह अंत न होकर जीवन की यात्रा का सिर्फ एक मोड़ है। इससे जीवन में कभी संतुष्ट नहीं हुआ जा सकता है। असल में सफलता हमेशा बेहतर करने और आगे बढ़ने का संदेश देती है। मुझे अपने जीवन में एक भी ऐसा व्यक्ति नहीं मिला है, जो अपनी सफलता से संतुष्ट हो, चाहे वह शीर्ष राजनीतिज्ञ हो या नामचीन व्यक्ति, सफल व्यापारी हो या एक सफल खिलाड़ी। मैंने हमेशा इन सभी को दूसरों के साथ प्रतिस्पर्धा करते हुए ही पाया है। यह शाश्वत सत्य है कि दूसरों की सफलता को देखते हुए व्यक्ति अपनी सफलता का आनंद ही नहीं ले पाता है। एक शहर में असाधारण प्रतिभा के धनी व्यक्ति को बहुत छोटी उम्र में इस बात का एहसास हो गया था कि सफल होने के लिए व्यक्ति को जीवन की कई अच्छी चीजों का बलिदान करना पड़ता है और उसे अपने जीवन का उद्देश्य मिल गया। वह महानतम से भी महानतम बनने के प्रयासों

में लग गया, लेकिन यह सफर इतना आसान नहीं होता है। कई उतार-चढ़ाव से गुजरना पड़ता है।

मैंने बिहार के भोजपुर जिले के खननी कलाँ गाँव के किसान परिवार से निकलकर संघर्ष के रास्ते से गुजरते हुए पुलिस विभाग में नौकरी पाई। जीवन में हर संघर्ष अपने पीछे सफलता लेकर आता है और कहता है कि मुझसे लड़ो, संघर्ष करो और मुझे पराजित कर अपनी सफलता को प्राप्त करो। नौकरी में गुजरते समय के साथ बिहार पुलिस एसोसिएशन के प्रदेश अध्यक्ष पर चुनाव लड़ा और लगातार तीन बार सफलता पाई। जब भी मैं युवाओं से मिलता हूँ तो वे मुझसे सफल होने के तरीकों के बारे में पूछते हैं। मैं हमेशा उनसे जीवन में एक उद्देश्य खोजने के लिए कहता हूँ और खुद को पहचानकर उसी के अनुसार अपना कॅरियर चुनने की राय देता हूँ। कभी भी दूसरों को देखकर अपने जीवन के बारे में निर्णय न लें। आप खुद तय करें और अपने प्रति ईमानदार रहते हुए कभी खुद को धोखा देने का प्रयास मत करें। क्रिकेट के खेल में अगर कोई बल्लेबाजी के लिए अनुकूल है तो वह क्यों गेंदबाज बनने पर जोर दे? मैंने योजना के अभाव में कई अच्छी-अच्छी प्रतिभाओं को बीच भँवर में भटकते हुए देखा है, क्योंकि वे अपनी प्रतिभा को पहचान नहीं सके और उसके साथ न्याय नहीं कर पाए। वे खुद को भूलकर दूसरों के साथ स्पर्धा में लग गए। मेरा भी ऐसा ही एक मित्र था, जो कई क्षेत्रों में मुझसे अधिक प्रतिभाशाली था, लेकिन आज वह कहीं नहीं है, क्योंकि उसके जीवन में कोई स्पष्ट उद्देश्य नहीं था। वह अपनी गलतियों को स्वीकार करने को तैयार नहीं था और साथ ही वह कभी यह स्वीकार करने को भी तैयार नहीं था कि कुछ ऐसे कार्य हैं, जो उसके दोस्त उससे बेहतर कर सकते हैं। वह हमेशा दूसरों की नकल करने की कोशिश करता रहा, फिर एक समय ऐसा आया, जब वह अपनी खुद की पहचान ही भूल गया और मौलिकता को खोकर दूसरों की नकल के लायक भी नहीं रहा, जिससे समाज में उसका नाम ही खत्म हो गया। अब भी दुःखद पहलू यह है कि वह अपनी विफलताओं के लिए खुद को दोषी नहीं मानता है। उसने अपनी विफलताओं और दूसरों की सफलताओं के लिए कुछ षड्यंत्रों और बहानों का सृजन कर लिया है। इस तरह से वह स्वयं को तो धोखा दे ही रहा है। वह स्वयं के प्रति भी ईमानदार नहीं है।

20वीं सदी के प्रारंभ की एक मशहूर रूसी बैले नर्तकी अन्ना पावलोवा ने कभी कितना सही कहा था कि कला की सभी शाखाओं में सफलता बहुत हद तक

व्यक्तिगत पहल और सही कोशिश पर निर्भर करती है। इसे सिर्फ कड़ी मेहनत के बल पर हासिल नहीं किया जा सकता। पिकासो स्पेन में पैदा हुए एक बहुत मशहूर चित्रकार थे। उनकी पेंटिंग्स दुनिया भर में करोड़ों और अरबों रुपयों में बिका करती थीं। एक दिन रास्ते से गुजरते वक्त एक महिला की नजर पिकासो पर पड़ी और संयोग से उस महिला ने उन्हें पहचान भी लिया। वह दौड़ी-दौड़ी उनके पास आई और बोली कि सर, मैं आपकी बहुत बड़ी फैन हूँ। आपकी पेंटिंग्स मुझे बहुत ज्यादा पसंद हैं। क्या आप मेरे लिए भी एक पेंटिंग बनाएँगे? पिकासो मुसकराते हुए बोले कि मैं यहाँ खाली हाथ हूँ। मेरे पास कुछ नहीं है। मैं फिर कभी आपके लिए पेंटिंग बना दूँगा। लेकिन उस महिला ने जिद पकड़ ली कि मुझे अभी एक पेंटिंग बनाकर चाहिए, क्योंकि बाद में पता नहीं, आपसे मिल पाऊँगी या नहीं। अंततः पिकासो ने जेब से एक छोटा सा कागज निकाला और अपने पेन से उसपर कुछ बनाने लगे। करीब 10 सेकंड के अंदर पिकासो ने पेंटिंग बनाई और कहा कि लो, यह मिलियन डॉलर की पेंटिंग है। उस महिला को बड़ा अजीब लगा कि पिकासो ने बस 10 सेकंड में जल्दी से एक कामचलाऊ पेंटिंग बना दी और बोल रहे हैं कि मिलियन डॉलर की पेंटिंग है! उस औरत ने वह पेंटिंग ली और बिना कुछ बोले अपने घर आ गई। उसको लगा कि पिकासो उसे मूर्ख बना रहा है। उसने मार्केट जाकर उस पेंटिंग की कीमत का पता किया तो उसे बड़ा आश्चर्य हुआ, क्योंकि वह पेंटिंग वास्तव में मिलियन डॉलर की थी। वह भागी-भागी एक बार फिर पिकासो के पास आई और बोली कि सर, आपने बिल्कुल सही कहा था। यह तो वाकई मिलियन डॉलर की पेंटिंग है। पिकासो ने मुसकराते हुए कहा कि मैंने तो आपसे पहले ही कहा था। वह महिला बोली, "सर, आप मुझे अपनी स्टूडेंट बना लीजिए और मुझे भी पेंटिंग बनानी सिखा दीजिए, जैसे आपने 10 सेकंड में मिलियन डॉलर की पेंटिंग बना दी, वैसे मैं भी 10 सेकंड में न सही, 10 घंटे में ही अच्छी पेंटिंग बना सकूँ। मुझे ऐसा बना दीजिए।" पिकासो ने हँसते हुए कहा, "यह जो मैंने 10 सेकंड में पेंटिंग बनाई है, इसे सीखने में मुझे 30 सालों का समय लगा। मैंने अपने जीवन के 30 साल सीखने में दिए, तुम भी दो, सीख जाओगी।" वह महिला निःशब्द होकर पिकासो को देखती रह गई।

जब हम दूसरों को सफल होता देखते हैं तो हमें यह बड़ा आसान लगता है। हमें लगता है कि यह इनसान तो बड़ी जल्दी और बड़ी आसानी से सफल हो गया, लेकिन मेरे दोस्त, उस एक सफलता के पीछे कितने सालों की मेहनत छिपी है, यह

कोई नहीं देख पाता। सफलता तो बड़ी आसानी से मिल जाती है, लेकिन सफलता की तैयारी में अपना जीवन कुरबान करना होता है। जो लोग खुद को कष्ट झेलकर, तपाकर, संघर्ष कर अनुभव हासिल करते हैं, वे कामयाब हो जाते हैं, लेकिन दूसरों को लगता है कि वह कितनी आसानी से सफल हो गया! मेरे दोस्त, परीक्षा तो केवल तीन घंटे की होती है, लेकिन उस तीन घंटे के लिए पूरे साल नियमित तैयारी करनी पड़ती है, फिर आप रातोरात सफल होने का सपना कैसे देख सकते हैं? सफलता अनुभव और संघर्ष माँगती है, अगर आप देने को तैयार हैं तो आपको आगे जाने से कोई नहीं रोक सकता। आखिर में क्या मैं आप सभी से पूछ सकता हूँ कि सफलता का मतलब क्या है? क्या यह कठिन परिश्रम है या व्यक्तिगत पहल है या यह असाधारण प्रतिभा है? आगे आनेवाले दिनों में कॅरियर के चरम पर एक आकर्षक नौकरी छोड़ने के बाद मैं निश्चिंतता के साथ कह सकता हूँ कि सफलता कुछ और नहीं, बल्कि संपूर्णता की एक भावना है। यह एक ऐसी मरीचिका है, जिसका हम सब पीछा तो करते हैं, लेकिन पाने में नाकामयाब रहते हैं, क्योंकि हम खुद से स्पर्धा करने की जगह दूसरों के साथ स्पर्धा में अपना वक्त और अपनी ऊर्जा लगाते हैं। सही मायनों में सफल होने के लिए पहले हम खुद को पहचानें, फिर अपनी अंतरात्मा के साथ स्पर्धा करें। जीवन में सफल होने के लिए कोहरे से एक अच्छी बात सीखने को मिलती कि जब कोई रास्ता न दिखाई दे रहा हो तो बहुत दूर तक देखने की कोशिश व्यर्थ है। धीरे-धीरे एक-एक कदम चलें, रास्ता दिखता जाएगा। अंत में सभी से कहूँगा कि दुनिया के सफर में सबकुछ छोड़ दें, पर सफलता की उम्मीद कभी मत छोड़ें, क्योंकि जिस संसार की नींव ही आशा होगी, उसमें निराशा का क्या काम?

□

बदलती दुनिया में नारी का महत्त्व

संसार में नारी नहीं हो तो इनसान की कल्पना नहीं हो सकती। हम सभी नारी को धन, विद्या और शक्ति के रूप में माँ स्वरूप स्वीकार कर पूजा करते हैं। धर्मग्रंथों में माँ का स्थान सर्वोत्तम है। धरती को भी माँ के रूप में हम सभी स्वीकारते हैं, परंतु बदलते कालखंड में समाज पुरुष को महत्त्व देने लगा और नारी पर अत्याचार होने लगा, अब तो एक वस्तु या संपत्ति समझकर पुरुष नारी को पीटता है, उसके दिल और शरीर के साथ खेलता है, उसको प्रताड़ित करता है, जो गलत है। यह सच है कि अनेक नारियों ने हर प्रकार की विपरीत और कठिन परिस्थितियों का डटकर सामना करते हुए उन पर विजय प्राप्त की और इतिहास में अपना नाम अमर कर दिया। आज की बदली हुई तथा अपेक्षाकृत अनुकूल परिस्थितियों में नारियाँ स्वयं को बदलने और पुरुषप्रधान समाज द्वारा रचित बेड़ियों से स्वयं को आजाद करवाने हेतु कृतसंकल्प हैं। हमारे मन में एक प्रश्न है कि आनेवाले समय में नारी कितनी बदले और क्यों बदले? नारी के द्वारा घर को मंदिर जैसा बनाए रखने में किया गया प्रयास महान् होता है। अपने बच्चों का पालन-पोषण कर ये उनका और देश का भविष्य सँवारती हैं। स्त्री समाज का दर्पण होती है। यदि किसी समाज की स्थिति को देखना है तो वहाँ की नारी की अवस्था को समीक्षा के रूप मे देखना होगा। नारी राष्ट्र व समाज को संस्कार देती है। स्त्री एक माँ है, साथ ही परिवार की निर्मात्री है। माँ अपने व्यवहार से बिना बोले ही बच्चे को बहुत-कुछ सिखा देती है। घर की हर जिम्मेदारी को निभाकर वह अपने को पति की धुरी और खुशहाल घर की नींव बनकर दिखाती है। ऐसे खुशहाल घरों से ही देश ताकतवर बनता है। स्त्री मार्गदर्शक है, वह जैसा चित्र अपने परिवार के सामने रखती है, परिवार व बच्चे उसी प्रकार बन जाते हैं। स्त्री एक प्रेरक शक्ति है। वह समाज और परिवार के लिए चैतन्यस्वरूप है।

आज नारियाँ पुरुषों से किन्हीं भी मायनों में कम और घर की चहारदीवारी में कैद नहीं हैं। आज नारी शिक्षा व राजनीति में अपनी अहम भूमिका के अतिरिक्त डॉक्टर, इंजीनियर, वैज्ञानिक, पत्रकार, खिलाड़ी, उद्योगपति और अंतरिक्ष यात्री हैं तथा हर तरह के उच्चतम पदों पर भी आसीन हैं। इंदिरा गांधी 1966 में देश की प्रथम महिला प्रधानमंत्री बनीं। सुचेता कृपलानी यू.पी. की, साथ ही भारत की प्रथम महिला मुख्यमंत्री, किरण बेदी प्रथम महिला आई.पी.एस., कमलजीत संधू एशियन गेम्स में प्रथम गोल्ड पदकधारी, बछेंद्री पाल एवरेस्ट पर जानेवाली प्रथम भारतीय महिला, मदर टेरेसा नोबेल पुरस्कार से सम्मानित, फातिमा बीबी प्रथम महिला जज, सुप्रीम कोर्ट तथा मेधा पाटकर, ख्यातिप्राप्त सामाजिक कार्यकर्ता जैसी अनेक महिलाओं ने पुरुषवादी समाज की सोच को धता बताते हुए अपनी बुद्धिमत्ता, नेतृत्व क्षमता और सामर्थ्य का परिचय देकर इतिहास में अपना नाम स्वर्णाक्षरों में अंकित करवा दिया। नारी आज अपने वस्त्रों व जीवन-शैली के साथ जीवनसाथी का चुनाव करने के लिए स्वतंत्र हैं। नारी की सुरक्षा एवं अधिकार की रक्षा के लिए संविधान में लगभग 34 एक्ट प्रभावी हैं। नारियों ने साबित कर दिया है कि वे पुरुषों के समकक्ष ही नहीं, बल्कि कई क्षेत्रों में उनसे भी बेहतर हैं। हर महान् व्यक्तित्व के पीछे एक स्त्री होती है। स्त्री एक कुशल गृहिणी के साथ माँ का दायित्व भी निभाती है। स्त्री यदि संस्कारवान हो तो बच्चों में संस्कार स्वतः ही आ जाएगा। नारी को सम्मान देना समाज का भी कर्तव्य है। विधवा विवाह को बढ़ावा देते हुए नारी को सामाजिक प्रतिष्ठा व सम्मान के साथ परिवार में स्थापित करना होगा। दहेजमुक्त समाज के लिए संकल्प लेकर समाज के हर व्यक्ति को उस पथ पर चलना होगा। आज यह प्रश्न हम सबको अपने आप से करना है कि समाज में स्त्री का क्या स्थान है? क्या हम सभी स्त्री में माता सीता के दर्शन करते हैं? आज वह द्रौपदी कहाँ गई, जिसने हमेशा अपने खुले केशों से पांडवों को यह याद दिलाया कि राज्यसभा में किस तरह उसका अपमान हुआ और उन्हें उसका बदला लेना है?

आज नारी जीवन पर फैशन और पाश्चात्य संस्कृति का प्रभाव बढ़ता जा रहा है। समाज भी अश्लीलता का उल्लंघन करने में लगा हुआ है। ऐसा नहीं है कि फैशन पहले नहीं था। क्या पहले के जमाने में प्रेम विवाह नहीं होता था? उस समय के गांधर्व विवाह और स्वयंवर क्या थे? पुरानी संस्कृति में सब तरह से श्रृंगार भी महिलाएँ करती थीं और आभूषणों और फूलों से भी सजती थीं। इसके साथ-साथ यह भी सच है कि जो कुछ आज का परिवेश है, उसकी कल्पना हजारों साल पहले

तक नहीं की जा सकती थी और यहाँ तक कि 20 साल पहले तक भी नहीं की जा सकती थी। यह सिलसिला सालों से चला आ रहा है, शायद इसे ही परिवर्तन कहते हैं। इसीलिए हम सबके सामने यह चुनौती है कि केवल अश्लीलता हम पर हावी न हो और वह हमारी संस्कृति व हमारी संवेदनाओं पर चोट न करे। बेटी को उच्छृंखल बनाना आसान है, पर यह भी ध्यान रखना होगा कि कहीं यह आजादी हमारी शर्मिंदगी का कारण न बन जाए! समाज की कुछ अपवाद गृहिणियाँ या उच्च शिक्षित नारियाँ शायद यह समझती हैं कि मनचाहे कम वस्त्र पहनना, रोक-टोक रहित जीवन जीना तथा पति की आँखों में धूल झोंककर मुक्त सेक्स की राह पर चलना ही वांछित बदलाव है; परंतु बदलाव का कोई तर्कयुक्त जवाब इस तरह की नारियों के पास नहीं होता। अतः ऐसी नारियों को अपनी मर्यादाओं की सीमा तय करनी होगी और समझना होगा कि इसका उल्लंघन करने पर कौन से दुष्परिणाम भुगतने पड़ सकते हैं? हमें आधुनिक तो बनना चाहिए, पर अपनी स्वदेशी पद्धति को अपनाकर। ग्रामीण क्षेत्रों में भी बदलाव की बयार पहुँचने लगी है। मनोरंजन व संचार के साधन, जैसे—टी.वी. व मोबाइल गाँवों में भी पहुँचने लगे हैं। गाँवों की नारियाँ अपनी ससुराल आने से इसलिए मना कर रही हैं कि वहाँ शौचालय नहीं है। यह बड़ा बदलाव है और यह बयार और तेज होनी चाहिए। यह दुनिया पल-पल बदलती रहती है और नारियों को भी स्वयं को मौजूदा परिस्थितियों के अनुसार लगातार बदलते रहना होगा। साथ ही इन्हें हर क्षेत्र में इतिहास बनाना होगा। नारी की मुख्य संपत्ति चरित्र है, जिसे हर परिस्थिति में दृढ़ संकल्प के साथ पवित्र रखना होगा। नारी का हर कालखंड में समाज में सम्मान तभी चिरस्थायी रूप से कायम रह सकेगा।

□

जीवन की बुनियाद विश्वास

मनुष्य अपने विश्वास से निर्मित होता है, जैसा वह खुद में विश्वास उत्पन्न करता है, वैसा वह बन जाता है। जीवन में कुछ संबंध ऐसे होते हैं, जो किसी पद, प्रतिष्ठा या लाभ के मोहताज नहीं होते, वे विश्वास की बुनियाद पर टिके होते हैं। मैंने स्वयं से यह पूछा कि यदि विश्वास जीवन की बुनियाद है तो इसको कैसे परिभाषित करूँ ? इनसान की जिंदगी में विश्वास एक नया मुकाम व नई खुशी देता है, परंतु जब कोई संदेह उत्पन्न हो, उस वक्त ऐसा विश्वास किसी काम का नहीं होता, जो दूसरों पर अविश्वास और अपमान करवाता है। विश्वास वह दृष्टि है, जो सभी के प्रति श्रद्धा व समानता का नजरिया पैदा करे। आप जिसे मानते हैं, प्यार करते हैं, हर अच्छे-बुरे वक्त में साथ देते है और पूजते हैं, उसे पूजें, लेकिन दूसरों को अपमानित न करें। किसी पर विश्वास करने का मतलब यह नहीं होता कि दूसरे में अविश्वास करें या उसका अपमान करें। विश्वास जीवन का एक उपहार है, अभिशाप नहीं। जब लोग आपसे कुछ उम्मीद करते हैं, इसका मतलब है कि आपने उन्हें स्वयं पर विश्वास करने का कारण दिया है। उस वक्त उस इनसान के हर कदम पर विश्वास के साथ खड़ा रहना चाहिए। मैंने अपने जीवन में सभी मित्रों पर विश्वास करने की उम्मीद जिंदा रखी है। कई लोगों ने मेरे कष्ट के वक्त विश्वास को मजबूत किया तो कुछ ने अविश्वास के रूप में मीठे दर्द भी दिए।

श्रीकृष्ण जैसा विलक्षण विश्वासी चरित्र संपूर्ण विश्व में अन्यत्र नहीं है। मथुरा नगरी में कई बार संकट उत्पन्न होते हैं। हर उत्पन्न संकट से गोप-ग्वालों को कृष्ण बचाते हैं। कृष्ण पर सभी को अटूट विश्वास है। परमपिता परमेश्वर पर विश्वास की एक घटना का वर्णन जरूरी है—एक व्यक्ति की नई-नई शादी हुई थी और वह अपनी पत्नी के साथ वापस आ रहे थे! रास्ते में वे दोनों एक बड़ी झील को नाव

के द्वारा पार कर रहे थे, तभी अचानक एक भयंकर तूफान आ गया! वह आदमी साहसी था, लेकिन औरत बहुत डरी हुई थी, क्योंकि हालात बिल्कुल खराब थे। नाव बहुत छोटी थी और तूफान वास्तव में भयंकर था, जिस कारण दोनों किसी भी समय डूब सकते थे, लेकिन वह आदमी चुपचाप, निश्चल और शांत बैठा था, जैसे कि कुछ नहीं होनेवाला है। औरत डर के मारे काँप रही थी। वह बोली, "क्या तुम्हें डर नहीं लग रहा? यह हमारे जीवन का आखिरी क्षण हो सकता है! ऐसा नहीं लगता कि हम दूसरे किनारे पर कभी पहुँच भी पाएँगे! अब तो कोई चमत्कार ही हमें बचा सकता है, वरना हमारी मौत निश्चित है। क्या तुम्हें बिल्कुल डर नहीं लग रहा? कहीं तुम पागल तो नहीं हो गए हो?" वह आदमी खूब हँसा और एकाएक उसने म्यान से तलवार निकाल ली! औरत अब और परेशान हो गई कि वह क्या कर रहा है? तब वह उस नंगी तलवार को उस औरत की गरदन के पास ले आया, इतना पास कि उसकी गरदन और तलवार के बीच बिल्कुल कम फर्क बचा था, क्योंकि तलवार लगभग उसकी गरदन को छू रही थी। अब वह अपनी पत्नी से बोला, "क्या तुम्हें डर लग रहा है?" पत्नी खूब हँसी और बोली, "जब तलवार तुम्हारे हाथ में है तो मुझे क्या डर? मैं जानती हूँ कि तुम मुझे बहुत प्यार करते हो।" उसने तलवार वापस म्यान में डाल दी और बोला कि "यही मेरा जवाब है। मैं जानता हूँ कि भगवान् मुझे बहुत प्यार करते हैं और यह तूफान उनके हाथ में है। इसलिए जो भी होगा, अच्छा ही होगा, अगर हम बच गए तो भी अच्छा और अगर नहीं बचे तो भी अच्छा, क्योंकि सबकुछ उस ईश्वर के हाथ में है और वह कभी कुछ भी गलत नहीं कर सकता! वे जो भी करेंगे, हमारे भले के लिए ही करेंगे।"

हमेशा विश्वास बनाए रखें! व्यक्ति को हमेशा उस परमपिता परमात्मा पर विश्वास रखना चाहिए, जो हमारे पूरे जीवन को बदल सकता है। ईश्वर आपकी समस्याओं का हल करते हैं, क्योंकि आप उनकी क्षमताओं पर विश्वास करते हैं, जब वे आपकी समस्याओं का हल नहीं करते, तब भी उनका आभारी होना चाहिए, क्योंकि वे आपकी क्षमताओं में विश्वास करते हैं। आँधी हो या तूफान, चिड़िया पेड़ की हिल रही डाल पर बैठी खुद के पंख पर विश्वास करती है। पेड़ की डाली टूट भी जाए तो हम गिरेंगे नहीं। मिट्टी की मूर्तियाँ बनानेवाला एक कुम्हार ईश्वर से कहता है, "हे प्रभु, तू भी एक कलाकार है और मैं भी एक कलाकार हूँ, तूने मुझ जैसे असंख्य पुतले बनाकर इस धरती पर भेजे हैं और मैंने तेरे असंख्य पुतले बनाकर इस धरती पर बेचे हैं, पर ईश्वर, उस समय बड़ी शर्म आती है, जब तेरे

बनाए हुए पुतले आपस में एक-दूसरे को धोखा देते हैं, क्योंकि उनको एक-दूसरे पर विश्वास नहीं है और मेरे बनाए हुए पुतलों के सामने लोग शीश झुकाते हैं। उनको विश्वास है कि तुम इस मूर्ति में विराजमान हो।" विश्वास को परिभाषित करना गागर में सागर जैसा है। विश्वास में छिपा हुआ 'सत्य' और प्रशंसा में छिपा 'झूठ' यदि मनुष्य समझ जाए तो विश्वास कभी भी अविश्वास का रूप नहीं लेगा। इनसान को संकल्प लेना चाहिए कि विषम-से-विषम परिस्थिति में स्वयं की साँसों की डोर भले ही टूट जाए, पर किसी का विश्वास न टूटे। जिस तरह इनसान बुरे वक्त में ईश्वर पर विश्वास कर पूजा-पाठ करता है कि उसका संकट ईश्वर दूर कर देंगे, उसी तरह इनसान भी इनसान पर विश्वास करता है कि हमारे बुरे वक्त में इनका साथ मिलता रहेगा। विश्वास एक पवित्र शब्द के साथ वह शक्ति है, जो इनसान के जीने का सहारा होता है। यह जिंदगी विश्वासरूपी तमन्नाओं का गुलदस्ता ही तो है, जिसके कुछ फूल महकते हैं, कुछ मुरझाते हैं और कुछ चुभ भी जाते हैं। संदेह मुसीबत के पहाड़ों का निर्माण करता है और विश्वास पहाड़ों में भी रास्ते का निर्माण करता है। मैं अंत में दुनिया के हर इनसान से कहूँगा कि श्वास लेने का नाम ही जिंदगी नहीं है। इनसान वही जिंदा है, जिसका एक-दूसरे पर 'विश्वास' जिंदा है।

□

उलझनों में लिपटी जिंदगी

तो आइए, आज दुनिया में लोगों की उलझनों में लिपटी जिंदगी की सिमटी यादों के पट को खोलता हूँ। याद करें उस सुनहरे पल को, उन बीते दिनों को, जिंदगी की हर करवट को तथा अध्ययन करें 'रामायण' एवं 'श्रीमद्भगवद्गीता' का तो दिखेगा कि उलझनों में ईश्वर के अवतार भी उलझे हैं। सृष्टि में हर इनसान की जिंदगी में कुछ-न-कुछ उलझन उत्पन्न होती है। इन उलझनों को सुलझाना कभी आसान होता है तो कभी कठिन। कभी-कभी उलझनें कुछ लोगों के लिए पहेली बन जाती हैं। "न खयाल अपने हुए, न ख्वाब हिस्से आए, एक उलझन-सी बन गई जिंदगी, न सवाल हमने पूछे, न जवाब हिस्से आए"। इनसान जब उलझनों की दलदल में फँस जाता है, तब ईश्वर को याद कर उनसे पूछता है कि हे ईश्वर। उलझन भरी जिंदगी हो गई है, मैं सुलझाऊँ कैसे, बिखर गए ये जीवन के मोती, अब पिरोऊँ कैसे? 'आनंद' फिल्म में एक गीत के बोल हैं—

जिंदगी कैसी है पहेली, हाय
कभी तो हँसाए, कभी ये रुलाए!

इनसान जिंदगी की उलझन से पूछता है कि क्या रिश्ता है तुमसे? तो उलझन मुसकराती हुई बोली, जो नदी का बादल से, पंछी का गगन से और सूई का धागे से है। प्रथम से आखिरी साँस तक हम चलते रहेंगे, साथ-साथ एक अबूझ पहेली बने रहेंगे। जब इनसान उलझन से घिरा होता है, तब कोई नहीं उसके मन की व्यथा सुनने को तैयार होता है। लोग भावनाओं से मजाक करने लगते हैं, फिर विश्वास से भी विश्वास उठता जाता है। तब स्वर्ग-सा नहीं, यह जहाँ रेगिस्तान-सा लगने लगता है। उस वक्त महसूस होता है कि ये नाम, ख्याति, दौलत किस काम की, जब कोई अपना-सा नहीं लगे। कुछ मृदुभाषी बनकर दिल में शूल चुभोते रहते हैं। उलझन

भरी गम की आँधी जिंदगी के सब पन्ने पलट देती है, फिर शेष बचे आखिरी पन्ने को ही दिल से लगाकर हम छुपकर रो लेते हैं। टूट जाती है हर उम्मीद और हर आशा। कुछ अपने भी दूर होने लगते हैं। जिन्हें कभी उनकी उलझन में साथ दिए होते हैं, उनमें से कुछ किनारे होने लगते हैं। तनहाई से ही रिश्ता जब गहरा होने लगता है, तब जीवन तो रंगमंच ही बन जाता है। उस वक्त किस-किस को वह दे 'गुरु' होने की शुभकामनाएँ। जिंदगी में आई उलझनों के वक्त की समीक्षा करने कोई बैठे तो पाएँगे कि अनेक शख्स ने सबक सिखाया है। दुनिया में दुश्मन तो आपको उलझन में डालने की साजिश करें या न करें, लेकिन जिंदगी में पाएँगे कि साथवाले कुछ व्यक्ति या दोस्त आपकी उलझनों भरी जिंदगी के व्यूह के रचनाकार होते हैं। बहुत मुश्किल होता है, जिंदगी में आई उलझनों के वक्त को काटना एवं कुछ 'गुरु व दोस्त' को समझना। वे उलझनों में उलझे किसी के चरित्र को जिस तराजू पर तौलते हैं, उस पर कभी खुद बैठकर तौलें, तब दर्पण की तरह अपनी जिंदगी की उलझन और चरित्र को समझ जाएँगे, फिर खुद उलझनों में लिपटी जिंदगी एक पहेली लगेगी। सारे मसरूफ हैं यहाँ दूसरों की कहानी जानने में, इतनी शिद्दत से खुद को अगर पढ़ते तो ईश्वर हो जाते। हर शख्स परिंदों का हमदर्द नहीं होता दोस्तो, बहुत बेदर्द बैठे हैं दुनिया में जाल बिछानेवाले। उलझनों से घिरा इनसान अपने शुभचिंतकों से प्रश्न करता है कि उलझनें कई हैं, सुलझती एक भी नहीं है। मंजिलें और राह भी दिखती नहीं। उनमें से कुछ सच्चे हितैषी बोलते हैं कि जिंदगी में सरल एक भी पल नहीं होता। संघर्ष बिना इस धरा पर श्वास लेना भी संभव नहीं। तू अपनी ताकत और ज्ञान से राह गें प्रकाश उत्पन्न करके चल, उठ, खड़ा होकर संकल्प कर और ठान ले कि फिर से भविष्य का निर्माण करना है।

त्रेता में ईश्वर के अवतार श्रीराम की जिंदगी में अचानक चौदह वर्षों का वनवास आकर जिंदगी को उलझन भरी पहेली बना देता है। द्वापर में भी भगवान् कृष्ण के सामने कई उलझनें पहेली के रूप में आती हैं। कृष्ण कई उलझनों से स्वयं निकलते हैं एवं कइयों की उलझन का समाधान भी करते हैं। हल्दीघाटी के युद्ध में महाराणा प्रताप ने बहुत कुछ खो दिया। फलतः जिंदगी की कठिन उलझनों से घिर गए, परंतु भामा शाह, भील एवं कुछ सच्चे राष्ट्रभक्त की मदद से उलझनों भरी जिंदगी, जो पहेली बन गई थी, उससे बाहर निकलकर उन्होंने एक नए इतिहास की रचना की। अजीब खेल है ईश्वर का, जिंदगी देकर किस्मत लिखता है और मिटाता भी वही है। भटकाता है तो राह दिखाता भी वही है। उलझाता भी वही है, सुलझाता

भी वही है, जिंदगी की मुश्किल घड़ी में दिखता भी नहीं, मगर शुभचिंतकों दोस्तों के माध्यम से उलझनों में लिपटी जिंदगी की पहेली को सुलझाता भी वही है। जिंदगी की जंग में हौसलों का वह तीर जिंदा रख, सबकुछ खो जाए जिंदगी में, लेकिन फिर उठकर चलने की उम्मीद जिंदा रख। जिंदगी में उलझनें आती रहेंगी। वे सच्चे साथी की पहचान कराती हैं। दुनिया में नसीहत अच्छी देते हैं कुछ लोग, अगर दर्द किसी गैर का हो। जो व्यक्ति संकल्प व साहस के साथ उनका सामना करते हैं, वे सदैव सफल होते हैं। अंत में कहूँगा कि सबसे खराब परिस्थिति को पार किए बिना कोई भी जीवन के सर्वश्रेष्ठ कोनों को नहीं छू सकता, यानी जीवन के लक्ष्य या मंजिल को नहीं पा सकता। जिंदगी में उलझनों के बीच अपने रहस्यमय जीवन में हर परिस्थिति का सामना करने की हिम्मत रखो या खामोशी की तह में छुपा लो सारी उलझनें। शोर कभी मुश्किलों को आसान नहीं करता।

□

क्रोध से बड़ी सहनशीलता

जो इनसान परम शक्तिशाली होते हुए भी क्रोध पर नियंत्रण कर खुद के अंदर सहनशीलता की ऊर्जा उत्पन करता है एवं क्षमा करने की क्षमता रखता है, वह स्वर्ग के भी ऊपर स्थान पाता है। भगवान् राम, कृष्ण एवं बुद्ध ने कई मौकों पर क्रोध पर नियंत्रण किया है। उनसे इनसान को सीख लेने की जरूरत है। जिंदगी के गुजरते वक्त के साथ कई ऐसे मोड़ आएँगे कि कुछ लोग आप पर ऐसी टिप्पणी करेंगे, जो आपके लिए पीड़ादायक होगी। उस वक्त यदि आप मौन व शांत रहते हैं तो यह आपके संस्कार को रेखांकित करता है। साथ ही उस स्थान से चल देते हैं तो वह इनसान निश्चित रूप से सोच में पड़ जाएगा। कई उदाहरण हैं, जो हमें बेहतर जिंदगी जीने की सीख देते हैं। सहनशीलता से दो तरह की ऊर्जा निकलती है। एक, सामने वाले के प्रति गुस्सा और दूसरी, खुद के क्रोध पर काबू पाने की ताकत। हम किस ऊर्जा का संचार अपने अंदर करते हैं, यह खुद पर निर्भर करता है।

बुद्ध भगवान् एक गाँव में उपदेश दे रहे थे। उन्होंने कहा कि हर किसी को धरती माता की तरह सहनशील तथा क्षमाशील होना चाहिए। क्रोध ऐसी आग है, जिसमें क्रोध करनेवाला दूसरों को जलाएगा तथा खुद भी जल जाएगा। सभा में सभी शांति से बुद्ध की वाणी सुन रहे थे, लेकिन वहाँ स्वभाव से ही अतिक्रोधी एक ऐसा व्यक्ति भी बैठा हुआ था, जिसे ये सारी बातें बेतुकी लग रही थीं। वह कुछ देर यह सब सुनता रहा, फिर अचानक ही आगबबूला होकर बोलने लगा, "तुम पाखंडी हो। बड़ी-बड़ी बातें करना तुम्हारा काम है। तुम लोगों को भ्रमित कर रहे हो। तुम्हारी ये बातें आज के समय में कोई मायने नहीं रखतीं।" ऐसे कई कटु वचनों को सुनकर भी बुद्ध शांत रहे। इन बातों से न तो वह क्रोधित हुए, न ही कोई प्रतिक्रिया दी। यह देखकर वह व्यक्ति और भी क्रोधित हो गया और वह बुद्ध के मुँह पर थूककर वहाँ

से चला गया। अगले दिन जब उस व्यक्ति का क्रोध शांत हुआ तो वह अपने बुरे व्यवहार के कारण पछतावे की आग में जलने लगा और वह उन्हें ढूँढ़ता हुआ उसी स्थान पर पहुँचा, पर बुद्ध कहाँ मिलते, वह तो अपने शिष्यों के साथ पासवाले एक अन्य गाँव निकल चुके थे। उस व्यक्ति ने बुद्ध के बारे में लोगों से पूछा और ढूँढ़ते-ढूँढ़ते जहाँ बुद्ध प्रवचन दे रहे थे, वहाँ पहुँच गया। उन्हें देखते ही वह उनके चरणों में गिर पड़ा और बोला, "मुझे क्षमा कीजिए प्रभु!" बुद्ध ने पूछा, "कौन हो भाई? तुम्हें क्या हुआ है? क्यों क्षमा माँग रहे हो?" उसने कहा, "क्या आप भूल गए? मैं वही हूँ, जिसने कल आपके साथ बहुत बुरा व्यवहार किया था। मैं शर्मिंदा हूँ। मैं अपने दुष्ट आचरण की क्षमा-याचना करने आया हूँ।" भगवान् बुद्ध ने प्रेमपूर्वक कहा, "बीता हुआ कल तो मैं वहीं छोड़कर आ गया और तुम अब भी वहीं अटके हुए हो! तुम्हें अपनी गलती का अहसास हो गया, तुमने पश्चात्ताप कर लिया, तुम निर्मल हो चुके हो; अब तुम आज में प्रवेश करो। बुरी बातें तथा बुरी घटनाएँ याद करते रहने से वर्तमान और भविष्य, दोनों बिगड़ते जाते हैं। बीते हुए कल के कारण आज को मत बिगाड़ो।"

इसके बाद उस व्यक्ति का सारा बोझ उतर गया। उसने भगवान् बुद्ध के चरणों में पड़कर तथा क्रोध त्यागकर क्षमाशीलता का संकल्प लिया। बुद्ध ने उसके मस्तिष्क पर आशीष का हाथ रखा। उस दिन से उसमें परिवर्तन आ गया और उसके जीवन में सत्य, प्रेम व करुणा की धारा बहने लगी। बहुत बार हम भूत में की गई किसी गलती के बारे में सोचकर बार-बार दुःखी होते और खुद को कोसते हैं। हमें ऐसा कभी नहीं करना चाहिए, बल्कि गलती का बोध हो जाने पर हमें उसे कभी न दोहराने का संकल्प लेना चाहिए और एक नई ऊर्जा के साथ वर्तमान को सुदृढ़ बनाना चाहिए। किसी के कहने से यदि अच्छा या बुरा होने लगे तो यह संसार या तो स्वर्ग बन जाएगा या पूरी तरह से नरक। इसलिए इस पर ध्यान न दें कि कौन क्या कहता है? बस, वह करें जो अच्छा और सच्चा हो। जिंदगी का यह अर्थ है कि परिस्थिति की समीक्षा कर क्रोध पर नियंत्रण रखें। खुद के अंदर सहनशीलता को परिभाषित करें, वरना आपकी जिंदगी व्यर्थ है। जीवन सागर के मंथन की तरह है, जिसमें अमृत को विष से अलग हो ही जाना चाहिए, तभी व्यक्ति एक संपूर्ण व उत्कृष्ट इनसान होता है, जो सदैव समाज में जीवंत रहता है।

□

धर्म और कानून सांस्कृतिक विरासत

सृष्टि की रचना के साथ परिवार और समाज में धर्म और कानून की परंपरा प्रारंभ हुई। संसार में धर्म आमतौर पर हमारे ग्रंथों में लिखित तथ्यों, दृष्टांतों और सिद्धांतों द्वारा नियंत्रित सांस्कृतिक परंपरा है। हमारी यह सांस्कृतिक विरासत आज भी जीवित है, जबकि कानून सामाजिक हकीकतों, जरूरतों और मानवीय तर्कों पर आधारित है। यह तर्क पर आधारित विश्वास है, जो समय के साथ परिवर्तनशील है। बदलते समीकरण के अनुरूप कानूनों का स्वरूप जरूरतों के हिसाब से बदलता रहता है। कुछ देशों को अपवाद रूप में छोड़ दिया जाए तो धर्म में ऐसे परिवर्तन नगण्य हैं। भारत विभिन्न संस्कृतियों से भरा एक खूबसूरत देश है।

हमारे धर्मग्रंथ और इतिहास के पन्ने गवाह हैं कि संसार में धर्म और कानून के बीच टकराव महाभारत, रामायण और हर कालखंड में होता आ रहा है, अगर धर्म और कानून में संधि होती तो महाभारत में चीरहरण और रामायण में राम वनवास जैसी घटनाएँ न होतीं। धर्म और कानून एक ही मार्ग के दो अलग-अलग किनारे हैं। एक की तरफ बढ़ो तो दूसरा निश्चित रूप से दूर हो जाता है। धर्म और कानून दोनों एक ही सिक्के के दो प्रतिबिंब हैं, जो कभी समाप्त नहीं किए जा सकते। धर्म और कानून के बीच अंतर यह है कि जहाँ धर्म का पालन होता है, वहाँ कानून कमजोर है और यदि कानून की तरफ हाथ बढ़ाएँ तो धर्म को हानि पहुँचती है। इतिहास गवाह हैं कि महाराज युधिष्ठिर जुए में अपना सबकुछ हार गए। यहाँ तक कि जब धन-दौलत, राज-पाट, इंद्रप्रस्थ, चारों भाई और खुद को भी हार गए तो अंत में दाँव पर पत्नी द्रौपदी को लगा दिया तथा पत्नी को भी हार गए। इसके बाद दुर्योधन के आदेश से द्वारपाल खींचकर द्रौपदी को सभा में पेश करता है और फिर धर्म और कानून के बीच संवाद शुरू होता है। बीच सभा

में द्रौपदी को दुर्योधन दासी कहकर संबोधित करता है। द्रौपदी सभा से जानना चाहती है कि मेरे पति पहले मुझे हारे या अपने आपको, क्योंकि कानून कहता है कि खुद को हारा हुआ व्यक्ति किसी और को दाँव पर नहीं लगा सकता? द्रौपदी गुरु द्रोणाचार्य, पितामह भीष्म, महात्मा विदुर और राजा धृतराष्ट्र समेत पाँचों पांडवों से यह सवाल करती है। तब भीष्म पितामह लज्जित स्वर में कहते हैं कि "युधिष्ठिर ने द्रौपदी को दाँव पर लगाकर कदाचित् अच्छा नहीं किया, परंतु यह भी सच है कि पत्नी पर पति का अधिकार तो धर्मसिद्ध है।" द्रौपदी कहती है कि धर्म तो यह भी कहता है कि नारी की मर्यादा का पालन किसी भी अवस्था में होना ही चाहिए, फिर यह कहाँ की मर्यादा है कि कुलवधू को सभा के बीच लाया जाए? सभा में धर्म की एक बड़ी विडंबना दिखती है, जब धृतराष्ट्र के कहने पर द्रौपदी पहला वरदान यह माँगती है कि उसके पुत्र दास-दासी के पुत्र न कहलाए जाएँ और दूसरा वरदान पाँचों पांडवों को दासत्व से मुक्त कर उनके अस्त्र-शस्त्र और रथ दिए जाएँ। नियम के अनुसार दुर्योधन ये सब जीत चुका है, मगर पिता धर्म में फँस गया, क्योंकि पिता ने ये सब लौटाने का वचन दे दिया। ऐसे ही धर्म और कानून के बीच प्रभु श्रीरामजी भी फँस गए थे, जब वनवास के वक्त चित्रकूट में अपनी कुटिया में थे, उस समय भरत, शत्रुघ्न और माता कौशल्या समेत अयोध्या के निवासी राम-लखन और वैदेही सीता को अयोध्या वापस लाने चित्रकूट आ गए थे। तब सीता माता के पिता राजा जनक ने वहाँ पहुँचकर मार्गदर्शन किया और रामजी ने कहा कि मैं अयोध्या का राजा बनना स्वीकार करता हूँ, किंतु पिता के वचन से बँधा हूँ। इसलिए चौदह वर्षों के लिए मैं अपना राज-पाट भरत को सौंपता हूँ और वापस लौटने पर मैं राज अपने अधीन ले लूँगा।

दुनिया में भारत एक ऐसा देश है, जहाँ धार्मिक विविधता और सहिष्णुता को कानून तथा समाज दोनों द्वारा मान्यता प्रदान की गई है। धर्म का यहाँ की संस्कृति में महत्त्वपूर्ण स्थान रहा है। भारत विश्व की चार प्रमुख धार्मिक परंपराओं का जन्मस्थान है—हिंदू धर्म, जैन धर्म, बौद्ध धर्म तथा सिख धर्म। भारत के संविधान में राष्ट्र को एक 'धर्मनिरपेक्ष गणतंत्र' घोषित किया गया है, जिसमें प्रत्येक नागरिक को किसी भी धर्म या आस्था का स्वतंत्र रूप से पालन तथा प्रचार करने का अधिकार है। भारत के संविधान में धार्मिक स्वतंत्रता के अधिकार को मौलिक अधिकार की संज्ञा दी गई है। भारत के नागरिक आमतौर पर एक-दूसरे के धर्म

के प्रति काफी सहिष्णुता दरशाते हैं और धर्मनिरपेक्ष दृष्टिकोण बनाए रखते हैं। भारत का गणतंत्र धर्मनिरपेक्ष है और सरकार किसी भी धर्म को आधिकारिक रूप से मान्यता प्रदान नहीं करती है। भारत के संविधान की प्रस्तावना में भारत को एक 'संप्रभु समाजवादी धर्मनिरपेक्ष लोकतांत्रिक गणतंत्र' घोषित किया गया है। प्रस्तावना में धर्मनिरपेक्ष शब्द को 1976 में बयालीसवें संविधान संशोधन अधिनियम द्वारा डाला गया था। यह सभी धर्मों के प्रति सहनशीलता और समान व्यवहार को बढ़ावा देता है। भारत का कोई आधिकारिक धर्म नहीं है। यह देश किसी भी धर्म का पालन करने, उपदेश देने और प्रचार करने के अधिकार को प्रदान करता है। किसी भी सरकार समर्थित स्कूल में कोई धार्मिक अनुदेश नहीं दिया जाता है। एस.आर. बोम्मई बनाम भारत संघ मामले में भारत के सर्वोच्च न्यायालय ने माना कि धर्मनिरपेक्षता भारतीय संविधान का एक अभिन्न अंग है। भारतीय संविधान के अनुसार धार्मिक स्वतंत्रता का अधिकार मौलिक अधिकार है। धर्म भारतीयों के जीवन में प्रमुख भूमिका निभाता है। सांस्कृतिक परंपरा, रीति-रिवाज, पूजा और अन्य धार्मिक गतिविधियाँ किसी भी व्यक्ति के जीवन में काफी महत्त्वपूर्ण होती हैं। हर इनसान के सामाजिक जीवन में भी इनका प्रमुख स्थान रहता है। प्रत्येक व्यक्ति की धार्मिकता का स्तर भिन्न होता है। भारत में धार्मिक त्योहारों को व्यापक रूप से मनाया जाता है और जीवन में इनका महत्त्वपूर्ण स्थान होता है। भारत के धर्मनिरपेक्ष चरित्र को ध्यान में रखते हुए किसी भी धार्मिक त्योहार को राष्ट्रीय छुट्टी का दर्जा प्रदान नहीं किया गया है। दीवाली, गणेश चतुर्थी, होली, दुर्गापूजा और संक्रांति भारत के सर्वाधिक लोकप्रिय हिंदू त्योहार हैं। मुसलमानों में ईद-उल-फितर तथा ईद-उल-जुहा के त्योहारों को काफी व्यापक रूप से मनाया जाता है। सिख लोग गुरुनानक का जन्मदिवस एवं बैसाखी मनाते हैं। इनके अतिरिक्त क्रिसमस तथा बुद्ध, महावीर जयंती शेष धार्मिक समूहों के प्रमुख त्योहार हैं।

भारतीय राजनीतिक दलों द्वारा अकसर अपने प्रतिद्वंद्वियों पर वोट बैंक की राजनीति करने का आरोप लगाया जाता है, अर्थात् किसी मुद्दे का राजनीतिक समर्थन प्राप्त करने का एकमात्र उद्देश्य होता है किसी खास समुदाय के वोट प्राप्त करना। इसे देश की जनता को नकारने की जरूरत है, अतः एक सौ पैंतीस करोड़ भारतीय दृढ़ संकल्प के साथ भारत को महाशक्ति के रूप में विश्व के मानचित्र पर स्थापित करने के लिए सभी धर्मों का सम्मान करते हुए संविधान

प्रदत्त कानून का सदैव पालन करें। इनसान कभी-कभी धर्म और कानून के संकट के बीच फँस जाता है। उस समय हमें ध्यान देने की जरूरत है कि कानून हमारी सुविधा के लिए बने हैं, ताकि हमारे द्वारा किसी दूसरे को हानि न हो। अत: इनका पालन जरूरी है। इससे धर्म और कानून के बीच फँसने से बचा जा सकता है और तभी अनेकता में एकता भारत की पहचान का ध्वज पूरे विश्व के मानचित्र पर लहराता रह सकता है।

□□□